btb

Buch

In einer verschneiten Februarnacht trifft Leo sie zum ersten Mal: Veronica, die wunderschöne, undurchschaubare Fremde, die ihn in eine Welt entführt, in der sich auf magische Weise die Illusion mit der Wirklichkeit vereint und in der die Zeit ihre Macht verloren hat.

Zehn Jahre ist es her, seit Veronicas Vater, der berühmte Magier Albin White, bei der Vorführung seiner Zeitreise aus einem vollbesetzten Theater spurlos verschwunden ist. Doch sein Verschwinden war kein Zufall, denn sein ehrgeiziger und skrupelloser Assistent Starwood hatte in einem kritischen Moment in den Zauber eingegriffen und seinen Meister damit auf die Reise in eine ferne Vergangenheit geschickt – ohne eine Möglichkeit zur Rückkehr. Bis Veronica eines Tages Leo findet. Er ist der einzige, der Albin White in die Gegenwart zurückholen kann, weil sein Geburtsjahr von einer seltenen Mondkonstellation begünstigt war. Und so begibt sich Leo auf eine phantastische Reise durch die Zeit, auf der er Sir Walter Raleigh begegnet und ins alte Tibet verschlagen wird. Bis ihn seine abenteuerliche Suche nach dem großen Magier White in das ebenso faszinierende wie gefahrvolle Land seiner eigenen Träume und Erinnerungen führt.

Nicholas Christopher schickt seine Leser auf eine temporeiche, atemlose Reise durch Raum und Zeit. *Der Liebe Zaubermacht* ist fesselnder Kriminalfall und außergewöhnliche Liebesgeschichte zugleich.

Autor

Nicholas Christopher ist preisgekrönter Autor von bisher zwei Romanen und fünf Lyrikbänden, für die er u. a. von der Academy of American Poets und der Poetry Society of America ausgezeichnet worden ist. Christopher lebt in New York.

Nicholas Christopher

Der Liebe Zaubermacht

Roman

Deutsch von Elke Link

btb

Die amerikanische Originalausgabe
erschien 1996 unter dem Titel »Veronica«
bei The Dial Press, New York.

Umwelthinweis:
Alle bedruckten Materialien dieses Taschenbuches
sind chlorfrei und umweltschonend.

btb Taschenbücher erscheinen im Goldmann Verlag,
einem Unternehmen der Verlagsgruppe Bertelsmann.

1. Auflage
Deutsche Erstveröffentlichung März 1997
Copyright © der Originalausgabe 1996 by Nicholas Christopher
Copyright © der deutschsprachigen Ausgabe 1997 by
Wilhelm Goldmann Verlag, München
Umschlaggestaltung: Design Team München
Umschlagmotiv: AKG, Berlin
Satz: IBV Satz- und Datentechnik, Berlin
T.T. · Herstellung: Ludwig Weidenbeck
Made in Germany
ISBN 3-442-72068-0

FÜR CONSTANCE

Die Zeit ist ein Pferd,
das in dem Herzen läuft,
ein Pferd ohne Reiter
auf einem Weg in der Nacht.

Wallace Stevens

1

In Lower Manhattan gibt es eine merkwürdige Stelle: die Ecke Waverly Place und Waverly Place. Dort traf ich Veronica, in einer verschneiten, windigen Nacht.

Sie suchte auf dem Gehsteig vor einem Backsteinhaus neben dem Kloster der hl. Zita nach ihren Schlüsseln. Das machte sie mir in Zeichensprache klar: Sie drehte einen unsichtbaren Schlüssel in einem Schloß. Sie trug einen schwarzen Mantel und einen breitkrempigen Hut, unter dem lange, schwarze Haare auf ihre Schultern hinabfielen. Der Hut warf einen Schatten über ihre Augen, wie eine Maske. Ich fand die Schlüssel – ein großes, eigenartiges Sortiment an einem ovalen Schlüsselring. Sie dankte mir mit einem Nicken, steckte die Schlüssel in ihre Handtasche und blickte über die Schulter in Richtung Christopher Street. Ich folgte ihrem Blick, sah aber nichts als die Straßenlaterne an der Ecke und den schräg durch den Lichtkegel herabfallenden Schnee, der den Hydranten unter sich begrub.

»Würdest du mich zur Sixth Avenue begleiten?« fragte sie leise.

Wieder blickte sie die Straße hinauf, als erwarte sie, dort jemanden zu sehen, doch da war niemand. In der Stille konnte man die Schneeflocken hören, die in einer metallisch glänzenden Kaskade die nackten Äste der Bäume streiften.

Sie lief drauflos, aufrecht, mit wehenden Haaren hinein in den fallenden Schnee. Vor uns war niemand über diesen Teil des Gehsteigs gegangen, und wir hinterließen tiefe Fußspuren im Schnee.

Die Autos auf der Sixth Avenue fuhren langsam und mit großem Abstand, die Reifen knirschten auf dem Schnee. Einen Augenblick lang wandte sie das Gesicht zu mir hoch, und es wurde von einem blinkenden Schild beleuchtet. Dann winkte sie einem Taxi und sprang schnell hinein, nachdem sie mir einen Umschlag in die Hand gedrückt hatte.

Das Taxi jagte Richtung Norden und schlitterte um die anderen Autos herum. Die Turmuhr des alten Frauengerichts zeigte 1 Uhr 15. Das Empire State Building weiter rechts war grün und weiß erleuchtet.

Der Umschlag enthielt eine Einladung zu einer Vernissage nächste Woche, in einer Galerie in der Bond Street: *Arktisches Packeis: Ölgemälde von Remi Sing.* Als ich ihn in meine Tasche steckte, wurde mir bewußt, daß ich kein Wort zu der Frau gesagt hatte. Und ich hatte kein einziges Mal ihre Augen gesehen.

2

Sie hatten unterschiedliche Farben: das rechte blau, das linke grün. Und im Schein der Kerze auf dem Tisch erschreckte mich ihr Gesicht zu Anfang, wie damals in der eisigen Nachtluft. Nachdem ich es auf der Straße gesehen hatte, fürchtete ich, es mir nur eingebildet zu haben: ein ruhiges, leuchtendes Gesicht mit silbrigem Glanz. Fein gemeißelt, mit einer langen, geraden Nase und einem breiten Mund, sah es einem anderen Gesicht zum Verwechseln ähnlich, das ich vor Jahren einmal photographiert hatte. Nicht das Gesicht eines Menschen, sondern das Fragment eines Frieses, den ich in ein paar Ruinen in der Nähe von Verona entdeckt hatte. Der Fries, der eine Gruppe von Musikern darstellte, hatte einst im Schatten eines Simses gelegen, hoch oben auf dem Tempel des Merkur, des Gottes, der auch als Seelenbegleiter gilt. Das Gesicht, das einer der Musikerinnen gehörte, war faszinierend wie ein unlösbares Rätsel. Noch nie hatte ich ein solches Gesicht bei einer lebenden Frau gesehen oder zu sehen erwartet.

Unbeeindruckt von meinem stieren Blick spielte sie mit dem Fleisch der Tomate auf ihrem Teller. Wir saßen am Fenster eines tibetischen Restaurants, einem kleinen, dunklen Lokal an der Morton Street, in der Nähe des Flusses. Auf die Wand war ein Gemälde vom Kloster des Dalai-Lama in Sera, hoch oben im Himalaya, gemalt. Wolken umgaben die obersten Gipfel. Die Fenster des Klosters waren blau, das Dach war golden.

Ich war zu der Eröffnung der Galerie in der Bond Street gegangen, aber sie war nicht dort gewesen. Remi Sing war eine junge Eurasierin mit einer Klappe über dem linken Auge. Sie trug eine pinkfarbene Lederjacke mit roten Reißverschlüssen. Ihre Gemälde waren alle weiß, und durch jedes lief eine einzelne schwarze Zickzacklinie.

Die Galerie war voll. Ich griff mir ein Glas Rotwein von einem Tablett. Remi Sing stand in einer Gruppe von Bewunderern neben einem großen, rothaarigen Mann Anfang Fünfzig mit mächtiger Statur, der eine zickzackförmige Narbe auf der Stirn hatte, wie eine der Linien auf ihren Gemälden. An der linken Hand trug er einen schwarzen Handschuh und rauchte verschlossen und schweigsam eine Reihe von Zigaretten, die in Papier mit Zebrastreifen gerollt waren. Mir fiel auf, daß die Leute sich von ihm angezogen fühlten, ihm aber nie zu nahe kamen.

Ich stand in der Nähe der Tür und schielte auf meine Uhr, als mich ein schlanker, muskulöser junger Mann in Wildlederjacke und getönter Brille anrempelte. Er lächelte und zeigte dabei zwei Reihen äußerst gerader, sehr weißer Zähne.

»Verzeihung«, sagte er. »Wartest du zufällig auf jemanden?«

»Kann schon sein. Wer bist du?«

»Ja, ich hab mir schon gedacht, daß du es sein könntest«,

sagte er und zog eine Karte aus der Tasche. »Veronica hat mich gebeten, dir das zu geben.«

Auf der Karte standen Name und Adresse des tibetischen Restaurants. Dabtong. Als ich wieder aufblickte, war er in der Menge verschwunden.

Das war das erste Mal, daß ich ihren Namen hörte.

Der Kellner hatte unsere Teller abgeräumt, und während sie in ihrer Handtasche nach einem Feuerzeug suchte, legte sie den Schlüsselring, den ich im Schnee gefunden hatte, auf die Tischdecke: eine große Landkarte von Tibet, auf der alle buddhistischen Klöster durch rote Dreiecke markiert waren.

Ich betrachtete die Schlüssel. Es waren sechzehn: für Medeco-, Segal- und Fichet-Schlösser, dazu Briefkastenschlüssel, ein sehr großer und ein ganz kleiner Universalschlüssel sowie ein Schließfachschlüssel. Einer der Hausschlüssel war mit einem X aus schwarzem Lack gekennzeichnet.

Veronica rauchte *kretek*, indonesische Zigaretten, deren Tabak mit zerstoßenen Nelken vermischt war. Wenn sie sprach, glitten die Worte langsam, manchmal widerwillig von ihren vollen Lippen. Alle ihre Kleidungsstücke waren getupft – das Kleid, der Hut, der Schal und die Handschuhe. Kleid und Handschuhe waren blau mit schwarzen Tupfen, der Schal war schwarz mit blauen Tupfen, und der fezähnliche Hut – blau auf schwarz – hatte schwarze Quasten und eine goldene Feder.

»Ich stehe auf schwarze Löcher«, sagte sie. »Wie die schwarzen Löcher im Weltraum. Man geht davon aus, daß sie in andere Zeit- und Raumsysteme führen könnten. Ein ganzes zweites Universum aus Antimaterie. Aber sobald wir durch eines der Löcher hindurchgehen würden, würden wir explodieren.«

Als ich in das Restaurant gekommen war, hatte sie eine Hand zum Gruß erhoben und mich aufmerksam betrachtet, während ich auf sie zuging.

»Ich war mir sicher, daß du kommen würdest«, sagte sie.

Meine Nase sog ihr Parfüm ein – ein feuriger Duft –, als ich mich setzte. Einige Minuten sprachen wir überhaupt nicht. Mit

12

anderen Frauen wäre das unerträglich gewesen. Aber ihr Schweigen fand ich beruhigend.

Dann fragte sie mich nach meinem Namen.

»Leo«, antwortete ich. »Ist es immer so kompliziert, dich zu treffen?«

»Nicht immer. Ich habe Hunger, und du?«

Dabei hatte sie ihr Essen kaum angerührt. Sie trank eine Tasse heißen schwarzen Tee nach der anderen. Er war auf tibetische Art mit Butter und Salz gewürzt. Nachdem der Tisch abgeräumt war, trank sie weiterhin Tee und bestellte noch eine dritte Kanne beim Kellner.

»Wie kannst du danach schlafen?« fragte ich und klopfte auf die Teekanne.

»Ich schlafe nicht viel«, sagte sie.

Im dunklen Schaufenster eines Antiquitätengeschäfts auf der anderen Straßenseite sah ich die Spiegelung des Mondes neben dem Wasserturm des Gebäudes, in dem wir uns befanden. Es war eine kalte, klare Nacht.

Ich bestellte die Rechnung, aber als ich meine Geldbörse hervorholen wollte, fand ich sie nicht.

»Ich weiß«, sagte Veronica und drückte ihre Zigarette aus, »deine Brieftasche ist weg.« Sie klang nicht überrascht. »Ich habe dich zum Essen eingeladen, also sollte ich bezahlen.«

Ich stand auf und durchsuchte meine Taschen. »Mein Führerschein, mein – woher hast du gewußt, daß sie weg ist?«

»Du bekommst ihn zurück.« Sie legte Geld auf den Tisch. »Komm.«

Sie ging nach draußen, und durch das Fenster sah ich, wie sie die Nachtluft einsog und Dunst durch die Nase ausblies, während ich unter dem Tisch und dann in meinem Mantel suchte.

Wir gingen die Morton Street Richtung Osten. Die Stahlbeschläge an den Absätzen ihrer schwarzen Stiefel versprühten winzige Funken auf dem Gehsteig.

»Wie haben dir Remis Bilder gefallen?« fragte sie.

»Gehen wir dorthin – zurück in die Galerie?«

Sie lächelte zum ersten Mal. »Nein. Obwohl ich mir sicher bin, daß du deine Brieftasche schon nicht mehr hattest, als du dort weggegangen bist.«

»Woher weißt du das?«

Statt zu antworten, bemerkte sie: »Remi und ich sind zusammen auf die Schule gegangen.«

Mittlerweile waren wir auf der Barrow Street.

»Wer ist der Mann mit der Narbe?« fragte ich.

Sie warf mir einen schnellen Blick zu, und ihr Gesicht wurde hart. »Du hast ihn gesehen?«

»Wie hätte ich den übersehen können? Er war der eigentliche Mittelpunkt des Geschehens. Bist du gar nicht auf der Vernissage gewesen?«

»Nein«, sagte sie. »Und nur weil du ihn gesehen hast, bedeutet das noch lange nicht, daß er da war.«

3

Wir bogen plötzlich in eine enge, L-förmige Gasse ein, die von der Barrow Street abging. Eine Ratte schoß hinter einer Mülltonne hervor. Eine nackte gelbe Glühbirne hoch oben an der Ziegelmauer spiegelte sich in einer Pfütze. Die Äste der Bäume kratzten an den Fenstern. Ein Eisentor mit einem Vorhängeschloß führte auf den senkrechten Arm der Gasse. Veronica nahm ihren Schlüsselring heraus und öffnete das Vorhängeschloß mit dem kleineren Universalschlüssel.

Aus dem Schatten bei einem mit Efeu überwucherten Maschendrahtzaun knurrte uns ein angeketteter Hund an. Ich sah den Hund nicht, nur das Glitzern der Kette, als er daran zerrte. »Tashi«, sagte Veronica mit weicher Stimme, und das Knurren hörte auf.

»Wo ist er?« fragte ich, als ich in die Dunkelheit starrte.

»Komm«, sagte Veronica.

Wir stiegen mehrere moosbewachsene Stufen hinauf zu einer beinahe unsichtbaren Tür in der Wand eines vierstöckigen Ziegelhauses, die ebenfalls mit Moos bedeckt war. Die Tür war niedrig, hatte keine Klinke und hätte gut und gerne Teil der Wand sein können. Veronica drückte sie auf, und wir betraten mit eingezogenen Köpfen einen engen Gang.

In einem matten Messingrahmen hing die Photographie eines älteren Asiaten an der Wand – seinen Gesichtszügen und der kupferfarbenen Haut nach zu urteilen war er Tibeter. Er hatte ein grimmiges Gesicht, einen dünnen weißen Schnurrbart und blickte direkt in die Kamera. Er trug eine goldene Robe mit hohem, steifem Kragen. Am anderen Ende des Ganges drückte Veronica eine weitere Tür auf, und wir stiegen zwei Holztreppen hinauf, die von düsteren Lampen auf den schmalen Treppenabsätzen beleuchtet wurden. Eine dicke Staubschicht lag auf den Stufen, und als ich mich umdrehte, sah ich, daß wir Fußspuren hinterlassen hatten.

Auf dem zweiten Treppenabsatz sperrte Veronica mit einem der Medeco-Schlüssel eine gelblackierte Tür auf.

»Weißt du«, sagte sie und durchbrach die Stille, »wenn man ein gutes Schloß aufschließt, sollte es klingen wie zwei Steine, die unter Wasser gegeneinanderschlagen.«

Sie nahm meinen Arm – es war das erste Mal, daß sie mich berührte – und führte mich in ein kleines Zimmer, das so schwach beleuchtet war, daß sich meine Augen sogar nach der Düsterkeit des Gangs darauf einstellen mußten. In einer Ecke stand die einzige eingeschaltete Lampe, über deren Schirm ein Tuch gebreitet war. Über einer Tür an der gegenüberliegenden Wand brannte eine einzelne rote Glühbirne, als befände sich eine Dunkelkammer dahinter. Die einzigen Möbel waren ein Tisch, zwei Rohrstühle, eine Kommode und ein Bettsofa mit zerwühlten Decken. Fenster gab es keine. Ein Ventilator surrte auf dem Tisch neben einem Stapel Bücher. Neben dem Bettsofa stand ein großes, kastenartiges Radio, wie sie in den vierziger Jahren verbreitet waren.

15

Veronica setzte sich an den Tisch, schlug die Beine übereinander und zündete sich eine ihrer Nelkenzigaretten an.

»Ist das deine Wohnung?« fragte ich.

Sie schüttelte den Kopf. »Die von meinem Bruder. Wir müssen warten.«

Ich warf einen Blick auf die Tür unter der roten Glühbirne. »Ist dein Bruder Photograph?«

»Sozusagen. Aber nicht beruflich. Wir dürfen ihn jetzt nicht stören, aber er bleibt nie sehr lange drin. Setz dich.«

Der Ventilator blies ihren Zigarettenrauch durch den Raum, auf ein breites Regal zu, auf dem nur wenige Sachen standen: ein Kassettenrecorder, eine Wodkaflasche, ein dreieckiger Spiegel und die kleine Bronzestatue eines fliehenden Rehs.

»Willst du was trinken?« fragte Veronica.

»Nein, danke.«

Über einem schwarzen Schrankkoffer voller Aufkleber – *Kansas City, Toronto, Seattle* – hing neben dem Regal eine schwarze, mit roter Seide gefütterte Samtrobe ausgebreitet zwischen zwei Haken an der Wand.

»Was ist das?« fragte ich.

»Mein Vater war Zauberer. Das war eine seiner Roben. Und das war sein Reisekoffer.«

»Wie hieß er?«

»Er hatte viele Namen. Vardoz aus Bombay, El-Shabazz aus Akaba, Trong-luk aus Lhasa, Zeno, der Phönizier, Cardin aus Cardogyll. Er kam immer aus einer anderen Stadt. Vardoz mochte er am liebsten. Er hat sich Gesicht und Hände mit rötlicher Farbe geschminkt und diese Robe mit schwarzen Handschuhen, einem schwarzen Turban und einem Schal getragen, der mit Monden, Sternen und Kometen bedruckt war. Jeder Name stand für eine andere Nummer: Entfesselungskünstler, Taschenspieler, Illusionist. Als Mädchen war ich eine seiner Assistentinnen. Ich bin mit ihm um die ganze Welt gereist. Mit eigenen Kostümen. Ich habe die Tauben und Kaninchen versorgt.« Seufzend zupfte sie sich einen Tabakkrümel von der

16

Lippe. »Sein wirklicher Name war Albin White. Al, der Apotheker, haben ihn seine alten Freunde genannt, weil er als Kind in der Apotheke seines Vaters gearbeitet hat, bevor er weggelaufen ist. Als er als Zauberer angefangen hat, nannte er sich schlicht und einfach Albin, das Phantom.«

Die Tür unter der roten Birne ging auf, und ein junger Mann in schwarzem T-Shirt, Jeans und Cowboystiefeln kam heraus. Als ich seine getönte Brille sah, erkannte ich in ihm den Mann mit der Wildlederjacke aus der Kunstgalerie.

Er schien nicht überrascht, uns zu sehen.

»Ihr kommt etwas ungelegen«, sagte er etwas gereizt zu Veronica.

Er drückte auf einen Schalter an der Wand, und ich mußte blinzeln, als weißes Licht den Raum von oben durchflutete. Ich sah, daß die Wände meergrün gestrichen waren.

»Leo, das ist mein Bruder Clement. Clement, gib Leo seine Brieftasche zurück.«

Ausdruckslos öffnete Clement eine Schublade in der Kommode, nahm meine Geldbörse heraus und warf sie auf den Tisch. Dann ging er lässig und trotz seiner Stiefel mit leisen Schritten durch das Zimmer, schenkte sich ein kleines Glas Wodka ein und sah auf die Uhr.

»Wie bist du da rangekommen?« fragte ich, als ich mir meine Brieftasche schnappte. »Und was hattest du damit vor?«

»Ich muß jetzt Radio hören«, sagte er zu Veronica, indem er mich ostentativ ignorierte und seine Brille absetzte.

Als sie aufstand, sah ich, daß auch er ein blaues und ein grünes Auge hatte.

»Ich entschuldige mich für meinen Bruder«, sagte sie.

Clement machte die Tür auf. »Hat mich gefreut, Leo«, murmelte er und wandte uns den Rücken zu.

Draußen auf der Barrow Street, wo der Wind an den kahlen Ästen der Kastanienbäume rüttelte, hielt ich meine Brieftasche immer noch umklammert.

»Jetzt kennst du den Beruf meines Bruders«, sagte Veronica.

»Ist er ein Dieb?«

»Ein Taschendieb.«

Ich warf einen Blick auf meinen Geldbeutel.

»Keine Sorge«, sagte sie, »es fehlt nichts.«

Aber ich dachte gar nicht mehr an meinen Geldbeutel. Erst als wir die Ecke erreichten und Veronica in eine Drogerie ging, um zu telephonieren, wurde mir klar, was mir zu schaffen gemacht hatte, seit wir die Treppen hinuntergegangen waren: Die Fußspuren, die wir beim Hinaufgehen hinterlassen hatten, waren allesamt verschwunden. Die Staubschicht war immer noch dick, aber sie war unberührt, als wäre seit Wochen niemand darübergelaufen. Und plötzlich fragte ich mich auch, weshalb wir auf unserem Weg nach oben keine Fußabdrücke von Clement gesehen hatten.

Als ich in die Drogerie ging, baumelte der Telephonhörer an der Schnur, und Veronica war verschwunden.

Der Mann hinter der Theke sagte, er habe sie überhaupt nicht gesehen.

4

Am nächsten Abend konsultierte ich einen Arzt an der East 40th Street. Als ich die Praxis verließ, war ich überrascht, Veronica zu finden, die vor dem Haus auf mich gewartet hatte. Diesmal keine Tupfen: Sie trug ihren schwarzen Mantel über einem engen schwarzen Kleid, schwarze Strümpfe, Handschuhe und Schuhe mit hohen Absätzen. Und eine Sonnenbrille, obwohl es draußen bereits dunkel war. Sie hätte eine trauernde Witwe sein können. Ich hatte Röntgenaufnahmen von meinem Kopf in einem Din-A4-Umschlag bei mir. In der vorigen Woche hatte ich schreckliche Kopfschmerzen gehabt, aber auf den Röntgenaufnahmen zeigte sich nichts Ungewöhnliches.

»Was machst du denn hier?« fragte ich verärgert.

»Ich mußte dich sehen.«

»Ach? Und wie hast du mich gefunden?«

»Das ist dir in Clements Wohnung aus der Tasche gefallen.«

Es war die Visitenkarte des Arztes, mit Datum und Uhrzeit meines Termins. Ich war mir sicher, daß sie oder Clement sie aus meiner Brieftasche genommen hatten.

»Tut mir leid wegen gestern abend«, sagte sie.

»Warum ständig diese schnellen Abgänge?«

»Es war ein Notfall.«

»Was heißt das?«

Ich ging los, und sie folgte mir.

»Laß es mich wieder gutmachen«, sagte sie, als ich südwärts in die Fifth Avenue einbog.

»Du mußt mich nicht wieder zum Essen einladen. Ich habe meine Brieftasche immer noch.«

»Ich dachte, du würdest mich gerne spielen hören. Ich spiele heute abend mit einer Band, downtown im Neptunclub. Jazz«, fügte sie hinzu, und das Wort zischte durch ihre Zähne. »Manchmal spiele ich Klavier in einer Band namens Chronos-Sextett. Früher habe ich regelmäßig mit ihnen gespielt. Kommst du?«

»Bist du Musikerin?«

Als Antwort sagte sie: »Als Kind habe ich manche Teile der Auftritte meines Vaters begleitet. Ich hatte schon immer ein Ohr dafür. Als ich mich das erste Mal ans Klavier gesetzt habe, hat er mir erzählt, habe ich irgendeine Musik, die im Radio lief, begleitet.«

Dicke, nasse Schneeflocken begannen durch die steilen Straßenschluchten zu treiben und wehten zwischen den parallelen Häuserwänden hinunter. Büroangestellte in dunklen Mänteln quollen aus Eingängen. Schweigend liefen wir mehrere Straßen weiter. Obwohl sich die Schneeflocken auf dem Gehsteig, auf den Windschutzscheiben der Autos und auf meinem Mantel auflösten, blieben sie an Veronicas Mantel glitzernd haften und formten das Muster einer Mondsichel aus

Sternen, das von ihrer rechten Schulter zu ihrer linken Hüfte reichte. Selbst die stärksten Böen veränderten nichts daran.

»Wie machst du das?« fragte ich.

»Das mache nicht ich.«

Langsam streckte ich den Arm aus, um ihren Mantel zu berühren.

»Mir wäre es lieber, du würdest das nicht tun«, sagte sie, als wir die 34. Straße überquerten. »Wir fangen um zehn an zu spielen. Kommst du?«

»Ja, ich komme.« Beim Anblick ihres Gesichts war es mir schwergefallen, verärgert zu bleiben. »Bist du dieses Mal dann auch wirklich da?«

»Ja.«

Ich war immer noch gefesselt von der Mondsichel aus Schneeflocken, als wir auf der Fifth Avenue am Empire State Building vorbeikamen. Am Haupteingang herrschte einiger Aufruhr. Vor den Glastüren hatte sich eine Menschenmenge versammelt, die einen Mann im grauen Mantel und mit einer grauen, wollenen Skimaske anstarrte, der zappelnd auf dem Gehsteig lag, auf der Kreidezeichnung einer Madonna in Lapislazuli und Rubin, die jemand früher am Tag gemalt hatte. Ein fetter, glatzköpfiger Mann in einem gelben Pelzmantel, der stehengeblieben war, um sich an einem Stand einen Hot dog zu kaufen, reichte seinen Hot dog ruhig einer Frau an der Bushaltestelle und zog seinen Gürtel aus der Hose. Dann kniete er sich hin, zog dem Mann die Skimaske vom Gesicht und steckte ihm den Gürtel zwischen die Zähne, damit er seine Zunge nicht verschluckte.

»Das ist ein Epileptiker«, sagte ich zu Veronica, die zum Empire State Building hinaufblickte. Ich sah ebenfalls nach oben und bemerkte, wie der dichter werdende Schnee um die riesige Antenne oben auf dem Dach herumwirbelte.

»Es sieht so friedlich aus dort droben«, sagte sie. Dann trat sie abrupt auf die Straße, um einem Taxi zu winken.

Der fette Mann stand auf, seine Knie waren naß vom Gehsteig, und die Menge schloß sich um den Epileptiker, dessen Gesicht ich nicht gesehen hatte. Der fette Mann nahm der Frau seinen Hot dog wieder ab, biß, während er zu mir herüberblickte, kräftig hinein und kaute genüßlich. Ein Bus mit der Nummer 8 fuhr vor, und er bestieg ihn, ohne sich seinen Gürtel wiedergeholt zu haben. Die Frau ging ins Empire State Building hinein, und auf dem Rücken ihres Mantels sah ich eine Mondsichel aus Sternen, identisch mit der, die die Schneeflocken auf Veronicas Mantel gebildet hatten.

Als Veronica die Tür eines Taxis öffnete, sah ich, daß die Mondsichel auf ihrem Mantel verschwunden war. Ich schlüpfte neben ihr hinein, und sie nannte dem Fahrer eine Adresse auf der West Side, nahe der Eleventh Avenue.

»Ich möchte, daß du meine Freundin Keko kennenlernst«, sagte sie. »Wir könnten ihr etwas zu essen mitbringen. Nach Einbruch der Dunkelheit verläßt sie nicht mehr gerne das Haus.«

<u>5</u>

Der alte Mann hinter der Kasse in dem Restaurant an der West 30th Street begrüßte Veronica, als wäre sie ein Stammgast. Das Lokal hieß Dragon's Eye. Es war dunkel und eng, mit einer einzigen Reihe schmaler Nischen. Der Mann trug eine rote Krawatte und ein rotes Hemd. Er sah sich gerade in einem kleinen Fernseher, der zwischen verstaubten Schnapsflaschen eingekeilt war, einen Film auf dem chinesischen Sender an. In dem Film hielt sich eine junge Frau in blauem Slip eine Rasierklinge ans Handgelenk. Sie stand über einem dampfenden Waschbecken vor einem Spiegel. Ihre Lippen waren verzerrt.

Nachdem der Mann unsere Bestellung aufgenommen hatte, ging er durch einen Perlenvorhang (auf den ein Drache mit Augen wie glühende Kohlen aufgemalt war) in die Küche. Er hatte kurze Beine und einen schwankenden Gang.

Veronica hatte nur Fischgerichte bestellt: Tintenfisch in Knoblauchsauce, geschmorte Krabben, schwarzen Barsch, gefüllt mit Austern und Seeigeln. Während wir auf den hohen, mit rotem Vinyl bezogenen Hockern saßen und warteten, zündete Veronica sich eine Nelkenzigarette an und erzählte mir von Keko.

»Sie ist mit ihrer Tante in dieses Land gekommen, als sie fünfzehn war. Aufgewachsen ist sie auf einer der kleinen nördlichen Inseln Japans. Ihre Schwestern waren Perlentaucherinnen und exzellente Schwimmerinnen. Auch sie hat ungewöhnliche Begabungen. Sie kann Dinge außerhalb des Bereichs unserer Sinne wahrnehmen – manche nennen das Hellseherei. Und manchmal kann sie Träume von Menschen vorhersagen, bevor diese sie träumen.«

Was mir Veronica nicht gesagt hatte, war, daß Keko blind war.

Keko wohnte in einem alten braunen Haus in der gleichen Straße, ein Stück vom Restaurant entfernt. Es war eines der Gebäude, in denen der Aufzug vom zwölften direkt in den vierzehnten Stock führt – und der dreizehnte aus Aberglauben vermieden wird. Aber als wir im Lastenaufzug hinauffuhren, stiegen wir in einem – nicht bezeichneten – Stockwerk zwischen dem zwölften und dem vierzehnten aus, wo es eine einzelne Stahltür gab. Veronica klingelte und sperrte gleich darauf mit einem der Fichet-Schlüssel an ihrem Ring die Tür auf.

Ich folgte ihr in eine Diele, die so hoch und eng war, daß ich das Gefühl hatte, wir stünden am Boden eines Schachts. Ich blickte nach oben, und dort, von einem ganz kleinen Strahler beleuchtet, klingelte an einem Draht ein Mobile mit zwei blaugelben Vögeln. Der Boden war ein Mosaik aus leuchtenden Kacheln: ein silbernes Seepferdchen umrahmt von Nautilusgehäusen. Veronica drückte auf einen Schalter, und die Wand vor uns öffnete sich leise.

Wir betraten ein enorm großes, in japanischem Stil eingerichtetes Zimmer mit schwarzen Bodenmatten, niedrigen

Lackmöbeln mit silbernen Leisten und Wandschirmen aus Reispapier, die mir bis zur Brust reichten und das Zimmer unterteilten. Auf den Paravents waren Tuschzeichnungen von Seepferdchen zu sehen. Zwei breite Fenster aus kleinen, sechseckigen Scheiben gingen nach Osten und Süden. Zu meiner Rechten stand ein imposanter schwarzer Wandschirm aus acht Tafeln, auf denen in einer Bilderfolge ein weißes Reh auf der Flucht durch einen Wald dargestellt war. Nur auf der letzten Tafel wurde der vom Mondlicht geworfene Schatten seines Verfolgers sichtbar: ein Panther. Auf dem Sims eines schwarzen Marmorkamins erblickte ich einen Satz Jadefiguren, welche die Charaktere des No-Theaters darstellten. An der gegenüberliegenden Wand standen Topfpflanzen: Sie waren hochgewachsen, mit schwarzen, gummiartigen Blättern. In ihrer Mitte stand auf einem Podest die Bronzebüste einer Frau. Sie hatte leere, stierende Augen und zeigte knurrend die Zähne. Es handelte sich um eine Art Medusa, aber statt Schlangen war ihr Haupt von einem Bienenschwarm bedeckt, die zu Hunderten genau herausgearbeitet waren.

Dominiert wurde der Raum jedoch von einem gewaltigen, hell erleuchteten Aquarium in der Mitte. Es mußte mehrere tausend Liter Wasser enthalten, war sehr breit, etwa eineinhalb Meter tief und stellte ein Abbild des Zimmers in Miniatur dar. Eine Reihe dunkler Pflanzen mit gummiartigen Blättern befand sich auf der einen Seite; am Boden schwarzer Kies als Entsprechung zu den sechseckigen Bodenkacheln des Zimmers; die gleichen niedrigen Möbel, identisch arrangiert, bis hin zu Repliken der drei Messingstehlampen, die den Raum diagonal durchkreuzten. Die Reispapierschirme waren in dem Aquarium durch dünne, weiße Glasscheiben ersetzt und ebenfalls mit gezeichneten Seepferdchen verziert. Selbst der Wandschirm mit dem Reh befand sich an der gleichen Stelle – obwohl der Schatten des Panthers auf der letzten Tafel fehlte. Und eine winzige Marmorbüste. Durch das Labyrinth von Paravents glitt langsam ein einzelner Fisch. Der Fisch war schlank und klein, blaßrosa mit weißer Zeichnung auf den Flossen, und er hatte reinweiße Augen.

Menschliche Farben, dachte ich.

»Er ist blind«, sagte Veronica über meine Schulter.

Ich hatte so konzentriert in das Aquarium gestarrt, daß ich gar nicht gemerkt hatte, daß Keko durch eine schwarze Schiebetür hinter uns ins Zimmer getreten war.

Sie war schlank, Ende zwanzig, und kaum mehr als einen Meter fünfzig groß. Ihr schwarzes Haar war über ihre rechte Schulter gekämmt. Sie hatte eine kleine Nase und lange Augenbrauen. Ihre Haut schien von innen erleuchtet zu sein, als hielte man eine Kerze an rosa Marmor. Sie trug einen schwarzen Kimono und eine dunkle Brille und bewegte sich mühelos durch den Raum, als glitte sie zwischen den Gegenständen hindurch. Veronica küßte sie auf die Wange, und Keko ließ die Fingerspitzen über Veronicas Lippen gleiten.

»Du schläfst immer noch nicht gut«, sagte Keko mit sanfter, klarer Stimme. »Wen hast du mitgebracht?«

»Das ist Leo«, antwortete Veronica, und Keko nahm meine Hand. Ihre Hand war kühl, ihre spitz zulaufenden Nägel waren glänzend in Korallenrot lackiert.

»Hättest du gerne einen Drink, Leo, oder vielleicht Tee?« fragte sie, bevor sie meine Hand losließ.

»Tee wäre gut.«

Veronica reichte ihr die Tüte mit dem Essen. Keko zuckte mit der Nase. »Tintenfisch«, sagte sie. »Schwarzer Barsch. Und Krabben. Gut.« Dann verschwand sie durch die Schiebetür.

Veronica folgte einem Weg durch die Wandschirme zu einem Schränkchen und nahm eine Flasche Wodka und ein kleines Glas heraus. Fragend hielt sie ein zweites Glas in die Höhe.

»Na gut«, sagte ich.

Sie kniete sich neben mich auf eine der Matten.

»Du hast dich gefragt, wie lange Keko schon blind ist«, sagte sie.

»Nein«, antwortete ich.

Sie wußte, daß ich log. »Okay«, lächelte sie.

»Dann ist sie nicht blind auf die Welt gekommen?«

»Nein, nein.« Sie stieß mit mir an und trank. »Nein, das hat eine Geschichte.«

Keko kam zurück und setzte jedem von uns ein schwarzes Tablett vor, auf dem sie kleine rechteckige Tellerchen arrangiert hatte. Die Meeresfrüchte waren hervorragend, knusprig und mit wenig Öl zubereitet. Neben den Hauptgerichten gab es kleine Schüsselchen mit Gewürzen: geraspelter Ingwer, getrocknete Bonitostreifen, verschiedene eingelegte Gemüse und kleingehackte scharfe Paprikaschoten. Wir aßen mit Stäbchen, und mir fiel auf, daß sowohl Keko als auch Veronica Linkshänderinnen waren.

Im Gegensatz zu Veronica wollte Keko viel über mich wissen. Veronica hörte aufmerksam zu, hielt den Blick aber auf ihren Teller gerichtet und sagte nichts.

»Ich bin Photograph«, sagte ich.

»Was machst du für Photos?«

»Meist Porträtaufnahmen, für Zeitschriftenartikel. Ich bin Freiberufler.«

»Und davor?«

»Da war ich Nachrichtenphotograph. Weltweit unterwegs. Bodengefechte und Revolutionen waren meine Spezialität.«

»Das muß ein gefährlicher Job gewesen sein.«

»Manchmal. Es war eine Art, die Welt zu sehen. Und davor habe ich mein Medizinstudium abgebrochen.«

»Und davor warst du auf See«, sagte Keko.

Überrascht blickte ich zu Veronica hinüber, die aber gerade eine Auster mit Ingwer garnierte und den Blick auf den Teller richtete. »Woher weißt du das?« fragte ich Keko.

Sie preßte die Lippen zusammen. Das tat sie, wie mir klar wurde, statt zu lächeln. Keko lächelte nicht.

»Mit dreiundzwanzig habe ich in der Nordsee auf einem Eisbrecher gearbeitet.«

Fragend neigte sie den Kopf.

»Ich hatte Pech in der Liebe«, erklärte ich mit einem angestrengten Lächeln. »Also bin ich zur See.«

»Aber seither hattest du wieder Pech in der Liebe«, sagte sie. »Ist das immer noch deine Lösung?«

Wieder war ich verblüfft. »Zur See zu gehen? Nein, das ist nicht mehr so einfach.«

»Es scheint, als hättest du bereits mehrere Leben gelebt«, sagte Keko.

»Stückchenweise, ja.«

»Du bist nicht in New York geboren worden.«

»Nein. In Miami.«

»Und bei deinem Job bist du noch viel unterwegs, aber nicht mehr ganz so oft.«

»Das stimmt.«

Sie kaute nachdenklich ein Stück Tintenfisch, und ich sah meine doppelte Spiegelung in ihren dunklen Brillengläsern.

»Darf ich dein Gesicht berühren?« fragte sie einfach und rutschte näher zu mir her.

»Ja, gut.«

Sie fuhr mit den Fingerspitzen darüber, wie sie es bei Veronica gemacht hatte. Aber langsamer. Kühl spürte sie meinen Lippen nach, den Wangen, Nase und Augen. Ihre Berührung auf meinen Augenlidern wirkte beruhigend, und weiche Wellen durchliefen meinen Körper. Als sie schließlich ihre Fingerspitzen wegnahm, wünschte ich, sie hätte es nicht getan.

»Von deiner Stimme und deinen Bewegungen her hatte ich schon eine Vorstellung, wie du aussiehst«, sagte sie, »aber jetzt ist es klarer. Ein bißchen über eins achtzig. Gut gebaut, symmetrische Züge. Du hattest vor vielen Jahren einen Nasenbeinbruch, aber er ist gut verheilt. Deine Augen sind... braun.«

»Das stimmt. Aber wie hast du meine Größe geschätzt?«

»Ach, das wußte ich schon vorher, wegen deiner Stimme. Die Winkel, aus denen Stimmen zu uns dringen, verraten viel. Wenn man sich auf Töne verläßt, kann man Bilder damit malen. Du hast dir bei einer Prügelei die Nase gebrochen, stimmt's?«

»Ja.«

»Worum ging es?«

Ich zögerte. »Ein Polizist hat einen Freund von mir angegriffen, und ich habe versucht, ihn zurückzuhalten. Das war auf Zypern, unter Kriegsrecht, und ich kann froh sein, daß ich dort rausgekommen bin.«

Keko rutschte wieder weg von mir, setzte sich auf ihrer Matte in den Lotossitz und faltete die Hände im Schoß. Veronica saß immer noch schweigend und ganz still da.

»Weißt du, daß wir heute nacht einen blauen Mond haben?« fragte mich Keko. »Den zweiten Vollmond in diesem Monat.«

»Nein, das wußte ich nicht.«

»Das letzte Mal gab es vor zehn Jahren einen blauen Mond. Und dieses Jahr wird es noch einen geben, im Mai. Zwei in einem Jahr gab es zum letzten Mal vor dreißig Jahren. In dem Jahr, in dem du und Veronica geboren worden sind.«

Ich fragte mich, woher sie das wußte. Natürlich, mein Geburtsdatum stand irgendwo in meinem Geldbeutel, auf diversen Ausweisen.

»Der blaue Mond führt zu magischen Ereignissen«, fuhr Keko fort, und jetzt sah Veronica zu mir auf. »In Tibet zum Beispiel, wo letzte Woche, am 1. Februar, das neue Jahr begonnen hat, ist der blaue Mond ein Zeichen dafür, daß sich der Himmel um seine Achse dreht. Merkwürdige Verwandlungen werden möglich. Die Toten können leichter reisen, und während ihrer Reise können sie zeitweise den Lebenden innewohnen, was zu unerwarteten Begebenheiten führt. Als ob jemand sagt: ›Ich fühle mich gerade nicht wie ich selbst.‹ Oder jemand hat ein Déjà-vu-Erlebnis, was soviel ist wie ein Augenblick aus einem anderen Leben. Oder dem Leben eines anderen Menschen. In Tibet verstecken sich die Herzschwachen in den Häusern, verhängen die Fenster und schließen die Türen, damit das Mondlicht sie nicht berührt. Ich habe einen Mondglobus in meinem Schlafzimmer. Lunare Kartographie und die Geschichte früher Mondkarten sind sehr interessant. Möchtest du mehr darüber hören?« fragte sie und klang jetzt ganz entspannt, als sie aufstand. »Ich hol dir erst noch was zu trinken. Diesmal mit Eis?«

6

Während ich in ihr gewaltiges Aquarium starrte und das pikante Essen mit Pfefferwodka hinunterspülte, erzählte mir Keko, daß Thomas Harriot, der elisabethanische Mathematiker und Freund Sir Walter Raleighs, im Jahr 1610 als erster mit Hilfe eines Teleskops eine Mondkarte gezeichnet habe. Da Harriot von Spionen der Sternkammer überwacht wurde und Angst hatte, seine wissenschaftlichen Entdeckungen zu veröffentlichen, dachte man lange, Galileos Mondkarten – die ein Jahr später entstanden – seien die ersten gewesen. Die Wegbereiter der Lunarkartographie nach Galileo waren Langrenur, der als erster bestimmte Merkmale auf der Mondoberfläche benannte, Riccioli, der die dunklen Flecken für Ozeane hielt und so die Bezeichnungen für die Meere der Fruchtbarkeit und der Ruhe erfand, und Hooke, der die Theorie aufgestellt hatte, die Mondkrater seien durch Meteoriten entstanden.

Keko erzählte das alles ganz selbstverständlich, als würde sie nur mein Gedächtnis auffrischen, obwohl mir das alles neu war. Für Harriot interessierte sie sich am meisten.

»Und für seine Verbindung zu Raleigh, aber das erzähle ich dir ein andermal«, sagte sie.

Sie schenkte mir noch Wodka nach. Und nachdem ich dem blinden Fisch zugesehen hatte, wie er sein Labyrinth einmal vollständig umrundete, stand sie auf und nahm meine Hand.

»Komm.«

Sie führte mich zu der Tür, aus der sie vorher herausgekommen war. Die Seide ihres Kimonos raschelte kaum, als sie sich bewegte. Ihre Schritte waren kurz und sicher. Hinter mir hörte ich, wie Veronicas Eßstäbchen aufhörten zu klicken, und spürte ihre Augen auf meinem Rücken.

Wir folgten einem schmalen, L-förmigen Korridor, dessen Wände mit schwarzer Seide bespannt waren. Es gab keine Lampen, und auf dem Boden lag ein schwerer Teppich.

»Bitte entschuldige die Dunkelheit«, sagte sie. »Sonst kommt nie jemand hierher, außer der Haushälterin am Morgen.«

Wir kamen zu zwei identischen Türen, die sich nebeneinander an der gleichen Wand befanden. Sie waren mit Leder gepolstert und hatten goldene Türklinken. Keko holte einen kleinen goldenen Schlüssel aus den Falten ihres Kimonos.

»Das ist ein Schlüssel, den du nicht an Veronicas Schlüsselring finden wirst«, sagte sie trocken.

Sie schloß die linke Tür auf, und wir betraten einen Raum, in dem es mindestens fünf Grad kühler war als im Rest des Lofts. Drinnen war kein Anzeichen der anderen Tür zu sehen, die identisch mit der war, durch die wir hereingekommen waren. Mir war nicht klar, wie die zweite Tür überhaupt irgendwohinführen konnte.

»Du überlegst, wohin die andere Tür führt«, sagte Keko und preßte die Lippen zusammen. Aber als sie mit einem Schalter an der Wand eine Reihe rosafarbener Spots einschaltete, vergaß ich die Tür völlig.

Vor mir stand ein Mondglobus, der vom Boden bis zur Decke reichte und das halbe Schlafzimmer einnahm. Es war ein großer Raum mit hoher Decke, und der Globus hatte einen Durchmesser von etwa fünf Metern.

Keko nahm eine Fernbedienung von einem Stuhl und drückte auf einen der Knöpfe. Ein helles Licht erleuchtete den Globus von innen und hob die Züge des Mondes hervor. Berge, Krater und Täler waren exakt als Flachrelief nachgebildet, völlig maßstabgerecht, und die Namen waren in Blindenschrift eingeprägt. Der Globus stand auf einem Stahlpodest, und als

Keko auf einen anderen Knopf drückte, drehte er sich langsam um seine Achse, während sie darauf zuging.

Neben dem Globus stand ein kompliziertes, bewegliches Gerüst. Eine Wendeltreppe führte zu einer mit einem Geländer umgebenen Plattform, auf der ein Drehstuhl und ein kleiner Tisch standen. Einige Bücher, eine Flasche Mineralwasser und ein Glas befanden sich auf dem Tisch. Diese Plattform war gut zwei Meter vom Boden entfernt, und von dort aus konnte Keko den größten Teil der nördlichen Hemisphäre des Mondes erreichen. Eine weitere Wendeltreppe führte von der Plattform aus zur nördlichen Polarkappe, die sie von einem Mastkorb aus berühren konnte.

Keko winkte mich zu sich, nahm meine Hand und legte sie auf den Globus. Er bestand aus hartem, gegossenem Plastik. »Er ist auf Stahl gebaut«, sagte sie. »Dabei wurden Daten der neuesten Satellitenphotos und Untersuchungen zugrundegelegt. Die gesamte Kartographie wird jetzt nämlich mit Computern gemacht. Fühl mal diesen Gebirgszug.«

»Er ist unglaublich detailliert«, staunte ich.

»Er wurde nach dem Mond im Planetarium von Mailand modelliert. Bis auf die Brailleschrift natürlich.«

Sie schaltete die Spots aus, stoppte die Rotation des Globus und verstärkte das Licht von innen. »Geh bitte auf die andere Seite des Zimmers, neben mein Bett.«

Diese Hälfte ihres Schlafzimmers enthielt noch eine niedrige Kommode, Kakteen und einen unpassenden florentinischen Diwan in einem Alkoven, auf dessen drei Seiten in Regalen Bücher in Blindenschrift standen.

»Ja, dort«, rief sie, als ich die Kakteen hinter dem Bett erreichte. Unter dem riesigen, erleuchteten Globus wirkte Keko klein und zerbrechlich, ihr Gesicht schimmerte geisterhaft in dem bleichen Licht, und ihre dunkle Brille funkelte. »Sag mir, Leo, hast du irgendwo auf der Welt schon einen schöneren Mond gesehen?«

7

Der Neptunclub lag an der Vestry Street, einen Block vom Hudson River entfernt, und man mußte zwei steile Eisentreppen hinuntersteigen. Das Gebäude darüber war eine ehemalige Tintenfabrik mit zugemauerten Fenstern, die jetzt in ein Kühlhaus umgewandelt worden war. Auf einem verblaßten Wandgemälde an der Hausmauer standen beinahe unkenntlich die Worte NIGHTSHADE INK (über einer Tintenflasche in Form einer Sanduhr, aus der ein Geist herausschlüpfte). Die gepflasterte Straße war naß. Der Hydrant an der nächsten Ecke war aufgedreht, und der Wasserstrahl war in der Luft gefroren, silbern und schwarz.

In dieser Nacht war die Temperatur auf über zwanzig Grad unter Null gefallen. Die kälteste Nacht des Jahres. Der Wind war rasiermesserscharf.

Ich saß an einem kleinen runden Tisch neben einer schwarzlackierten Säule und wartete darauf, daß das Chronos-Sextett die dreieckige Bühne bestieg, wo ihre Instrumente unter blauen Scheinwerfern auf sie warteten. Die Baßtrommel war mit der gleichen Mondsichel aus Sternen verziert, den die Schneeflocken auf Veronicas Mantel gebildet hatten. Der Club bestand aus einem Dreieck in einem Kreis – die Tische führten in konzentrischen Kreisen nach außen. Sie nahmen sich wie die Ringe des Saturn aus, weil der gesamte Boden von rechts nach links leicht geneigt war. Die mit silbernen Dreizacken bemalten Wände waren ebenfalls schwarz lackiert, und das gedämpfte Licht tanzte darauf, wie Licht unter Wasser.

Die Kellnerinnen trugen schwarze Badeanzüge, silberne Dominomasken, schwarze Matrosenmützen und Stiefel. Jede hatte einen tätowierten Dreizack auf der linken Schulter. Ich bestellte, was ich bei Keko getrunken hatte: einen Pfefferwodka, pur.

Es war zehn vor zehn, und das Lokal füllte sich langsam. An

einem Tisch in der Nähe zankte sich in einer mir unbekannten Sprache ein dicker, glatzköpfiger Mann, der in seinem Pelzmantel stark schwitzte, mit seinem Begleiter, einem jungen Mann in Stretchhosen und Reitjacke, der gerade ein Opernglas scharfstellte. Den Dicken erkannte ich als den Mann wieder, der vor dem Empire State Building dem Epileptiker seinen Gürtel zwischen die Zähne geschoben hatte.

Eine alte Frau in einer grellroten Perücke und einem weißen Kittel betrat durch einen Samtvorhang die Bühne. Sie öffnete den Deckel des weißen Klaviers, korrigierte die Neigung des Beckens am Schlagzeug und schlurfte dann zurück durch den Vorhang. In diesem Moment tauchte Veronica aus der Dunkelheit auf und setzte sich zu mir an den Tisch. Ihre Kleider waren wieder von Kopf bis Fuß getupft, und sie war stark geschminkt – schwarz und weiß – dick Wimperntusche, Augenbrauenstift und graues Lipgloss.

»Und was hältst du von Keko?« begrüßte sie mich.

Aber ich starrte auf ihre Tupfen. Ich fiel plötzlich hinein. Sie schienen dreidimensional zu sein – schwarze Löcher, wie sie es ausgedrückt hatte.

»Du hast dich umgezogen«, sagte ich.

»Das trage ich immer bei Auftritten. Als wir uns neulich abends in dem Restaurant getroffen haben, bin ich direkt von hier gekommen.«

»Der Grundriß ist den Ringen des Saturn nachgebildet, stimmt's?«

»Oh, der Neptun hat auch Ringe, wir können sie nur nicht sehen.« Sie nahm einen Schluck aus meinem Glas. »Nun also zu Keko.«

»Seit wann ist sie blind?«

»Seit fünf Jahren. Sie hat früher als Callgirl gearbeitet. Die Tante, mit der sie hergekommen ist, hat sie dazu gebracht. Kekos Familie in Japan dachte, die Tante würde Keko in ihrer Schneiderei arbeiten lassen. Aber die Tante stand bei chinesischen Kredithaien tief in der Kreide. Sie hatte ihr Geschäft verloren. Sie war heroinsüchtig und hat Keko benutzt, um einen Teil ihrer Schulden abzuzahlen. Als Keko achtzehn war, ist die Tante an einer Überdosis gestorben. Keko war der Meinung, sie sei ermordet worden. Aber zu diesem Zeitpunkt hat Keko für ein Syndikat gearbeitet und tausend Dollar pro Nacht kassiert, wenn sie sie als Hosteß in einen ihrer Edelclubs geschickt haben. Eines Nachts hat ein Kunde sie in ihrem Büro erwischt und vergewaltigt. Aber erst, nachdem sie ihm einen Kampf geliefert hat. Sie hat ein Glas zerbrochen und ist auf sein Gesicht losgegangen, und er hat sie geprügelt, bis sie bewußtlos war. Als sie wieder zu sich kam, konnte sie nichts sehen, Einer ihrer früheren Kunden hat davon erfahren und ihr einen Job als seine Geliebte angeboten, Vollzeit. Er war Mitte sechzig, ein reicher Armenier, Möbelimporteur. Er hat ihr eine Wohnung eingerichtet, mit Haushälterin, und zweimal die Woche ist er vorbeigekommen. Es machte ihn an, mit einer blinden Frau zu schlafen. Sie war ganz Berührung. Er hat sie aber gut behandelt, und als er vor zwei Jahren gestorben ist, hat er ihr viel Geld hinterlassen.«

So etwas hatte ich nicht erwartet, nachdem ich mehrere Stunden mit Keko verbracht hatte. »Und der Typ, der sie vergewaltigt hat?« fragte ich.

Veronicas Wange zuckte. »Was ist mit ihm?«

»Ist er erwischt worden?«

»Leute aus der Bande sind in seiner Schuld gestanden. Sie wären ihm nie zu nahe gekommen. Also auch die Polizei nicht. Was erwartest du.« Sie nahm einen Stahlkamm heraus und fuhr sich damit durch die Haare. »Er hält sich immer noch hier auf und dreht immer noch durch wegen ihr. Er hat sie sogar schon ein paarmal bedroht. Jetzt hat sie einen Leibwächter, der sie nie alleinläßt.«

»Heute abend habe ich ihn aber nicht gesehen.«

Sie lächelte. »Er war da. Im gleichen Raum wie wir.«

Die Lampen wurden dunkler, und sie stand auf. »Eines Tages bekommt er es heimgezahlt«, sagte sie kalt.

33

Sie beugte sich zu mir und streifte mit ihren Lippen über meine, und ich roch das Parfüm in ihren Haaren, scharf wie Ingwer. Es war das erste Mal, daß sie mich küßte.

»Ich habe sogar das Gefühl, daß er heute abend hierher kommt«, flüsterte sie und ging dann zwischen den anderen Tischen hindurch zur Bühne, als die anderen Musiker durch den Samtvorhang traten.

In dem Augenblick, bevor die Lampen völlig gelöscht wurden, glaubte ich zu sehen, wie sich der Mann mit der Zickzacknarbe aus der Kunstgalerie an einen Tisch direkt gegenüber von mir setzte.

Als das Set vorbei war und die Lichter wieder angingen, war der Tisch leer. Aber in der Mitte stand ein Weinglas, und im Aschenbecher lag eine brennende Zigarette.

8

Der Saxophonist verkündete mit krächzender Stimme durch das Mikrophon, daß einer der Monde des Neptun ein zweitausend Meilen tiefes Benzinmeer sei, in das eine grüne Wolke mit dem Durchmesser von sechs Erdmonden noch zusätzlich Benzin abregne, und zwar elf Millionen Liter pro Stunde. Dann ging er abrupt zu einem ausgedehnten Solo über, eine hohe, spannungsgeladene Sequenz, die meine Zahnfüllungen zum Vibrieren brachte. Er war jung und gelenkig und trug einen Lederoverall und eine pelzgefütterte Mütze mit Ohrenklappen, wie man sie in extremen Bergregionen wie Tibet trägt.

In dunkelblaues Licht gebadet, setzte der Rest des Sextetts nacheinander ein. Zuerst der Bassist: ein glatzköpfiger Schwarzer Mitte Sechzig mit einem weißen Schnurrbart. Er trug ein Monokel mit rotem Glas und ein mit Ziffern bedrucktes Cape und legte eine pulsierende Baßlinie hin – immer wieder die gleiche Abfolge von sechs Tönen –, die jeden zweiten Beat mit meinem Pulsschlag zusammenfiel. Dann Veronica, die weich auf dem Klavier klimperte. Die Schlagzeugerin, ein androgynes Mädchen unter zwanzig mit leuchtendblauen Haaren, trug einen Männeranzug und wischte mit Stahlbesen gekonnt und elektrisierend über die Becken. Und die Percussionistin, die Kastagnetten gegeneinanderschlug und eine komplizierte Abfolge von Glocken und Triangeln spielte und damit einen feinen Kontrapunkt zum Schlagzeug setzte. Und schließlich der Posaunist, der wie ein Gewichtheber gebaut war und eine Kettenweste trug. Er akzentuierte das Ganze mit scharfen, disharmonischen Ausbrüchen.

Zu meiner Überraschung war die Percussionistin die alte Frau mit der roten Perücke (jetzt mit einem passenden Tuch um den Hals), die vorher auf die Bühne gekommen war, um die Instrumente zu überprüfen. Obwohl der Saxophonist alle Ansagen machte, war die alte Frau eindeutig der Kopf des Sextetts. Durch eine subtile Kombination von Blicken und Gesten gab sie den anderen musikalische Anweisungen.

Veronica mit ihren Tupfen wirkte in dieser Gruppe geradezu gediegen.

Der Klang, den sie produzierten, schien von hoch oben herunterzuschweben, von weit jenseits der schwarzen Decke, dem Dach der ehemaligen Tintenfabrik und dem Sternenhimmel über der Stadt.

Musik aus dem Weltraum. Wie die Harmonien, die von Radioteleskopen auf einsamen Berggipfeln mitten in der Nacht aufgefangen werden.

Die Veronica am Klavier war anders als diejenige, die ich bisher gesehen hatte. Hätte ich sie nicht von meinem Tisch aus ins Scheinwerferlicht treten sehen, hätte ich sie vielleicht gar nicht erkannt. Sie saß steif da, die Augen waren wie in Trance geschlossen, Schultern und Arme waren starr. Nur ihre Finger bewegten sich. Ich stellte sie mir als kleines Mädchen vor, wie sie ihren Vater bei seiner Zaubernummer begleitete: über eine Tastatur gebeugt, von einer kleinen Lampe beleuchtet, im Orchestergraben eines dunklen Theaters.

35

Sie spielte mit kalter Präzision, zuerst nur auf den oberen Oktaven. Eisige Stakkatoläufe, die sich zu ihrem Solo entwikkelten. Die linke Hand glitt die Tastatur hinab zu den unteren Registern und beschleunigte das Tempo – jeder Takt kam gleichzeitig mit meinem Herzschlag –, während sie in die chromatische Tonleiter wechselte und um das ursprüngliche Thema des Saxophonisten herum frei improvisierte.

Ich schloß die Augen und sah einen Schwarm Meteoriten durch das All schießen, wie brennende Bienen.

Und ich erinnerte mich an die Nacht, in der ich Veronica kennengelernt hatte. Ich war gerade vom Fährhafen am Battery Park zurückgelaufen. Seit mehreren Monaten war ich regelmäßig dorthingegangen, hatte mich auf eine Bank zwischen skelettartigen Bäumen gesetzt, vor mir in der Ferne die Freiheitsstatue, und hatte zugesehen, wie die Menschenmengen durch die Drehkreuze strömten, um an Bord der Fähre zu gehen. Minuten später verschwanden ihre funkelnden Lichter in dem schwarzen Nebel, und die Fähre fuhr vom Hafen weg, auf Staten Island zu. Dann dockte die einlaufende Fähre an, eine weitere Menschenmenge ging an Bord, und sie fuhr ab. Ich mußte dieselben beiden Fähren ein Dutzend Mal gesehen haben, wie sie kamen und abfuhren, bevor ich aufstand und mir den Schnee vom Hut abklopfte.

Immer wenn sie die Nacht mit mir verbracht hatte, saß ich auf dieser Bank, nachdem ich mich von der Frau verabschiedet hatte, in die ich mich im vorigen Jahr verliebt hatte. Doch öfter hatte ich selbst die Fähre genommen, um sie zu besuchen. Es gefiel mir, daß sie auf Staten Island lebte und ich sie nur erreichen konnte, indem ich die grauen Wasser des Hafens überquerte. Sie war Illustratorin, und ich hatte sie bei einer der Zeitschriften kennengelernt, für die ich damals gearbeitet hatte. Immer wenn sie mich in ihrem weißen Coupé vom Fährhafen in St. George abholte, überfuhr sie jede rote Ampel bis zu ihrem Haus. Immer wenn wir über eine Kreuzung rasten, unter den über uns hängenden Ampeln, küßte sie sich auf die

Fingerspitzen und schlug damit gegen das Autodach. Sie hatte auch einen Pilotenschein und besaß eine kleine zweimotorige Cessna auf dem Floyd Bennett Field, auf der anderen Seite der Bucht. Zu meiner Freude hatte sie mich mehrere Mal mitgenommen, hatte das Flugzeug durch die Wolken gezogen und war hoch über der Stadt gekreist. Ihr Vater, ein Marinepilot, hatte ihr das Fliegen beigebracht und ihr das hohe, mit Schindeln gedeckte Haus an der Upper New York Bay hinterlassen, wo sie alleine lebte. Das Haus hatte eine Galerie auf dem Dach, von wo aus man in klaren Nächten den Sandy-Hook-Leuchtturm im Süden sehen konnte. Wir saßen immer bis spätnachts dort oben, tranken weißen Rum und blickten durch ein Teleskop über das Wasser auf die Frachter und Ozeankreuzer, die in den Hafen von New York einliefen oder wegfuhren. Das Haus war nicht besonders groß, aber mir kam es größer vor, wenn ich daran dachte, daß sie dort ganz allein wohnte, am Ende einer schmalen, von Salzgras gesäumten Straße.

Obwohl ich immer alleine gelebt hatte und das auch vorzog, konnte ich mir durch die Tage, die ich in diesem Haus verbracht hatte, vorstellen, mit ihr dort zu leben, ohne jemals längere Zeit unglücklich zu sein. Mit jedem Besuch fiel mir der Abschied schwerer. Aber sie bot mir nicht an, bei ihr einzuziehen, nicht einmal länger als jeweils nur ein paar Tage dort zu bleiben. Sie schätzte ihre Einsamkeit so sehr wie ich meine, glaubte ich. Vielleicht sogar mehr. Nachdem ich sie einmal zwei Wochen lang nicht gesehen hatte, hatte ich eines Tages die Idee, ihr einen Heiratsantrag zu machen. Obwohl ich nie ohne vorherige Ankündigung dort aufgetaucht war, nahm ich frühmorgens die Fähre und fuhr mit dem Taxi zu ihr.

Als ich ankam, sah ich zwei Autos in der Einfahrt stehen – ihres und einen Jeep mit einem Nummernschild aus Maryland. Dann sah ich einen Mann auf der Galerie. Er trug denselben Frotteebademantel, den ich bei meinen Besuchen immer angehabt hatte, trank Kaffee und blickte hinaus über die Bucht. Ich glaubte, auch sie an einem der Fenster erkannt zu haben, bevor

37

ich mich umwandte und zurück zur Fähre ging. Falls das zu-
traf, dann war es das letzte Mal, daß ich sie je gesehen habe. Ich
rief nie wieder an, und sie meldete sich ebenfalls nicht.

Das war sechs Monate her. Und in dieser Nacht in der vorigen Woche wollte ich nicht länger die Fähren ein- und auslau-
fen sehen und trottete durch die vom Wind durchfegten Straßen von Lower Manhattan. Ich war lange gelaufen, bis ich Wa-
verley Place erreichte, meine Schultern waren voller Schnee,
und ich hatte an ihre Galerie gedacht. An die Sterne und Planeten und die durch das Teleskop blinkenden Lichter der Frachter. Und an die Lichter von Manhattan, nicht wie sie über dem
Hafen aufragten, wenn ich mit der Fähre hereinkam, sondern
wie glitzernde Punkte einer fernen Stadt – einer Stadt, die Aus-
gangspunkt weiter Reisen gewesen war, selbst wenn ich ihre
Grenzen nie verlassen hatte.

Veronica schloß ihr Solo ab, und der Rest des Sextetts setzte
ein, eine schnelle, laute Sequenz, mit der das Stück so abrupt
beendet wurde, wie es begonnen hatte.

Bevor jemand die Gelegenheit bekam zu applaudieren,
beugte sich der Saxophonist ans Mikrophon vor.

»Der Benzinmond des Neptun heißt Viola«, sagte er mit
noch krächzenderer Stimme. »Genau wie dieses Stück. Wir
haben es ›Viola‹ genannt.«

9

»Ich muß noch nach oben und mir mein Geld abholen«, sagte
Veronica. Wir standen neben zwei schwarzen Doppeltüren
unter einem roten AUSGANG-Schild. »Triff mich in einer hal-
ben Stunde bei dieser Adresse. Schließ dir selbst auf.« Sie gab
mir ein blaßblaues NEPTUNCLUB-Streichholzheftchen (das T
von NEPTUN war ein geprägter Dreizack). Auf der Innenseite
stand mit Bleistift *59 Franklin Street, Nr. 3* geschrieben, und
auf der Rückseite klebte ein Segal-Schlüssel.

Sie zog mich aus dem roten Lichtschein des AUSGANG-Schilds und legte mir die Arme um den Hals, küßte mich mitten auf den Mund, ließ ihre Zunge um meine kreisen und fuhr dann mit der Zungenspitze um meine Lippen, im Uhrzeigersinn. Dann war sie weg.

Mir drehte sich alles. Noch nie hatte mich jemand so geküßt. Nach den letzten Monaten wirkte allein das Zusammensein mit Veronica wie ein Adrenalinstoß auf mich.

Ich bemühte mich, die fünf Straßen zur Franklin Street nicht zu schnell zu gehen. Der Club war sehr verraucht gewesen, ich hatte mehrere Wodkas getrunken, und ich hoffte, die unter null Grad kalte Luft würde mir den Kopf ein wenig freimachen. An der Beach Street blieb ich stehen, um den blauen Mond zu betrachten. Er schien ziemlich nahe zur Erde zu stehen, und die Landschaft war deutlich sichtbar, wie auf dem Mond in Kekos Schlafzimmer. Ich warf einen langen Schatten im Mondlicht, der hinter mir von einer dicht mit Efeu bewachsenen Mauer verschluckt wurde. Als ich das metallisch blaue Licht auf Händen und Gesicht spürte, überlegte ich, ob ich mich lieber hinter verschlossenen Türen verstecken sollte, wie die Menschen in Tibet.

Schwere Wolken waren von Westen heraufgezogen, und es begann plötzlich zu schneien.

Vor 59 Franklin Street, einem fünfstöckigen Backsteinhaus, parkte eine graue Limousine mit getönten Scheiben. Durch die Windschutzscheibe der Limousine sah ich den Umriß eines stämmigen Mannes mit kurzgeschorenen Haaren. Im rechten Ohr trug er ein silbernes Seepferdchen. Bis auf das Blitzen seiner Zähne lag sein Gesicht völlig im Schatten.

Ein paar Stufen nach unten, im Keller des Backsteingebäudes, war ein kleiner Laden namens Nightshade, Inc., der sich auf »Antike Lampen, Spiegel & alte Teleskope« spezialisiert hatte. Nur eine der Lampen im Fenster war eingeschaltet und strahlte einen blassen Lichtbogen hinaus in den Schnee. Neben den Lampen waren mehrere Standspiegel und zwei lange Mes-

39

singteleskope auf Stativen aufgestellt. Sie standen nebeneinander, das eine zeigte nach rechts oben, das andere nach links oben, und zusammen bildeten sie ein vollkommenes V. Sonst war kein Fenster in dem Haus erleuchtet.

Der Messingtürklopfer am Eingang hatte die Form eines Hundekopfs, mit langen, aufgestellten Ohren, leeren Augen und fünf gebleckten Zähnen. Auf jedem war ein Buchstabe eingraviert: T·A·S·H·I. Die Tür war zu, aber als ich den Klopfer berührte, gingen sowohl die Eingangstür als auch die innere Tür, die in die Diele führte, weit auf. In dem düsteren Licht entdeckte ich hoch oben an der Wand die gleiche alte Photographie des älteren Asiaten in der Robe mit dem steifen Kragen, die ich am Vorabend in Clements Haus gesehen hatte. Das Haus, wo Veronica den angeketteten Hund, den ich überhaupt nicht zu Gesicht bekommen hatte, »Tashi« gerufen hatte.

Nr. 3 lag im ersten Stock. Als ich den Treppenabsatz erreichte, blickte ich die steile Treppe hinunter, aber wieder waren in dem Staub keine Fußabdrücke zu erkennen – nur ein wenig schmelzender Schnee auf der ersten Stufe. Ich nahm das Streichholzheftchen vom Neptunclub heraus und entfernte den Klebestreifen von dem Schlüssel. Das Schloß öffnete sich so, wie sich laut Veronica ein gutes Schloß öffnen sollte: wie zwei Steine, die unter Wasser gegeneinanderschlagen.

Das Zimmer, das ich betrat, war stockdunkel und kalt. Meine Schuhe hallten auf einem gekachelten Boden wider. Ich hatte das Gefühl, mich im Weltraum zu befinden. Als ich die Tür schloß, tastete ich nach einem Lichtschalter an der Wand, fand aber keinen.

»Veronica«, rief ich. Meine Stimme klang flach und fremd. »Veronica!«

Als sich meine Augen auf die Dunkelheit eingestellt hatten, machte ich schwere Vorhänge zu meiner Rechten aus. Ich riß ein Streichholz an, hielt es in Armeslänge von mir entfernt, ging weiter in den Raum hinein und sah ein dunkles Rechteck auf dem weißen Boden. Es sah aus wie die Öffnung eines tiefen

Schachts. Als ich mich bückte, sah ich, daß es ein Futon war. In der Mitte war eine kleine Mondsichel aus Sternen.

Plötzlich ging eine Tür auf der anderen Seite des Zimmers auf, und der Umriß einer Frau, schwarz auf schwarz, kam auf mich zu. Sie hatte lange Haare und trug ein bodenlanges Kleid. Ihr Gesicht lag im Schatten.

»Veronica?«

»Schhh«, flüsterte sie.

In den Schichten der Dunkelheit verlor ich sie aus dem Blickfeld. Ich hörte keine Schritte, nicht einmal das Rascheln ihres Kleids. Dann spürte ich ihren Atem in meinem Gesicht. Ich öffnete den Mund, um zu sprechen, aber sie nahm meine Hand, drückte sie, und meine Nackenhaare stellten sich auf. Ihre Fingerspitzen glitten unter mein Handgelenk, als wolle sie mir den Puls fühlen. Ich versuchte angestrengt, ihr Gesicht zu erkennen, aber sie legte mir die andere Hand auf die Brust und schob mich sanft weg. Dann ließ sie mein Handgelenk los, griff in ihr Kleid und holte eine Phiole hervor.

Sie berührte meine Lippen, als Zeichen, daß ich trinken solle. »Was ist das?« fragte ich.

»Schhh«, flüsterte sie und berührte wieder meine Lippen.

Meine Hand zitterte, als ich die Phiole öffnete und sie leerte. Sekunden später schoß eine bittere, eisige Flüssigkeit – ein mir völlig unbekannter Geschmack – in meinen Blutkreislauf und stieg in meine Arme und Beine. Ich spürte ein Pochen in den Ohren, das zu einer komplexen Melodie wurde – wie ein Duett von Geige und Bratsche in einem fernen Raum. Urplötzlich fühlte ich ein Brennen in meiner Brust, einen sich ausdehnenden Feuerkreis.

Geschickte Hände zogen mir Mantel, Jackett und Hemd aus. Sie fuhren mir sanft über die Haut, so daß es prickelte. Sie öffnete ihr Kleid und zog meine Hände auf ihre Brüste, dann bedeckte ihr Mund meine Lippen, und ich merkte, wie ihr das Kleid von den Schultern fiel. Ich stieg aus meiner Hose, und wir waren beide nackt. Ich schloß die Augen und flüsterte:

»Veronica«, und dann, als sie mich hinunter auf den Futon zog, umkreiste ihre Zunge die meine, diesmal gegen den Uhrzeigersinn.

In einem schwungvollen Bogen fuhr sie mit den Fingernägeln über meinen Rücken. Mein Mund löste sich nie von ihrem. Ich vergrub einen, zwei, drei Finger in ihr. Sie stöhnte. Die ferne Musik war noch in meinen Ohren. Meine Augen noch geschlossen. Tief in der Dunkelheit innerhalb der Dunkelheit des Zimmers, als sie mich in sich hineinführte.

10

Ich war auf den Beinen, ich lief, und es war kalt.

Aber wo war ich, und wem folgte ich? Durch eine dunkle, enge Straße, neblig und düster, Katzen schrien in dem Wirrwarr von Gassen. Geschlossene, grobe Fensterläden vor unregelmäßig angeordneten Fenstern. Rinnsteine voller Schmutzwasser, Pferdeäpfeln und Urinpfützen. Undeutliche Eingänge, aus denen hin und wieder zwei Augen mißtrauisch herausschielten. Unter den Füßen lag dicker Schlamm. Niedrige Holzbauten mit steilen Wänden säumten die Straße, und Rauchsäulen aus den Kaminen stiegen in den tintenschwarzen Himmel auf. Die Wolken zogen schnell vorbei wie ein Vorhang, hinter dem umgeben von grünen Sternen ein großer Mond schimmerte.

Ich war in einer Stadt. Ich merkte, wie sie sich um mich herum ausbreitete.

Aber welche Stadt war es? Man hörte nicht das leiseste Brummen einer Maschine oder eines Autos. Und es gab kein elektrisches Licht. Hinter manchen dieser Fenster flackerte das goldene Licht von Kerzen, das durch Spalten in den Fensterläden hinaus in die Nacht drang. Ich kam an einem Stall vorbei und hörte unruhige Tiere in ihren Boxen. Die Brettertüren quietschten im Wind.

Etwa zwanzig Meter vor mir lief mit schnellen Schritten eine Frau in Umhang und Kapuze. Ich folgte ihr. Ihr Atem dampfte vor ihr, und ich hörte meinen eigenen Atem in den Ohren. Ich trug meine eigene Kleidung. Unter meinen Schuhen spritzte der Schlamm hoch, und sie kratzten über die Steine, aber ihre Füße in den hohen Stiefeln machten kein Geräusch. Ich ging schneller, doch die Entfernung zwischen uns blieb die gleiche, obwohl sie nie die Geschwindigkeit zu verändern schien. Und sie sah sich nie um.

Dann gabelte sich die Straße plötzlich. Rechts führte eine von schwarzen Hecken eingerahmte Straße durch einen dichten Wald; links erkannte ich ein Netz von rauchigen, schwelenden Gärten, aus denen es nach verbranntem Fleisch roch. Die Frau schlug den Weg nach rechts ein, ohne ihren Schritt zu verlangsamen.

Und obwohl die doppelten Hecken sich bis zum Horizont zu erstrecken schienen, hatten wir sie binnen Augenblicken hinter uns gelassen und bogen wieder rechts ab, auf einen Kiesweg entlang einem breiten, schnellfließenden Fluß. Eine hohe Steinbrücke mit identischen Türmen auf beiden Seiten führte über den Fluß. Über die gesamte Länge waren willkürlich Wohnungen darauf gebaut. Die Fenster, die über dem Wasser hingen, waren hell erleuchtet, aber leer. Das Licht brach sich wild in den Strömungen darunter.

Als ich wieder auf den Kiesweg blickte, war die Frau verschwunden. Mittlerweile schneite es, der Wind trieb den Schnee in den Fluß und durch die silbrig vereisten Äste der Bäume über mir. Auf dem Boden lag viel Schnee – als hätte es seit Stunden geschneit. Soweit ich sehen konnte, waren meine Fußspuren hinter mir erkennbar, aber die Frau hatte keine hinterlassen. Auch vor mir waren keine zu sehen. Aber ich lief weiter, und der Weg wandte sich nach und nach vom Fluß ab, zurück in den Wald.

Ich kam in einen kreisförmigen, offenen Park und sah ein starr wie eine Statue dastehendes Reh, bedeckt mit Schnee.

Nur die Augen des Rehs bewegten sich, als ich vorbeiging, dann schoß es in die Dunkelheit zurück. In der Mitte des Parks fand ich ein paar frische Abdrücke eines kleinen Fußes – Frauenstiefel. Sie fingen einfach dort an, als wäre jemand vom Himmel gefallen und sei losgelaufen.

Ich folgte den Fußspuren aus dem Park hinaus auf einen Steinweg neben einer Steinmauer. Der schwere Schatten der Mauer verbarg Brombeersträucher, und als ich mich versehentlich am Handgelenk stach, brannte es schmerzhaft. Weit vor mir entdeckte ich die Frau wieder, neben einem Dickicht. Der Schnee hatte eine Mondsichel – leuchtend wie Diamanten – auf dem Rücken ihres Umhangs gebildet.

Als ich das Dickicht erreichte, stieg eine Eule aus einer hohen Kiefer auf und warf ihren Schatten auf den Schnee. Sie flog auf eine Lichtung, die die Frau gerade in Richtung auf ein großes Herrenhaus überquerte, in dem jedes Fenster beleuchtet war. Die Eule umkreiste die Frau einmal, dann blieb sie über ihrem Kopf stehen. Der Schatten ihrer Flügel wurde gewaltig groß, bis er sie einhüllte, und sie verschwand. Bis zu dem Punkt, wo ich stand, verschwanden auch ihre Fußabdrücke, einer nach dem anderen, als würden sie in den Schnee eingesaugt werden.

Das Herrenhaus war im Tudorstil erbaut worden. Drei Stockwerke mit vergitterten Erkerfenstern und ein Turm an jeder Ecke mit einer meergrünen Kuppel darauf. Aus den zwei Kaminen stieg Rauch hinauf in den fallenden Schnee. Das Haus war aus Kalkstein, und dunkle Balken umrahmten und durchzogen die Giebel. Vier breite Stufen weiter oben, flankiert von Statuen von langohrigen Hunden, befanden sich Doppeltüren aus Eiche.

Als ich klopfte, fing gleich hinter der Tür ein Hund laut an zu bellen. Ein tibetischer Lakai in Kniehosen, rotem Hemd und roter Weste ließ mich ein. Sein Haar war lang und hinten zu einem Knoten zusammengefaßt. Er trug spitze Schuhe mit Messingschnallen. Er war jung, aber seine Hände zitterten, und er hatte den Gang eines alten Mannes. Ich hörte es immer noch aus nächster Nähe bellen, aber der Hund war nirgends zu sehen.

Der Lakai führte mich durch zwei lange Gänge. Die Wände des einen waren mit Rüstungen geschmückt, die das anderen mit dunklen Ölgemälden und braunen Wandteppichen. Wir kamen am Eingang zu einer Orangerie vorbei, in der kleine, buschige Bäume voller Orangen standen, die in der Dunkelheit leuchteten. Dann gelangten wir in einen L-förmigen Korridor, der in einen großen Salon führte. In der Kaminecke prasselte ein Feuer, und überall im Zimmer brannten Kerzen, aber sämtliche Möbel waren mit Laken zugedeckt. Auf dem Kaminsims stand eine Marmorbüste mit einem zickzackförmigen Haarriß auf der Stirn. Ein dreieckiger Spiegel an der Wand über dem Kamin reflektierte Möbel und Gegenstände, die, wie mir auffiel, gar nicht im Raum waren.

Ein Mann in einer schwarzen Maske stand inmitten eines Kreises aus Kerzen, die mit Wachs direkt auf den Eichenboden geklebt worden waren. Er trug ein waldgrünes Trikot, Slipper und einen meergrünen Pullover mit blauen Sechsecken auf dem Rücken. Um die Taille hatte er eine schwarze Schärpe, die mit Monden, Sternen und Kometen bedruckt war. Er jonglierte mit neun hohlen Glaskugeln, von denen jede mit Wasser und einem lebendigen rosa Fisch gefüllt war. Er warf sie in die Luft, mindestens zehn Meter hoch bis wenige Zentimeter unter die Decke, dann fing er sie hinter seinem Rücken wieder auf und warf sie erneut hoch. Alles in perfektem Rhythmus, so daß jede Kugel, ob sie nun hochstieg, fiel oder kurze Augenblicke im Zenith der Parabel verharrte, sich immer im gleichen Abstand zu der Kugel darüber und der Kugel darunter befand.

Vier Männer standen in einem Halbkreis, sahen ihm zu und rauchten dabei dünnstielige Tonpfeifen. Drei von ihnen hatten lange Haare und trugen schwarze Wämser, hohe Stiefel und Schwerter in silbernen Scheiden. Der vierte Mann, in einer schwarzen Samtrobe, hatte eine schwere Goldkette um den Hals und eine Kapuze über dem Kopf.

Der Zauberkünstler trug an jedem Finger einen Ring. Seine Lippen waren grün geschminkt, und er hatte sehr ebenmäßige weiße Zähne. Er beendete den Jonglierakt, indem er schnell eine Augenbinde über seiner Maske festknotete, sich mit einem Bein hinkniete und die neun Kugeln nacheinander mit der linken Hand auffing. Immer wenn er eine aufgefangen hatte, rollte er sie über den Boden auf die gegenüberliegende Wand zu. Die Kugeln blieben zwei Zentimeter vor der Wand liegen, fingen an zu rotieren und rasten durch den Antrieb der Zentrifugalkraft zurück über den Boden, bis sie vor dem Kamin liegenblieben, wobei die neun zusammen den Umriß einer großen Mondsichel bildeten. Und statt des Wassers war in jeder Kugel schwarzer Sand, und statt des rosa Fisches eine lebendige weiße Spinne.

Die vier Männer applaudierten. Einer bückte sich, um die Glaskugeln näher zu untersuchen. Der Mann mit der Kapuze löste sich von der Gruppe und kam auf mich zu. Seine Goldkette klimperte, aber seine Samtstiefel, die mit Achtern bestickt waren, machten kein Geräusch. Sein Gesicht konnte ich nicht erkennen. Er sprach mit starkem Akzent. Seine Worte trieben wie durch einen langen Tunnel auf mich zu.

»Willkommen«, sagte er. »Cardin aus Cardogyll ist heute abend ebenfalls nach London gekommen.« Er deutete auf den Zauberer. »Aus Wales.«

Und so wußte ich jetzt, in welcher Stadt ich mich befand.

Die anderen Männer hatten sich dem Kamin zugewandt und waren hinter dem Rauch ihrer Pfeifen in ein Gespräch vertieft. Ein paar Worte konnte ich hören und stellte fest, daß sie Latein sprachen. Dann sah ich, daß drei von ihnen mächtige Flügel hatten, die vorher nicht zu sehen gewesen waren. Die Flügel waren golden, mit regenbogenfarbenen Spitzen, und sie waren über der Kleidung mit goldenen Kordeln fest an den Rücken der Männer gebunden.

Der Lakai betrat den Raum mit einem silbernen Tablett, auf dem er fünf Kelche und ein Ei trug. In jedem Kelch war eine Flüssigkeit in einer anderen Farbe: grün, orange, rot, blau und gelb. Zu mir kam er als letzter, und der blaue Kelch war noch übrig. Der Zauberer hatte das Ei genommen, und nun borgte er sich von einem der Männer das Schwert. Mit noch immer verbundenen Augen balancierte er das Ei auf der Schwertspitze, dann legte er die Glaskugeln auf die flache Seite des Schwerts und balancierte es auf dem Kopf.

Plötzlich warf er das Ei ins Feuer, wo es geräuschlos explodierte. Aus einer Wolke grünen Rauchs trat die Frau in dem Umhang aus dem Kamin, schützte ihr Gesicht vor dem Schein der Kerzen und schritt langsam durch den Raum zu einer Tür, die der Lakai ihr öffnete. Aus einem weiter entfernten Raum hörte ich leise die Musik einer Geige und einer Bratsche.

Der Mann mit der Kapuze legte mir die Hand auf die Schulter. Sie fühlte sich schwer wie Blei an. Er zog die Kapuze zurück und enthüllte ein flaches Gesicht, das zur Gänze mit dem Antlitz eines Tigers tätowiert war. Seine Augen und die des Tigers schienen dieselben zu sein, gelb, mit den länglichen Pupillen einer Katze.

»Laßt uns die Gläser auf Eure Reise erheben«, sagte er und wandte sich an zwei seiner Begleiter, die, wie ich jetzt sah, kurze Spitzbärte hatten. Die beiden berührten die Griffe ihrer Schwerter und verbeugten sich. Der andere Mann, der glattrasiert war, klopfte mit einem gebogenen Dolch an die Seite seines Kelchs, so daß es eine angenehme Melodie ergab.

Und wir alle leerten unsere Kelche. Die blaue Flüssigkeit schmeckte bitter und eisig.

Da merkte ich, daß der Zauberer verschwunden war.

Als die zwei bärtigen Männer auf die Tür zugingen, durch welche die Frau gegangen war, bedeutete mir der Mann mit der Kapuze, ihnen zu folgen. Ich spürte seine Tigeraugen auf meinem Rücken, als ich durch den Raum ging.

In dem Zimmer, das ich betrat, war von der Frau nichts zu

sehen. Es war ein kleinerer, dunkler Raum, in dem kein Feuer brannte. Die beiden Männer standen neben einer hohen Tür, die auf eine schneebedeckte Terrasse führte. Zwischen ihnen stand ein Teleskop, das auf den Nachthimmel ausgerichtet war. Eine einzelne Kerze brannte auf einem Tisch neben ein paar Büchern, einem Glas und einer Wasserflasche. Neben dem Tisch standen ein großer Globus und ein Schreibtisch, auf dem mehrere Rollkarten ausgebreitet waren.

Einer der Männer winkte mich zu sich. In dem anderen Raum hatten die beiden recht ähnlich ausgesehen, aber jetzt sah ich, daß sie doch ziemlich unterschiedlich waren. Einer war groß, mit dicken, drahtigen Haaren, einer hohen Stirn und einer Hakennase. Über seinem Wams wölbte sich ein reich bestickter, perlenbesetzter Kragen, und er hatte einen langen schwarzen Mantel mit Hermelinfutter angezogen. Der andere Mann war mittelgroß, hatte dünne Beine und schmale Hände. Auch er trug einen Mantel, der aber einfacher geschnitten war, und einen breitkrempigen Hut mit einer silbernen Schnalle. Ihre Flügel mußten unter den Mänteln verborgen sein, denn sie waren nicht mehr sichtbar.

Als ich näher kam, traten sie zurück in den Schatten der Vorhänge, so daß ich ihre Augen nicht richtig sehen konnte – nur ein weißes Blitzen. Sie hatten das Teleskop sorgfältig ausgerichtet, und ohne ein Wort zu sagen, bedeuteten sie mir, hindurchzusehen.

Es hatte zu schneien aufgehört, und die Sterne standen funkelnd am Himmel. Der Vollmond direkt über uns leuchtete hell. Darunter stand der Merkur, der wie ein Drachen angebunden zu sein schien.

So ein Teleskop hatte ich bisher nur im Museum gesehen. Es war ein sehr großer Messingzylinder, mit großen Linsen und mehreren Rädchen zum Einstellen versehen. Als ich hindurchsah, kam die nördliche Hemisphäre des Mondes ins Blickfeld. Insbesondere ein Krater an der Kante des östlichen Randes, etwa dreißig Grad nördlich des Äquators. Ich erkannte die

Berge um den Krater, die Spalten in seinem Becken und eine merkwürdige, dreizackförmige Formation im Staub gleich südlich davon.

Einer der Männer stupste das Rohr des Teleskops ein paar Zentimeter nach links. Die Mondoberfläche flog vorbei, dann kam ein Sternenwirbel, bevor das Teleskop bei einer Sichel aus fünf Sternen stehenblieb, die wie ein diamantbesetzter Armreif aussah. Diese Sterne leuchteten heller als alle anderen. Ich wollte das Teleskop selbst bewegen, um festzustellen, ob sie Teil eines Sternbilds waren, doch bevor ich das konnte, wurde der Himmel schwarz, da der Mann mit dem breitkrempigen Hut ein Tuch über das Objektiv geworfen hatte.

Der größere Mann stand jetzt hinter dem Schreibtisch, wo er auch die Kerze hingestellt hatte, die ihn nur bis zum Bart hinauf anstrahlte. Nachdem sein Begleiter sich zu ihm gesellt hatte, winkte er mich näher heran, und in dem tanzenden Licht untersuchte ich die Rollkarten vor uns. Eine war eine Karte der Mondoberfläche. Auf einer anderen erkannte ich Südamerika in groben Umrissen. Alle Namen standen in Latein da, und oben waren zwei sich überschneidende Dreiecke ⧓ in blauer Tinte gezeichnet. Dann durchbrach der Mann die Stille. Seine Stimme war ein rauhes Flüstern. Es schien ebenfalls von weit her zu kommen, durch einen langen Tunnel.

»Ich werde Euch von dieser Insel erzählen«, sagte er. Mit einem Federkiel deutete er auf einen Punkt in einem Archipel bei Tierra del Fuego. »Man nennt sie die Insel der Frau des Malers, denn während der Kartograph die Karte zeichnete, bat ihn seine Frau, die neben ihm saß, ein Land für sie einzutragen, damit sie, in ihrer Vorstellung, eine eigene Insel besäße. Ein Spanier, der in den Meerengen Kolonien für seinen König errichtet hat, hat mir diese Geschichte erzählt.«

Er brach unvermittelt ab, und sie entzündeten wieder ihre Tonpfeifen. Der Geruch von Nelken erfüllte den Raum und machte mich benommen. Ich spürte einen sanften Hauch im Genick und war mir sicher, daß es die Frau im Umhang war, doch bevor ich mich umwenden konnte, fiel ich in ein schwarzes Loch, das sich vor mir auftat.

Als ich die Augen wieder öffnete, saß ich in einer Kutsche, die von vier Pferden gezogen wurde, und sauste mit großer Geschwindigkeit einen schmalen Weg entlang, der meilenweit von kahlen weißen Bäumen gesäumt wurde. Dahinter schimmerten schneebedeckte Felder blau im Mondlicht. Die zwei bärtigen Männer saßen mir gegenüber. Beide trugen jetzt Hüte, die sie tief in die Stirn gezogen hatten, und Schals über dem Mund gegen den Straßenstaub. Es war dunkel in der Kutsche und sehr kalt, weil der Wind durch die beiden kleinen, offenen Fenster hineinblies. Außerdem war es laut wegen des Klapperns der Räder und Hufe, wobei ein Teil dieser Geräusche, zusammen mit dem eisigen Staub, von einer anderen Kutsche gleich vor uns stammte.

Ich wußte nicht, wie lange wir uns schon auf der Straße befanden, wie wir dorthin gekommen waren oder wohin wir fuhren. Meine Begleiter sprachen nie, und nur einmal bewegte sich einer von ihnen, als der große Mann eine silberne Reiseflasche hervorholte und sie mir reichte. Mit dem Daumen erspürte ich den Umriß eines Wappens an der Seite. Ich nahm einen Schluck, und es war dieselbe bittere, eisige Flüssigkeit, die ich vorher getrunken hatte.

Wir fuhren durch eine kleine Stadt. Es gab niedrige Gebäude, Häuser mit steil geneigten Dächern und bellende Hunde. Die Fenster in den Häusern waren erleuchtet, aber leer, und die Straßen waren verlassen. Außerhalb der Stadt kamen wir zu einer scharfen Kurve, und als das Mondlicht in einem günstigen Winkel einfiel, konnte ich in die andere Kutsche hineinsehen. Es gab nur einen einzigen Passagier: die Frau in dem Umhang, das Gesicht noch von der Kapuze verborgen.

Und ich folgte ihr immer noch.

Als nächstes kamen wir zu einer Kreuzung, wo im Turm einer brennenden Kirche eine Glocke läutete. Auf jedem Arm des Kreuzes auf dem Kirchturm hockte eine Eule. Flammen loderten durch die Türen und Fenster, aber das Mauerwerk des Gebäudes blieb intakt, als könne die Kirche nicht zerstört werden.

Dann gelangten wir an einen mit Nebel verhangenen See. Der See war L-förmig. Am diesseitigen Ende spiegelte sich der Mond wie ein Kreis aus weißem Lack auf einer schwarzen Kachel. Am weitest entfernten Punkt ergoß sich der See in einen donnernden Wasserfall, der eine Gischtwolke hoch in die Kiefern sandte.

Nach vielen weiteren Meilen, wie es mir vorkam, sah ich ein grob beschriftetes, an einen Pfosten genageltes Schild, auf dem PORTSMOUTH stand. Es roch nach Meer, und dann überquerten wir drei zusammenhängende Brücken, die über einen Sumpf führten, in dem grüne Lichter blinkten. Plötzlich rasten wir durch die engen, gepflasterten Gassen einer großen Stadt. Holzhäuser ragten hoch von den Straßen auf. In dem dicken Nebel, der vom Meer hereinrollte, erkannte ich gelegentlich den verschwommenen Umriß eines Fußgängers.

Die beiden Kutschen hielten am Hafen, wo sich eine Menschenmenge versammelt hatte, um zwei Schiffe zu verabschieden, Schoner mit schweren Masten, die für eine lange Reise ausgerüstet waren. Die Frau in dem Umhang und der Kapuze stieg aus der anderen Kutsche. Dann öffnete der Fahrer – es war der Lakai aus dem Herrenhaus – die Tür unserer Kutsche. Die beiden bärtigen Männer beugten sich vor, um auszusteigen, und zum ersten und einzigen Mal sah ich deutlich ihre Augen: Sie waren leer und weiß wie die Augen von Statuen.

Die bärtigen Männer gingen direkt an den Rand des Wassers, gefolgt von einem Seemann, der ihre Taschen trug. Durch die Menge hindurch betraten sie die Laufplanke des größeren Schiffs, dessen Name –*Tyger* – auf das Heck gemalt war. Der Name des anderen Schiffs war *Revenge*. Langsam holten die Schiffe den Anker ein.

Unser Kutscher winkte mich zu der anderen Tür hinaus. Die

schweigende Menge, durch die wir uns kämpften, war gesichtslos, als würde ich sie durch ein mit Vaseline beschmiertes Objektiv anblicken. Wir gingen zu einem verlassenen Kai, neben dem sich ein kleiner, fensterloser Schuppen mit einer schwarzen Tür befand. Der Kutscher dirigierte mich zu dem Schuppen, dann zog er sich zurück und verschwand in der Menge.

Ich hörte Jubelrufe und sah, daß die beiden Schiffe ausliefen. Die Menge winkte mit Hüten und Taschentüchern. Am Bug der *Tyger* stand aufrecht der große Mann, den Blick auf das Meer gerichtet, und zwei wunderschöne goldene Flügel entfalteten sich hinter ihm, ohne daß ihnen der starke Wind etwas hätte anhaben können.

Als ich mich dem Schuppen näherte, tauchte aus dem Nebel plötzlich ein Mann vor mir auf. Es war ein Krüppel mit einem Stock, und er trug einen Turban, eine seidene Robe und Stiefel. Sein Gesicht war rötlichbraun, und er hatte einen kurzen, schwarzen Kinnbart. Ich streifte ihn im Vorbeigehen, und einen Augenblick später merkte ich, daß er mir mit dem Stock auf den Arm tappte, aber als ich mich umwandte, war er verschwunden, und an seiner Stelle stand der Zauberkünstler. In denselben Kleidern wie zuvor und immer noch maskiert.

Er blickte sich verstohlen um und beugte sich nahe zu mir. »Helfen Sie mir«, sagte er mit eindeutig amerikanischem Akzent. Es war auch die erste klare und natürliche Stimme, die ich gehört hatte.

»Helfen Sie mir«, wiederholte er und drückte mir ein Stück Papier und einen Universalschlüssel in die Hand. Das Papier fühlte sich zerknittert an. Dann führte er mich zur Tür des Schuppens und bedeutete mir, den Schlüssel in die Tür zu stecken. Als sich das Schloß leicht drehte, wie Steine, die unter Wasser gegeneinanderschlagen, riß sich der Zauberer die Maske herunter, so daß ich kurz sein Gesicht sehen konnte: das eckige, harte Gesicht eines Mannes Ende Fünfzig, mit hohen Wangenknochen, strichdünnen Augenbrauen und einer

52

langen, geraden Nase. Aber seine Augen waren es, die mich innehalten ließen: das rechte blau, das linke grün.

Dann sprang die Tür auf, und ein kleiner blau-gelber Vogel schwirrte hinaus in den Nebel. In dem Schuppen zeichnete sich die Frau in dem Umhang in der Dunkelheit ab. Sie griff nach meiner Hand – die mit dem Zettel darin –, faßte sie fest und zog mich zu sich, als der Zauberkünstler hinter mir die Tür zuschlug.

11

Ich war nackt und lag allein auf einem blanken Fußboden, als ich die Augen öffnete. Ein Sonnenstrahl fiel durch schwere Vorhänge in den Raum. Ich hatte keine Ahnung, wo ich mich befand. Mein Kopf schmerzte – schlimmer als während all meiner bisherigen Kopfschmerzen –, als würde sich die Spitze eines rotglühenden Messers durch meinen Schädel bohren.

Ich wankte unsicher zum Fenster und zog den Vorhang auf. Ich brauchte mehrere Sekunden, um mich an das grelle Sonnenlicht zu gewöhnen. Auf dem Schild an der Ecke stand FRANKLIN ST. Ich erinnerte mich, daß ich am Abend vorher in das Haus 59 Franklin Street und ins Apartment Nummer 3 gegangen war.

Aber die Straße, auf die ich jetzt blickte, war von Ulmen mit grünen Blättern gesäumt. Die lila Tulpen der Blumenbeete vor den Nachbarhäusern standen in voller Blüte. Vögel zwitscherten. Auf der anderen Straßenseite lag ein kleiner, dreieckiger Park mit großen, schattenspendenden Bäumen und einem fünfstöckigen Brunnen. Wasser spritzte aus dem Maul eines Hundekopfes an der Spitze des Brunnens und floß über die Stufen hinunter. Ein kleiner Junge mit Matrosenmütze warf Pennies in das Becken darunter. Eine Frau saß mit einem Skizzenblock auf einer Bank und zeichnete. Zwei Mädchen in identischen, getupften Kleidern sprangen Seil, und ein Mann in einer gestreiften Jacke wechselte einen Reifen an seinem Fahrrad. Es war ein schöner Frühlingsnachmittag, trotz der Tatsache, daß ich in der vorigen Nacht – der kältesten Nacht des Jahres –, am ersten Februar, im Schnee durch diese Straße und in dieses Haus gegangen war, um Veronica zu treffen.

Ich drückte die Augen zu und bedeckte sie mit der Hand, aber als ich sie wieder öffnete, hatte sich die Szene draußen nicht verändert.

Ich zog die Vorhänge wieder zu und ging in dem, wie ich jetzt erkennen konnte, rechteckigen Zimmer herum. Ich fand meine Kleider auf einem zusammengerollten Futon in einer Ecke. Sie waren säuberlich zusammengelegt, aber sie fühlten sich kühl und feucht an – als wären sie vor kurzem draußen in der Kälte getragen worden. Und meine Schuhe waren naß. Das waren die Kleider, die ich im Neptunclub angehabt hatte. Wintersachen.

Als ich in mein Hemd schlüpfte, entdeckte ich einen Kratzer am linken Handgelenk – genau da, wo ich an dem Brombeerstrauch hängengeblieben war. Er war noch frisch, eine dünne Zickzacklinie, rot von getrocknetem Blut.

Als ich mich fertig angezogen hatte, setzte ich mich auf den Futon, meinen Mantel zusammengelegt auf dem Schoß. Ich fuhr mir mit den Fingern durch die Haare, die ebenfalls feucht waren, und über den Bart, die Stoppel eines einzigen Tages. Wenn es wirklich Frühling war und mehrere Monate vorübergegangen waren, hätte ich einen Vollbart haben müssen. Aber wo konnte ich wohl gewesen sein, und was konnte ich die ganze Zeit über gemacht haben?

Die Messerspitze in meinem Hirn wurde von Sekunde zu Sekunde heißer. Blut rauschte in meinen Ohren. Ich glaubte ohnmächtig zu werden und lehnte den Kopf zurück an die Wand.

Als ich erschreckt hochfuhr, war es stockdunkel. Ich spürte einen eisigen Luftzug am Hals. Meine Kopfschmerzen waren verschwunden, aber meine Augen brannten. War ich noch im selben Zimmer? Ich langte nach unten und spürte den Futon.

Meinen Mantel hatte ich noch auf dem Schoß. Ich zog ihn an und durchquerte den Raum, während ich die Wand nach dem Fenster abtastete. Als ich die Vorhänge fühlte, zog ich sie auf.

Es war Nacht. Die Franklin Street war tief verschneit, und der Schnee leuchtete blau unter der Straßenbeleuchtung. Die kahlen Äste der Ulmen waren weiß überzogen. Fußspuren führten über den Gehsteig, aber nur eine einzelne Spur – von Frauenstiefeln – führte weg von dem Haus, in dem ich war, keine führte hinein.

Mir brach Schweiß aus. Hatte ich vorher geträumt – oder träumte ich jetzt?

Durch das Licht, das durch das Fenster einfiel, fand ich die Tür. In Augenhöhe klebte ein Zettel.

LEO, LEGE BITTE DEN SCHLÜSSEL UNTER
DIE VASE AM ENDE DES GANGS

Einfach so – als würde ich den Schauplatz eines ganz normalen Stelldicheins verlassen. Vielleicht war es das für Veronica auch gewesen.

Ich schloß die Tür des Apartments 3 hinter mir. Am Ende des Korridors stand auf einem Tisch am Kopf der Treppe eine schwarze Vase. Sie hatte die Form einer Sanduhr, und mehrere Stiele kleiner weißer Blumen waren darin arrangiert. Als ich den Schlüssel unter die Vase legte, fiel mir auf, daß die Tür zum Apartment 2 weit offenstand. Es war ein Studio, hell erleuchtet von Spots, die auf einer Schiene um die gesamte Decke herumliefen. Die Wände waren reinweiß gestrichen. Das Licht war so intensiv, daß mir die Augen weh taten, als ich mich durch die Tür schob.

Es war niemand darin. Das Zimmer hatte keine weiteren Türen und keine Fenster. Keine Einbauschränke, kein Bad, keine Küche. Es enthielt nur drei Möbelstücke: einen kleinen Holztisch, einen Stuhl und eine Pritsche mit einer roten Decke. In einer Ecke befand sich ein weißes Waschbecken mit einem

Kaltwasserhahn, in der anderen eine Toilette. Es war wie eine Gefängniszelle.

Der einzige weitere Gegenstand in dem Raum war ein kleiner dreieckiger Spiegel an der gegenüberliegenden Wand.

Die Stille in dem Korridor war so absolut, daß ich meinen eigenen Herzschlag hörte. Ganz schnell, wie die Schritte von jemandem, der vor mir wegläuft.

Ich betrat das Studio und hatte das Gefühl, keinen Boden unter den Füßen zu haben: nur ein Luftkissen. Ich ging sofort auf den dreieckigen Spiegel zu, der voller Rauch war. Als er plötzlich klar wurde, war ich überrascht zu sehen, daß er, wie der Spiegel in dem Herrenhaus, nicht den Raum widerspiegelte, in dem ich mich befand, nicht das, was in dem Raum war, nicht einmal mein eigenes Gesicht, das aus dreißig Zentimetern Entfernung hineinblickte.

Statt dessen blickte ich auf das klare Bild von schneebedeckten Bergen unter einem eisblauen Himmel. Es glich nicht im geringsten einem reproduzierten oder vom Fernsehen übertragenen Bild, eher einem Fenster, das auf einen fernen Ort hinausführt. Weiße Vögel zogen zwischen den Bergen und den Wolken ihre Kreise. Im Vordergrund lief eine Gruppe tibetischer Pilger in wattierten Jacken und gelben Stiefeln in einer Reihe auf einer schlammigen Straße. Sie trugen hohe Mützen mit herunterhängenden Bändern. Die langen schwarzen Haare der Frauen waren geflochten. Ein Kind ging ihnen voran und streute weiße Blumen aus einem Korb. Die Prozession kam zu einem elliptischen Bergsee. Am Ufer, auf einer Plattform aus weißem Fels, stand ein fensterloser Schuppen mit einer schwarzen Tür – identisch mit dem Schuppen in Portsmouth. Aus einem nahe gelegenen Wäldchen trat ein Mann auf die Pilger zu, die sich mittlerweile im Halbkreis aufgestellt hatten. Er trug eine lange gestreifte Robe und eine Schärpe um die Taille. Die Schärpe war mit Monden, Sternen und Kometen bedruckt. Und obwohl er stark geschminkt war – er hatte die Augenbrauen verlängert, die Wangenknochen betont und die Augen-

56

lider dunkel bemalt –, erkannte ich in ihm den Zauberkünstler. Er verbeugte sich vor den Pilgern, zog eine brennende dünne Kerze aus dem Mund und wurde in eine Nebelwolke gehüllt, die über den See davonwirbelte und alles verdeckte, bis auf die flackernde Flamme der Kerze. Dann wurde der Spiegel leer – wie eine Glasscheibe, hinter der nichts ist.

Jetzt war ich wieder in New York, erschöpft, aber eindeutig wach, mit den Nerven am Ende, aber noch bei Verstand, und ich kapierte nicht, wie das passieren konnte. Ich eilte aus dem Zimmer, die Treppen hinunter und hinaus aus dem Haus, und bis ich durch die Tür war, war ich nicht sicher, ob mich ein Frühlingsnachmittag oder eine Winternacht erwarten würde.

Es war Winter. Der blaue Schnee leuchtete. Aber die Fußabdrücke einer Frau, die aus dem Haus hinausgeführt hatten, waren verschwunden, als hätte der Schnee sie einfach eingesaugt. Nightshade, Inc. im Keller hatte immer noch geschlossen, und die eine Lampe brannte immer noch im Fenster. Die antiken Messingteleskope, die ein V gebildet hatten, waren jetzt zu einem X gekreuzt.

Der glasierte Schnee knirschte unter meinen Stiefeln, die tiefe Abdrücke hinterließen. Die Franklin Street war leer. Der Brunnen in dem kleinen Park war so weiß wie eine Hochzeitstorte. Die Leute, die ich vom Fenster aus gesehen hatte – der Junge, die zwei Mädchen, die Frau auf der Bank, der Mann mit dem Fahrrad – befanden sich in derselben Position. Nur waren sie jetzt graue Statuen, mit Schnee bestäubt.

Obwohl ich so erschöpft war, wollte ich die Straße überqueren, um sie mir genauer anzusehen, aber als ein Taxi um die Ecke bog, überlegte ich es mir anders und hielt es an. Der Fahrer hörte einen chinesischen Radiosender. »Water Street, Ecke Catherine«, sagte ich ihm, und einen Moment lang glaubte ich, jemanden hinter der vergitterten Tür von Nightshade, Inc. zu sehen, der mir nachblickte. Einen Mann in Kapuze, mit einer Goldkette um den Hals. Als ich mich umdrehte und durch das Rückfenster des Taxis blickte, war er verschwunden.

12

Ich schlief zwei Tage durch, als hätte ich einen gewaltigen Kater. Meine Wohnung lag in einem der Häuser – in Manhattan gibt es sie seltener als in anderen Städten –, welche die Form eines Schiffes haben. Das Haus stand in der Lower East Side, an einer Kreuzung von fünf Straßen, und es hatte den Anschein, als wären mein Haus und das gegenüber Ozeankreuzer auf Kollisionskurs. Meine drei Zimmer, ruhig und schön hell, blickten auf den East River. Sie hatten eine merkwürdige Form, und als ich aufwachte, schienen die Wände auf mich zuzukommen. Zwischen meinen Büchern, meinen Tausenden von Dias und Abzügen und meinen Kameras, wo ich mich sonst so wohl fühlte, hatte ich das Gefühl, keine Luft mehr zu bekommen. Selbst die Andenken an meine frühere Laufbahn – eine entschärfte Granate, eine von Kugeln durchlöcherte Kamera, ein Satz gefälschter Pässe – empfand ich als aufdringlich. Schlimmer noch, sie kamen mir plötzlich bedeutungslos vor, und aus einem Impuls heraus warf ich sie fort. Und weil ich seinen Anblick nicht ertragen konnte, entfernte ich auch das Photo des Gesichts auf dem Fries in Verona von der Wand im Wohnzimmer und steckte es in eine Schublade.

Am dritten Tag mußte ich nach Miami fliegen, wegen eines seit langem ausgemachten und durchaus lohnenden Auftrags (von einem Meeresbiologen, der Unterwasserhöhlen erforschte), wo ich die üblichen Routinearbeiten machte. Trotzdem war ich froh, ein wenig geographische Distanz zwischen mir und den Ereignissen der vorigen Woche zu schaffen, obwohl Veronica, unsere intensive Liebesnacht und dieser wildwuchernde, komplizierte Traum nie ganz aus meinen Gedanken verschwanden. Normalerweise schlief ich sechs Stunden pro Nacht, aber während der fünf Tage in Miami schlief ich zwölf und hatte nicht einen einzigen Traum, an den ich mich erinnern konnte. In meinem Schlaf schien kein Platz für meine eigenen Träume zu sein. Ich fühlte mich lustlos und verlor oft jedes Zeitgefühl.

Am letzten Tag besuchte ich das Haus, in dem ich aufgewachsen war. Und auch das sechs Straßen weiter liegende Krankenhaus, in dem ich geboren wurde.

Ich stand lange in dem grellen Sonnenlicht vor dem Haus. Es war ein mit Stuck verzierter Bungalow mit Terracottadach. Die roh verputzten Hausmauern, in die Muskovit und Quartzkiesel eingelassen waren, waren weiß gestrichen. Eine einzelne dicke Weinrebe kletterte die Vorderwand hinauf. Der kleine Rasen und die duftenden Mimosensträucher, welche die Einfahrt säumten, waren in rosa- und orangefarbene Schatten getaucht. Dunkle Blumen auf kurzen Stielen wuchsen in einem trockenen Bett neben der Garage, wie schon immer. Hinter jedem Fenster waren die weißen Vorhänge (unsere waren fliederfarben gewesen) zugezogen, um die Hitze abzuhalten. Die Tür war immer noch gelb gestrichen. In beiden Richtungen der langen, geraden Straße standen zwanzig identische Bungalows.

Mein Zimmer hatte auf der Rückseite gelegen, und vom Fenster aus sah man ein Palmenwäldchen. Im Sommer hatten mich häufig die hinabfallenden Kokosnüsse, die dumpf auf der Erde aufschlugen, früh am Morgen geweckt. Ich hatte mich nie daran gewöhnen können. Wir wohnten nur vier Blocks vom Meer entfernt, und so hörte ich spätnachts, wenn alles andere still war, auch das Donnern der Wellen, wie Kanonen in der Ferne. Und wenn der Wind hereinwehte, roch es nach Meer.

Tagsüber hatte der Himmel immer ein metallisches Blau und war voller dicker Wolken. Nachts standen die Sterne dicht am Himmel. Das Dach war auf der Rückseite des Hauses so niedrig, daß ich es mit einer Trittleiter erreichen konnte, und dort lag ich immer stundenlang auf dem Rücken und sah zu, wie die Sternbilder über den Himmel wanderten.

Mein Vater parkte seinen grauen Ford Galaxy in der Einfahrt. Er fuhr immer rückwärts hinein, bis kurz vor die Garagentür. In der Garage stand sein Rennboot auf einem roten Anhänger. Das Rennboot war weiß mit roten Sitzen. Es hatte Platz für vier, und unten war eine kleine Schlafkabine. Er benutzte es immer zum Angeln. Er arbeitete als Nachtwächter auf der Schiffswerft. Wenn er nachts arbeitete, sagte er, konnte er nachmittags angeln gehen. Angeln war seine Leidenschaft. Er konnte einfach die Garagentür aufmachen, mit dem Galaxy ein, zwei Meter zurücksetzen, den Anhänger ankoppeln und losfahren.

Innen im Haus surrte im Wohnzimmer ständig ein Tischventilator. Wegen der Hitze lief meine Mutter drinnen nur im Slip herum. Sie und mein Vater hatten andere Tagesabläufe, deshalb schien immer nur einer von ihnen dazusein. Ich kann mich nicht erinnern, sie häufig zusammen gesehen zu haben, auch wenn es ein kleines Haus war. Mein Vater bereitete den Fisch für uns zu, während meine Mutter nicht gerne kochte. Sie kaufte Tiefkühlkost und wärmte sie auf. Sie las Zeitschriften. Sie lag in der Sonne und lauschte mit einem Ohrstecker am Ende eines langen Kabels einem Transistorradio. Oder sie setzte sich in den Garten unter den Orangenbaum, der immer voller Früchte war. Sie hatte lange schwarze Haare, die sie stundenlang kämmte und eindrehte. Nachts, wenn mein Vater zur Werft fuhr, ging sie oft mit Freunden weg, die jung waren wie sie auch, aber sie waren alle unverheiratet. Sie kam immer spät nach Hause, aber stets vor meinem Vater. Nach einer Weile gewöhnte ich mich daran, alleine zu sein.

Als ich dann eines Nachmittags von der Schule nach Hause kam, saß mein Vater in der Einfahrt und starrte auf den Boden. Er saß einfach auf dem Kies und trug nur seine Boxershorts, die er immer beim Schlafen anhatte. An seinen Haaren erkannte ich, daß er gleich nach dem Aufstehen hier herausgegangen war. Die Garagentür stand offen, und die Garage war leer.

»Deine Mutter ist weg«, sagte er. »Sie hat das Auto und das Boot.«

Ich wußte, daß sie das Boot vorher noch nie irgendwohin mitgenommen hatte. Sie war auch nie gerne damit gefahren.

Er blieb lange so sitzen. Als ich ins Haus ging, sah ich, daß sie die oberste Schublade ihrer Kommode ausgeleert hatte – die mit ihren Badeanzügen und ihrem Modeschmuck. Die Schublade war gegen die Wand gelehnt, und an ihrer Stelle war ein leeres, schwarzes Rechteck. Sie hatte keinen Brief hinterlassen, kein Wort des Abschieds. Aber zum ersten Mal, seit ich mich erinnern konnte, war der Tischventilator im Wohnzimmer abgeschaltet.

Mein Vater zog sich Hosen und Schuhe an, und wir liefen eine halbe Meile die Straße entlang, zu dem Strandweg, der zum Meer führte. Am Ende des Strandwegs fanden wir den Galaxy, der im Sand parkte. Er stand mit der Rückseite zum Meer. Der Anhänger war noch angekoppelt, aber das Boot war weg. Mein Vater ging ans Wasser, der Schaum sammelte sich um seine Schuhe, und er suchte den Horizont ab. Ich stellte mich neben ihn und blickte hinaus, aber außer Wasser sah ich nichts.

»Sie ist weg«, sagte er, ohne mich anzusehen.

»Wohin?« fragte ich.

»Nach Süden, würde ich meinen, auf eine der Inseln. Sie wollte schon immer auf eine der Inseln vor Südamerika.« Seine Stimme war ausdruckslos, wie immer.

Er koppelte den Anhänger ab, und wir stiegen ins Auto. Als er den Zündschlüssel umdrehte, ging das Radio an. Ein Kalypsosender war eingestellt, sehr laut. Er starrte das Radio einfach nur an und wartete, bis ich es schließlich ausschaltete. Ich hatte es gar nicht ausschalten wollen. Im Aschenbecher lagen Zigarettenstummel, mit ihrem Lippenstift am Filter.

Wir fuhren weg und ließen den roten Bootsanhänger dort im Sand. Er blieb eine Woche dort liegen, bis die Küstenwache einen Lastwagen hinschickte, um ihn abzuschleppen.

Damals war ich elf Jahre alt. Ich wohnte noch vier Jahre mit meinem Vater in diesem Haus. Er sprach nie von meiner Mutter. Wir hörten auch nie mehr von ihr. Seinen Posten an der Schiffswerft behielt er. Er ging immer noch Angeln, aber nicht mehr so oft, und immer mit einem gemieteten Boot. Sein Gesundheitszustand verschlechterte sich.

Als er dann erfuhr, daß er Krebs hatte, sagte er – am selben Tag – ganz plötzlich: »Sie hätte nicht auch noch das Boot nehmen sollen, weißt du.«

Nachdem er gestorben war, lebte ich bei seiner Schwester in New Orleans, bis ich aufs College kam. Dann starb auch meine Tante, und ich kehrte viele Jahre weder nach New Orleans noch nach Miami zurück.

Und bis zu diesem Tag war ich nie wieder zurückgekommen, um mir das Haus anzusehen. Ich sah nicht, wer jetzt dort wohnte. Danach lief ich zu dem Krankenhaus, wo ich geboren wurde. Von dort aus wollte ich mir ein Taxi zurück zum Hotel nehmen.

Beim Krankenhausparkplatz bog ich um die Ecke und blieb abrupt stehen. Das Gebäude – ein weißer Ziegelbau mit rechteckigen Fenstern – hatte sich überhaupt nicht verändert. Doch der Name des Krankenhauses war geändert worden. Als ich klein war, hieß es St. Felicity's Hospital of North Miami. Der Name stand in blauen Lettern über dem Haupteingang.

Jetzt waren es ähnliche Buchstaben und ebenfalls blau, in denen geschrieben stand: ST. VERONICA'S HOSPITAL OF NORTH MIAMI.

Ich fragte den Sicherheitsbeamten an der Tür, wann der Name geändert worden war, und er meinte, er wüßte gar nicht, daß das Krankenhaus je anders geheißen habe.

Aber ich wußte es, denn als Junge hatte ich es immer sehr merkwürdig gefunden, daß ich im St. Felicity's Hospital geboren worden war und daß der Name meiner Mutter Felicity war.

Sie war es, die mir den Namen Leo gab, denn ich wurde im Sternzeichen Löwe geboren.

13

Bei heftigem Regen und Turbulenzen flog ich durch einen purpurnen Himmel nach New York zurück, und meine Kopfschmerzen meldeten sich in alter Stärke wieder. Ich nahm ein paar der Tabletten, die der Arzt mir gegeben hatte. Sobald wir gelandet waren, rief ich in seiner Praxis an und vereinbarte einen Termin für den nächsten Tag.

Zu Hause entdeckte ich unter einem ganzen Stapel Post einen großen braunen Umschlag, der in Veronicas Handschrift adressiert war. In dem Augenblick, als ich ihn sah, wurde mein Kopf klarer. Auf dem Umschlag stand kein Absender. Und ich hatte keine Ahnung, wo Veronica selbst wohnte. Sie hatte mich zwar mit in Clements Wohnung und in Kekos Loft genommen, mich in den Neptunclub und das Backsteinhaus in der Franklin Street bestellt, aber nie in ihre eigene Wohnung. Wenn ich mit ihr in Kontakt treten wollte, würde ich es an einem dieser Orte versuchen müssen. Doch während dieser langen Woche hatte ich irgendwie gewußt, daß sie es sein würde, die sich mit mir in Verbindung setzen würde.

Ihr Umschlag war in Miami abgestempelt, genau an dem Tag, an dem ich New York verlassen hatte. Und tatsächlich konnte ich in Miami das Gefühl nicht loswerden, daß sie vor kurzem dort gewesen war – oder noch dort war. In dem Umschlag steckte eine Landkarte von Südamerika. Es war keine der üblichen gedruckten Karten, sondern sie war handgemalt und unter der Legende von dem Kartenzeichner, *S. Esseinte*, signiert. Neben seiner Unterschrift standen zwei blaue, sich überschneidende Dreiecke, ⧓. Auch ein Brief, unterschrieben mit *Viele Grüße, Veronica*, lag dabei, in dem sie mich bat, die Karte für sie aufzubewahren, bis sie sich wieder melden würde, was sie genau eine Woche nach dem Tag, an dem sie mir geschrieben hatte, tun wollte, um elf Uhr abends. Mit anderen Worten, an diesem Abend.

Gestärkt mit schwarzem Tee, auf tibetische Art mit Butter und Salz gewürzt, wie ich es mir in letzter Zeit angewöhnt hatte, sah ich elf Uhr kommen und gehen. Ich blieb bis zwei Uhr morgens wach, bis ich die Augen nicht länger aufhalten konnte, aber weder mein Telephon noch meine Türglocke klingelten.

Am darauffolgenden Nachmittag hatte ich meinen zweiten Termin bei Dr. Xenon, und mir fiel auf, daß ich ihn – oder er mich – eher als Psychologen denn als Neurologen behandelte. Nachdem ich ihm meine physischen Symptome detailliert beschrieben hatte, nahm unser Gespräch einen anderen Weg.

Zuerst aber machte er neue Röntgenaufnahmen. Nahm mir Blut ab. Brachte eine Stimmgabel zum Klingen und hielt sie an meinen Kopf. Untersuchte meine Iris mit einem blauen Lichtpunkt. Er hatte mir bereits versichert, daß ich keinen Tumor habe. Die Hauptnervenzentren in meinem Gehirn brachten ein negatives Testergebnis, ebenso die Blutgefäße. Ich hatte nie Migräne gehabt; ich hatte früher noch nicht einmal unter Kopfschmerzen gelitten. Nach diesen zweiten Röntgenaufnahmen würde der nächste Schritt eine Computertomographie im Krankenhaus sein.

Im Untersuchungszimmer stellte mir Dr. Xenon zahlreiche physiologische Fragen über den anfänglichen Ausbruch der Kopfschmerzen. Aber als wir im Sprechzimmer saßen und meine Akte ausgebreitet vor ihm lag, schlug er eine andere Richtung ein.

»Ich habe hier das Datum, an dem Ihre Kopfschmerzen einsetzten, wie Sie sagen. Und Informationen über Ihre Eß- und Schlafgewohnheiten. Aber ist an diesem Tag etwas Ungewöhnliches passiert? Vielleicht etwas, das Sie damals noch nicht für wichtig erachtet haben?«

Noch bevor er seine Frage zu Ende formuliert hatte, wurde mir klar, daß es der Tag war, nach dem ich Veronica an der Ecke Waverly Place und Waverly Place kennengelernt hatte. Ich hatte die kurze Begegnung im Schneesturm bisher noch nicht mit den rasenden Kopfschmerzen in Zusammenhang gebracht, die mich am nächsten Morgen geweckt hatten und während der ganzen nächsten Woche, bis ich sie wiedergesehen hatte, nicht verschwunden waren.

Statt dem Arzt zu antworten, betrachtete ich den Kratzer an meinem Handgelenk, der mittlerweile verheilt war und eine dünne, zickzackförmige Narbe gebildet hatte. Immer wenn ich mit der Fingerspitze darüberfuhr, spürte ich ein Kribbeln an der Schädelbasis, und meine Kopfschmerzen ließen kurz nach.

»Herr Doktor, wie würden Sie es erklären, wenn sich jemand im Traum kratzt und dann mit einem wirklichen Kratzer aufwacht?«

Er sah durch seine Brille mit dem schwarzen Gestell zu mir auf. Er war dünn und hatte schiefergraues Haar. »Es ist nicht ungewöhnlich«, sagte er, »daß jemand im Schlaf ein physisches Symptom bemerkt – Zahnschmerzen zum Beispiel –, das seinen Weg in einen gleichzeitigen Traum findet. Die Funktionen des Unterbewußtseins sind nicht streng getrennt.«

»Aber ein Kratzer?«

»Sie können sich im Schlaf durchaus kratzen.«

»So?« Ich streckte ihm mein Handgelenk entgegen.

»Das kommt darauf an, wo Sie geschlafen haben«, sagte er, während er den Kratzer untersuchte.

»Ich lag auf einem Futon in einem Zimmer ohne Möbel. Es gab nichts, woran ich mich hätte kratzen können.«

»Waren Sie allein?«

»Nein. Aber das ist bestimmt nicht durch einen Fingernagel oder einen Zahn verursacht worden.«

»Nein. Aber vielleicht durch einen Reißverschluß oder eine Nadel?«

»Wir waren nackt.«

»Was hat den Kratzer in Ihrem Traum verursacht?«

»Ein Dorn an einem Brombeerstrauch.«

»Trug Ihre Begleiterin Schmuck? Ohrringe und Ringe können ziemlich scharf sein.«

65

Ich zögerte. »Ich weiß es nicht. Aber ein so langer Kratzer, hätte sie mir den nicht absichtlich zufügen müssen?«

»Ist das denkbar?«

»Und hätte ich nicht sofort aufwachen müssen?«

»Nicht unbedingt. War der Kratzer frisch, als Sie aufgewacht sind?«

»Nein, er war schon getrocknet.«

»Haben Sie Ihre Begleiterin gefragt, ob Sie eine Erklärung dafür hat?«

Ich schüttelte den Kopf. »Sie ist gegangen, während ich noch geschlafen habe. Aber wenn ich Ihnen jetzt sage, daß ich genau dieses Zickzackmuster in anderen Zusammenhängen in letzter Zeit mehrmals gesehen habe?«

»In Träumen?«

»Nicht nur in Träumen.«

Er rückte ein bißchen vor. »Sie meinen, genau die gleiche Linie?«

»Genau die gleiche.«

»Ich würde äußerst gerne mehr darüber hören«, sagte er. »Aber ich habe jetzt weitere Patienten.«

Ich machte einen Termin in zwei Tagen aus.

Als ich die Praxis verließ, erwartete ich beinahe, Veronica an der East 40th Street zu finden, wie bei meinem letzten Besuch. Diesmal war sie nicht da, aber ich ging unwillkürlich dieselbe Strecke wie damals, die Fifth Avenue hinunter bis zum Empire State Building. Es ärgerte mich, daß sie, ganz wie es ihre Art war, am Abend vorher nicht erschienen war, aber mehr noch ärgerte ich mich darüber, daß sie mir diesmal nicht einmal eine Nachricht oder einen Mittelsmann wie Clement geschickt hatte.

Als ich die 35. Straße überquerte, überdeckte ein perlmutt-farbener Himmel – niedrighängende, leuchtende graue Wolken – die Stadt. Der Wind blies heftig, peitschte die Flaggen, die an Messingstangen vor den Gebäuden hingen, und übertönte alle anderen Geräusche – Verkehr, Stimmen, selbst den Preßlufthammer auf einer Baustelle. Der Wind blies mir um den Kopf, als wäre ich draußen auf offener See.

Vor dem Haupteingang des Empire State Building hatte sich ein hufeisenförmiger Auflauf gebildet. Mir fiel wieder der Epileptiker ein, den Veronica und ich dort gesehen hatten. Aber diese Leute sahen etwas ganz anderem zu. Ein Mann mit Feuerwehrhelm und Regenjacke jonglierte mit Orangen. Vorne auf seinem Helm war ein silberner Dreizack. Ich sah ihn mir genau an, aber es war nicht der Zauberkünstler. Es war ein sehr viel jüngerer Mann, mit kantigerem Kinn. Trotzdem hatte ich das Gefühl, ich hätte ihn vor kurzem schon einmal gesehen.

Ein Bus blieb stehen und entlud seine Passagiere. Darunter war auch eine Frau in schwarzem Mantel und Stiefeln, mit langen schwarzen Haaren. Sie ging um die Menschenansammlung herum durch die Glastüren direkt ins Empire State Building. Wegen des hochgeschlagenen Kragens konnte man ihr Gesicht nicht sehen, aber von hinten sah sie aus wie Veronica.

Ich eilte in das Gebäude, hinüber zu den Aufzügen und sah, wie sie in einen Lift stieg, der zu den obersten Stockwerken und zum Observation Deck führte. Ein Wachmann hielt mich auf, bevor ich die Aufzüge erreichte, und führte mich zum Kartenverkauf. Es dauerte mehrere Minuten, bis ich die Karte gekauft hatte, dann fuhr ich selbst bis zum 80. Stockwerk hinauf, stieg in einen anderen Lift um und fuhr zum Observation Deck im 86.

Auf der Außenplattform, dreihundert Meter über den Straßen der Stadt, waren zwei kleine Kinder, ein Junge und ein Mädchen, mit einer alten Frau. Ich umrundete das Deck unter der gigantischen Sendeantenne, sah aber keine Spur von der Frau, die in den Aufzug gestiegen war. Nur einen kleinen blaugelben Vogel, der oben auf einer Ecke des hohen Stahlgeländers mit den nach innen gebogenen Stangen zur Verhinderung potentieller Selbstmorde saß.

Die alte Frau und die Kinder blickten nach Westen, Richtung New Jersey. Der Junge trug eine Matrosenmütze. Das

Mädchen hatte lange schwarze Zöpfe, weiße Handschuhe und eine Armbanduhr mit rotem Band. Die alte Frau trug einen breitkrempigen Hut, eine Sonnenbrille und einen dicken Schal bis zur Nase, so daß ich ihr Gesicht nicht erkennen konnte. Ihre Hände hatten viele Falten, und ihre Fingernägel waren lang und maniküre.

Sie warf eine Vierteldollarmünze in eines der Fernrohre auf den glänzenden Ständern, die über die Stadt hinausblickten. Nur richtete sie es gen Himmel. Die Wolkendecke war so dick, daß ich mir nicht vorstellen konnte, was sie wohl betrachtete.

Aber ich war in Gedanken immer noch bei der Frau, die in den Aufzug gestiegen war. Ich drängte mich durch die Schwingtür zu den Aufzügen und sah einen wartenden Lift. Bevor sich die Türen schlossen, warf ich noch einen Blick zurück auf das Deck. In diesem Moment zogen die beiden Kinder ihre Mäntel aus, und es kamen zwei identische Flügelpaare mit leuchtenden Farben an den Spitzen zum Vorschein, die mit goldenen Kordeln an ihren Rücken festgebunden waren. Sie lösten die Kordeln, die Flügel breiteten sich aus, und sofort hoben die beiden vom Deck ab und stiegen hoch in den Himmel. Die alte Frau sah ihnen ruhig durch das Fernglas zu, als sich die Aufzugtüren vor mir schlossen.

Mit zwanzig Metern pro Sekunde sauste ich den Aufzugschacht hinunter. Ich zitterte, und mein Mund wurde trocken. Und dann fiel mir wieder ein, wo ich den Mann in der Feuerwehrkluft, der mit den Orangen jongliert hatte, schon einmal gesehen hatte: Es war der Saxophonist des Chronos-Sextetts.

Doch als ich wieder den Gehsteig betrat, war er schon verschwunden. Während ich einem Taxi winkte, kam die alte Frau aus dem Gebäude. Sie war allein. Sie bestieg einen Bus, der an der Haltestelle stand, und fuhr weg. In der Hand hatte sie eine Matrosenmütze und ein Paar weißer Handschuhe.

14

Ich fuhr direkt zu Kekos Adresse an der West 30th Street. Das Restaurant Dragon's Eye war geschlossen. Das Fenster war mit kreisförmigen Bewegungen abgeseift worden, und auf einem Schild stand: WEGEN RENOVIERUNG GESCHLOSSEN.

Zwischen dem zwölften und dem vierzehnten Stockwerk, wo Keko wohnte, klingelte ich. Obwohl ich mich nicht vorher angekündigt hatte (ich kannte weder Kekos Nachnamen noch ihre Telephonnummer), öffnete sofort ein Mann die Tür, ohne vorher nachzufragen, wer da sei.

Er war klein und stämmig, mit muskulösen Armen und einem blonden Igelhaarschnitt. Er trug einen engen schwarzen Pullover und graue Hosen, und am rechten Ohr hing ein silbernes Seepferdchen. Es war der Mann, den ich in der grauen Limousine vor 59 Franklin Street gesehen hatte. Ohne ein Wort führte er mich aus der Diele mit der hohen Decke durch die Wand, die sich wie eine Tür öffnete, in das Wohnzimmer, wo der blinde Fisch seine langsamen Kreise durch das riesige Aquarium zog.

Keko kniete mit einer Keramikflasche und zwei Bechern vor sich auf einer der schwarzen Matten. Sie trug wieder einen schwarzen Kimono und die schwarze Brille.

»Willkommen, Leo«, sagte sie.

»Hast du mich erwartet?«

»Möchtest du warmen Sake? Oder hättest du lieber wieder einen Pfefferwodka?«

Ich wandte mich um und sah, daß der Mann verschwunden und die Wand zur Diele geschlossen war.

»Gerne einen Sake«, antwortete ich.

Sie winkte mich auf die Matte neben sich, und ich setzte mich.

»Dieser Mann…«, sagte ich.

»Janos? Er ist mein Angestellter. Im französischen Zirkus

war er früher ein berühmter Schwertschlucker. Veronica nennt ihn meinen Leibwächter, aber er hat viele Funktionen.«

»Zum Beispiel Fahren?«

»Ja, er fährt mich auch. Und er ist ein hervorragender Koch. Heute abend bereitet er eine Spezialität zu – eines meiner Lieblingsgerichte. Es nennt sich *fugu*.«

»Kugelfisch.«

»Du hast es also schon einmal gegessen?«

»Nein.«

»Dann mußt du unbedingt mitessen. Die Zubereitung ist eine Wissenschaft, die keinen Fehler erlaubt. Sogar in Japan, wo die *fugu*-Köche streng kontrolliert werden, sterben jedes Jahr fast hundert Menschen an dem Gift. Man muß das Netzwerk aus Drüsen und Röhren auf eine ganz präzise Weise herausnehmen, mit genauem Timing. Er ist nämlich giftiger als Strychnin. Aber das Fleisch des *fugu* ist so köstlich, daß es uns für das Risiko, das wir eingehen, belohnt. Ich glaube, es ist die Gefahr, die den Geschmack verstärkt. Wir werden an unsere Sterblichkeit erinnert, und das kann ein sehr intensives Gewürz sein. Man vergißt nie, was man gerade ißt, so wie bei manchen anderen Speisen.«

Keko ging in die Küche und kam mit einem Salat aus Meerespflanzen, einer Platte Sashimi auf einem Bett aus gehobeltem weißen Rettich und einer Flasche warmen Sakes zurück.

Wir setzten uns im Schneidersitz vor den Kamin, in dem sie eine Pyramide duftender Holzspäne angezündet hatte. Die Jadefiguren aus dem No-Theater ragten über uns auf. Sie trugen alle Masken, bis auf eine junge Frau, die traditionell gekleidet war. Ihre Augen waren geschlossen. Neben ihr stand eine schwarze Vase in der Form einer Sanduhr. Wie die Vase in 59 Franklin Street enthielt sie mehrere lange Stengel mit kleinen weißen Blüten.

Zum ersten Mal hörte ich von der anderen Seite des Zimmers her ein schwaches Summen, wie elektrische Spannung. Keko wußte, daß ich es gehört hatte.

»Das hört nicht jeder«, sagte sie und schenkte mir nach.
»Das Geräusch kommt aus der Büste auf dem Podest. Es ist
eine japanische Göttin namens Aoki – ähnlich der Medusa, nur
besteht ihre Haartracht aus Bienen, nicht aus Schlangen. Sie ist
ihr auch insofern ähnlich, als sie eine Rachegöttin ist und fähig,
schnelle und schreckliche Vergeltung zu üben. Diese Büste ist
vor zwei Jahrhunderten eigens für einen Tokugawa-Prinzen
hergestellt worden. Beseelt von dem heftigen Wunsch, sie so
mächtig wie möglich zu gestalten, hat der Bildhauer lebende
Bienen benutzt, als er die Büste gegossen hat. Es sind die Bienen unter einer hauchdünnen Bronzeschicht, die du hörst.«

»Zwei Jahrhunderte…«

»Du fragst dich, wie sie sich am Leben halten? Du mußt wissen, es gibt Energiequellen, die Nahrung und Luft vergleichs-
weise kläglich erscheinen lassen.«

Während ich ins Feuer starrte, löste mir der Sake noch mehr
die Zunge. »Hast du Veronica in letzter Zeit gesehen?« fragte
ich.

»Nicht seit dem Abend, als sie mit dir hier war.«

»Wo, glaubst du, könnte ich sie heute abend finden?«

»Versuch's im Neptunclub.«

»Spielt sie dort wieder?«

Keko legte mir mit ihren Eßstäbchen ein Stück Sashimi auf
meinen Teller. »Das ist roter Tintenfisch. Sehr selten.«

Ich aß ihn mit einem Scheibchen eingelegtem Ingwer, und er
schmeckte nach Meer, leicht metallisch in der Mitte.

»Hat dir die Musik im Club gefallen?« fragte Keko.

»Ja. Hast du das Sextett schon mal gehört?«

»Schon oft.«

»Es ist eine ungewöhnliche Band«, sagte ich. »Die alte Frau
hat mich erstaunt.«

Keko neigte den Kopf.

»Weißt du, wer sie ist?« fragte ich.

»Sie heißt Alta. Veronica hat es dir also nicht erzählt?«

»Nein.«

»Aber sie hat dir von ihrem Vater erzählt.«

»Ein wenig.«

»Alta ist die Mutter ihres Vaters. Veronicas Großmutter.«
Keko stand auf und ging ein kurzes Stück durch das Labyrinth aus Reispapierschirmen. Sie öffnete ein schwarzes
Schränkchen und legte eine Kassette in den Recorder. Musik
erfüllte den Raum. Ein Saxophonlauf. Ein Klavier, das in der
chromatischen Tonleiter spielte.

»Das ist eine Aufnahme von dem Abend, als du im Neptunclub warst«, sagte Keko.

Dann ging sie zurück in die Küche und kam mit dem *fugu* auf
zwei lackierten Ebenholzbrettern zurück. Das Fleisch des Fisches war reinweiß, wie der Mond an einem Nachthimmel. Der
Koch hatte es auch wirklich in Taler geschnitten, wie Voll-
monde, und sie in Halbkreisen angeordnet, garniert mit Kore-
ander. Daneben stand eine kleine Dipschüssel mit einer blutroten Sauce und einer Mandarine, die in hauchdünne Mondsicheln geschnitten war.

»Was sind das für Blumen?« fragte ich und nickte in Richtung Vase.

»Sternblumen. Sie wachsen in großer Höhe und öffnen sich
nur nachts.«

Sie schenkte mir noch einen Sake ein. Sie selbst hatte nach
zwei Gläsern aufgehört zu trinken.

»Das ist köstlich«, sagte ich, während ich langsam kaute.
Der *fugu* schmeckte wie Seewolf, nur schärfer. Er hatte eine
fedrige Konsistenz und löste sich in feinen Schichten ab, die
wie nasse Blütenblätter an den schwarzen Eßstäbchen hingen.

»Mein Geomant hat mir geraten, hier immer Sternblumen
aufzustellen«, sagte sie. »Er schickt mir jede Woche einen
Strauß aus Hongkong. Sie stammen aus Tibet. Er hat den
Grundriß meines Lofts entworfen, nachdem er die Topographie und die unterirdischen Gegebenheiten dieser Gegend ge-
prüft hat. Auf chinesisch«, fuhr sie fort, »heißt Geomantie
feng-shui, das bedeutet ›Wind-und-Wasser‹. Die Chinesen

glauben, daß die Erde den Himmel spiegelt und beides lebende Wesen sind, die von Energieströmen durchkreuzt werden, wie die Ströme in unserem Nervensystem. Die positiven Ströme, die gutes *chih* – die Lebenskraft – mit sich tragen, heißen ›Drachenlinien‹. Sie folgen dem Lauf unterirdischen Wassers und unterirdischer Magnetfelder. Der Geomant stellt mit einem Magnetkompaß sicher, daß ein Haus, ein Zimmer oder sogar ein Grab an der richtigen Drachenlinie liegt und vor gefährlichen Gegenströmungen geschützt ist. ›Drachenpunkte‹ sind, wie die Meridianpunkte in der Akupunktur, Verbindungen, an denen eine besonders starke Quelle positiven *chihs* aller Wahrscheinlichkeit nach an die Oberfläche dringt. Manhattan ist unterirdisch so kompliziert wie über der Oberfläche. Mein Geomant hat bei dieser Wohnung mit bestimmten Drachenpunkten unter dem Gebäude gearbeitet. Du wirst auch feststellen, daß es in der Nachbarschaft keine Häuser mit Spiegelglaswänden gibt. Sie spiegeln unweigerlich negatives *chih* wider und verursachen Katastrophen. Über die wenigen sogenannten ›Todespunkte‹ – das Gegenteil der Drachenpunkte – unter dieser Stelle«, fuhr sie fort und deutete auf die Bäume, die an der Wand aufgereiht waren, »sollte ich auf Anraten meines Geomanten lebende Pflanzen stellen, um dem negativen *chih* entgegenzuwirken. Über die schlimmsten Todespunkte plaziert man am besten eine große Menge Wasser. Deshalb das Aquarium. In Hongkong werden ganze Wolkenkratzer unter den wachsamen Augen von Geomanten geplant, die oft noch höhere Honorare verlangen als die Architekten.«

Mit einem Holzlöffel rührte sie in der blutroten Sauce. »Ich bin sicher«, sagte sie, »daß du schon in Häusern warst, wo du dich schrecklich unwohl oder sogar bedroht gefühlt hast und dieses Gefühl nicht den Leuten, mit denen du zusammen warst, oder der momentanen Situation zuschreiben konntest.«

Ich dachte darüber nach. »Ja, das stimmt.«

»Das liegt daran, daß das Gebäude nicht im Einklang mit den Drachenlinien errichtet wurde.«

Wir aßen schweigend. Dann legte Keko ihre Stäbchen hin und faltete die Hände im Schoß.

»Weshalb bist du zu mir gekommen, Leo?« fragte sie leise.

Sie benahm sich so zwanglos, das Essen für zwei war so gut vorbereitet gewesen und ich war von ihrer Erzählung so gefangen, daß ich beinahe vergessen hatte, daß ich ja gar nicht vorher eingeladen gewesen war.

»Bestimmt nicht, um mich zu fragen, ob ich Veronica gesehen habe«, sagte sie.

»Nein.« Ich trank meinen Sake aus.

Bei meinem vorherigen Besuch war mir gar nicht aufgefallen, wie schön Kekos Lippen waren. Sie trug violetten Lippenstift, und auf der Oberlippe reflektierte ein kleiner Keil das Licht, wie ein Stern.

»Hattest du in der Nacht des blauen Mondes irgendwelche ungewöhnlichen Erlebnisse?«

Ich legte die Eßstäbchen beiseite. »Mehr als eines.«

»Träume?«

Ich versuchte in ihrem Gesicht zu lesen, aber der Ausdruck änderte sich nie. »Ja.«

»Erzähl mir davon.«

Ich berichtete ihr alles, und es endlich loszuwerden, verringerte den Druck in meinem Kopf.

Keko war durch nichts davon überrascht. Sie sagte kein weiteres Wort, bis ich fertig war. »Weißt du, was mit dem Zettel passiert ist, den dir der Zauberkünstler in die Hand gedrückt hat?« fragte sie.

»Nein. Ich weiß noch, daß mich die Frau an dieser Hand gepackt hat, als sie mich in den Schuppen gezogen hat. Dann schlug die Tür zu.«

Keko stand auf. »Komm«, sagte sie und berührte mich am Arm.

Wir gingen durch den L-förmigen Korridor zu ihrem Schlafzimmer. Wieder holte sie den goldenen Schlüssel aus den Falten ihres Kimonos und schloß die linke Tür auf. Und wieder

74

gab es an der inneren Wand kein Anzeichen von der rechten Tür im Korridor zu entdecken.

Nachdem sie das Licht in dem Mondglobus eingeschaltet hatte, führte sie mich die Treppe zu der Plattform daneben hinauf. Neben den Drehstuhl war ein weiterer Stuhl gestellt worden. Diesmal lag nur ein einziges altes Buch auf dem Tisch. Es war in schwarzes Maroquin gebunden und trug goldene Lettern. Auf dem Buchrücken stand: DAS LEBEN DES THOMAS HARRIOT, von O. BALIN.

»Ich habe dir neulich schon von Harriot erzählt«, sagte Keko. »Der erste Mensch, der mit Hilfe eines Teleskops eine Mondkarte gezeichnet hat. Dieses Buch könnte dich interessieren.«

Mit den Fingern fuhr sie über den Rand des geschlossenen Buches. Dann schlug sie eine Seite in der Mitte auf. Es war der Anfang des sechzehnten Kapitels mit dem Titel »Die Schule der Nacht«. Anschließend schlug sie zwei gegenüberliegende Seiten auf, aus Glanzpapier. Links waren vier dunkle Porträts von Männern in elisabethanischer Kleidung zu sehen, rechts war der Stich eines von einem Wald umgebenen Hauses mit einem breiten Rasen davor.

Als ich die Porträts betrachtete, hatte ich das Gefühl, mein Mund würde sich mit Sand füllen. Keko reichte mir wortlos das Buch.

Es war das Herrenhaus, das ich besucht hatte. An jeder Ecke waren Türme mit einer Kuppel darauf. Und am Fuß der Eingangstreppe die zwei Statuen von den Hunden mit den langen Ohren. Ein Reh war abgebildet, das über den Rasen auf die Bäume zurannte. Eine Eule kauerte auf dem Mittelgiebel. Unter dem Stich stand: »Syon House, Wohnsitz des Grafen von Northumberland, wo sich die Mitglieder der Schule der Nacht häufig trafen.«

Ich erkannte sofort drei der Porträts auf der anderen Seite, die mit *Thomas Harriot, Sir Walter Raleigh* und *Christopher Marlowe* untertitelt waren. Harriot und Raleigh waren die bär-

75

tigen Männer – Raleigh der größere von beiden –, die mir den Mond durch das Teleskop gezeigt hatten. Marlowe war der Glattrasierte mit dem gebogenen Dolch, der mit uns die Vorstellung des Zauberkünstlers angesehen hatte. Das vierte Porträt mit dem Untertitel *John Dee* zeigte einen plumpen, glatzköpfigen Mann. Zuerst erkannte ich ihn nicht, weil sein Gesicht auf dem Porträt nicht tätowiert war. Dann sah ich die Goldkette um seinen Hals und wußte, daß er der Mann mit der Samtrobe und der Kapuze gewesen war.

Keko beugte sich vor und blätterte um, und dort zwischen den Seiten steckte, einmal gefaltet, ein kleines Stück blaues Papier. Sie nahm meine Hand und ließ meine Finger über das Papier gleiten, das zerknittert und rauh war. Als ihre Hand die meine führte, war ich mir sicher, das Papier – bis hin zu den Fasern – genauer zu spüren, als wenn ich es ohne Hilfe berührt hätte.

»Das ist der Zettel, den dir der Zauberkünstler gegeben hat«, sagte sie.

15

Er war aus Reispapier.

Ich nahm ihn und wollte ihn auseinanderfalten, aber Keko griff danach und steckte ihn in ihren Kimono.

»Noch nicht«, sagte sie. »Aber ich möchte, daß du dieses Buch mitnimmst und Kapitel 16 liest.«

»War das Veronica, der ich in dieses Haus gefolgt bin?«

Keko preßte die Lippen zusammen, gab mir aber keine Antwort.

»Du mußt den Zettel von ihr haben.« Ich schüttelte den Kopf. »Erst der Kratzer, und jetzt das hier.«

»Du hast mir gar nichts von einem Kratzer erzählt.«

Als ich das nachgeholt hatte, bat sie, ihn einmal fühlen zu dürfen.

Sie fuhr mit den Fingerspitzen an der Narbe entlang, und ein kühler Schauer rieselte mir die Wirbelsäule hoch.

»Eine Zickzacklinie. Natürlich«, sagte sie und spannte die Kiefermuskeln an. »Leo, du hast allen Grund, über die Geschehnisse verwirrt zu sein. Laß mich dir eine Geschichte erzählen. Eines Abends, es ist zehn Jahre her, trat im alten Palace Theater an der West 26th Street ein Zauberer namens Vardoz aus Bombay vor vollem Haus auf. Richtig, Veronicas Vater. Eines seiner Markenzeichen war eine komplizierte Nummer, jemanden verschwinden zu lassen, mit der er seine Vorführungen beschloß. Dabei holte er einen Freiwilligen auf die Bühne und stellte ihm zwei Fragen: nach seiner Heimatadresse und danach, wo auf der Welt er oder sie gerne sein würde, wenn er mit den Fingern schnippte. Dann ließ er sich und den Freiwilligen vor den Augen des Publikums verschwinden. Nach einer Minute erschienen sie wieder, und der verblüffte Freiwillige schwor, er wäre gerade in Moskau, Tokio oder sonstwo gewesen, und er beschrieb eine bestimmte Stelle in genauen Details. Dann zählte Vardoz zum weiteren Erstaunen des Freiwilligen mehrere Gegenstände aus dessen Wohnung auf, ob sie nun in New York oder San Diego lag – ein Möbelstück, Krimskrams, manchmal sogar eine Nummer, die neben dem Telephon notiert worden war. Tja, an jenem Abend jedenfalls fügte er noch ein weiteres Element hinzu, das vor der Vorstellung angekündigt worden war und großes Aufsehen erregt hatte. Er fragte die junge Frau, die sich gemeldet hatte, wo und wann sie geboren worden sei, und eröffnete ihr, er würde ihren Geburtsort – Wichita, Kansas – genau zu dem Tag und zu dem Jahr besuchen, an dem sie geboren sei. Dann fragte er sie, wo ihre Zeitreise sie hinführen sollte – ein beliebiger Ort in einer beliebigen Epoche. Sie wählte Paris am Tag des Sturms auf die Bastille. Sie verschwanden. Eine Minute verging. Sie erschien wieder, er aber nicht. Im Theater herrschte eine Totenstille, bis sie damit herausplatzte, daß sie gar nicht in Paris gewesen sei, sondern in Wichita, Kansas, vor dem Haus, in dem sie geboren wurde, und ihren Vater – der inzwischen schon tot war – als jungen Mann gesehen habe. Dann fiel sie in Ohnmacht.«

»War dann also Vardoz in Paris?« fragte ich.

Keko zuckte die Schultern. »Er ist nie zurückgekehrt. Die offizielle Erklärung lautet, er habe eine fatale falsche Berechnung angestellt und sei vernichtet worden, während er sich in tiefer Hypnose befand. Diejenigen, die besser Bescheid wissen, werden dir sagen, daß ein anderer Zauberer die subtilen Funktionsweisen des Akts sabotiert und ihn in den Limbus geschickt hat, wo er während all der Jahre gefangen war.«

»Und seither hat ihn niemand mehr gesehen?«

»Das habe ich nicht gesagt.«

»Wer war dieser andere Zauberer?«

Sie stand abrupt auf. »Stell mir keine weiteren Fragen mehr. Ich habe genug gesagt.« Sie ging die steilen Stufen hinunter.

»Darf ich mir kurz den Globus ansehen?« fragte ich. Ohne ihre Antwort abzuwarten, stieg ich die zweite Treppe hinauf, zur nördlichen Hemisphäre des Mondes, und bald fand ich den Krater, den ich suchte, 30 Grad nördlich des Äquators, am östlichen Rand, mit der Formation eines Dreizacks gleich südlich davon. Der Krater, auf den Harriot und Raleigh ihr Teleskop für mich eingestellt hatten. Unter der Brailleschrift für Kekos Finger stand sein Name gedruckt: RALEIGH.

»Möchtest du sonst noch irgend etwas sehen?« fragte sie trocken.

Dann brachte sie mich zur Wohnungstür. Im Wohnzimmer waren alle Überreste unseres Essens weggeräumt worden, die Lampen waren gedämpft und das Aquariumslicht war gelöscht worden.

»Danke für das Essen«, sagte ich.

»Ich hoffe, du liest heute abend, was ich dir nahegelegt habe«, sagte sie und klopfte auf *Das Leben des Thomas Harriot*, das ich mir unter den Arm gesteckt hatte.

»Ja. Zuerst gehe ich in den Neptunclub.«

Sie nickte. »Ich weiß, daß dir die Kassette, die ich dir vorgespielt habe, gefallen hat. Ich habe Veronica später an diesem Abend noch gesehen, und sie war sehr zufrieden mit der Vorstellung.«

Ich blieb abrupt stehen. »Du hast sie gesehen, nachdem sie fertig gespielt hatte?«

»Eine Stunde danach.«

»Wie lange?«

»Mehrere Stunden.«

»Aber das ist unmöglich. Veronica war in dieser Nacht bei mir.«

Der Fleck auf Kekos Oberlippe funkelte wieder, als sich das Licht an der Decke darin fing. »Weißt du nicht, daß es Menschen gibt, die an zwei Orten gleichzeitig sein können?« sagte sie.

Und sie schloß die Tür hinter mir und schob den Riegel an dem Fichet-Schloß vor.

16

Im Neptunclub war es voll und laut. Ein grüner Rauchschleier hing unter der Decke. Ich saß an demselben Tisch wie vor neun Tagen, neben der schwarzen Säule.

»Darf ich mich setzen?« fragte ein Mann, der gleichzeitig den zweiten Stuhl an meinem Tisch hervorzog.

Ich hatte ihn noch nie gesehen. Er war um die Fünfzig. Sein Gesicht war grau, mit matten Augen und einer zerfurchten Stirn. Er trug einen billigen blauen Anzug, eine gelbe Krawatte und Krokodillederschuhe. Seine Fingernägel waren abgebissen. Seine Stimme war rauh.

»Was trinken Sie?« fragte er. Er trank schwarzen Kaffee aus einem Wasserglas.

»Wodka.«

»Ich spendiere Ihnen noch einen.«

Als er seine Brieftasche öffnete, sorgte er dafür, daß ich die silberne Plakette, die darin festgesteckt war, zu sehen bekam. Er nahm einen Zehn-Dollar-Schein heraus und winkte einer Kellnerin.

Gelangweilt brachte sie mir in ihrem schwarzen Badeanzug noch einen Pfefferwodka pur.

»Mein Name ist Tod«, sagte der Mann. »Ich weiß, weshalb Sie hier sind. Vielleicht kann ich Ihnen helfen, wenn Sie mir helfen.«

Ich fragte mich, ob das wohl wieder einer von Veronicas Vermittlern war, der mir gleich eine Karte von ihr mit einer Adresse darauf zuschieben würde. Aber er überraschte mich.

»Was immer sie Ihnen erzählt haben«, fuhr er fort, »Sie haben gar keine Ahnung, in was Sie da hineingeraten sind.«

Ich war auf der Hut. »Ach ja.«

»Ich bin mit dem Fall von Beginn an vertraut«, sagte er. »Glauben Sie mir.«

»Sind Sie Polizist?«

»Im Ruhestand. Das ist eine Privatdetektivplakette.«

»Wobei, glauben Sie, können wir einander helfen?«

»Hören Sie. Zuerst war es nur ein Vermißtenfall. Und zwar kein routinemäßiger. Um 22 Uhr 30 an einem Sonntag im Mai vor zehn Jahren verschwindet ein Mann aus einem Theater. Es besteht kein Verdacht auf falsches Spiel. Ich habe den Anruf selbst von einem Streifenpolizisten entgegengenommen, der als erster am Schauplatz war. Erst als ich dort ankomme, finde ich heraus, daß es nicht jemand aus dem Publikum oder irgendein Angestellter ist, sondern der Starkünstler selbst, ein Zauberer namens Vardoz, der auf der Bühne vor aller Augen verschwunden ist. Ein derber Spaß, oder jemand, der sich kostenlos Publicity verschaffen will, dachte ich. Die zwei Töchter, die bei der Vorstellung mitgearbeitet haben, waren hysterisch.«

»Zwei?«

»Genau.«

»Veronica…«

80

»Und die andere hat sich Viola genannt. Sie sind Zwillinge. Wußten Sie das nicht?«

»Na ja…«

»Wohl nicht«, sagte er mit belegter Stimme. Dann fügte er hinzu: »Eineiige Zwillinge.«

Mit dieser Neuigkeit hatte ich zu kämpfen.

»Was *haben* sie Ihnen erzählt?«

»Über…?«

»Über den Mord an Vardoz.« Er beugte sich näher zu mir. »Daß er durch die Hypnose einen Gedächtnisverlust erlitten hat? Oder daß Starwood den Akt sabotiert und ihn in den Limbus geschickt hat?«

»Starwood?«

»Ja, Starwood«, sagte er ungeduldig. »Aber er hatte nichts damit zu tun. Unterm Strich ist es ein Mord. Denken Sie daran.«

»Vardoz ist ermordet worden?«

Er lehnte sich zurück und blinzelte langsam mit seinen Augenlidern über den matten Augen. »Leute verschwinden aus zwei Gründen: erstens, weil sie es wollen, zweitens, weil es jemand anders will. Wenn es sich um die zweite Variante handelt und es länger als einen Monat dauert – von außen betrachtet –, dann können Sie zu neunundneunzig Prozent sicher sein, daß es sich um Mord handelt.«

»Und Sie versuchen immer noch, den Mord aufzuklären?«

»Ich habe ihn aufgeklärt«, kicherte er. »Ich versuche es zu beweisen. Wollen Sie mir helfen?«

Er sah mich bohrend an. »Wer ist der Mörder?« fragte ich.

Er schob seinen Stuhl zurück und stand auf. »Ich habe mich getäuscht. Sie können mir nicht helfen.«

»Woher wissen Sie das?«

Er schüttelte den Kopf.

»Aber vielleicht können Sie mir helfen«, sagte ich.

»Womit? Sie würden nicht einmal wissen, was Sie mich fragen sollten. Ich dachte, Sie wären vielleicht schlau, aber ich habe mich getäuscht.« Er zog ein gelbes Taschentuch hervor und schneuzte sich. »Passen Sie auf, was hinter Ihrem Rücken vorgeht, Mister.«

Er ging um den Tisch und reichte mir schließlich seine Karte. Darauf stand: WOLFGANG TOD. 350 FIFTH AVENUE 85–01.

Dann packte er mich so schnell am Handgelenk, daß ich zusammenzuckte, und legte meine Handfläche flach auf seine Brust. Seine Hand war kalt und hart wie Eis, wie seine Brust. Er hielt meine Hand mehrere Sekunden lang dort, und ich hätte schwören können, daß ich keinen Herzschlag spürte. Ich konnte mir auch nicht vorstellen, wie warmes Blut durch solches Fleisch fließen sollte. Er ließ mein Handgelenk los, verengte seine Augen zu Schlitzen und zog die Lippen zurück. Mit einem Zischen schoß seine Zunge zwischen den Zähnen hervor, als er auf dem Absatz kehrtmachte und um die Säule herum verschwand.

Erst später wurde mir klar, daß 350 Fifth Avenue die Adresse des Empire State Building war.

17

Ich trank aus und ging auf die Herrentoilette, in der sich nur Frauen befanden. Ein horizontaler Spiegel, der von Boden und Decke gleich weit entfernt war, lief um die vier schwarzgekachelten Wände. Darüber brannten rote Glühbirnen mit niedriger Wattzahl. Man mußte in den Spiegel blicken, ob man am Waschbecken oder an den Pissoirs stand.

Ich sah also alle Frauen gleichzeitig aus jedem Winkel, Spiegelungen über Spiegelungen. Viele zogen sich Kokainlines über das Handgelenk und schnupften. Andere schnupften es von der Chromleiste am unteren Rand des Spiegels. Durch die offene Tür einer Kabine sah ich eine Frau mit Federhut, die auf der Toilette saß und eine Spritze mit einer Flüssigkeit aus einer blauen Phiole aufzog.

Ich machte ein Papiertuch an einem der Waschbecken naß und wischte mir damit übers Genick. Selbst in dem roten Licht wirkte meine Haut blaß. Unter meinen Augen zeigten sich dunkle Viertelmonde.

Von oben wurde Musik hereingepumpt: eine verrückte Fünf-Ton-Saxophonsequenz, unterstützt von einem akustischen Baß, immer und immer wieder.

Keine der Frauen sprach. Und keine von ihnen beachtete mich, als ich zu den Pissoirs durchging. Als ich meinen Reißverschluß aufmachte, sah ich im Spiegel einen weiteren Mann mit schwingendem Schritt den Raum betreten. Er ging direkt zu dem Pissoir zu meiner Linken. Er trug einen weit heruntergezogenen Filzhut, einen Nadelstreifenanzug und weiße Handschuhe. Ich langte hoch, um die Spülung zu drücken.

»Bleiben Sie, wo Sie sind«, sagte er mit hoher, gedämpfter Stimme.

Er schob den Hut zurück, und ich sah eine schwarze Augenklappe, einen goldenen Vorderzahn und zwei volle, rotglänzende Lippen. Mascara und blauen Lidstrich um das andere Auge. Scharfe Wangenknochen. Es war eine Frau.

Sie steckte eine Hand vorne in ihre Hose, so daß es von hinten aussah, als würde sie pinkeln. Ich sah in den Spiegel und konnte mir nicht vorstellen, für wen sie dieses Theater veranstaltete.

»Haben Sie den blauen Zettel?« fragte sie plötzlich. »Ja oder nein?«

»Ich weiß nicht, wovon Sie reden.«

»Wenn Sie ihn nicht haben, wo ist er dann?«

Ich hatte die Harriot-Biographie mit meinem Mantel an der Garderobe abgegeben. Aber den Zettel hatte Keko behalten.

»Wer sind Sie?«

»Mein Name ist Remi Sing.«

Natürlich, dachte ich, und stellte mir ihre langen Haare vor, die unter den Hut gesteckt waren. »Klar«, sagte ich und versuchte mich zurechtzufinden. »Ich war auf Ihrer Eröffnung.«

»Wo ist der Zettel?« sagte sie durch die Zähne. »Und wo ist die Karte, die Veronica Ihnen geschickt hat? Sagen Sie es mir.«

Das brachte mich völlig aus dem Konzept, und mein Gehirn arbeitete fieberhaft. »Sagen Sie mir den Namen des Mannes mit der Narbe.«

»Den wissen Sie bereits.«

»Starwood?«

»Wir verschwenden unsere Zeit.«

»Arbeiten Sie für ihn?«

»Er ist mein Vater. Wer hat den Zettel und die Karte? Keko? Wir wissen, daß beides nicht in Ihrer Wohnung ist.«

Herrgott, dachte ich und machte einen schnellen Schritt auf sie zu.

»Das würde ich nicht tun«, schnauzte sie und sprang zurück.

»Woher, zum Teufel, wissen Sie, was in meiner Wohnung ist?«

»Ich versuche Ihnen zu helfen«, sagte sie.

»Viele Leute wollen mir helfen. Aber ich weiß nicht, wovon Sie reden.«

Sie nahm eine Puderdose aus ihrer Tasche und klappte sie auf. Auf einer Seite war eine Scheibe aus rötlichem Puder, auf der anderen ein dreieckiger Spiegel. Als sie ihn mir vorhielt, sah ich statt meines eigenen Gesichts eine Frau, die mit fliegenden Haaren durch einen mondhellen Wald rannte. Flink wie ein Reh schoß sie zwischen den Bäumen hindurch. Jemand verfolgte sie, nahe am Boden, aber ich konnte nicht erkennen, wer oder was es war. Die Frau stolperte über eine Wurzel und humpelte zu einem Baum mit zwei Stämmen, in der Form eines V. Dann drehte sie sich plötzlich um, und ihr Gesicht war angstverzerrt. Es war Veronica. Sie sah mir direkt in die Augen und schrie, und obwohl ich sie nicht zu hören vermochte, konnte ich ein einzelnes Wort von ihren Lippen ablesen: LEO!

Eisig durchströmte es meine Brust, und Remi Sing ließ die Puderdose zuschnappen. »Wo ist also der Zettel?« sagte sie. »Ich frage nicht noch einmal.«

Ich wollte mich gerade auf sie stürzen, als eine Frau, die sich die Haare gerichtet hatte – eine Blondine in Jeans und schwarzem Regenmantel –, sich uns von hinten näherte. »Eine leere Drohung«, höhnte sie und schnappte sich geschickt die Puderdose aus Remi Sings Hand. »Und ein billiger Trick.«

Remi Sings Hand schoß in ihre Jackentasche.

»Suchst du das hier?« lächelte die Frau und drückte Remi Sing eine Pistole in den Rücken, worauf diese starr stehenblieb. »Raus hier. Hau ab!«

Remi Sing warf mir mit ihrem einen Auge einen mörderischen Blick zu und marschierte aus der Herrentoilette.

»Gehen wir«, sagte die Frau in dem Regenmantel und nahm meinen Arm. »Und mach deinen Reißverschluß zu.«

Sie war so groß wie ich und hatte lange Beine. Sie führte mich schnell die Treppen hinauf in die Lobby.

»Hol deine Sachen«, sagte sie und nickte zum Garderobenfenster.

In dem düsteren Licht ähnelte ihr Profil dem von Veronica. Aber ich hatte keine Zeit, länger darüber nachzudenken, und noch viel weniger, um daraus schlau zu werden.

Während ich meinen Mantel und das Buch holte, warf ich einen Blick in den Club, in der Erwartung, den Saxophonisten und den Bassisten zu sehen, die ich in der Herrentoilette gehört hatte. Aber es war die alte Frau mit den langen weißen Haaren – Veronicas Großmutter Alta –, die auf der Bühne war, allein, in ihrem weißen Kittel. Sie spielte mit der rechten Hand ohne Begleitung auf den oberen Oktaven des Klaviers, eine Sequenz ohne Ende und ohne Anfang, die mich benommen machte.

Jeder Gedanke daran, mich aus dem Staub zu machen, wurde zunichtegemacht, als mich die Frau im Regenmantel nach draußen schob, die zwei Eisentreppen hinauf und auf die gepflasterte Straße. Der Hydrant an der Ecke war wieder aufgedreht, aber diesmal war es nicht so kalt, daß der Wasserstrahl – ganz silbern – gefroren wäre. Auf der verblichenen Wandmalerei des Kühlhauses über dem Neptunclub wirkte

85

der Flaschengeist, der aus der sanduhrförmigen Tintenflasche stieg, klarer. Es war ein weiblicher Flaschengeist, wie ich jetzt sah, der mit dem linken Auge zwinkerte und an seinem Ohrring herumfummelte.

Meine Begleiterin rief ein Taxi und schob mich wieder vor sich hinein.

»59 Franklin Street«, sagte sie mit rauher Stimme zu dem Fahrer, dann lehnte sie sich zurück, zog sich die blonde Perücke vom Kopf und wischte sich den Lippenstift mit einem Taschentuch ab. »Ah, endlich«, sagte sie.

»Clement!«

»Wen hast du denn erwartet?« fragte er müde, und seine Augen glänzten in dem immer wieder hereinblendenden Scheinwerferlicht der entgegenkommenden Autos: das rechte blau und das linke grün. »Ich habe auf dich aufgepaßt.«

»Seit wann?«

»Lange genug«, sagte er, zog Remi Sings Pistole aus seiner Tasche und untersuchte sie. »Ich hab mich fehl am Platz gefühlt. Ich war der einzige im Fummel.«

»Ist Veronica in Ordnung?« fragte ich.

»Soweit ich weiß«, antwortete er vorsichtig.

»Ein Mann namens Wolfgang Tod hat mir erzählt, sie hat eine Zwillingsschwester namens Viola. Stimmt das?«

Seine Augen verengten sich. »Vergiß Tod. Erzähl mir genau, was Remi zu dir gesagt hat.«

Das tat ich, während er sich abschminkte. Als ich fertig war, schwieg er weiterhin.

»Clement, was geht hier vor sich, und welche Rolle spiele ich darin?«

»Morgen frühstücken wir zusammen. Und dann reden wir.« Er langte in seinen Regenmantel. »In der Zwischenzeit gebe ich dir die Karte, die Veronica dir geschickt hat, wieder. Versuche, besser darauf aufzupassen.«

»Aber ich hab sie in meiner Wohnung gelassen.«

»Und sie klugerweise zusammengefaltet in deinen Weltatlas

gesteckt. Glücklicherweise war ich vor ihnen in deiner Wohnung.«

»Vor wem?«

Er zog eine Grimasse.

»Du bist in meine Wohnung eingebrochen?«

»Ich habe mir selbst aufgesperrt.«

Das Taxi hielt vor dem mir bekannten Backsteinhaus an der Franklin Street. In dem Park auf der anderen Straßenseite pfiff der Wind um die fünf Statuen.

»Hör zu«, sagte Clement. »Du kannst heute nacht nicht in deine Wohnung zurück. Hier bist du sicher. Geh hoch zum Apartment Nummer fünf und verlasse auf keinen Fall das Haus, egal was geschieht.«

»Warum nicht?« protestierte ich.

»Du hast gesehen, was gerade passiert ist. Halte dich an meinen Rat und verzichte darauf, Fragen zu stellen.«

Er stieg aus dem Taxi aus und hielt mir die Tür auf.

»Hätte sie mich wirklich erschossen?« fragte ich.

»Tu jetzt einfach, was ich dir gesagt habe«, sagte Clement grimmig.

Ich stieg die ersten Stufen zu dem Backsteinhaus hoch, dann drehte ich mich um.

»Die Schlüssel«, sagte ich und streckte die Hand aus.

»Du brauchst keine Schlüssel, wenn du mit mir zusammen bist«, sagte er verächtlich.

Dann fuhr er mit dem Taxi davon.

<u>18</u>

Ich befand mich in einem Dschungel. Es herrschte eine Bruthitze, die meine Haut zum Kribbeln brachte. Kleine blaugelbe Vögel mit schnell schlagenden Flügeln wirbelten durch die Luft. Libellen, die lila Streifen hinter sich herzogen, schwirrten über einem Sumpf zu meiner Rechten. Unter dem Blätterdach der Bäume stand Nebel. In der Luft hing der ölige Geruch von verbrennendem Fleisch.

Hinter einer Lichtung aus hüfthohem Gras und einem Wäldchen mit Orangenbäumen voller Früchte standen ein Dutzend Männer im Kreis. Sie hatten lange Haare und dicke Bärte. Sie trugen silberne Rüstungen – Brustpanzer und Helme – und hohe Stiefel. In den Gürteln steckten Schwerter, über den Schultern hatten sie Musketen hängen. Die Musketen hatten lange Läufe, die am Ende die Form von Trichtern zeigten. Ein großer Mann mit goldenen Flügeln, die aus der Rüstung hervorstanden, sprach zu den anderen.

Dann sah ich eine Frau durch das Gras aus der Richtung des Sumpfes auf sie zugehen. Sie war von Kopf bis Fuß in ein weißes Tuch – ähnlich einem Sari – gewickelt, das ihr Gesicht und ihre Haare verbarg. Sie ging aufrecht, mit überraschendem Tempo, als würde sie mehrere Zentimeter über dem Boden dahingleiten.

Ich watete durch das Gras und folgte ihr. Die Männer nahmen keine Notiz von mir, und sie sahen sie erst an, als sie den Kreis erreichte. Beim Näherkommen erkannte ich, daß sie neben einem breiten, schnell fließenden Fluß standen. Drei Kanus waren am Ufer festgemacht. Im Heck jedes Kanus stand ein dunkelhäutiger Indianer mit schwarzer Mähne, ein Paddel über der Brust.

Der Mann mit den Flügeln, dessen Gesicht von den Schatten der Bäume überzogen war, sprach englisch, obwohl ich nicht verstehen konnte, was er sagte. Er wandte sich der Frau zu und deutete auf die Kanus. Sie stieg die Böschung hinunter und in das erste Kanu, die anderen Männer folgten ihr. Die Frau stand aufrecht im Bug des Kanus. Sie paddelten zur Mitte des Flusses und verschwanden Augenblicke später um eine Kurve, wild auf dem grünen Wasser schaukelnd.

Der Mann mit den Flügeln winkte mich näher heran. Als ich etwa zwanzig Meter entfernt von ihm war, nahm er seinen Helm ab und legte ihn auf den Boden. Er entfaltete seine Flügel, stieg über die Bäume hoch in den Himmel auf und folgte dem Fluß stromaufwärts.

Als ich seinen Helm aufhob, war der Mann nur noch ein schwarzer Fleck vor einer fernen Wolke, der in die Sonne flog. Sein Helm war schwer, er bestand aus gehämmertem Silber mit einem Lederriemen und Wollfutter. Die Wolle war noch feucht von seinem Kopf.

Dann hörte ich einen dumpfen Schlag auf dem Gras hinter mir. Ein Mann, den ich vorher nicht gesehen hatte, ließ sich aus den Ästen eines Baumes fallen. Mehrere Orangen fielen mit ihm hinunter. Er trug einen Indianerlendenschurz, Mokassins aus Tierhaut und eine Kappe mit bunten Federn, die sich auf beiden Seiten fächerförmig ausbreiteten. Seine Haut war blaß, als sei er noch nicht lange in diesem Land oder als hätte er die Sonne gemieden. Sein Gesicht war bunt bemalt, dreifache Kreise um die Augen, und grüne und weiße Striche über Stirn und Wangen. Seine Lippen waren grün geschminkt. In dem grünen Sechseck auf seiner Brust war eine kunstvolle Tätowierung aus Monden, Sternen und Kometen zu erkennen.

Auf Zehenspitzen tänzelte er auf mich zu, die linke Hand über dem Auge. Sein rechtes Auge, das eisblau war, schien durch mich hindurchzusehen, und durch die Meilen von Bäumen, Ranken und Unterholz hinter mir bis zum Horizont. Zu dem blauen Meer an der Mündung dieses Flusses.

An jedem Finger trug er einen Ring. Aber es war der große blaue an seinem linken kleinen Finger, den er neigte, um das Sonnenlicht zu reflektieren – und seine Strahlen mächtig zu vergrößern – und mich zu blenden.

Als ich blinzelnd die blauen Punkte vor meinen Augen zu vertreiben suchte, war er verschwunden. Ich blickte nach unten und fand einen blauen Zettel von der Größe einer Briefmarke in dem Helm. Ich holte ihn heraus, drehte ihn um und sah die Zahl *11*, die zittrig mit grüner Tinte darauf geschrieben war. Dann fing das Papier Feuer, und ich hielt Asche in der Hand.

Und plötzlich stieg der Fluß an, immer höher. Eine glatte Wasserfläche lief senkrecht durch den Dschungel. Wie eine von innen beleuchtete grüne Wand, die über mir aufragte.

Und ich trat hindurch, in eiskalte Dunkelheit.

19

Als ich erwachte, lag ich ausgestreckt und nackt auf einem Bettsofa am Fenster.

Das Apartment 5 in der 59 Franklin Street hatte dieselbe Größe wie das Apartment 3 ein Stockwerk darunter. Aber so leer 3 war, so vollgepackt war 5 mit Möbeln. Kommoden, Tische, Lampen, Stühle, Ottomanen – ich konnte mich kaum darin bewegen.

Die Jalousien standen offen, und draußen war es dunkel. Ich war der Meinung, es wäre dieselbe Nacht, in der mich Clement dort abgesetzt hatte, und ich hätte mehrere Stunden unruhig geschlafen. Die Laken und Kissen waren naß von Schweiß, und die Decken lagen völlig zerwühlt zu meinen Füßen. Kein Wunder, nach diesem Traum. Aber diesmal fand ich nichts wie den Kratzer, was meinen Besuch im Dschungel greifbar hätte dokumentieren können. Meine Lippen waren aufgesprungen und mein Hals trocken, aber nach einer Winternacht in einer überheizten Wohnung war das nichts Ungewöhnliches.

Plötzlich fiel mir Kekos Buch über Thomas Harriot wieder ein. Ich war mir nicht sicher, ob ich es vom Taxi mit ins Haus genommen hatte. Als ich die Wohnung betreten hatte, hatten mir mehrere antike Lampen einen Weg durch das Labyrinth von Möbeln geleuchtet, direkt zu dem Bettsofa. Die Decken waren einladend zurückgeschlagen gewesen, und ich war wie ein Toter hineingefallen.

Die Lampen brannten immer noch, und ich ging den gleichen Weg zurück in der Hoffnung, das Buch zu finden. Zuerst entdeckte ich meine Kleider, die säuberlich zusammengelegt auf einem roten Plüschsessel lagen. Ich erinnerte mich nicht daran, sie ausgezogen zu haben. Dann kam ich zu einem L-förmigen Tisch, an dessen einem Ende fünf Sanduhren in Form einer Mondsichel aufgestellt waren. In jeder Uhr hatte der Sand eine andere Farbe: grün, orange, rot, blau und gelb. Die blaue Sanduhr war beinahe ganz durchgelaufen, die anderen zur Hälfte.

Auf dem anderen Arm des Tisches lagen leere weiße Pappschachteln auf einem weißen Tuch verstreut. Manche enthielten noch angetrocknete Essensreste, andere waren innen mit mehrere Tage alten Saucenresten verkrustet. Auf alle Schachteln war seitlich ein hellblaues Symbol gestempelt, zwei sich überschneidende Dreiecke, ⧖. Außerdem gab es noch Eßstäbchen – eindeutig bereits benutzt –, ein paar leere Mineralwasserflaschen und eine Schüssel Orangen. Und ein weißes Telephon. Neben dem Telephon lag die Karte für Gerichte zum Mitnehmen vom Dabtong, dem tibetischen Restaurant, wo ich mit Veronica zum ersten Mal essen war. Mehrere Gerichte waren mit Bleistift eingekreist. Plötzlich hörte ich ein Kratzen. Eine Schachtel fiel auf den Boden, und als ich zurückschreckte, schlich eine große weiße Katze mit einem Pilz im Maul über den Tisch. Ohne mich zu beachten, kauerte sie sich hin und kaute methodisch.

Die wohlgenährte und gepflegte Katze hatte eine ungewöhnliche Zeichnung: ein schwarzes Dreieck über dem einen Auge und ein auf dem Kopf stehendes schwarzes Dreieck über dem anderen. Am Schwanz entlang eine Reihe auf- und absteigender Viertelkreise, Halbkreise und Kreise, wie die Mondphasen, zunehmend und abnehmend. Erst als ich näherkam und sie mir ins Gesicht blickte, sah ich ihre Augen ganz: das rechte blau und das linke grün. Ich streichelte sie, und ihr Fell fühlte sich glatt und elektrisierend an. Ich war froh über ein wenig Gesellschaft in dieser Wohnung. Als sie weiter in Richtung der Sanduhren über den Tisch ging, sah ich, daß sie auf einem schwarzen Buch zwischen den Essensschachteln gesessen hatte. Aber

es war nicht das Buch über Harriot; es war Hewits *Sternführer.*
Ein lila Lesezeichen steckte zwischen den Seiten, und als ich
das Buch dort aufschlug, fand ich die Teleskopaufnahme eines
einzigen Sternzeichens: LEO stand darunter.

Ich starrte die neun Sterne des Sternzeichens Löwe an, aber
plötzlich überkamen mich schrecklicher Hunger und Durst,
und ich konnte mich nicht konzentrieren. Ich schlug das Buch
zu und sah, daß die Katze verschwunden war, obwohl nur ein
paar Sekunden vergangen waren. Ich nahm den Hörer ab,
wählte die Nummer auf der Speisekarte und bestellte Reis mit
geschmorten Paprikas, gegrillte Auberginen mit Ingwerschei-
ben und zwei Flaschen Mineralwasser.

Es kam mir vor, als hätte der Lieferjunge weniger als eine
Minute gebraucht. Und als würden er und ich uns in unterschiedlichen Zeitrahmen bewegen, denn er schien es alles andere als eilig zu haben. Er war Tibeter, hatte lange, im Nacken
geknotete Haare und trug ein rotes Hemd. Er hatte einen langsamen Gang, und seine Hände zitterten.

Er reichte mir eine weiße Tüte mit dem Essen und eine Rechnung, die ich unterschreiben mußte. Auf der Rechnung stand
oben das Datum.

»Wie kann das denn sein?« fragte ich.

»Unterschreiben Sie bitte«, brummte er. »Es steht alles
drauf.«

»Aber das Datum – das ist erst in drei Tagen.«

Er schüttelte den Kopf.

»Welchen Wochentag haben wir?« fragte ich.

»Donnerstag.«

Wie war das möglich? Ich hatte Keko am Montag abend besucht; selbst wenn ich den ganzen Tag durchgeschlafen hatte,
dürfte erst Dienstag sein.

Ich deutete auf den Tisch. »Haben Sie das ganze Essen her-
gebracht?«

Er nickte.

»Und wem haben Sie es gebracht?«

»Ihnen«, sagte er.

»Und außer mir war niemand da?«

»Ich habe es Ihnen gebracht«, beharrte er, »so wie heute abend.«

»Jeden Abend in dieser Woche?«

»Seit Dienstag. Bitte unterschreiben Sie jetzt.«

Als er ging, trank ich sofort einen ganzen Liter Mineralwasser – und hatte immer noch Durst. Ich holte die Schachteln aus der Tüte und fand darunter eine frische Orange. Als ich die zweite Flasche öffnete, spürte ich plötzlich ein starkes Brennen in der Blase.

Es dauerte ein paar Minuten, bis ich in dem Möbellabyrinth das Badezimmer gefunden hatte. Es war arktisch weiß und beinahe völlig funktional. Der einzige Schmuck war ein grünes Monogramm auf der Ecke eines Handtuchs: *A. W.*

Ich urinierte lange und kräftig. Mein Urin schien zu brennen. Dann ging ich zum Waschbecken und wusch mir das Gesicht mit kaltem Wasser.

Als ich in den Spiegel sah, erstarrte ich. Ich war tiefbraun, meine Haut war so dunkel von der Sonne, daß das Weiß meiner Augen dem Weiß des Badezimmers gleichkam.

20

Ich durchsuchte die Wohnung vergeblich nach Kekos *Leben des Thomas Harriot*, und das trug nur zu meiner Verwirrung und meinem Ärger bei, als ich kurz vor der Morgendämmerung durch die Stadt ging. Urplötzlich hatte ich dann aber den Inhalt der Biographie im Kopf, ganze Passagen von O. Balins Text, obwohl ich nicht verstand, wie sie dorthin geraten sein konnten. Es war genau das gleiche Gefühl, als hätte ich das Buch gelesen – oder als hätte es mir jemand vorgelesen. Und jetzt hörte ich die Wörter so klar, wie ich meine eigene Stimme hören konnte. Auch wortwörtlich den ganzen Anfangsabschnitt des sechzehnten Kapitels, das Keko mich zu lesen gedrängt hatte:

Die Schule der Nacht war ein mystischer Geheimbund im England des ausgehenden sechzehnten Jahrhunderts. Jedes Mitglied war auf seine Weise berühmt für literarische und wissenschaftliche Leistungen. Der Bund hielt heimliche nächtliche Treffen in und um London ab. Die Sternkammer verdächtigte sie häretischer Umtriebe – insbesondere des Bekenntnisses zum Atheismus –, und sie hingen der unterdrückten gnostischen Doktrin an, die in den Traktaten des Philo Judaeus erläutert wird, nämlich, daß Gott über die via negativa *erreicht werden muß; das bedeutet, zu denken, was er* nicht *ist, statt was er ist – denn Gott sollte etwas anderes sein, nicht einfach eine idealisierte Version des Menschen.*

Das erste Mitglied der Schule der Nacht, das von Agenten der Regierung von Queen Elizabeth ermordet wurde, war der Dichter und Spion Christopher Marlowe. Ein weiteres Mitglied, Sir Walter Raleigh, wurde nach langer Gefangenschaft im Tower und einer manipulierten Verhandlung exekutiert, in welcher der Staatsanwalt ihn als »Viper«, »Höllenspinne« und »Schwarzen Magier« bezeichnete. Der ehemalige Mathematiker John Dee, ein weiteres Mitglied, soll über ein Medium namens Edward Kelley mit den Toten gesprochen haben. Die beiden erfanden eine Sprache, die sie »Enochisch« nannten. Kelley war auf einem Auge blind und hatte den Kopf kahlrasiert. Nachdem ihm, weil er Münzen des Königreichs gefälscht hatte, die Ohren abgeschnitten worden waren, ließ er sich an deren Stelle Bilder von Ohren tätowieren. Er wurde im Gefängnis von der Obrigkeit ermordet.

Weitere Mitglieder des Bundes waren der Earl of Derby, der später der Hexerei angeklagt wurde, der Dichter George Chapman, William Carey, ein Hellseher, und der Chemiker Edward Blunt.

Aber es war Thomas Harriot, der neben Raleigh und Mar-

lowe die bedeutendste Figur der Schule der Nacht war. Er war bekannt für seine kartographischen und astronomischen Werke und diente als junger Mann Raleigh als Tutor. 1585 begleitete er Raleigh bei seiner ersten Virginia-Expedition, auf einem Schiff namens Tyger. Harriot brachte wissenschaftliche Instrumente mit, mit denen er die nordamerikanischen Indianer in Erstaunen versetzte, die ihn für einen Zauberer hielten. Später begleitete er Raleigh im Kanu auf seiner Expedition den Orinoco entlang in den Amazonasdschungel, auf der Suche nach der verlorenen Stadt des Goldes, El Dorado. Marlowe schrieb in seiner berühmten »Rede eines Atheisten«, die eines Nachts in der Villa des Earl of Northumberland (der sogenannte »zaubernde Earl«), seines Gönners, der dem Okkultismus und der Alchimie anhing, gehalten wurde, daß der Moses des Alten Testaments »nur ein Schwindler« sei und daß »ein gewisser Harriot, der zu Sir Walter Raleighs Männern gehört, mehr als er vermag«. Marlowe war offenbar ebenfalls von Harriots wissenschaftlichen Fähigkeiten geblendet worden, wie die Indianer von Roanoke Island. Später besuchte Harriot Raleigh regelmäßig im Tower, bis zu dem Tag seiner Hinrichtung. Harriot begleitete Raleigh zum Schafott und schrieb die berühmte Rede, die dieser dort hielt, nieder.

Plötzlich fuhr ein Taxi aus dem Nebel heraus auf den Gehsteig, und die hintere Tür flog auf. Es war Clement in seiner Wildlederjacke, der getönten Brille und einem braunen Filzhut.

»Komm«, rief er.

Benommen stieg ich ein, und wir brausten davon.

»Wir waren zum Frühstück verabredet«, sagte er. »Weißt du noch?«

»Aber das war vor drei Tagen.«

Er runzelte die Stirn. »Ich habe dir gesagt, wir würden frühstücken, wenn es *Morgen* ist. Nun, es ist beinahe Morgen. Wo wolltest du hin?«

»Ich wollte nach Hause.«

»Verstehst du denn nicht, daß du dort nicht sicher bist? Hattest du in Fünf nicht alles, was du brauchtest?«

»Mehr als ich brauchte, danke. Ich konnte mich kaum rühren. Und ich verstehe nicht, wie ich so lange schlafen konnte.«

»Du hast Schlaf gebraucht«, sagte er.

»Wo ist Veronica?« fragte ich ungeduldig. »Sag es mir.«

Kopfschüttelnd zog Clement zwei teure lederne Brieftaschen und einen Geldbeutel aus der Jacke. Er nahm das Bargeld heraus – eine beträchtliche Summe, die er rasch zählte –, aber die Kreditkarten rührte er nicht an.

»Du warst wieder arbeiten«, sagte ich trocken.

Ruhig ließ er die Brieftaschen und den Geldbeutel aus dem Fenster fallen, einzeln nacheinander. »Ich nehme nur Bargeld«, sagte er. »Und ich beklaue nur Leute, die genug übrig haben.«

Das Taxi blieb mit quietschenden Reifen vor der Gasse an der Barrow Street stehen, die zu seinem Haus führte. Die 24-Stunden-Apotheke war hell erleuchtet und leer – nicht einmal hinter der Theke stand jemand.

Clement gab dem Fahrer ein exorbitantes Trinkgeld.

»Du hast bestimmt Hunger«, sagte er zu mir.

Obwohl ich vor kaum zwei Stunden das gelieferte Essen gegessen hatte, stimmte das. Ich hatte Hunger.

Das rötliche Licht der Sonne streifte die höheren Dächer im Osten.

Clement trat nahe zu mir und nahm seinen Hut ab. Er drehte ihn um und hielt ihn vor mich hin. »Schau, Leo«, sagte er ruhig.

Ich sah in den Hut hinein, der mit grüner Seide gefüttert war. Auf dem Etikett war ein silbernes Metronom, das sich bewegte, *tick tick tick tick*. Ich konnte den Blick nicht davon abwenden, und ein paar Sekunden lang hatte ich das Gefühl, ich befände mich außerhalb meines Körpers und würde durch den Raum treiben.

Clements Stimme wurde fern. »Im Dschungel«, sagte er, »welche Nummer hast du da in dem Helm gesehen?«

»Elf« antwortete ich sofort.

Er lächelte leicht, setzte den Hut wieder auf, und genauso schnell war ich wieder in meinem Körper. Und fühlte mich wesentlich entspannter. Er nahm meinen Arm. »Komm, ich zeig dir was«, sagte er.

21

Durch halbgeschlossene Augen starrte ich Clements meergrüne Wände an und hatte das Gefühl, draußen auf dem Ozean zu sein. Unter mir die rollenden Wogen. Der Blick getrübt vom Salz.

Ich wäre beinahe auf dem Sofa eingenickt, während Clement mir den Rücken zuwandte und in der kleinen Küche Räucherlachs auf einem Brett in Streifen schnitt. Dann schlug er gleichzeitig zwei Eier auf, in jeder Hand eines, und ließ sie in eine Glasschüssel gleiten.

In der Dunkelkammer klingelte eine Uhr.

Er brachte mir eine Tasse Tee und ging in die Dunkelkammer. Die rote Lampe über der Tür schaltete sich an.

Der Tee machte mich schlagartig wach. Ich sah mich genauer in dem Zimmer um: das große alte Radio, der Schrankkoffer und die ausgebreitete Zaubererrobe an der Wand. Aber die Gegenstände auf dem Regal an der Wand gegenüber, die ich bei meinem ersten Besuch kaum wahrgenommen hatte, zogen mich am meisten an: die Bronzestatue eines fliehenden Rehs und der dreieckige Spiegel.

Ich wollte gerade zu dem Spiegel hinübergehen, als der oberste Band auf einem Bücherstapel neben dem Tischventilator meine Aufmerksamkeit erregte: *Das Leben des Thomas Harriot*, von O. Balin, gebunden in schwarzes Maroquin.

In diesem Moment trat Clement aus der Dunkelkammer.

»Wann hast du das hierhergebracht?« fragte ich und nahm das Buch in die Hand.

»An dem Abend, als du es im Taxi vergessen hast.«

»Soll das heißen, daß ich es in der Wohnung überhaupt nicht gehabt habe?«

Kopfschüttelnd zündete sich Clement eine Nelkenzigarette an, und der süßliche Geruch erfüllte den Raum.

»Du hast doch die Karte noch, die Veronica dir geschickt hat?« fragte er.

Die Karte hatte ich ganz vergessen. Instinktiv fühlte ich in der Innentasche meiner Jacke nach. »Ja, aber weshalb hat sie sie mir geschickt? Und was ist mit der Geschichte, die mir Wolfgang Tod erzählt hat – er sagt, euer Vater sei ermordet worden.«

Clement stand wieder in der Küche und beugte sich über den Herd. »Tod ist wegen diesem Fall von der Polizei gefeuert worden.«

»Er hat mir erzählt, er sei im Ruhestand.«

»Ja, nach einer ziemlich plötzlichen Kündigung. Er hat die Grenzen weit überschritten. Und tut das immer noch.«

»Was bedeutet das?«

Er blickte mich über die Schulter an und verzog den Mund. »Das bedeutet, er ist ein Reptil. Ein Kaltblüter.«

Seine Heftigkeit überraschte mich. »Er hat mir geraten, vorsichtig zu sein«, sagte ich.

»Damit hat er recht.«

Clement war ein guter Koch. Wir aßen schweigend. Ein Omelette mit Lachs und Pilzen, Hörnchen mit Limonenmarmelade und Walnußkäse. Und noch mehr von diesem Tee, der mein Rückgrat elektrisierte.

So wach hatte ich mich seit Wochen nicht mehr gefühlt.

Wir schoben unsere Teller zur Seite, und Clement bot mir einen Zahnstocher an.

»Wie bist du zu deinem Beruf gekommen?« fragte ich.

Einen Augenblick lang meinte ich, er wäre gekränkt, aber er antwortete sachlich.

»Es war Veranlagung. Ein Psychiater hat mir einmal erzählt,

Taschendiebstahl sei eine mindere Form der Zauberei. Es ist reine Fingerfertigkeit – manchmal sieht man es, manchmal nicht. Möchtest du noch Tee?«

Hinter meinem linken Ohr spürte ich ein dumpfes Pochen. Das war häufig der Vorbote meiner Kopfschmerzen. Und mir fiel ein, daß ich meinen Termin bei Dr. Xenon am vorigen Tag verpaßt hatte, wenn es schon Freitag war. Ich mußte unbedingt mit ihm sprechen.

Als würde er meine Gedanken lesen, sagte Leo: »Was möchtest du wissen, Leo? Frag mich.«

»Ich möchte mehr über euren Vater wissen. Und über Starwood. Und was während der letzten drei Wochen mit mir passiert ist.«

Ohne ein Wort ging er hinüber zu dem Schrankkoffer und öffnete ihn nicht mit einem Schlüssel, sondern mit einem geschickten Druck seiner Fingerspitzen. Während er kurz darin suchte, erspähte ich mehrere bekannte Gegenstände: einen Turban, ein grünes Trikot und eine lange, gestreifte Robe. Doch er brachte ein Album aus grünem Leder und einen kleinen blauen Umschlag zum Tisch. Vorne auf dem Album befand sich ein geprägtes silbernes Sechseck mit einem Mond, einem Stern und einem Kometen in der Mitte.

Als Clement langsam die Seiten umblätterte, sah ich, daß das Album lauter Zeitungsausschnitte und Photos von dem Mann enthielt, den ich als Zauberkünstler in dem Herrenhaus gesehen hatte. Unter dem ersten, jugendlichsten Photo stand »Albin, das Phantom« (denn, wie es in der Bildunterschrift hieß, er konnte sich »in jeden Gegenstand« verwandeln), er trug einen feschen Smoking und hatte starke Ähnlichkeit mit Veronica. Der Zeitungsausschnitt daneben, aus dem *Indianapolis Star* von 4. Mai 1958, identifizierte Albin, das Phantom, als Albin White aus New York City.

Plötzlich wurde die Photographie vor meinen Augen lebendig, wie ein Standbild in einem Film, der wieder zu laufen anfängt. Das schwarzweiße Bild wurde von den leuchtenden

99

Farben eines illuminierten Manuskripts durchflutet, und die Seite erwachte zum Leben wie ein Fernsehschirm.

Albin, das Phantom, verbeugte sich mit elegantem Schwung, und ein Strom blauer und roter Blütenblätter ergoß sich aus seinen Ärmeln, Manschetten und dem Mund, und alle verschmolzen gleichzeitig zu einer lila Steinplatte, einem vollkommenen Rechteck, das er erst auf Brusthöhe anhob und dann mitten in der Luft ablegte.

Mir blieb der Mund offen stehen, und ich blickte rasch zu Clement auf, der hinter meinem Stuhl stand. Und zwar mit unbewegter Miene.

»Wie hast du das gemacht?« fragte ich.

»Ich habe gar nichts gemacht.«

Die Photographie war bereits wieder in ihren vorherigen Zustand zurückgefallen, eine grobkörnige Schwarzweißaufnahme eines feierlich gekleideten Mannes, der mit verschränkten Armen dastand.

»Du meinst, ich habe mir das alles nur eingebildet?«

»Mein Vater hat dieses Album zusammengestellt«, sagte er langsam und schlenderte in die Küche, um eine Zigarette zu holen, »und der Inhalt erscheint genau so, wie er es wollte.«

Vorsichtig blätterte ich selbst in dem Album. Die Ankündigungen, Programme und Dutzende anderer Ausschnitte deckten etwa dreißig Jahre von Whites Karriere ab, von Mitte Zwanzig bis Mitte Fünfzig, und all die diversen Künstlernamen, die Veronica mir an genau diesem Tisch genannt hatte, kamen vor. Zeno, der Phönizier, El-Shabazz aus Akaba. Und mit Photo: Cardin aus Cardogyll (gekleidet wie in dem Herrenhaus, aber weit jünger), Vardoz aus Bombay (mit Turban) und Trong-luk aus Lhasa (mit der gestreiften Robe).

Jede dieser Photographien befand sich auf einer einzelnen Seite, und sobald ich sie ansah, wurden sie lebendig und leuchtend bunt.

Zuerst Cardin aus Cardogyll in all seiner Pracht. Schlank und muskulös stand er im Januar 1959 auf einer glitzernden

100

Bühne in Wien, umgeben von Hunderten strahlender Kerzen. Neben ihm stand ein großer Kessel mit geschmolzenem Blei. Mit einem strahlenden Lächeln gab er die glühende Flüssigkeit in einen Krug, den er an den Mund setzte und leerte. Aus dem Mund zauberte er dann eine Reihe Bleilöffel, -gabeln und -messer hervor, sowie zwei bleierne Kerzenhalter. Als er mit den Fingern schnippte, erschienen zwei brennende Kerzen in den Kerzenständern, und im selben Moment erloschen alle Kerzen, welche die Bühne umgeben hatten. Der Schein der zwei Kerzen war erstaunlicherweise ebenso hell wie der aller anderen Kerzen zusammen.

Als nächstes gab Vardoz aus Bombay im September 1973 eine Vorstellung in einem Gartenpavillon in Tokio. In seinem schimmernden Samtcape, umgeben von Rauchwirbeln, stand er auf einer Glasscheibe zwischen zwei Obelisken. In seiner Haltung und seinen fein abgestimmten Bewegungen lag nicht nur Selbstvertrauen, sondern auch Anmaßung – ein Magnetismus, der einen sofort in seinen Bann schlug. Er warf ein paar Münzen vor seine Füße, doch sie prallten nicht ab, sondern durchdrangen die Glasscheibe – als wäre sie aus Wasser. Dann warf er ein paar Münzen in die Luft, wo sie sich plötzlich in weiße Vögel verwandelten und seinen Kopf umkreisten. Dann langte er in seine Taschen und warf zwei Handvoll Sand hoch in die Luft. Beim Hinunterfallen wurde der Sand zu einem Glaskegel, der Vardoz und die Vögel einschloß. Die Vögel pickten an dem Glaskegel, bis er zersprang und sich wieder in Sand verwandelte. In aller Ruhe hob Vardoz die Obelisken auf und stellte sie neben sich auf die Glasscheibe. Erst lehnte er sich gegen den einen, dann gegen den anderen. Danach stieg er von dem Glas herunter, und die Obelisken sanken sofort durch die Scheibe und verschwanden.

Schließlich stand White im April 1980 als Trong-luk in einem roten Kreis in der Mitte einer Theaterarena in Montreal. Sechs Gänge führten strahlenförmig von der Bühne weg, wie die Speichen eines Rades. Zu seiner Robe trug der Zauberer noch einen kegelförmigen Hut, und in seinem Gürtel steckte ein langes, krummes Messer. Er gab sich zurückhaltend, gar düster, doch trotzdem strahlte er die gleiche verführerische Aura aus. Er hielt eine Holzkugel mit mehreren Löchern darin in die Luft. Ein langes Seil lief durch die Kugel. Er nahm das Ende des Seils und warf die Kugel hoch in die Dunkelheit, bis das Seil straff gespannt war. Dann gab er ein Zeichen, und ein Junge mit weißer Kappe und Matrosenanzug sprang auf die Bühne und kletterte das Seil hoch, bis er nicht mehr zu sehen war. Trong-luk folgte ihm mit dem Messer zwischen den Zähnen. Einen Augenblick später fielen die abgetrennten Hände des Jungen in den roten Kreis. Dann seine Füße, der Rumpf, die Ohren und schließlich der Kopf, auf dem noch die Matrosenmütze saß. Trong-luk rutschte am Seil herunter, keuchend vor Anstrengung, mit blutverschmierter Robe. Er nahm die acht Teile des Jungen und setzte sie auf dem Boden wieder zusammen — erst die Gliedmaßen, dann Kopf und Ohren —, klatschte in die Hände, und der Junge sprang auf und rannte von der Bühne.

Trong-luk erstarrte wieder in Schwarz und Weiß, und mir drehte sich der Kopf. Ich schloß die Augen und atmete tief durch, bis ich meine Fassung wiedergefunden hatte. Dann blätterte ich weiter in dem Album, an den Photographien vorbei, zu einem Kapitel mit Ausschnitten und Programmen.

Albin White war in den größeren Theatern in Dutzenden von Metropolen sowie in Städten in ganz Amerika aufgetreten, und er hatte unter anderem vor dem exilierten Dalai-Lama und dem abgesetzten König von Albanien Sondervorstellungen gegeben. Gegen Ende seiner Karriere, auf dem Gipfel seines Ruhms als Zauberer, war er von reinen Geschicklichkeitskünsten und Illusionsvorstellungen abgekommen und dabei, sich einen Ruf als Okkultist und Hellseher zu erwerben.

»Seine Karriere war nicht zu Ende«, sagte Clement und klickte sich wieder in meine Gedanken ein. »Sie ist unterbrochen worden.«

Er hatte die ganze Zeit hinter mir gestanden.

»Dieser Junge«, sagte ich, »der das Seil hochgeklettert ist —«

»War ich, ja. Das erste und einzige Mal, daß ich je mit meinem Vater aufgetreten bin. Es sollte ein Junge sein. Früher hat sich Veronica dafür immer als Junge verkleidet, aber damals war sie schon zu alt, um noch als Junge durchzugehen, also mußte ich ran. Wenn ich die Wahl gehabt hätte«, schnaubte er, »hätte ich mir eine andere Rolle ausgesucht.«

Er beugte sich über ein Photo von Albin White, um die Vierzig, mit einem mehrere Jahre jüngeren Mann. Dieses Photo wurde nicht lebendig. Die beiden Männer standen entfernt voneinander da und starrten in die Kamera. Albin White trug seinen Turban und ein schwarzes Cape, der andere Mann war weiß gekleidet mit einer weißen Taube auf jeder seiner Schultern. Während White entspannt wirkte, war der andere Mann steif mit harten, dunklen Augen und einem hochmütigen Lächeln. Seine langen Haare waren streng zurückgekämmt. Er hatte ein eckiges Kinn, breite Schultern und einen starken Hals, der ein wenig zu lang für seinen Körper wirkte. Ich erkannte ihn sogar ohne die zickzackförmige Narbe auf seiner Stirn, noch bevor Clement seinen Namen erwähnte.

»Vor fünfzehn Jahren war Starwood der Lehrling meines Vaters. Mein Vater hat ihm alles beigebracht, was er wußte. Er hat ihm Starthilfe gegeben. Zuerst hat ihm Starwood auf der Bühne assistiert. Dann ließ ihn mein Vater eine Eröffnungsnummer vorführen, bevor er selbst auf die Bühne kam. Starwood ist mit uns gereist und hat praktisch bei uns gelebt. Veronica und seine Tochter Remi waren wie Schwestern.«

»Veronica hat mir erzählt, daß Remi und sie zusammen zur Schule gegangen sind.«

Er nickte. »Remi war mir immer gleichgültig – sie hatte eine gemeine Ader. Und Starwood habe ich nicht vertraut. Er war sehr ehrgeizig und bitter eifersüchtig auf meinen Vater. Wie viele Lehrlinge vor ihm hat er denjenigen gehaßt, der ihn ins Rampenlicht gebracht hat, und schon bald hat er Gutes mit

Schlechtem vergolten. Du mußt wissen, mein Vater hatte mehr Menschenkenntnis als jeder andere, den ich kenne, ich kann mir also nur zwei Gründe vorstellen, weshalb er die Beziehung zu Starwood aufrechterhalten hat. Entweder hatte er einen mysteriösen blinden Fleck (Starwood war ein Speichellecker, und mein Vater ist eitel), oder er hat gewußt, was Starwood denkt, und es als stimulierend empfunden, in seiner Nähe zu sein – die ganze negative Energie zu spüren, die gegen ihn gerichtet war und die er absorbieren und in seine eigene positive Energie verwandeln konnte. Er glaubt daran. Jedenfalls hat Starwood schließlich Reißaus genommen und sich selbständig gemacht, wobei er meinen Vater betrogen hat. Während der nächsten fünf Jahre hat sich ihre Fehde zugespitzt. Mein Vater hatte einen neuen Lehrling angenommen, Otto. Er hat eine hervorragende Karriere gemacht und ist dabei meinem Vater gegenüber immer völlig loyal geblieben. Er hat uns die ganze Zeit über geholfen. Du lernst ihn bald kennen.«

»Wie hat Starwood deinen Vater betrogen?«

»Es war der älteste Betrug, den es unter Zauberern gibt: Er hat sein Material gestohlen. Eine neue Nummer, die mein Vater für eine Welttournee ausgearbeitet hatte. Starwood ist eines Tages einfach abgehauen, und in der nächsten Woche hat er seine erste Solovorstellung mit der Nummer meines Vaters eröffnet. Es ging um eine revolutionäre Art von Astralprojektion. Das sind Kunststücke außerhalb des Körpers, noch großartiger als alles, was du gerade gesehen hast. Es war eine Sensation und machte Starwood selbst berühmt. Mein Vater hätte ihn am liebsten umgebracht.« Clement zündete sich noch eine Nelkenzigarette an. »Er hätte ihn töten sollen«, sagte er leise und blies das Streichholz aus, »aber er glaubt, wenn man nur ein einziges Mal seine Zauberkraft anwendet, um Böses zu tun, kommt man auf den falschen Weg – Schwarze Magie –, und man kann ihn nie wieder verlassen.«

Die Uhr in der Dunkelkammer klingelte, und Clement ging wieder hinein.

Die Salz- und Pfefferstreuer auf dem Tisch hatten die Form von Sanduhren. Daneben stand eine Glasröhre mit fünf schwarzen Würfeln darin. In die Flächen der Würfel waren goldene Tierkreiszeichen geschnitten. Ich ließ die Würfel in meine Hand rollen und spielte damit.

Als ich das Album bis zum Ende durchblätterte, stieß ich auf mehrere Seiten mit Meldungen über Albin Whites Verschwinden vor vollem Haus im Palace-Theater. Lieutenant Wolfgang Tod vom Police Department wurde zitiert. Ich erfuhr, daß die junge Frau, die als Freiwillige auf die Bühne gekommen war, Leona McGriff hieß. Wie mir Keko erzählt hatte, stammte Leona aus Wichita und behauptete, sie sei während der Vorstellung dort gewesen und habe ihren Vater als jungen Mann gesehen. Sie war sich sicher, daß ihr Körper das Theater wirklich verlassen hatte. Sie erzählte der Polizei, sie habe sich am Eingangstor ihres Elternhauses gekratzt, und der Kratzer sei jetzt, wieder im Theater in New York, noch frisch. Ein unscharfes Bild von ihr war abgedruckt – sie war sechsundzwanzig Jahre alt, mit hellen, lockigen Haaren und fragenden Augen –, und dazu eine Nahaufnahme von ihrer Hand am unteren Bildrand. Über die Knöchel lief eine zickzackförmige Narbe, identisch mit der auf meinem Handgelenk.

Clement kam aus der Dunkelkammer und blickte mir über die Schulter, als ich zu einer anderen Zeitungsmeldung und einem weiteren Photo umblätterte, diesmal von Veronica, zehn Jahre jünger als heute. Es wäre mir schwergefallen, mir ihr Gesicht so vorzustellen: angstvoll und schmerzverzerrt. Es überlief mich kalt, als ich sie so sah. Ich hatte Angst, auch dieses Photo würde vor meinen Augen lebendig werden, und war erleichtert, als Clement mir das Album wegnahm. »Ich erzähle dir, was an diesem Abend wirklich passiert ist«, sagte er und legte das Album zurück in den Schrankkoffer.

Ich ließ die Würfel leicht über den Tisch rollen.

»Gefallen sie dir?« fragte Clement. »Sie gehören meinem Vater.«

105

Ich starrte auf das, was ich gewürfelt hatte. Alle fünf Würfel zeigten das Symbol von LEO, dem Löwen. Und sie hatten eine Mondsichel gebildet – die gleiche Mondsichel, die ich in den vorangegangenen Wochen überall gesehen hatte. Plötzlich fiel mir die Teleskopaufnahme des Sternbilds LEO im *Sternführer* wieder ein. LEO bestand aus neun Sternen; fünf davon, in genau dieser Sichelform, bildeten den Kopf.

Die Mondsichel war der Kopf von LEO.

22

Clement kam wieder zu mir an den Tisch, mit der Wodkaflasche aus dem Regal auf der anderen Seite. Es war Pfefferwodka.

»Zu früh für dich?« fragte er und füllte eines von zwei kleinen Gläsern.

Es war gerade mal sechs Uhr morgens. Ich war mir nicht sicher, ob es zu früh oder zu spät war.

»Nein«, antwortete ich, und er schenkte das andere Glas voll.

»Starwood war im Palace-Theater unter dem Publikum«, sagte er. »Mein Vater ist normalerweise ganz ruhig vor einem Auftritt, aber an dem Abend war er nervös. Wir wissen, daß er zwei Wochen zuvor einen Brief von Starwood bekommen hat, aber er wollte nicht sagen, was darin stand, und wir haben ihn nie finden können. Keko hat dir von der Nummer meines Vaters erzählt, jemanden verschwinden zu lassen. Er hatte sich mehrere Jahre lang mit Zeitreisen beschäftigt. Er hat alles zu dem Thema gelesen, was er in die Hände bekommen konnte. Er war langsam besessen davon. Er hat sich mit Mystikern, Hellsehern, sogar mit Physikern getroffen. Je mehr er darüber erfahren hat, desto mehr war er von den Möglichkeiten überzeugt. Die Zeit ist eine Tür, die man öffnen und schließen kann, hat er immer gesagt. Im Jahr vor seinem Verschwinden hat er sich sechs Monate freigenommen und Tibet besucht. Als er wiedergekommen ist, war er völlig begeistert. Aber ruhig. Er hat gesagt, er hätte die Antwort gefunden.« Clement schenkte sich nach. »Nach dieser Reise war er nie mehr derselbe. Sie hat ihren Tribut von ihm gefordert. Er war schon immer selbstgenügsam, hat sich dann aber noch mehr in sich selbst zurückgezogen. Und er war sehr erschöpft. Aber er hat uns gesagt, er könnte jetzt Dinge auf der Bühne vorführen, die keine Illusionen seien.«

Schon wieder klingelte die Uhr in der Dunkelkammer, und Clement stand auf. »Du bist Photograph«, sagte er. »Das könnte dich interessieren.«

Die Dunkelkammer war klein, aber gut ausgestattet. Es gab ein Waschbecken, eine Theke, Entwicklerwannen und ein Regal mit Chemikalien. Abzüge hingen zum Trocknen an einem Drahtseil. Eine stark – und grotesk – veränderte Polaroidkamera stand auf einem Stativ vor einem niedrigen Sessel. Sie hatte ein langes, röhrenartiges Objektiv mit zwei dreieckigen Filtern. Auf das Ende des Objektivs war ein Gummitrichter geschraubt. Ein Auslöser war über ein langes Kabel mit der Kamera verbunden.

Clement setzte sich in den Sessel, ergriff den Auslöser und beugte sich vor. »Was hältst du davon, wenn ich dir sage, daß ich Bilder aus meinem Kopf photographieren kann?« fragte er. »Bilder, die von anderen Orten übertragen werden.«

Ich setzte mich auf einen Metallhocker, während er das Gesicht vor den Gummitrichter hielt und mir bedeutete, mich still zu verhalten. Er hielt die Luft an, und sein ganzer Körper wurde starr. Dann erschauerte er ein paar Sekunden lang, der Auslöser klickte, und er ließ sich in den Sessel zurückfallen und holte Luft. Er war kreidebleich.

Schließlich erklärte er: »Seit einiger Zeit bekomme ich Bilder aus den Köpfen anderer Menschen. Was *sie* sehen oder gesehen haben. Zieh die linke Schublade auf und nimm die Abzüge raus.«

107

Sie waren schwarzweiß, mit einer hauchzarten, leicht goldenen Aura, die ich bei Photos noch nie gesehen hatte. Jedes war mir auf seine Weise vertraut.

Ein verschneiter Nadelwald. Ein steiler Gebirgshang. Ein zugefrorener See. Ein Vollmond über einer Brücke. Der Schatten einer fliegenden Eule.

»Die sind von meinem Vater«, sagte Clement. »Neunzehn von zwanzig Bildern, die ich bekomme, stammen aus anderen Quellen. Aber jedes zwanzigste ist von ihm. Auf diese Art kann er mit mir kommunizieren.«

»Dann funktioniert das mit Toten?« fragte ich.

Er stand verärgert auf. »Ich habe dir doch gesagt, er ist nicht tot.« Er nahm die Aufnahme aus der Kamera, zog das Entwicklerpapier ab und ließ sie in meinen Schoß fallen.

Ich sah zu, wie auf der weißen Fläche langsam Konturen entstanden. Eine Wasserfläche. Sand. Und dann, im Zentrum, ein dunklerer Gegenstand. Ein kleiner Anhänger. Der alte Bootsanhänger meines Vaters am Strand von Miami, genau so, wie er und ich ihn an dem Tag vorgefunden hatten, an dem meine Mutter verschwunden war.

»Wo hast du das herbekommen?« fragte ich verblüfft.

Aber Clement hatte die Dunkelkammer bereits verlassen. Ich fand ihn wieder am Tisch, wo er mir ruhig noch ein Glas einschenkte, den Arm auf die Harriot-Biographie gelegt.

Er sprach weiter, als wäre unsere Unterhaltung nie von dem Klingeln der Uhr unterbrochen worden – als wären wir nie in die Dunkelkammer gegangen. Vielleicht waren wir das auch gar nicht, dachte ich. Nur hatte ich das Polaroid in der Hand.

Ich trank den Wodka in meinem Glas zur Hälfte aus.

»Wie alle anderen auch, wußte Starwood, was mein Vater an diesem Abend ausprobieren wollte«, fuhr Clement fort. »Aber es stellte sich heraus, daß er auch wußte, wie mein Vater es machen wollte. Auf der Basis dessen, was er von meinem Vater gelernt – und geklaut – hatte, hatte Starwood damals selbst beträchtliche Fähigkeiten und Ruhm erlangt. Und alle

Hemmungen abgeworfen. Indem er sich direkt auf den falschen Weg begeben hat, der vor tausend Jahren mit dem geächteten Zauberer Zyto begonnen hatte, war er wirklich gefährlich geworden. Als mein Vater sich selbst und die Frau auf die Reise durch die Zeit geschickt hat, ist es Starwood gelungen, einzugreifen und die Ziele auszutauschen. Die Frau landete in Kansas und kam direkt zurück. Und mein Vater landete an ihrem Bestimmungsort – Paris im Jahre 1789 –, aber Starwood hat den Akt sabotiert, so daß mein Vater nicht zurückkommen konnte. Zwei Dinge zur Nummer meines Vaters an diesem Abend: erstens hat er wiederholt behauptet, es sei keine Illusion, zweitens hat er Veronica gesagt, daß er sich nach seinem Verschwinden etwa 45 Sekunden lang im Limbus aufhalten würde, freischwebend und hilflos. Starwood wußte das, und da hat er ihn erwischt. Starwood hat ihn in der Zeit gefangen, und seither sitzt mein Vater fest. Wenn es eine Öffnung gibt, kann er durch die Jahrhunderte reisen, über ganze Kontinente hinweg, in der vierten Dimension, allein durch seine Willenskraft, aber er kann nicht in die Gegenwart zurückkehren, außer es treten ganz bestimmte Umstände ein.«

Ich trank aus. Die Nerven in meinen Händen kribbelten.

»Und die wären?«

»Unter anderem müssen bestimmte Zeitvektoren aufeinander ausgerichtet sein. Ein riesiges Synchronrad muß sich genau in der richtigen Stellung befinden. Heute ist der 22. Februar. In zehn Wochen, am 4. Mai, ist es auf den Tag zehn Jahre her, daß mein Vater verschwunden ist. An diesem oder am darauffolgenden Tag will er versuchen, zurückzukommen.«

»Woher weißt du das?«

»Er kann nur indirekt mit Veronica und mir kommunizieren – zum Beispiel über die Bilder, die du gerade gesehen hast. Das ist Starwoods Werk, denn die Art der Gefangenschaft meines Vaters – eine solche ist es nämlich – schließt jeden Versuch einer direkten Kommunikation aus. Starwood ist es offensichtlich gelungen, die Bewegungen meines Vaters zu überwachen.

Vor drei Wochen hat er aufgrund einer abgefangenen Nachricht Wind davon bekommen, daß mein Vater versuchen will, zurückzukommen. Plötzlich war er hinter uns her. Davor hat sich Starwood den Teufel um uns geschert – wir stellten keine Bedrohung für ihn dar, weil er sich sicher war, daß wir nichts wußten. Es war nämlich Otto, der Assistent meines Vaters, der herausgefunden hat, was mit meinem Vater am Abend seines Verschwindens passiert ist. Zuerst hatten wir alle angenommen, mein Vater hätte einen Fehler gemacht – obwohl wir nie wirklich daran geglaubt haben. Ohne Otto hätten Veronica und ich Starwood zwar verdächtigt, aber wir hätten keine Möglichkeit gehabt, das mit Sicherheit festzustellen. Bis Starwood diese eine Nachricht abgefangen hat, ist er uns nicht in die Quere gekommen. Und jetzt«, sagte Clement mit einem trockenen Lachen, »kann er nicht riskieren, uns etwas anzutun – *keinem* von uns –, bis er genau weiß, wo und wann, auf die Sekunde genau, mein Vater seine Rückkehr riskieren wird. Ohne uns hat Starwood keine Möglichkeit, das herauszufinden. Er wird uns auf den Fersen sein, und wir müssen aufpassen, aber solange er diese Information nicht bekommt – die wir untereinander weitergeben –, sollten wir in Sicherheit sein. Jedenfalls haben wir jetzt einen kleinen Vorteil: durch dich kann uns mein Vater endlich direktere Botschaften schicken. Bis jetzt hast du zwei erhalten. ›Elf‹ war eine davon. Das hier ist die andere.«

Er öffnete das Harriot-Buch, und darin steckte der Zettel aus blauem Reispapier, den der Zauberkünstler mir gegeben hatte.

»Es ist die Hälfte einer hingekritzelten Nachricht. Wenn sie vollständig ist, wird sie uns sagen, was wir wissen müssen.«

»Aber weshalb sollte er durch mich Botschaften schicken?«

Clement schwieg.

»Und die Träume – wie komme ich an diese Orte?«

»Jemand bringt dich dorthin.«

»Durch die Zeit?«

»Was denkst du denn?«

»Die Frau, die immer dabei ist – ist das Veronica?«

Wieder antwortete er nicht.

Ich hob die Hände. »Nach allem, was ich durchgemacht habe, willst du es mir nicht sagen? Du verlangst meine Unterstützung, aber erklären willst du mir nichts.«

»Leo, deine Unterstützung haben wir bereits.« Er lächelte unangenehm. »Ob es dir nun gefällt oder nicht. Mit der Zeit wirst du alles erfahren, was du wissen mußt.«

Er nahm eine Phiole aus der Tasche und ließ ein feines Puder auf den blauen Zettel rieseln, den er mir dann reichte.

Er war leer. Langsam bildeten sich Wörter. Die Buchstaben waren dünn und zittrig mit grüner Tinte geschrieben.

POST AN DER ECKE
DES WEST 4.

Durch eine Wolke Zigarettenrauch blickte ich auf zu Clement. Mein Magen war wie zugeschnürt.

»Streu ein bißchen Salz auf das Papier«, sagte er.

Als ich das tat, verschwanden die Wörter wieder.

Er nahm den Zettel wieder an sich und faltete ihn sorgfältig zusammen. »Wir wissen erst, was das bedeutet«, sagte er, »wenn du die zweite Hälfte bekommst.«

Durch die Tür hörte ich im Gang einen Hund knurren.

»Wir zählen auf dich«, fügte Clement hinzu.

23

Nachdem ich ein gutes Stück gelaufen war, stand ich an diesem Nachmittag plötzlich im Central Park. Mir war schwindlig gewesen, als ich Clements Apartment verlassen hatte, und ich wollte den Kopf freibekommen. Statt dessen hatte ich mich nur müde gemacht. Ich mußte mich ausruhen, aber ich wollte nicht wieder in eine Wohnung. Noch nicht.

Die Luft war feucht und kalt. Die Bäume waren kahl. Die Vögel still. Kein Mensch war zu sehen. Es zog mich zur Mitte des Parks, und auf dem Weg entdeckte ich ein Stück Polaroidpapier in meiner Manteltasche, aber es war rauchfarben und leer – als wären die Bilder und die Chemikalien, aus denen sie bestanden, verdunstet. Auf der Rückseite des Abzugs klebte ein kleiner Schlüssel mit gezacktem Bart. Ich setzte mich schließlich auf eine Bank mit Blick auf eine große Wiese. Von einem holprigen Pfad aus, der in den Wald hineinführte, hörte ich einen Hund bellen. Ich nickte ein.

Als ich die Augen wieder öffnete, war alles grün. Die Blätter der Bäume raschelten im Wind. Das Gras stand hoch. Die Vögel sangen. Die Luft war warm, mit Pollen geschwängert. Der Hund bellte immer noch im Wald.

Ein kleiner blaugelber Vogel stieß vom Himmel herab, streifte das Gras und hinterließ eine leuchtendblaue Linie, die durch die Wiese führte, bevor er wieder hinter den Wolken verschwand.

Ich stand auf, um mir die Linie genauer anzusehen, und meine Augen fingen an zu brennen. Ich schloß die Augen, bis das Brennen aufhörte, und als ich sie öffnete, waren die Bäume wieder kahl und die Wiese braun. Ein scharfer Wind wehte. Aber die blaue Linie, die kaum mehr sichtbar war, war noch da. Ich folgte ihr, und das steife Gras knirschte unter meinen Füßen. Als ich die Linie mit der Stiefelspitze berührte, verschmierte sie wie Kreide.

Vom Rand der Wiese aus führte die Linie weiter durch einen Birkenhain, einen Abhang hinauf und mitten ins Unterholz. Zweimal hörte ich hinter mir ein Rascheln, aber als ich mich umdrehte, war da nichts. Die Linie führte mich zu einem Hügel aus Felsbrocken. Auf der Spitze war eine Granitplatte voller Graffiti. Ein Durcheinander von Namen und Daten, die viele Jahre zurückreichten, und in der Mitte waren zwei blaßblaue, sich überschneidende Dreiecke, ⬡.

Die blaue Linie führte auf der anderen Seite des Hügels wieder hinunter und einen Asphaltweg entlang, der abrupt am Boat Pond endete. Die Bänke um den Teich waren leer. In der Ferne, den steilen, kurvenreichen Pfad zur Fifth Avenue hinauf, führte eine alte Frau mit breitkrempigen Hut einen Jungen mit Matrosenmütze an der Hand. Der Junge hielt eine blaue Schnur, an die ein orangefarbener Ballon gebunden war, der über den Baumwipfeln tänzelte.

An meiner Seite des Teichs stand ein Mädchen mit langen schwarzen Zöpfen und weißen Handschuhen. Sie hielt eine Fernsteuerung, mit der sie ein schnittiges Modellrennboot um den elliptischen Teich rasen ließ. Das Rennboot war weiß mit roten Sitzen. Mit lautem Schnurren zog es silberne Strudel in dem grünen Wasser hinter sich her.

Als das Mädchen mich erblickte, steuerte es das Rennboot zur Mitte des Teichs und ließ es mehrere Achter fahren. Dann dirigierte es das Boot zu der Stelle des Ufers, wo ich stand. Als das Boot stillstand, sah ich, daß auf dem Rücksitz eine Orange lag. Ich kniete mich hin, um sie herauszunehmen, doch bevor ich das konnte, ließ das Mädchen das Boot abrupt wenden und dann über den Teich flitzen. Es hielt vor den Füßen des Mädchens, und die Kleine nahm die Orange. Ich sah, daß sie eine Armbanduhr mit einem roten Band trug. Nachdem sie die Fernbedienung eingestellt hatte, legte sie diese in das Boot, das mit vollem Tempo zur Mitte des Teichs raste und dort immer wieder im Kreis herum fuhr. Die Kleine winkte mir, ihr zu folgen, und rannte auf einen Weg zwischen den Bäumen zu.

Mit überraschender Geschwindigkeit, wobei ihre Füße nie den Boden berührten, bog sie in einen anderen Weg ein, und ich folgte ihr, so schnell ich konnte. Einmal warf ich einen Blick über die Schulter: Der orangefarbene Ballon war jetzt ein kleiner Fleck am Himmel, und das Rennboot war in dem Strudel verschwunden, den es mit der rasenden Fahrt im Kreis erzeugt hatte. In diesen wenigen Sekunden verlor ich das Mädchen aus den Augen.

Ich rannte weiter, bis ich eine Orange mitten auf dem Weg

liegen sah. Im Dickicht zu meiner Rechten sah ich einen Lagerschuppen mit einer schwarzen Tür und schrägem Dach. Die Tür hatte weder Knauf noch Klinke, nur ein Schlüsselloch in der Mitte.

Instinktiv suchte ich in meiner Tasche nach dem Schlüssel, der immer noch hinten auf dem Polaroid klebte. Zu meiner Überraschung war der Bootsanhänger in Miami wieder auf dem Papier erschienen.

Ich löste den Schlüssel vom Klebeband ab und lief atemlos über den unebenen Boden zu dem Schuppen. Der zackige Bart des Schlüssels schob sich leicht in die Tür. Die Tür öffnete sich leise, und ich spürte einen kalten Hauch im Gesicht. Dann ergriff eine kalte Hand, ohne Handschuh, fest die meine – zu fest für jemanden von der Größe des Mädchens –, zerrte mich in den Schuppen, und die Tür schlug hinter mir zu.

24

Ich war immer noch außer Atem und stand in einem Steinkorridor mit dem Rücken zu einer feuchten, kalten Wand. Eine einzelne flackernde Kerze steckte in einem Eisenhalter an der Wand. Ich hörte gedämpfte Stimmen und das Klingeln von Schlüsseln um die Ecke. Durch die dicken Mauern hörte ich auch Glockenläuten in der Ferne, und ein stetiges Trommeln. Das Licht der Kerze tanzte an der niedrigen Decke. Die Schatten auf der gegenüberliegenden Wand nahmen die Form von Tieren an, die in die Dunkelheit glitten. Ein Reh in vollem Lauf. Ein kauernder Panther, bereit zum Sprung.

Ich dachte, ich wäre alleine, bis sich etwas weiter den Gang entlang ein Stück Dunkelheit von der Wand löste: eine Frau in Umhang und Kapuze, die langsam von mir wegging. Sie bog um die Ecke in Richtung der Stimmen, und ich folgte ihr in einen weiteren Korridor, wo vier Männer im Kreis standen. Ein Priester, zwei Soldaten in grauem Umhang und ein Mann mit

114

der rot-goldenen Uniform eines Beefeaters. Einer der Soldaten hatte gerade mit einem großen Schlüssel eine schwere Holztür aufgeschlossen. Der Beefeater hielt eine lange Kerze in der Hand. Auf seiner Brust waren die Buchstaben *J R* unter die Insignien einer goldenen Krone gestickt. Ich war also wieder in London, und als der Mann hinter der schweren Tür in den Gang trat, wußte ich, daß James I. gerade König war.

Es war der große, bärtige Mann, den ich in dem Herrenhaus gesehen hatte, und danach im Dschungel. Derselbe Sir Walter Raleigh, dessen Porträt mir Keko in der Harriot-Biographie gezeigt hatte, nur daß er jetzt über sechzig war, gut dreißig Jahre älter als im Herrenhaus. Er trug eine schwarze Weste und Kniehosen, eine Mütze mit Troddel und ein schwarzes Samtcape, das mit Vögeln, Orangen und Sonnen in einem kreisförmigen Muster um eine goldene Sanduhr herum bestickt war.

Er hinkte. Sein Bart und seine Haare waren grau, seine Gesichtszüge kantig, und seine Augen – wie damals in Portsmouth – waren weiß und leer wie bei einer Statue.

Der Priester hielt eine Bibel hoch, die Raleigh küßte. Die Hand auf das Heft seines Schwerts gelegt, führte einer der Soldaten die kleine Prozession den Korridor entlang, hinter ihm der Wächter, dann der Priester und Raleigh, und schließlich der andere Soldat. Die Frau folgte ihnen, und ich folgte ihr.

Ich blieb kurz an der Tür stehen, die sie offengelassen hatten: Es war eine Zelle, bestückt mit einer Pritsche, auf der eine rote Decke lag, und einem geraden Stuhl an einem Holztisch. Auf dem Tisch war eine Karte ausgebreitet. In einer Ecke standen eine Schüssel und ein Krug, in der anderen ein Eimer.

Der einzige weitere Gegenstand in der Zelle war ein kleiner, trüber Spiegel an der Wand gegenüber der Tür. Und während genau die gleichen Gegenstände – Stuhl, Tisch, Pritsche – reflektiert wurden, war der Raum im Spiegel nicht die Zelle, und die Person in der Tür, die in den Spiegel blickte, war nicht ich, sondern eine Frau, hochgewachsen, mit langen Haaren. Sie stand nicht im Licht, sondern war vom Schatten verdeckt. Das

115

Zimmer im Spiegel, das völlig weiß war, sah genauso aus wie das Apartment 2 in der 59 Franklin Street.

Ich eilte den anderen nach, die jetzt eine steile Wendeltreppe am Ende des Korridors hinuntergingen. Am Treppenabsatz gab es ein kleines, glasloses Fenster mit zwei senkrechten Eisenstäben. Als ich zwischen ihnen hindurchblickte, sah ich, daß ich mich an der Spitze eines sehr hohen Turms befand. Der Turm lag in einer niedrigen, sich ausbreitenden Stadt, die in Nebel und Rauch gehüllt war. Unterhalb lag ein riesiger Hof, der voller Leute war. In der Mitte stand ein hölzernes Schafott, umgeben von rotgekleideten Wächtern. Ein barbrüstiger, mit Kapuze verhüllter Mann stand alleine auf dem Schafott, mit einer langstieligen Axt in der Hand.

Als ich, einen Absatz hinter der Frau in Umhang und Kapuze, weiter die Treppe hinunterstieg, erinnerte ich mich, in der Biographie von Thomas Harriot gelesen zu haben, daß Raleigh nach seiner Gefangenschaft wegen Verrats hingerichtet worden war. Daß Harriot selbst und John Dee unter den Zuschauern waren. Daß Raleigh gestattet worden war, eine beinahe einstündige Rede ans Publikum zu halten. Und daß sich im Augenblick seines Todes ein riesiger Regenbogen über den Himmel spannte und die Menschenmenge kurze Zeit blendete.

Vor mir sah ich Raleighs grauen Kopf, der im Schein der Kerze über die anderen Männer aufragte. Niemand sagte ein Wort, während ich ihnen die endlose Wendeltreppe hinunterfolgte, eine dunkle Spirale, die in noch größerer Dunkelheit verschwand. Mir kam es vor, als würden wir hundert Stockwerke hinabsteigen, einen tiefen Schacht hinunter.

Als wir schließlich unten anlangten, glaubte ich, wir müßten weit unter der Erde sein. Aber als ich mich umdrehte und die Treppe hochblickte, konnte ich ohne Schwierigkeiten die oberste Stufe erkennen. Und ich konnte auch sehen, daß trotz des dicken Staubs auf den Stufen keiner von uns – weder der Gefangene, die Wärter, die Frau noch ich – einen einzigen Fußabdruck hinterlassen hatte.

116

Durch einen doppelten Torbogen, vorbei an den Wächtern mit gezogenen Schwertern, betraten wir den Hof. Die Wächter machten uns Platz, und die Menschenmenge, ähnlich den Leuten in Portsmouth, war nur ein gesichtsloser verschwommener Fleck für mich – ein sich ständig bewegendes Meer von Farben. Und sie waren laut. Ich konnte nur Bruchstücke ihrer Schreie und Jubelrufe verstehen – als würde ich eine Schallplatte hören, über die jemand die Nadel hüpfen ließ. Eine Steinmauer umgab den Hof. Dahinter ragte eine Kirche mit tintenschwarzen Fenstern auf, und Rauch stieg aus den Schornsteinen von Häusern mit schrägen Dächern in die rauhe Luft auf. Dutzende von Krähen hockten krächzend auf den Dächern. Nebel zog auf, und in dem Rauch roch ich den öligen Geruch von verbrennendem Fleisch.

Neben dem Schafott hatten einige Soldaten ein Feuer angezündet und wärmten sich daran. Raleigh reichte seine Mütze einem alten, glatzköpfigen Mann, der sie aufsetzte, wobei die Troddel ein Auge bedeckte. Der Sheriff, ein stämmiger Mann mit dem Zeichen eines Löwen auf der Brust, reichte Raleigh einen Kelch Wein, aus dem er einen tiefen Schluck nahm, bevor er die Stufen des Schafotts hochstieg. Der Henker, der auf seiner Axt lehnte, stellte sich neben den Block. Ich blinzelte in die verschwommene Menge, konnte aber die Frau in Umhang und Kapuze nicht mehr entdecken. Raleigh stellte sich ans Geländer des Schafotts und hielt eine lange Rede. Ich verstand nichts von dem, was er sagte. Ich war gebannt von den Krähen, deren Krächzen alle anderen Geräusche für mich übertönte.

Als Raleigh seine Ansprache beschloß, folgte ein langer Trommelwirbel. Die unruhige Menge wurde still. Selbst die Krähen schwiegen. Ich stand in der zweiten Reihe, so daß ich genau sehen konnte, was als nächstes passierte.

Zuerst nahm Raleigh seinen Umhang ab und gab ihn dem Sheriff. Dann löste er seinen Hemdkragen. Der Henker kniete sich vor ihn hin und bat ihn um Vergebung. Raleigh nickte und bat darum, die Axt untersuchen zu dürfen. Der Henker streckte sie ihm entgegen, und Raleigh fuhr mit dem Finger über die Schneide. Der Sheriff legte seinen eigenen Umhang vor den Block, und Raleigh kniete sich darauf, seine weißen Statuenaugen weit geöffnet. Als der Henker seine Position einnahm, legte sich Raleigh flach hin, den Hals auf dem Block und die Arme weit ausgestreckt, wie ein Kruzifix oder die Flügel eines Vogels. Der Henker zögerte, dann holte er weit mit der Axt aus und schlug zu. Und schlug ein zweites Mal zu, wobei er den Kopf abtrennte, der mit einem dumpfen Schlag auf die Bretter des Schafotts fiel. Während das Blut aus dem Torso spritzte, hielt der Henker den Kopf hoch, damit die Zuschauer ihn sehen konnten. Niemand gab einen Laut von sich. Ich sah, wie sich in diesen weißen Augen meerblaue Regenbogenhäute bildeten, dann steckte der Henker den Kopf in eine rote Samttasche.

In diesem Moment, als der Sheriff gerade Raleighs besticktes Cape über den Körper breiten wollte, erschien der Regenbogen und erleuchtete den Himmel im Westen. Die Menge wandte sich ihm zu, aber ich hielt den Blick auf Raleighs Körper gerichtet, der sich ohne den Kopf erhob und seine goldenen Flügel mit den Regenbogenfarben an den Spitzen unter dem Wams ausbreitete. In einer Spirale stieg er höher und höher und flog Richtung Süden, bis er nur noch als schwarzer Fleck am Himmel zu sehen war.

Dann stieß mich ein Mann von hinten an. Ein blinder Bettler mit Stoppelbart, krummer Nase und Hasenscharte, in Lumpen gekleidet. Als ich mich abwandte, zerrte er an meinem Ärmel. Ich wirbelte herum und sah Cardin aus Cardogyll, den Zauberkünstler, in seinem grünen Pullover mit den Sechsecken. Glattrasiert, die Nase gerade, die Lippen schmal. Mit seinem rechten blauen und dem grünen linken Auge sah er mich durchdringend an und steckte mir etwas in die Hand.

»Schnell«, sagte er leise und drängend mit dem gleichen amerikanischen Akzent, die ich auf den Docks in Portsmouth gehört hatte. Damit war er verschwunden.

Ich blickte hinunter und sah einen blauen Zettel in meiner Hand. Gleichzeitig bemerkte ich, daß eine Phalanx von Männern, nur ein Fleck in der verschwommenen Menschenmenge, von oben näherkam. Ich entdeckte die Frau mit Umhang und Kapuze wieder zwischen den Leuten. Sie bedeutete mir, ihr zu folgen. Ich bahnte mir einen Weg in ihre Richtung, aber die Menge war wie eine undurchdringliche Mauer. Die Körper waren schwer und träge, als wären sie mit Sand gefüllt. Und hinter mir hörte ich meine Verfolger.

Die Frau drängte sich jetzt schnell durch die hinteren Zuschauerreihen, ohne daß ihre Füße den Boden berührten. Sie ging auf den Torbogen zu, der zurück in den Tower führte, und verschwand in einem Wachhäuschen mit einer schwarzen Tür. Ich hörte das Keuchen meiner Verfolger, die mir auf den Fersen waren, als ich zu dem Wachhäuschen rannte und am Türgriff zog. Die Tür war verschlossen. Mir fiel der Schlüssel wieder ein, mit dem ich den Schuppen im Central Park aufgeschlossen hatte. Ich angelte ihn aus meiner Tasche und steckte ihn in das Schlüsselloch. Das Schloß drehte sich sofort, und die Tür sprang auf.

Ein kleiner blaugelber Vogel schoß heraus. Die Frau in dem Umhang und der Kapuze zeichnete sich in der Dunkelheit ab. Sie packte mich an der Hand, zerrte mich zu sich hinein, drückte die Tür hinter mir zu, und alles wurde schwarz.

25

Als ich die Augen aufschlug, schien die Sonne ins Zimmer. Und Musik lief: die Weltraummusik mit der Saxophonsequenz im Zentrum und dem langen Klaviersolo danach. Ich lag auf dem Rücken auf einem Futon, nackt unter einer grünen Bettdecke.

»Wie geht's deinen Kopfschmerzen?« fragte mich eine leise Stimme hinter mir. Eine Stimme, die ich schon einige Zeit nicht mehr gehört hatte. Ich roch einen Hauch Parfüm: ein scharfer Ingwerduft.

Dann beugte sich Veronica über mich. Sie neigte das Gesicht zu mir hinunter und küßte mich auf die Lippen. Sie sah anders aus. Blasser. Ihre schönen Augen wirkten etwas müde. Die Haut war gespannt und ihre Gesichtszüge schärfer, als ich sie in Erinnerung hatte. Ihre langen schwarzen Haare waren auf beiden Seiten zurückgekämmt und mit feinen, aus Bein geschnitzten Clips festgesteckt.

»Wo warst du?« fragte ich.

»Genau hier.«

»Seit wann?«

»Schon lange.«

Ich stützte mich auf die Ellbogen und sah mich um. Der Raum war groß und leer, bis auf die schweren Vorhänge neben den Fenstern. Schatten trieben an der Decke entlang. »Wo bin ich?«

»59 Franklin Street, Apartment 3«, sagte sie. »Weißt du noch?«

»Aber wie bin ich wieder hierhergekommen?«

Mir drehte sich der Kopf. Ich hatte Veronica am ersten Februar kennengelernt. Acht Tage danach waren wir nach ihrem Auftritt im Neptunclub hierhergekommen, und da hatte ich sie zum letzten Mal gesehen. Laut Kalender war es der 22. Februar, als ich mit Clement gefrühstückt hatte und in den Central Park gegangen war. Einen Moment lang fragte ich mich, ob ich wohl seit dem 9. Februar das Apartment 3 gar nicht verlassen, sondern alles nur geträumt hatte: die Kinder auf dem Empire State Building, das Abendessen mit Keko, Wolfgang Tod und Remi Sing, sogar meine Reise nach Miami. Waren die Begegnungen mit Raleigh, die beiden in London und die eine am Amazonas, nur Träume innerhalb eines längeren Traums? Und daß ich mit der Frau in diesem Zimmer geschlafen hatte – hatte ich das auch nur geträumt? Eines wußte ich jetzt jedenfalls, und es erstaunte mich. Aus der Art, wie sich unsere Lip-

120

pen berührten und unsere Körper Impulse austauschten, als sie mich geküßt hatte, war mir klar geworden, daß es nicht Veronica gewesen war, mit der ich in dieser Nacht geschlafen hatte.

»Du warst in Miami«, sagte ich zögernd. »Du hast mir von dort eine Landkarte geschickt.«

Sie stand auf und zündete sich eine Nelkenzigarette an. »Wir müssen über die Karte reden.«

»Und über einige andere Dinge.«

Sie ging hinüber zum Fenster, die Arme vor der Brust verschränkt und die Zigarette zwischen den Fingern. Das helle Licht fiel durch ihr waldgrünes Kleid und umriß deutlich ihr Profil.

Ich rieb mir das Genick. »Warst du schon einmal in Verona?« fragte ich, und kurz bevor sie den Blick auf die Straße unten richtete, dachte ich, ich hätte kurz ein Lächeln über ihre Lippen huschen sehen.

»In Italien?« Ihr Zigarettenrauch stieg in Spiralen zur Decke hoch. »Nein, noch nie. Wie geht's deinen Kopfschmerzen?«

»Nicht gut.« Über meinem linken Auge und hinter meinem Ohr pochte es. »Woher weißt du das?«

»Ich habe dir einen speziellen Tee gekocht, der dir helfen wird. Die Tasse steht hinter dir.«

Der Tee dampfte noch und roch nach Fenchel. »Wieder so ein Trank von dir?«

»Das ist ein Extrakt von einem Baum namens Gompya«, sagte sie ruhig, den Rücken mir zugewandt. »Er kommt aus Tibet, wo er an Felswänden in den Bergen wächst. Trink ihn.«

Der Tee war bitter, und ich trank ihn langsam. Bald wurde ich ruhiger, und das Pochen begann nachzulassen.

Die Musik spielte immer noch, aber ich entdeckte weder Lautsprecher noch einen Kassettenrecorder in dem Zimmer.

»Ist das die Aufnahme von dem Abend, an dem ich im Neptunclub war?« fragte ich.

»Das wurde gestern abend aufgenommen.«

»Bist das du auf dem Klavier?«

Jetzt wandte sie sich um. »Ja.«

Sie durchquerte das Zimmer und ging zu meinem sauber zusammengelegten Kleiderstapel. Und zum ersten Mal fielen mir die sich wiegenden Bäume vor den Fenstern auf. Sie waren voller grüner Blätter. Es war das Zittern der Blätter, das diese Schatten an die Decke warf.

Veronica brachte mir meine Kleider. »Du solltest dich jetzt anziehen«, sagte sie.

»Welchen Tag haben wir heute?«

»Freitag.«

»Nein, ich meine das Datum.«

»Den dritten.«

»März.«

»Mai.« Sie kniete sich neben mich. »Hör zu, es passiert oft, daß man Tage verliert, meist sogar Wochen. Wenn nicht alles sorgfältig arrangiert werden würde, könnte man Jahre verlieren.«

»Du willst mir sagen, daß ich die letzten beiden Monate ›verloren‹ habe?«

»Es ist möglich, daß du sie wieder zurückbekommst – aber nicht so, wie du denkst.«

»Was meinst du damit? Wann passieren diese Dinge?«

»Ich denke, du weißt es, Leo. Wenn du auf Reisen bist.«

»Nach London zum Beispiel«, sagte ich hitzig.

»Ja. Es war bestimmt anstrengend für dich.«

»Du solltest es ja wissen. Du warst mit mir dort.«

»Nein.« Sie fixierte mich. »Ich war noch nie in London. Trink deinen Tee aus. Dann rasiere ich dich. Du hast es nötig.«

Ich betastete Kinn und Wangen und spürte einen kräftigen Bartwuchs. Und die Zickzacknarbe auf meinem Handgelenk war hart und weiß geworden. Das Badezimmer war reinweiß und makellos sauber. Neben dem Waschbecken stand ein weißer Stuhl. Als ich in den ovalen Spiegel blickte, sah ich, daß meine Sonnenbräune verschwunden und ich sehr blaß war.

Ich setzte mich, und Veronica holte ein Rasiermesser, eine Schale mit Rasierseife und einen Pinsel aus dem Schränkchen. Die Schale und der Griff des Pinsels bestanden aus Jade. Die Seife war grün. Das Messer steckte in einer feinen Silberschatulle mit eingelegtem Perlmutt und einem dreieckigen Jadestück.

»Das ist das Rasiermesser meines Vaters«, bemerkte Veronica. Wie Clement benutzte sie jetzt die Gegenwartsform, wenn sie von ihrem Vater sprach. Als sie die Ärmel ihres Kleids hochrollte, sah ich, daß sie eine Armbanduhr mit einem roten Band trug.

»Wie kommt sein Rasiermesser hierher?« fragte ich.

»Es ist sein Haus«, sagte sie sachlich. »Es gehört ihm schon seit Jahren. Ich bin hier aufgewachsen.«

»In dieser Wohnung?«

»Nein, im ganzen Haus. Damals war es anders aufgeteilt.«

Sie drehte das warme Wasser an, hielt den Pinsel darunter und schäumte die grüne Seife in der Schale auf, während ich diese Information in mich aufnahm.

»Das Zimmer, in dem ich aufgewacht bin —«

»Leg den Kopf zurück und mach die Augen zu«, sagte sie. Sie legte mir einen dampfend heißen Waschlappen aufs Gesicht. »Das Zimmer war früher der Arbeitsraum meines Vaters. Dort hat er nachgedacht und seine Nummern ausgearbeitet.«

Gekonnt schäumte sie mir mit kreisenden Bewegungen des Pinsels das Gesicht ein. Ruhig und konzentriert zog sie das Rasiermesser über ein Lederband, das am Waschbecken hing. Dann brachte sie meinen Kopf mit der rechten Hand in die richtige Stellung und setzte mir mit der linken das Messer an die Wange.

Sie entfernte den Bart Strich um Strich, saubere Streifen, die sie im Becken abspülte. Sie zog das Messer schnell und so leicht über die Haut, daß ich die Klinge kaum spürte.

»Ich habe meinen Vater früher immer rasiert«, sagte sie gedankenlesend. »Besonders, wenn wir unterwegs waren. Er war abergläubisch.«

»Weshalb?«

»Meine Mutter hatte ihn immer vor jeder Vorstellung rasiert. Einmal hat er sich selbst rasiert, weil sie zu spät ins Theater kam, und nach der Vorstellung hat er erfahren, daß sie tot ist.«

»Was ist passiert?«

»Ich war sechzehn. Wir waren in Indianapolis, nur diese eine Nacht, nur für diesen einen Auftritt.« Sie zögerte. »Sie hat sich umgebracht. Offenbar hat sie sich ertränkt. Ihre Leiche wurde nie gefunden.«

Sie hielt das Messer an mein Ohr und schwieg.

»Und...?«

»Ich würde es dir lieber ein andermal erzählen«, sagte sie ruhig. »Möchtest du die Koteletten ein bißchen länger als vorher?«

Nachdem sie mir das Gesicht abgetrocknet hatte, säuberte sie das Messer und spülte das Becken aus.

»Schon besser so«, sagte sie und fuhr mir mit den Fingern über die Wangen.

Sie öffnete den Medizinschrank. Die drei Glasborde waren leer, bis auf eine Orange auf dem mittleren Bord. Sie lehnte sich gegen das Waschbecken, schnitt mit dem Daumennagel oben in die Orange und entfernte die Schale in einer langen, über die ganze Länge hinweg gleich breiten Spirale, die sie dann zwischen Daumen und Zeigefinger drehte.

»Mein Vater kann das mit sechs Orangen gleichzeitig«, sagte sie und biß hinein. »Drei in einer Hand. Wenn er dann die Schalen von den Fingern dreht, verschmelzen die sechs Spiralen zu einer, und er wirft sie wie ein Lasso, um damit noch zwei Dutzend Orangen zu fangen, immer zwei gleichzeitig, die von oben herunterkommen. Er wirft sie so zum vorderen Rand der Bühne, daß sie eine Pyramide bilden. Dann verwandelt er die Pyramide in einen Orangenbaum, um den er das Lasso wirft.

Das Lasso wird sofort zu einer grünen Schlange, die den Baum hochgleitet.« Sie ließ die Orangenschale in meinen Schoß fallen. »Und das nur, um das Publikum in Schwung zu bringen.«

Während ich darauf wartete, daß sich die Spirale in eine Schlange verwandelte, ging sie aus dem Badezimmer.

»Zieh dich fertig an. Wir treffen uns am Ende des Gangs«, sagte sie. »Wir haben einiges zu erledigen und nicht viel Zeit dazu. Ach ja, und zeige dich nicht am Fenster.«

Im Spiegel sah ich, wie sie im anderen Zimmer ein Schnappmesser öffnete, wieder schloß und in ihre Handtasche fallen ließ.

26

Am Ende des Gangs bedeutete Apartment 2, das weiße Studio mit dem Stuhl und dem Tisch, der Pritsche und dem dreieckigen Spiegel. Die rote Decke auf der Pritsche war zerwühlt, als hätte jemand darin geschlafen. Und wie in Raleighs Zelle im Tower lag eine ausgebreitete Landkarte auf dem Tisch.

Die Tür stand weit offen, aber innen war nichts von Veronica zu sehen. Ich ging hinüber zu dem Spiegel, und einen Moment lang blickte ich in Raleighs Zelle, wo sich gerade ein Soldat über den Tisch beugte und die Karte zusammenrollte. Dann wurde der Raum, in dem ich mich befand, plötzlich so reflektiert, wie er war. Nur mein eigenes Bild fehlte noch, aber in der Tür stand eine große Frau mit langen Haaren, vom Schatten verdeckt – genau wie sie mir in Raleighs Zelle erschienen war.

Als ich mich umwandte, war es Veronica, die nachdenklich und ohne zu lächeln ins Licht trat. Sie ging direkt zu dem Tisch und zog den Stuhl vor.

»Setz dich, Leo.«

Ich betrachtete die Landkarte, während sie sich über meine Schulter beugte. Sie hatte die Haarclips herausgenommen, und ihre Haare streiften mein Ohr. Im Genick spürte ich ihren kühlen Atem. Es war die Karte, die sie mir aus Miami geschickt hatte. Unter der Legende war die Signatur des Kartographen *S. Esseinte.*

»Diese Karte ist genau nach meinen Anweisungen gezeichnet worden«, sagte sie.

»In Miami?«

»Ja.«

»Warum hast du sie mir geschickt?«

»So eine Karte gibt es kein zweites Mal«, sagte sie, indem sie meine Frage ignorierte. »Schau dir das an.«

Sie legte eine andere Karte von Südamerika daneben. Diese Karte entsprach der üblichen Atlasversion, war aber genauso detailliert wie die handgezeichnete. Sie sahen eigentlich sogar identisch aus. »Jetzt vergleiche die beiden«, sagte Veronica. »Es gibt einen kleinen, wichtigen Unterschied.«

Ich studierte die Karten genau.

»Schau nicht im Süden oder Westen«, sagte sie nach einer langen Stille. »Versuch es an der Mündung des Orinoco.«

Mein Auge wanderte von einer Karte zur anderen, und ich verglich die Meerenge zwischen Trinidad und Venezuela, die Schlangenkanal genannt wird, den Paria-Golf und eine Inselgruppe genau südlich von Tobago.

»Wonach suche ich?« fragte ich.

Sie zündete sich eine Zigarette an und blies Rauchwolken über meinen Kopf hinweg, die das Zimmer erfüllten. »Denk an eine Geschichte, die du vor kurzem gehört hast.«

Sofort fiel mir die Geschichte ein, die Raleigh Harriot in der verrauchten Bibliothek in dem Herrenhaus erzählt hatte – von dem spanischen Kartographen und seiner Frau.

»Stimmt«, sagte Veronica, die so leicht meine Gedanken lesen konnte, wie jemand anderes mich laut sprechen hören konnte. »Du suchst eine Insel.«

Ich untersuchte die Inselgruppe, die sich etwa achtzig Meilen nordöstlich von Venezuela befand, noch einmal genauer.

»Es wird wärmer«, sagte sie. »Zufällig war die Insel von Robinson Crusoe auch in dieser Gegend.« Sie lachte sanft. »Aber das war keine echte Insel.«

Und dann fand ich sie. Auf der handgemalten Karte war eine kleine, orangefarbene, ovale Insel zu erkennen, ein Stück von der Hauptgruppe der Inseln entfernt und sogar noch weiter nordöstlich. Ich wandte mich wieder der konventionellen Karte zu.

»Da ist sie nicht drauf«, sagte Veronica.

Auf dieser Karte war nordöstlich der Inselgruppe nur offenes blaues Meer, bis nach Afrika.

»Weißt du, ich habe diese Geschichte auch einmal gehört«, sagte sie. »Von der Frau, die den Kartographen gebeten hat, eine zusätzliche Insel auf die Karte zu malen, damit sie in ihrer Vorstellung einen Ort nur für sich haben konnte. Señor Esseinte ist ebenfalls Spanier. Und ein alter Freund meines Vaters. Aber er ist ein ganz besonderer Kartograph.«

Mittlerweile war sie um den Tisch gegangen und stand mir gegenüber.

»Du hast also auch deine eigene Insel bekommen«, sagte ich und tippte mir auf die Stirn. »Dort oben.«

Sie schüttelte den Kopf. »Nein, es gibt sie wirklich in der Karibik. Genau da, wo sie auf der Karte ist. Es ist eine bewachsene Insel mit Wasserfällen, grünen Bergen und Orangenbäumen. Eines Tages werde ich dorthin gehen.« Sie zögerte, und ich sah, daß sie mit ihren Gedanken rang. »Wenn du mir folgen willst, kannst du diese Karte benutzen.«

Sie rollte die Karte zusammen, und der ganze Rauch im Raum verflog schnell.

»Gehen wir, Leo«, sagte sie und berührte mich an der Schulter.

Als wir die Wohnung verließen, nahm sie ihren Schlüsselring heraus und schloß die Tür ab.

»Was war in diesem Zimmer, als du noch hier gewohnt hast?« fragte ich.

»Ich weiß es nicht. Wir durften nie hineingehen. Mein Vater hatte die Tür immer abgeschlossen.«

In dem Park gegenüber sprangen die Mädchen Seil, der Junge warf Pennies, der Mann reparierte sein Fahrrad und die Frau zeichnete. Nachts waren sie Statuen, und tagsüber wurden sie lebendig.

Doch alles, woran ich in diesem Augenblick denken konnte, war der Name, den Veronica ihrer Insel gegeben hatte und der in winzigen schwarzen Buchstaben danebenstand.

Felicity.

Der Name meiner Mutter.

27

Wir liefen weit, erst Richtung Osten, dann nach Norden, oberhalb der Canal Street am Rande von Chinatown. An dunklen Maschinensälen vorbei, an Lagerhäusern, fensterlosen Bäckereien, schmuddeligen Bodegas und den Ausbeuterläden in den Seitenstraßen der Grand Street, wo blasse Chinesenmädchen in rosa Kitteln ihre Kaffeepause machten und auf dem Gehsteig aus Styroporbechern tranken.

Der schöne Frühlingstag, den ich vom Fenster in der Franklin Street aus gesehen hatte, war ein Frühlingstag geblieben. Es war Frühling. Bäume standen in Blüte. Pollen schwängerten die Luft. Die vielen Menschen, zwischen denen wir uns hindurchschlängelten, waren leicht gekleidet. Meine Beine waren steif, als wäre ich seit einiger Zeit nicht mehr gelaufen.

Veronica ging schnell, ohne jedoch den Eindruck zu erwekken, sie wäre in Eile. Aber mit konstanter Wachsamkeit. »Du hast keine Ahnung, wie gefährlich Starwood ist«, sagte sie plötzlich, und da hörte ich seinen Namen zum ersten Mal aus ihrem Mund.

»Warum nehmen wir uns kein Taxi?« fragte ich.

»Nein, wir müssen laufen.«

»Wohin gehen wir?«

»Ich kann dir nur sagen, daß Keko den letzten Teil der Botschaft meines Vaters hat. Wir müssen ihn von ihr holen. Starwood darf ihn unter keinen Umständen in die Hände bekommen.«

»Woher weiß er davon?«

»Er weiß alles, was passiert ist«, erwiderte sie ungeduldig. »*Alles.*«

»Sogar, was in London passiert ist?«

»Natürlich. Weshalb glaubst du denn, bist du nach der Hinrichtung verfolgt worden?«

Sie verfiel wieder in Schweigen, und wir gingen noch mehrere Straßen weiter. Dann blieb sie plötzlich vor zwei Telephonzellen an einer Spielhalle stehen.

»Ich muß telephonieren«, sagte sie. »Halt die Augen auf.« Dann zog sie die Tür der Zelle zu.

Die Spielhalle war ein langer Tunnel mit Videospielen auf beiden Seiten, die langsam nach hinten in der Dunkelheit verschwanden. Vor den Automaten standen Dutzende junger Männer, Chinesen und Vietnamesen. Ihre Gesichter wurden von dem grünen Schein der Monitore hart beleuchtet. Ihre Augen waren steinern. Zigaretten hingen an ihren Lippen. Die Ketten um ihre Handgelenke und Hälse klingelten, wenn sie die Knöpfe und Hebel bedienten. Das war das einzige Geräusch, das ich neben dem Piepsen, Pfeifen und den elektronischen Explosionen der Spiele hören konnte. Etwa zehn Spielautomaten weiter hinten standen zwei vietnamesische Mädchen mit kurzen Röcken, Cowboystiefeln und Sonnenbrillen neben einem hageren Mann im blauen Anzug, der seinen Hut weit nach unten gezogen hatte, so daß sein Gesicht nicht zu sehen war. Die Haare der Mädchen standen stachelig nach oben und waren blau gefärbt. Eines von ihnen schälte Sonnenblumenkerne mit den Zähnen und spuckte die Schalen aus.

Ich trat in die andere Telephonzelle und suchte in meiner Tasche nach einer Münze. Statt dessen zog ich zu meiner Überraschung ein dickes Bündel Fünfhundert-Dollar-Scheine heraus, das in einem Geldclip steckte, in den CAESARS PALACE eingraviert war. Ich steckte das Bündel wieder in die Tasche und fand in der anderen Tasche eine Münze.

Ich wählte die Nummer, und nach langem Klingeln hob endlich eine Frau ab.

»Ich muß Dr. Xenon sprechen«, sagte ich.

»Wen?«

»Xenon. Ist dort nicht seine Praxis?«

»Nein.«

Ich nannte ihr die Nummer, die ich gewählt hatte.

»Ja, das ist die Nummer hier.«

»Und die Adresse ist 11 East 41st Street?«

»Genau.«

»Vierzehnter Stock?«

»Ja. Wer spricht da, bitte?«

»Aber das ist doch die Praxis von Dr. Xenon. Er hat mich dort zweimal behandelt.«

»Ich habe noch nie von ihm gehört. Und hier ist keine Arztpraxis.«

Mein Mund war trocken. »Was ist dann dort?«

»Hier ist die Nightshade Ink Company. Jetzt und schon immer.«

Dann legte sie auf.

Veronica stand immer noch mit eingezogenen Schultern in der nächsten Zelle, den Hörer am Ohr. Ich konnte ihr Murmeln kaum hören. Am Ende der Spielhalle sah ich, wie die beiden Mädchen mit den Igelfrisuren von dem Mann in dem blauen Anzug wegtraten. Als er von seinem Spiel aufblickte und nur die Hälfte seines Gesichts grün beleuchtet wurde, war ich mir sicher, daß es Wolfgang Tod war. Er runzelte die Stirn, und seine matten Augen starrten mich an. Dann traten die Mädchen wieder auf ihn zu, und in der Zeit, die ich brauchte, um aus der Telephonzelle zu treten, waren die drei verschwunden.

Sekunden später heulten zwei Motorräder durch die Straße. Auf jedem Motorrad saßen zwei junge Chinesen, einer fuhr, der andere hielt eine Maschinenpistole an der Brust. Sie trugen Lederjacken und Helme mit dunklem Visier.

Das war's dann, dachte ich.

Aber die Motorräder legten sich in eine Neunzig-Grad-Kurve, fuhren auf den Gehsteig und rasten an mir vorbei in die Spielhalle hinein. Ich merkte, wie ich mit starker Hand an der Jacke gepackt und in die andere Telephonzelle gezogen wurde, wo ich plötzlich neben Veronica auf dem Boden kauerte. Sie atmete langsam und gleichmäßig.

»Rühr dich nicht«, sagte sie, als Schreie, Rufe und Pistolensalven die Spielhalle erfüllten. Einige Männer, die sich schubsend herausdrängelten, kamen mit wildem Blick ins Sonnenlicht gerannt.

Dann fuhren die beiden Motorräder mit aufheulenden Motoren heraus und rasten die Straße hinauf, während der Schütze auf dem zweiten Motorrad haufenweise weiße Blütenblätter aus seiner Jacke in die Luft warf.

Ein junger Vietnamese mit Lederjacke und Nietenarmband stolperte aus der Spielhalle und hielt sich die Brust. Blut strömte zwischen seinen Fingern hindurch. Eines seiner Ohren war abgetrennt worden. Er fiel mit dem Gesicht nach unten neben die Telephonzelle.

»Komm«, sagte Veronica und drückte die Tür auf.

Sie stieg über seinen Körper und zog mich hinter ihr her. Ich hatte in letzter Zeit viele Dinge mitangesehen, darunter auch eine öffentliche Hinrichtung, aber es war schon eine ganze Weile her, seit ich Schußwunden aus der Nähe gesehen hatte. Wir gingen auf die Straßenecke zu und wanden uns durch die Menschen, die zusammenliefen. Wir verschwanden in einer Gasse und rannten erst durch die Küche eines Restaurants, dann durch einen Kräuterladen und schließlich durch eine weitere Gasse, in der es nach verfaultem Gemüse und Fisch roch.

»Ich war mir sicher, die hatten es auf uns abgesehen«, sagte ich atemlos.

»Das war nur ein Bandenkrieg«, sagte Veronica und steckte sich einen Kaugummi in den Mund. »Es hatte nichts mit uns zu tun. Wenn Starwood es auf uns abgesehen hat, dann wird uns das hier im Vergleich noch angenehm erscheinen.«

28

Wir liefen auf gewundenen Wegen hinaus aus Chinatown, indem wir auf den von Menschen wimmelnden Straßen schnell um eine Ecke nach der anderen bogen, bis wir an der Kreuzung Elizabeth und Broome Street stehenblieben. Auf den Gehsteig war ein riesengroßer roter Schlüssel gemalt, und innerhalb des Schlüssels waren Dutzende kleinerer (echter) Schlüssel in den Zement gegossen.

Ich stand in der Mitte des gemalten Schlüssels. »Wohin jetzt?« fragte ich.

Sie deutete auf die andere Straßenseite zu einem kleinen Laden, dessen Name in grünen Buchstaben auf dem Schaufenster stand: DIE AUGEN VON TIBET. Und darunter: SCHÄTZE AUS DEM KÖNIGREICH DES HIMALAYA, umrahmt von folgenden Symbolen: ein Auge, ein Nautilusgehäuse und zwei sich überschneidende Dreiecke, ⬡. Mir fiel auf, daß der gemalte Schlüssel genau auf die Tür dieses Ladens zeigte.

»Ich muß noch einmal telephonieren«, sagte Veronica und ging auf ein öffentliches Telephon zu.

Da fiel mir das Bündel Geldscheine in meiner Tasche wieder ein, das ich ihr entgegenstreckte. »Wo kommt das denn her?«

»Du hattest nur vierzig Dollar bei dir«, sagte sie sachlich.

»Du hast natürlich meine Taschen durchsucht. Oder war es Clement?«

»Das Geld könnte ganz nützlich sein.«

»Aber das sind ein paar tausend Dollar. Woher hast du die?«

Sie stützte die Hand auf die Hüfte. »Mein Vater hatte viel Geld, aber wir mußten das meiste davon verwenden, um ihm zu helfen. Wenn du es unbedingt wissen willst: Ich war vor kurzem in Las Vegas.«

»Um zu spielen?«

»Na, was denn sonst? Ich mußte schnell Geld auftreiben.«

»Eine ziemlich riskante Methode.«

»Nicht so, wie ich spiele.« Sie wählte. »Mein Vater hat mir alles über Karten beigebracht, als ich in der dritten Klasse war.«

»Aber auf genau solche Leute wie dich haben sie ein Auge. Sind sie dir nicht draufgekommen?«

Sie seufzte. »Erst, als es zu spät war. Jetzt entschuldige mich bitte.«

Ihr Anruf dauerte weniger als eine Minute, und als sie auflegte, war sie blaß. »Ich kann Keko nicht erreichen«, sagte sie.

Ich hatte sie noch nie besorgt gesehen.

Sie dachte einen Augenblick nach. »Wir müssen um sechs zu ihr gehen, wie ich es mit ihr ausgemacht habe.«

»Wann habt ihr das denn ausgemacht?« fragte ich.

»Egal«, sagte sie und ging über die Straße.

An der Tür des »Augen von Tibet«-Ladens hing ein MIT-TAGSPAUSE-Schild. Veronica drückte, ohne zu zögern, auf die Klingel, und hinten im Laden trat ein alter Tibeter durch einen Perlenvorhang. Auf den Vorhang war ein Drache mit Augen wie glühende Kohlen gemalt. Der Mann trug ein rotes Hemd, eine grobe rote Weste und eine rote Ledermütze. Er wischte sich den Mund ab. Seine Hände zitterten. Als er die Tür öffnete, klingelten Glöckchen. Er nickte Veronica zu und ließ uns ein.

Die Luft war stickig und staubig. Ich roch Leinöl und Wolle, und vom Hinterzimmer her roch es nach Curry und Ingwer. In einem Messingbuddha brannten Weihrauchwürfel. Aus einem unsichtbaren Lautsprecher drang der tiefe Gesang tibetischer Mönche. Das Photo des älteren Tibeters mit dem hohen, steifen Kragen hing hoch oben an der Wand. Eine Katze, identisch mit der, die ich im Apartment 5 gesehen hatte – weiß mit schwarzer Zeichnung –, schlief auf der Theke. Sie öffnete ein Auge, um uns anzusehen. Es war das linke Auge, und es war grün.

Ohne daß ein Wort gesprochen wurde, ging der Ladeninhaber flink umher, öffnete Schubladen, kletterte auf hohe Regale und verschwand im Hinterzimmer. Als er fertig war, lag eine merkwürdige Ansammlung von Gegenständen auf der Theke.

Zwei kleine Messingbecken, die V-förmig an Lederbändern hingen. Man mußte sie mit einer schnellen Bewegung gegeneinanderschlagen. *Ching* machte es, als Veronica sie ausprobierte.

Das nächste war, wie mir Veronica später erklärte, eine tibetische Klangschüssel, aus einer Legierung von sieben Metallen über einem Holzkohlenfeuer gehämmert, und ein Holzstößel, um sie zum Klingen zu bringen. Der Ladenbesitzer führte uns das Instrument selbst vor. Er ließ den Stößel um den Rand der Schüssel kreisen und schlug das Innere in unterschiedlichen Winkeln an, um verschiedene Töne hervorzubringen, und er erfüllte trotz seiner zittrigen Hände den Raum mit einer hohen, perlenden Musik.

Zuletzt stand da noch eine große Schachtel, die in orangefarbenes Papier eingewickelt war. Veronica öffnete sie nicht.

Sie bezahlte dem Mann auch nichts.

Er steckte die Becken und die Klangschüssel in eine Ledertasche, die sich Veronica über die Schulter hängte. Dann gab sie mir die Schachtel zum Tragen, und wir verließen den Laden so plötzlich, wie wir ihn betreten hatten.

Von der Straße aus warf ich noch einen Blick zurück auf das Schaufenster des Ladens und sah, wie die Katze auf die gebeugten Schultern des Besitzers sprang. Sie wickelte sich um seinen Hals, und ihr Fell stand ab, so daß es aussah, als würde er eine Kapuze tragen. Er verschwand durch den Perlenvorhang, und der Winkel der Sonnenstrahlen, die auf das Fenster fielen,

134

änderte sich gerade soweit, daß das Licht meine Augen traf und mich blendete.

29

Vor meinen Augen flackerten immer noch rote Punkte, als wir bald danach beim Pier 36 am Hudson River ankamen.

Wir waren die Broome Street Richtung Westen gegangen. Obwohl sie immer noch in Gedanken war, hatte Veronica ihr Schweigen gebrochen, als ich sie fragte, weshalb wir dreimal die Straßenseite gewechselt hatten, ohne die Richtung zu ändern. Zwischen der Mercer und der Green Street waren wir sogar einmal eine kurze Schleife um den Block zur Grand Street und zurück gegangen. Ich sah mich ständig um, um herauszufinden, was die Ursache für diese Umwege sein mochte.

»Es hat keinen Sinn, hier oben zu suchen«, sagte sie, als wir die Sixth Avenue überquerten. »Der Grund für unsere Strecke liegt unter der Erde.«

Wir gingen noch einen Block weiter, bevor sie fortfuhr. »Weißt du, Manhattan wird von unterirdischen Strömungen durchkreuzt. Wir folgen einer davon.«

»Eine Drachenlinie«, sagte ich, weil ich mich erinnerte, was Keko mir erzählt hatte.

Veronica blieb stehen und sah mich an. »Das stimmt. Diese hier kommt aus einer Quelle unter der West 30th Street. Sie fließt unter der Second Avenue weiter zum Madison Square, dann die Fifth Avenue wieder einige Blocks zurück und die Sixth Avenue hinunter zum Waverly Place und hinüber zur Lafayette, wo sie dann unter Elizabeth und Broome kehrtmacht. Den Rest ihres Verlaufs wirst du kennen, wenn wir den Hudson erreicht haben, wo sie kurz oberhalb der Canal Street mündet.« Sie zündete sich eine Nelkenzigarette an. »Es ist die stärkste Drachenlinie in der Stadt. Sie strahlt eine starke Energie aus. Sie gabelt sich hier, und der Nebenfluß windet sich zurück zum Battery Park – über die Franklin Street«, lächelte sie. »Er fließt sogar genau unter dem Haus meines Vaters durch, wo er von einer weiteren Quelle gespeist wird. Dazu kommt noch eine mächtige Quelle an der Ecke Waverly Place und Waverly Place.«

»Drachenpunkte.«

»So stark, wie sie nur sein können.« Sie drückte meinen Arm. »Deshalb mußten wir jetzt auch zu Fuß gehen. Für das, was wir tun müssen, brauchen wir so viel Energie wie möglich.«

Vom Ende des Piers 36 aus war die Skyline in Dunst gehüllt. Die Spitze des Empire State Building war kaum zu sehen, eine geisterhafte Nadel in einer Wolke. Der Hudson strömte dunkelgrün an uns vorbei und trug Müll mit sich: eine Wodkaflasche, ein weißer Handschuh, eine Matrosenmütze – und dann Tausende Sternblumenblätter in der Form eines Achters, die schnell vorbeiströmten. Der Pier war leer. Er ragte vom Ufer aus genau 187 Meter in den Fluß: Veronica hatte es mit Schritten abgemessen, und die letzten zehn Schritte hatte sie laut gezählt. Auf dem Pier daneben drehten zwei bärtige Männer mit schwarzen Hüten Spieße auf einem kleinen Grill. Immer wenn der Wind sich drehte, wehte der Geruch von gebratenem Fleisch zu uns herüber.

Veronica öffnete die in orangefarbenes Papier verpackte Schachtel und nahm zwei zweieinhalb Zentimeter dicke Bambusstäbe heraus, eine Spule mit blauer Nylonschnur (die sich am Ende zu einem V teilte) und ein eingerolltes Stück orangefarbener Seide. Jeder Bambusstab öffnete sich mittels zweier winziger Scharniere in drei ein Meter lange Stücke. An der Ecke ohne Scharnier schnappten sie zusammen und bildeten ein gleichseitiges Dreieck. Als sie zwei Dreiecke zusammengebaut hatte, verband Veronica die beiden durch zwei vorgebohrte Rillen, so daß sie sich überschnitten ✡.

Dann rollte sie die Seide auf: Sie hatte genau die Form der sich überschneidenden Dreiecke und war mit schwarzen Bil-

136

dern von Mond, Sternen und Kometen bedruckt. Über der Mitte war ein gelber Blitz.

Sie befestigte die Seide an dem Bambusrahmen und band das eine Ende des V aus blauer Schnur an die Mitte des Rahmens, das andere an das untere Teil.

Es war ein Drachen. Hexagonal. Zwei Meter hoch.

Veronica setzte sich eine dunkle Brille auf und ließ die Schnur los, wobei sie die Spule fest in der Hand hielt.

Sofort fing der Drachen einen Luftstrom auf und segelte hoch über den Fluß. Bald war er nicht mehr von den roten Punkten zu unterscheiden, die immer noch vor meinen Augen tanzten.

»Hast du schon mal einen Drachen steigen lassen, Leo?« fragte sie.

»Schon lange nicht mehr.« Nicht mehr, seit ich neun Jahre alt war, als ich mit meiner Mutter am Strand in der Nähe unseres Hauses in Miami einen Papierdrachen steigen ließ. In ihren Händen war er hoch in den blauen Himmel gestiegen, wie Veronicas Drachen. Aber als meine Mutter mir die Spule gereicht hatte, war die Schnur gerissen, der Drachen war davongewirbelt und draußen über dem Meer verschwunden.

»Mit dem hier wird das nicht passieren«, schaltete sich Veronica in meine Gedanken ein – diesmal so sanft, daß ich mir nicht sicher war, ob sie laut gesprochen oder einfach einen ihrer eigenen Gedanken übertragen hatte.

Sie reichte mir die Spule, und ich spürte den enormen Zug des Drachens bis hinunter zu meinen Fußsohlen, als hätte ich einen Fisch im tiefen Meer an der Schnur. Einen Augenblick lang glaubte ich, der Drachen könne Veronica und mich davontragen, wenn wir es wollten.

»Er ist nicht wie andere Drachen«, fügte sie hinzu.

30

»Wußtest du«, fragte Veronica, »daß die Indianer, bevor die Holländer auf Manhattan Island kamen, in diesem Teil des Flusses zwei Meter lange Hummer gefangen haben? Nur war in dieser Zeit das Flußufer dort, wo jetzt die Washington Street ist. Alles westlich davon lag unter Wasser.«

Ich blinzelte zu dem orangefarbenen Drachen am Himmel hoch, während sie ihn einholte. Mit einer schnellen Drehung des Handgelenks holte sie den Drachen immer ein Stückchen weiter herunter, rollte die Schnur schnell ein und ließ ihn dann wieder durchhängen, als würde sie einen Fisch einholen. Selbst die Bewegungen des wolkenlosen Himmels – Wogen, kleine Wellen und indigoblaue Ströme – erinnerten mich an das offene Meer.

Veronica brauchte nur ein paar Minuten, um den Drachen wieder zu zerlegen. Dann untersuchte sie sorgfältig die einzelnen Teile, bevor sie diese wieder in die Schachtel legte.

»Der Probelauf war gut«, sagte sie, als sie ihre Brille wieder einsteckte.

»Wir haben ihn also getestet?« fragte ich.

»Denk nur daran, du kannst einen Drachen mit geschlossenen Augen steigen lassen. Alles ist nur Berührung.«

Sie reichte mir die Schachtel und küßte mich auf den Mund.

»Veronica, sag mir, mit wem ich in dieser Nacht in der Franklin Street geschlafen habe.«

Sie wich zurück.

»Ich weiß, daß du es nicht warst«, sagte ich.

»Nein.«

»Aber du wolltest mich glauben machen, daß du es warst.«

»Ja. Es war notwendig.«

»Was, zum Teufel, soll das heißen?«

»Es tut mir leid, Leo. Ich hätte wissen müssen, daß du es merkst. Du hast sehr empfindliche Sensoren.«

»Das ist egal. Sag mir nur, wer es war.«

Sie schüttelte den Kopf.

»War es deine Schwester?« fragte ich.

»Es ist fünf vor halb vier. Wir müssen los.«

Sie ging den Pier entlang schnell wieder zurück. Als ich sie eingeholt hatte, fiel mir auf, daß die bärtigen Männer auf dem nächsten Pier verschwunden waren. Dann sah ich ihre schwarzen Hüte im Fluß treiben – beide Hüte schwammen aufrecht in einer geraden Linie auf das Ufer von Jersey zu, als wären die Männer senkrecht untergetaucht, hätten die Hüte aufbehalten und würden unter Wasser laufen.

»Du hast doch eine Zwillingsschwester, die Viola heißt«, sagte ich.

Zuerst dachte ich, sie würde weiterhin schweigen. »Ja«, sagte sie plötzlich. »Aber wir müssen jetzt zu Otto. Und zuvor muß ich dir von ihm erzählen.«

31

Otto, Albin Whites Lehrling nach Starwood, hatte seine Solokarriere zwei Jahre vor Whites Verschwinden im Palace-Theater begonnen. Er und White hatten während dieser Zeit engen Kontakt, und Otto war am Abend des Verschwindens ebenfalls im Publikum gewesen.

»Otto ist selbst ein großartiger Zauberer, und er hat uns geholfen, wo er nur konnte«, sagte Veronica, als wir bei Ottos Adresse, 88 Eighth Avenue, ankamen. »Wenn er die letzten zehn Jahre nicht gewesen wäre, hätten wir das alles unmöglich durchblicken können. Bis jetzt hatte er die Macht, jedes Geschoß abzulenken, das Starwood in unsere Richtung geschickt hat. Starwood hatte es in letzter Zeit direkter auf ihn abgesehen, aber Otto ist sehr vorsichtig. Er geht kein Risiko mehr ein.«

88 Eighth Avenue war ein hohes, schmales, weißes Haus mit

schwarzen Glastüren. Wir fuhren mit dem Lift in den achten Stock, gingen durch einen dunklen Gang und blieben vor der letzten Tür stehen. Veronica nahm ihren Schlüsselring heraus, aber es war nicht genügend Licht, um das Schlüsselloch zu finden. Sie reichte mir ein Stablämpchen, und als ich mich bückte, sah ich mir den Schlüsselring in dem kräftigen Licht genau an. Ich erkannte jetzt viele Schlüssel wieder: den zu Clements Wohnung und den für das Tor, den zu Kekos Loft, den zu Apartment 3, 59 Franklin Street – einen Segalschlüssel, den ich einmal selbst bei mir gehabt hatte, in der Nacht des blauen Mondes. Und es gab noch viele andere Schlüssel, auch den mit dem schwarzen Lack-X, den sie in meinem Beisein noch nie benutzt hatte. Er sah noch sehr glänzend aus.

»Ich habe ihn noch nie benutzt«, sagte Veronica aus der Dunkelheit über mir, und wieder war ich mir nicht sicher, ob ihre Worte laut gesprochen worden waren.

»Irgendwann«, fügte sie hinzu, »mußt du es vielleicht tun. Du wirst wissen, wann.«

Sie nahm einen anderen Schlüssel, einen Fichet, auf den ein Achter eingraviert war, und schloß die Tür vor uns auf, die aus gehärtetem Stahl bestand und eine *88* aus Messing in der Mitte trug.

Wir betraten einen großen, runden Raum mit achteckigen Bodenfliesen aus schwarzem Marmor und zwei achteckigen Fenstern, von denen eines nach Süden auf den Hafen von New York blickte, und das andere nach Norden, zum Empire State Building. Bei näherer Betrachtung sah ich, daß die beiden Ausblicke statisch wirkten – wie hell erleuchtete Diaprojektionen.

In der Mitte des Raums standen zwei Terrarien – zwei Kreise, die eine Acht bildeten – mit acht achtbeinigen Krebsen, die unter Wärmelampen herumtrippelten. Auf acht gebogenen Wandlampen standen feinsäuberlich arrangiert Gruppen von Gegenständen.

Eine Sammlung von Achter-Billardkugeln auf grünen Kissen.

Eine Auswahl von Achter-Spielkarten.

Ein Bord mit acht Oktopusskulpturen.

Eine Schnitzerei der achtköpfigen und achtschwänzigen Schlange von Koshi.

Eine maßstabgerechte Nachbildung des achteckigen Leuchtturms auf Pharos, im Hafen des antiken Alexandria.

Ein komplizierter Himmelsglobus mit den achtundachtzig Sternbildern.

Eine Statuette von Henry VIII.

»Wie du siehst, ist Otto oktophil«, sagte Veronica. »Seine Zauberei und seine Persona sind um die Zahl acht gebaut.«

»Weshalb die Acht?«

»Das Achteck liegt in der Mitte zwischen dem Viereck, dem Symbol von Raum und Zeit, und dem Kreis, dem Symbol der Ewigkeit. Es repräsentiert die Naht zwischen der äußeren Welt des Körpers und dem inneren Reich des Geistes – den Bereich der Magie. Otto ist zufällig auch ein Oktoron, das heißt, er hat zu einem Achtel schwarzes Blut in sich. Seine Urgroßmutter aus Tobago war eine bekannte Hexe.«

Veronica führte mich zu einer Tür genau gegenüber der, durch die wir eingetreten waren. Ich warf noch einen Blick auf die beiden Fenster, und statt des Ausblicks auf Nord- und Süd-manhattan sah ich im ersten einen schneebedeckten Berg und im zweiten einen zugefrorenen See. Es schienen im Gegensatz zu den statischen Diaprojektionen lebendige Bilder zu sein: weiße Wolken zogen an dem Berg vorbei, und Vögel kreisten über dem See.

Veronica klopfte achtmal und drehte den Türknauf. »Du erkennst Otto gleich«, sagte sie, »obwohl ihr euch nie vorgestellt worden seid.«

Wir traten in einen weiteren runden Raum, der genauso groß war wie der, aus dem wir gekommen waren. Zwei Kreise mit einem einzigen Schnittpunkt, dachte ich, als ich mir vorstellte, wie die Räume von oben aussehen würden: eine perfekte Acht.

141

Gegenüber saß ein korpulenter Mann in einer schwarzen
Robe und einer Kappe auf einem gepolsterten Stuhl mit hoher
Lehne vor einem riesigen, farbigen Satellitenbild des Planeten
Neptun – der achte Planet der Sonne –, das an der Wand hinter
ihm hing. Ich erkannte ihn sofort: Es war der dicke, glatzköp-
fige Mann, der dem Epileptiker an der Fifth Avenue geholfen
hatte und schwitzend in seinem gelben Pelzmantel im Neptunclub gesessen war. Jetzt sah ich zum ersten Mal seine Augen:
Sie waren völlig schwarz, die Pupillen waren nicht von der Iris
zu unterscheiden. Zwischen seinen Augenbrauen saß ein auf-
fälliger Leberfleck.

»So ein Leberfleck«, sagte Veronica zu mir, »wird von den
Chinesen das ›Mal des Einhorns‹ genannt, ein Zeichen für gei-
stige Schärfe und Kraft.« Ich sah sie diesmal direkt an und war
mir sicher, daß sich ihre Lippen nicht bewegt hatten. Und das
bedeutete, daß sie nach Lust und Laune durch Telepathie in
meine Gedanken eindringen konnte.

Dann sprach Otto laut mit hoher, ungleichmäßiger Stimme.
Es klang gar nicht wie das Donnern eines fetten Mannes, sondern die Stimme hatte leichte Aussetzer und ließ gelegentlich
einen Takt aus.

»Hallo, Veronica«, sagte er. »Willkommen, Leo. Bitte,
kommt rein.«

Er winkte uns zu einer achterförmigen Ottomane vor ihm.
Zu beiden Seiten seines Stuhls stand eine große Bronzestatue:
der Gott Shiva mit eulenhaften Augen und die Göttin Kali mit
aufrechten Brüsten, beide mit acht Armen. Shiva hielt in jeder
Hand einen Dreizack.

Otto klingelte mit einer silbernen Glocke, die er aus seiner
Robe zog. Wie seine Stimme paßten seine Hände nicht zu seinem Körper: Die Finger waren lang und zart, die Handflächen
klein, die Daumen ein Wunder, denn sie reichten fast bis an die
oberen Gelenke seiner Zeigefinger.

Mit der Glocke rief er jemanden: Gegenüber löste sich eine
menschliche Gestalt an der Wand aus dem Schatten und nä-

herte sich uns in Hausschuhen. Es war eine junge Frau mit hellen, lockigen Haaren, die eine einfache Baumwolljacke über locker sitzenden Hosen trug. Sie setzte ein silbernes Tablett auf dem niedrigen Tisch vor uns ab. Auf dem Tisch standen eine alte Messingteekanne, verziert mit gehämmerten Sternen, acht Messingtassen und eine Schale mit gezuckerten Orangenscheiben. Sie füllte drei Tassen und servierte erst Veronica und mir, danach Otto. Ich sog den Dampf aus meiner Tasse ein und wußte, daß sie schwarzen Tee enthielt.

»Normalerweise«, sagte Otto, »empfange ich Besucher nur um acht Uhr, morgens oder abends, aber unter diesen Umständen ist Eile geboten.«

Die junge Frau trug silberne Ohrringe – Mondsicheln mit einer Gruppe Onyxstückchen – und silberne Armreifen. Als sie sich ins Licht beugte, um mir die Schale mit den Orangenscheiben anzubieten, sah ich ihr Gesicht zum ersten Mal deutlich, und auch die Zickzacknarbe über ihren Fingerknöcheln.

Ihre fragenden, beinahe glasigen Augen bemerkten mein Erstaunen, aber ihr Gesichtsausdruck änderte sich nicht.

»Das ist Naroyana, meine Assistentin«, sagte Otto. »Naroyana, das ist Leo. Veronica kennst du bereits.«

Aber ich kannte Naroyana ebenfalls. Sie war die junge Frau aus Wichita, Kansas, die sich bei Albin Whites verhängnisvollem Versuch, sie und sich auf eine Zeitreise zu schicken, als Freiwillige aus dem Publikum gemeldet hatte. Nur daß die Frau vor mir genauso aussah wie auf dem zehn Jahre alten Zeitungsphoto, das ich in dem Album bei Clement gesehen hatte – nicht einen Tag älter als sechsundzwanzig.

»Leona McGriff«, sagte ich, denn mir fiel der Name der Bildunterschrift wieder ein. Aber sie zeigte kein Zeichen des Erkennens.

32

Die Orangenscheibe zerging mir auf der Zunge – ein plötzlicher eisiger, bitterer Geschmack unter dem Zucker –, und ich spürte Ottos harten Blick auf mir ruhen. Naroyana saß im Schneidersitz an der Wand und spielte eine chinesische Harfe.

Veronica setzte ihre Teetasse ab und zündete sich eine Nelkenzigarette an. »Wir haben den Drachen«, sagte sie. »Und die Klangschüssel und die Becken.«

Otto nickte. »Und ich habe auch etwas für euch.«

»Hast du mit Keko gesprochen?« fragte Veronica.

»Nein«, sagte er ernst und wandte sich wieder mir zu. »Veronica hat dir gesagt, wie gefährlich diese Leute sind?«

»Ja.«

»Du mußt müde sein. Ich weiß, es ist anstrengend, in so kurzer Zeit so viel zu reisen.« Er lächelte ein wenig und warf seiner Assistentin einen Blick zu. »Du hast Nayorana erkannt und sie bei ihrem früheren Namen genannt. Und du fragst dich, weshalb sie sich in den ganzen Jahren nicht verändert hat. Clement hat dir erklärt, daß bestimmte Vektoren im Einklang sein müssen, damit Albin White durch die Zeit zu uns zurückkehren kann. Er muß durch eine Art Tür kommen – so wie du bei drei Gelegenheiten. Doch für dich habe ich die geeigneten Gegebenheiten geschaffen, während er die einschränkenden und gefährlichen Bedingungen überwinden muß, die ihm Starwood vor zehn Jahren auferlegt hat. Ich habe viele Jahre gebraucht, während derer ich mich mit Albin Whites Notizen und meinen eigenen Berechnungen beschäftigt habe, um diese Bedingungen besser zu verstehen und um herausfinden zu können, was Starwood an diesem Abend im Palace-Theater in Bewegung gesetzt hat. Es reicht wohl, wenn ich sage, daß das wahrscheinlich eure einzige Möglichkeit sein wird, diese Tür für Albin White zu öffnen. Naroyana«, rief er, »bitte bring mir meine Pfeife.«

Sie legte die Harfe weg und ging in das andere Zimmer.

»Nach ihrer Erfahrung in dieser lang vergangenen Nacht«, fuhr Otto fort und nahm sich eine Pflaume aus der Schale neben ihm, »hatte Leona McGriff nicht mehr den Wunsch, in ihr früheres Leben als Lehrerin zurückzukehren. Sie hat sich sogar richtiggehend davor gefürchtet, jemals wieder nach Wichita zu gehen. Als ich sie an diesem Abend kennenlernte, unterhielten wir uns, sie half mir, wo sie nur konnte, und seither lebt sie hier und arbeitet als meine Assistentin. Sie fühlt sich hier sicher.« Er spuckte den Pflaumenkern in die Luft, wo er spurlos verschwand.

Naroyana kam wieder ins Zimmer und stellte eine große Hooka neben Ottos Stuhl. Die Wasserpfeife hatte einen langen Schlauch mit einem Bernsteinmundstück. Der Meerschaumkopf ruhte auf einem durchsichtigen Zylinder, der mit einer grünen Flüssigkeit gefüllt war. Sie hielt ein Streichholz an den Kopf. Otto sog fest an dem Mundstück, inhalierte tief, und die grüne Flüssigkeit blubberte, während er einen Schwall Rauch ausatmete, der in einer Kette von Achtern zur Decke stieg.

Wir unterhielten uns weiter über Naroyana, als wäre sie gar nicht anwesend. »Aber Naroyana hat zahlreiche Reisen gemacht, ähnlich ihrer ersten nach Wichita. Nicht in das London, das du besucht hast, Leo, aber an Orte, die zeitlich und räumlich ebenso fern sind. Tibet, Siena, St. Petersburg, Malta, Kreta, Damaskus, Prag, Alexandria und Paris. Jeden Ort hat sie in einem anderen Jahrhundert besucht, immer wenn eine bestimmte Schule der Mystik gerade florierte. So wie in London zur Zeit von Elizabeth und James I. Diese Orte, darunter auch London, waren die zehn Stationen von Albin Whites Reisen während des letzten Jahrzehnts. An jedem Ort blieb er eines unserer Sonnenjahre. Für ihn hat die Zeit variiert. Aus den Berichten, die Naroyana mitgebracht hat, wurde mir klar, daß er nicht nur wegen der Aktivitäten der Mystiker von diesen Orten angezogen wurde, sondern daß er auch einer Kurve folgte, die von komplexen Faktoren der Zeitlichkeit, der Bewegung und der Umstände diktiert wurde und ihn schließlich nach London führte. Die Kurve sah so aus«, sagte er und zog ein Stück gelber Seide aus seinem Ärmel, das mit der mit fünf Sternen besetzten Sichel bedruckt war, von der ich wußte, daß sie den Kopf des Sternbilds LEO bildete.

»Albin White hat errechnet«, fuhr Otto fort, »daß es im zweiten Jahrzehnt des siebzehnten Jahrhunderts in London eine Öffnung geben würde, durch die er wieder in unsere Zeit hineinkatapultiert werden könnte.« Er hielt inne, blickte Veronica kurz an und paffte seine Pfeife. »Wir wissen nicht, wie er aussehen wird, wenn er zurückkehrt. Der Mann, den du auf deinen Reisen gesehen hast, ist eine Art Schimäre oder Phantom, das von seinem körperlichen Selbst ausgestrahlt wird. In Tibet nennt man solche Phantome *Tulpas,* was wörtlich übersetzt ›magischer Körper‹ heißt. Sie entstehen durch starke Konzentration der Gedanken. Sie sind nicht eigentlich Doppelgänger, denn sie können die Gestalt ihres Schöpfers bekommen oder die jedes anderen. Deshalb ist es nicht ungewöhnlich in Tibet, daß gewisse Persönlichkeiten an zwei Orten gleichzeitig gesehen werden. Wenn ein *Tulpa* seinen Schöpfer überlebt, was manchmal vorkommt, wird er zu einem *Tulku. Tulkus* sind weit unabhängigere, sogar rebellische Wesen. Sie können sich in einem Menschen niederlassen, meist im Moment der Geburt. Solche Leute gelten dann oft als ›besessen‹. Oder sie werden zu Dämonen, die eine ganze Anzahl von Formen annehmen, ohne daß man ihre destruktiven Fähigkeiten kontrollieren könnte. Als Albin White vor elf Jahren Tibet besucht hat, hatte er die ausdrückliche Absicht, mit diversen Hexenmeistern und Eremiten Nachforschungen über die *Tulpas* anzustellen. Du kannst es nicht wissen, Leo«, sagte er und trank seinen Tee aus, »aber Veronica und ich könnten auch *Tulpas* sein. Doch im Fall von Naroyana kann ich dir versichern, daß wir ihr körperliches und ihr spirituelles Selbst in einem vor uns haben. Und weil sie so häufig durch das, was wir Zeitzonen nennen, gependelt ist, ist sie in den letzten zehn Jahren nicht älter ge-

146

worden. Das könnte noch einige Zeit so weitergehen. Oder aber der Alterungsprozeß beschleunigt sich irgendwann – oder kehrt sich um. Jedenfalls steht fest, daß ihre physiologische Chronologie verändert wurde. Albin White jedenfalls könnte gut und gerne als Methusalem oder als Säugling zurückkommen.«

»Soll das heißen, daß sich diese Reisen auf mich genauso auswirken wie auf sie?« fragte ich.

Otto musterte mein Gesicht, als Naroyana seine Pfeife wieder anzündete. »Ich weiß es nicht.« Er blies eine Rauchwolke aus, die auf der anderen Seite des Zimmers einen Moment lang menschliche Gestalt annahm – Ottos Gestalt – und sich dann in Luft auflöste. »Deine Verfolger nach Raleighs Hinrichtung waren *Tulpas,* die von Starwood in die Vergangenheit geschickt wurden, um auf Albin White Jagd zu machen. Das hat er geschafft, und seit den letzten drei Monaten machen sie sich an Albin White heran.«

»Jemand betritt gerade das andere Zimmer«, sagte Naroyana plötzlich mit weicher, ebenmäßiger Stimme, und selbst Otto war überrascht. Sie hatte zum ersten Mal etwas gesagt, und der näselnde Kansas-Akzent war noch leicht durchzuhören.

»Wer ist es?« fragte Otto, und seine Augen verengten sich. Naroyana schüttelte den Kopf.

Die Tür sprang auf, und ein kleiner, stämmiger Mann mit blondem Igelschnitt taumelte herein. Sein Gesicht war schmerzverzerrt. In seinem rechten Ohr hing ein silbernes Seepferdchen. Mit einer Hand hielt er sich den Unterleib, mit der anderen umklammerte er ein langes Schwert.

Es war Janos, Kekos Leibwächter, und an dem Schwert klebte Blut.

Während Naroyana ruhig an ihm vorbei ins andere Zimmer ging, torkelte Janos herüber zu uns. Seine Augen waren völlig verdreht, und aus einem Mundwinkel troff ein Schaumfaden. Er trug ein weißes Hemd und weiße Hosen. Er riß sich das Hemd vorne auf und warf es auf den Boden. Otto rührte sich

147

während des Ganzen überhaupt nicht, aber beim Anblick von Janos' Brust wurden seine schwarzen Augen groß. Janos hatte uns den Rücken zugewandt, und als Veronica und ich auf ihn zugehen wollten, schüttelte Otto heftig den Kopf. »Laßt ihn in Ruhe«, schnauzte er.

Mit einem durchdringenden Schrei wischte Janos, der ehemalige Schwertschlucker, das Schwert an seinem Hosenbein sauber und erhob es hoch über den Kopf. Er neigte den Kopf nach hinten, hielt die Schwertspitze genau über seinen Mund und versenkte es mit erstaunlicher Gleichmäßigkeit, bis er fast die ganze Klinge geschluckt hatte. Ein paar Sekunden lang stand er starr da, dann entspannte sich sein Gesicht, als hätte das Schwert seine schrecklichen Schmerzen gestillt.

Mit geschlossenen Augen zog er das Schwert in einer gleichmäßigen Bewegung wieder heraus, dann schwankte er und fiel flach auf den Rücken.

Jetzt sah ich, daß ein bizarres Symbol, , in seine Brust geschnitten war, dessen Umriß durch das getrocknete Blut deutlich sichtbar war. Es war wie eine Tätowierung mit einem rasiermesserscharfen Gegenstand eingeritzt worden.

»Das ist ein Zeichen aus den alten alchimistischen Tabellen«, verkündete Otto, »und es steht für Arsen.«

»Er ist vergiftet worden?« fragte Veronica.

»So wie es aussieht, ist er an dem Zeug qualvoll zugrundegegangen«, antwortete Otto. »Die Schwertspitze muß im Vergleich dazu wohltuend gewirkt haben. Naroyana, war er allein?«

Von der Tür aus nickte sie.

»Bitte öffne seine linke Hand«, wies Otto sie an.

Unter Schwierigkeiten drückte sie die dicken Finger auf, und da, in der Handfläche, lag ein zerknittertes Stück blaues Papier.

Blitzschnell war Veronica auf den Knien und glättete den Zettel auf dem Boden. »Das ist die letzte Botschaft«, sagte sie. »Er hat sie vor Starwood gerettet.«

148

»Vielleicht«, sagte Otto.

»Was ist mit Keko?« fragte sie.

»Gib mir zuerst die Nachricht«, sagte Otto barsch. »Und Naroyana, bitte bring mir Papier und einen Stift.«

»Aber...«, begann Veronica.

»Sie hat gewußt, worauf sie sich eingelassen hat«, sagte Otto, und als sich unsere Blicke trafen, begriff ich, daß diese Worte auch für mich bestimmt waren.

Otto nahm eine Phiole aus der Robe und sprenkelte ein feines weißes Puder auf das blaue Papier. Innerhalb von Sekunden erschienen Worte in zittriger grüner Handschrift.

Veronica und ich standen rechts und links von Otto, während er Albin Whites Botschaft auf ein rundes Blatt Papier übertrug, mit einem Füller, der jeden Buchstaben in einer anderen Farbe schrieb. Ich betrachtete die beiden Reispapierstücke genau: das eine aus Portsmouth, das Clement mir gezeigt hatte, und das, das ich im Tower von London bekommen und nie wieder gesehen hatte.

Auf Ottos Papier stand jetzt:

POST AN DER ECKE
DES WEST 4.
PUNKT SÜD MERIDIEM
MAI TAG

Zwölf Worte, unter denen die Ziffer 11 stand. »Was immer Starwood auch gesehen haben mag, Leo«, sagte er, »wir wissen, daß er die Elf auf dem Zettel, den du im Dschungel bekommen hast, nicht gesehen haben kann. Das Papier ist doch sofort verbrannt, oder?«

»Ja.«

Etwas in meiner Stimme veranlaßte ihn, mich noch einmal anzusehen.

Ich starrte auf Janos' Leiche vor uns auf dem Boden, wo Naroyana sie mit einem gelben Laken zugedeckt hatte. Obwohl ich bei Keko weniger als eine Minute mit ihm in einem Raum gewesen war, hatte Janos doch ein Menü zubereitet, das ich gegessen hatte. Zwischen uns herrschte eine Art Vertraulichkeit. Insbesondere, da das Hauptgericht aus dem giftigen *fugu* bestanden hatte, der keinen Fehler des Kochs zuließ. Jetzt war Janos selbst vergiftet worden – mit einer enormen Dosis und mit einem primitiveren Gift als den Nervensäften des *fugu*.

»Ich bin mir sicher«, sagte Otto, »daß Janos trotz der Schmerzen, die er erlitten hat, in dem Glauben gestorben ist, daß sein jetziges Leben nur eines von vielen war, die er leben wird.«

»War er Buddhist?« fragte ich.

»Sozusagen.«

»Und seine Leiche – wollt ihr die Polizei rufen?«

»Nein, nicht die Polizei. Hier, wenn du dich dann besser fühlst, tippe damit das Laken an, aber berühre es nicht.« Er reichte mir eine kleine Pillendose aus Messing, die ein Stück Holz enthielt, so groß wie ein Streichholzkopf. »Nur zu«, sagte er, als er sah, wie ich zögerte.

Ich tat, wie er mir gesagt hatte, und sobald das Holz das Laken berührt hatte, verschwand es mitsamt Janos' Leiche darunter.

Ich schreckte zurück, aber Veronica und Otto waren unbeeindruckt.

»Ein toller Trick«, sagte ich.

»Das ist kein Trick«, entgegnete er. »Janos ist immer noch da. Beug dich hinunter, und du kannst ihn berühren.«

Als ich Janos' Schulter spürte, entdeckte ich das Holzstückchen, das in der Luft zu schweben schien.

»Stecke das Holz wieder in die Dose«, sagte Otto.

Sofort erschien Janos' Leiche wieder, genau wie vorher.

»Dieses Holz nennt man *dip shing*«, fuhr Otto fort. »Es stammt von einem magischen Baum – das heißt, einem Baum, der von Geistern bewohnt ist –, der in den dichtesten Wäldern des Himalaya vorkommt und nur einer Art Nachtkrähen zu-

150

gänglich ist. Die Krähe pflückt einen Zweig und versteckt ihn in ihrem Nest, um sich zu verbergen. Wie du siehst, macht das winzigste Stückchen den Menschen oder das Tier, das es hält, oder jeden Gegenstand, in den es gesteckt wird, unsichtbar. Nur wenn es in Messing eingeschlossen wird, werden seine Kräfte neutralisiert. Doch wir kommen gleich noch einmal darauf zurück«, und er wandte sich wieder den Botschaften zu, die vor ihm lagen.

»Sind sie codiert?« fragte Veronica.

»Nein. Nur wenn Starwood beide Teile in die Hände bekommen hätte, wären sie ihm nützlich gewesen. Und in diesem Fall, wie dein Vater sehr wohl weiß, hätte er sich keinen Code für mich ausdenken können, den Starwood nicht geknackt hätte. Ich glaube, das ist eine einfache Chiffre. Und du siehst, daß hier unten auf dem zweiten Zettel zwei zusätzliche Symbole sind.«

Ich sah die vertrauten Dreiecke, ⧖, und daneben dieses Symbol: ⧄.

Ottos Füller flog über das Papier, ordnete in einem Regenbogen von Farben die Wörter in unterschiedlichen Kombinationen immer wieder neu. In weniger als einer Minute hatte er die vollständige Botschaft von Albin White entschlüsselt, die er auf ein neues Blatt schrieb:

AN DER SÜDWESTECKE
PUNKT 11 POST MERIDIEM
4. TAG DES MAI

»Morgen nacht«, sagte Veronica leise.

Otto nickte. »Das«, sagte er und warf mir einen Blick zu, während er auf das ⧖ deutete, »ist das alchimistische Symbol für *aqua vitae,* das Wasser des Lebens. Es steht auch für den Lauf der Zeit, wie in den sich überschneidenden dreieckigen Phasen eines Menschenlebens oder den sich gegenüberliegenden Kegeln einer Sanduhr. Es ist eine Bestätigung von Albin

White, daß er *durch die Zeit* kommen wird, und zwar zu dem Zeitpunkt, den er angibt. Das zweite Zeichen ist rätselhafter, aber ich verstehe jetzt, warum er es dazugeschrieben hat. Naroyana, bitte hole die Karten.«

Sie brachte ihm ein teuer ausgestattetes Tarotspiel, aus dem er zwei verdeckte Karten zog.

Die erste Karte, die er umdrehte, war »Der Turm«.

»Das habe ich mir gedacht«, sagte er. Er zeigte auf das ⟨⟩. »Dieses zweite Zeichen stammt aus einem der vielen Alphabete, die im elisabethanischen Zeitalter von den Alchimisten benutzt wurden. Es steht für die Zahl 16, und für gewöhnlich wird damit Bezug auf die sechzehnte Karte im Tarot genommen, den ›Turm‹. Sieh dir die Karte an, Veronica. Auf diese Weise führt dein Vater seine Botschaft an uns genauer aus.«

Die Karte zeigte einen steinernen Turm, der an der Spitze von einem Blitz getroffen wird, sowie einen jungen Mann und eine junge Frau, die durch den Einschlag mit dem Kopf voran hinunterfallen.

»Welches ist der höchste freistehende Turm in Manhattan?« fragte Otto rhetorisch. »Das Empire State Building. Und es ist aus Stein gebaut, nicht aus Glas. Das junge Paar haben wir auch hier. Morgen abend um elf Uhr, auf der Spitze des Empire State Building, von der südwestlichen Ecke aus kann nur genau so ein Paar – und niemand sonst – Albin White zu uns zurückbringen.«

Einen Moment lang sahen Veronica und ich uns an, und sie nickte, bevor sie sich noch eine Zigarette anzündete.

»Der Blitz«, fuhr Otto fort, »steht nicht nur für Beleuchtung, sondern für das schnelle, geniale Überschreiten der irdischen Gesetze. Das Unmögliche, das für einen Moment möglich wird. In diesem Fall wird es Albin Whites Reise durch die Zeit sein.«

Als Otto die zweite Karte umdrehte, verdüsterte sich sein Gesicht. »Das habe ich nicht erwartet«, murmelte er und wandte den Blick ab.

Auf dieser Karte, unter der »Der Stern« stand, kniete ein nacktes Mädchen an einem Bach und goß Wasser aus zwei Hörnern aus. Hinter ihr schwebte ein kleiner Vogel über einem hohen Baum, in dem eine Eule saß, die das Mädchen beobachtete. Mit ihren langen schwarzen Haaren, der feinen langen Nase und den großen Augen hatte sie eine starke Ähnlichkeit mit Veronica.

»Wie du weißt, Veronica«, sagte Otto, »gießt sie *aqua vitae* in den Teich. Und darüber sind acht Sterne, weil Acht die Zahl der Wiedergeburt ist.« Er lehnte sich langsam zurück. »Aber erst nach dem Tod. Tod durch Wasser, aus dem man wiedergeboren wird. Die Doppelschleife des ewigen Lebens.«

Veronica sagte nichts, aber hinter dem aufsteigenden Rauch ihrer Zigarette sah ich, daß sie sich auf die Lippen biß.

Otto drehte die Karten wieder um. »Es ist wichtig«, sagte er nun wieder mit gelassener Stimme, »daß das Empire State Building vielen alten Gebäuden insofern ähnelt, als alle seine Steine aus einem einzigen Steinbruch gehauen wurden. Das wurde in Ägypten und Indien mit dem Marmor für die Tempel so gehandhabt, und ganz besonders in China. Die Einheitlichkeit des Materials garantierte ein harmonisches Gleichgewicht und eine positive Verteilung des *chih*. Das alles kann natürlich zunichtegemacht werden, wenn das Gebäude über einem Todespunkt statt über einem Drachenpunkt errichtet wird. Das Empire State Building besteht vollständig aus Kalkstein aus dem mittlerweile stillgelegten Empire-Steinbruch in Bloomington, Indiana. Kalkstein besteht aus den organischen Überresten von Muscheln und Korallen, was darauf hindeutet, daß Zentralindiana, so wie die Täler von Tibet, früher einmal Meeresboden war. Der Empire-Steinbruch wurde stillgelegt, weil man jedes Stückchen Kalkstein für das eine Gebäude ausgegraben und ein sehr tiefes Loch im Boden hinterlassen hat. Ein scheinbar bodenloser senkrechter Schacht – als wäre der Wolkenkratzer, wie wir ihn kennen, nur auf dem Kopf stehend, als Ganzes dort herausgenommen worden. Jetzt ist der

Schacht mit Regenwasser angefüllt. Früher sind Leute darin schwimmen gegangen, aber viele sind dort ertrunken, so daß man eine Absperrung darum herum gezogen hat – ganz ähnlich wie das Geländer oben auf dem Turm, damit sich niemand hinunterstürzt.«

Plötzlich trippelte einer der Krebse ins Zimmer, seine Scheren kratzten auf den Marmorkacheln, bis er von den Schatten an der Wand verschluckt wurde. Dann erschien Naroyana wieder, mit einer Pyramide aus Orangen auf einem runden Tablett.

Veronica hatte Otto aufmerksam zugehört, und ihr Blick war weit in die Ferne gerichtet gewesen, aber der Krebs hatte ihre Träumerei unterbrochen. Sie wirkte verwirrt und dann ruhelos.

»Ich muß zu Keko«, sagte sie zu Otto.

»Ich weiß. Aber noch nicht jetzt. Es gibt noch eine Sache, die wir besprechen müssen.« Er wandte sich an mich. »Leo, behalte die Pillendose mit dem *dip shing* in deiner linken Tasche. Und das hier steckst du in deine rechte Tasche.«

Er reichte mir ein Stück grüne Kreide.

Dann winkte er uns wieder zu der Ottomane, während Naroyana uns nachschenkte. »Setzt euch«, sagte er. »Ich möchte euch von Virgil von Toledo erzählen.«

33

»Er war vielleicht der größte Zauberer, der je gelebt hat«, sagte Otto. »Sein Markenzeichen war, sich in einen sprechenden Kopf zu verwandeln. Er war bekannt dafür, daß er enorme Entfernungen in sehr kurzer Zeit überwinden konnte. Einmal hatte er zum Beispiel einen Auftritt in Paris, und zwei Stunden später ist er in Madrid aufgetaucht. Mit einem Flugzeug ist das sicherlich möglich, obwohl das sogar heute noch schwierig wäre: Aber Virgil lebte im sechzehnten Jahrhundert. In seinen

154

Tagebüchern beschreibt er detailliert seine Besuche an Orten, die von den Europäern zu seiner Zeit noch nicht ›entdeckt‹ worden waren. Manche behaupten, er sei über 150 Jahre alt geworden. Er hat mit einem Doppelgänger gearbeitet – der die typischen Merkmale eines *Tulpa* hatte –, und es ist wahrscheinlicher, daß der Doppelgänger ihn überlebt und seine Karriere als Zauberer fortgeführt hat. Er hatte auch einen Assistenten, der angeblich aus dem Qinghai-Gebiet in Westchina, in der Nähe von Tibet, stammte. Aus diesen und anderen Gründen hat sich Albin White intensiv mit Virgils Leben und Werk beschäftigt. Insbesondere mit dessen Untersuchungen der vierten Dimension, die auch als ›Zeitkoordinate‹ im Raum-Zeit-Kontinuum bekannt ist. Und über die Henri Bergson gesagt hat: Die Zeit ist der Geist des Raums.

Es scheint, als wäre Virgil mit dem *Bardo Thodol* – dem Tibetischen Totenbuch – vertraut gewesen, das zahlreiche Fähigkeiten in der vierten Dimension für ›normal‹ erklärt. Der Buddha selbst hat von Wesen, die mit solchen Fähigkeiten ausgestattet sind, gesagt: ›Von der Einheit gelangt er zur Vielheit; von der Sichtbarkeit zur Unsichtbarkeit; ohne Hindernis durchdringt er Wand, Mauer und Berg, als würde er durch die Luft schreiten; er geht auf Wasser wie auf festem Grunde; er schwebt durch den Himmel wie Vögel auf ihren Schwingen.‹

Sein berühmtestes Kunststück hat Virgil nicht während einer offiziellen Vorstellung vollbracht. In einer Winternacht im Jahre 1552 – es war dieselbe Nacht, in der Sir Walter Raleigh in Devon, England, geboren wurde – wurde Virgil in Sachsen ins Gefängnis gesteckt. Er wurde des schwerwiegenden Verbrechens bezichtigt, einen ortsansässigen Baron während seiner Vorstellung beleidigt zu haben. Da sie von seinen Zauberkräften wußten, hatten seine Aufseher ein Dutzend Wachen vor der Tür seines Kerkers postiert. Aber Virgil kümmerte sich gar nicht um die Tür. Er holte ein Stück Kreide hervor, zeichnete eine Galeere auf die Steinwand und überzeugte seine Mitgefangenen davon, daß sie mit diesem Schiff sicher fliehen könn-

155

ten. Sie gingen an Bord und fingen an zu rudern, während Virgil die Pinne nahm und in der vierten Dimension steuerte, bis sie auf einem Berggipfel in einigen Meilen Entfernung in Sicherheit waren. Jeder Gefangene, der Virgil begleitet hatte, hat bis zu seinem Lebensende geschworen, daß sie in einer Galeere geflohen waren. Die Kreide, die du gerade in deine Tasche gesteckt hast, Leo, hat die gleichen Eigenschaften wie die Kreide des Virgil von Toledo. Sie haben den gleichen Ursprung. Es ist die einzige natürlich grüne Kreide der Welt und stammt von einem Meeresfelsen in Anatolien, der 1911 bei einem Erdbeben verschwunden ist. Nur sehr wenig von dieser Kreide ist noch vorhanden.«

Er beugte sich vor, und seine schwarzen Augen glänzten. »Sollten dich Starwood oder seine Agenten in eine Falle locken, benutze sie. Du kannst sie nur ein einziges Mal benutzen. Zuvor mußt du zwei vorbereitende Maßnahmen treffen. Erst zeichnest du damit ein gleichseitiges Dreieck in die Luft. Dann mußt du dir vorstellen, wie sich die Welt auf einzigartige Weise verändert hätte, wenn du nie geboren worden wärst. Nein – versuch es nicht jetzt: Es könnte schmerzhaft sein, aber zu diesem Zeitpunkt wird es dir einfallen.«

»Weißt du, daß mir das passieren wird?« fragte ich und beugte mich nun ebenfalls vor.

»Ja«, antwortete Otto, drückte die Fingerspitzen gegeneinander und lehnte sich langsam zurück. Dann nahm er die oberste Orange auf dem Tablett. »Wenn du getan hast, was ich dir gerade gesagt habe, dann nimm die Kreide und zeichne das Schiff an die Wand, mit dem du fliehen möchtest. Es muß ein Boot sein. Mach eine einfache, aber vollständige Zeichnung. Besteige das Boot wie jedes andere, und sobald du unterwegs bist, zögere nicht und höre nicht auf zu rudern, egal was du siehst oder hörst. Verstehst du?«

»Ja.«

»Wenn du in der vierten Dimension bist, gibt es eine besondere Gefahr, vor der du dich hüten mußt, wie es im *Bardo Tho-*

dol heißt. Es geht um eine alte musikalische Theorie, der die buddhistischen Mantras einen Teil ihrer ungeheuren Kraft verdanken: das Gesetz der Schwingung. Jeder Organismus hat seine eigene Schwingungsrate, so wie jedes unbelebte Objekt – vom Sandkorn bis zum Planeten. Wenn dieser Grundton bekannt ist, kann der Organismus oder der Gegenstand aufgelöst werden. Albin White hat dieses Prinzip erforscht und es für seinen Akt, sich und andere auf eine Zeitreise zu schicken, adaptiert. Starwood wußte sehr viel darüber. In der vierten Dimension lassen sich die Grundtöne leichter feststellen. Also bringe die Reise so schnell wie möglich hinter dich.

Und was das *dip shing* betrifft«, fuhr er fort, während er die Orange schälte, indem er die Schale zuerst oben an der Spitze löste und dann in einem langen Band von Achtern aufrollte, »vergiß nicht: Es kann nur benutzt werden, und zwar jederzeit, um eine einzige Person, ein Tier oder ein Ding unsichtbar zu machen. Sein Grundprinzip wurzelt in dem Sprichwort eines Mönchs: Du siehst ins Wasser, aber du siehst kein Wasser. Indem wir uns auf bestimmte Objekte innerhalb unseres Gesichtskreises konzentrieren, machen wir ständig andere Objekte unsichtbar. In Tibet glaubt man, daß die Unterbrechung des *Tsal* oder der mentalen Energie der Schlüssel zum Unsichtbarsein eines Menschen ist. Wenn die eigene Energie nicht zu anderen empfindungsfähigen Wesen ausstrahlt, kann in deren Köpfen keine Spiegelung entstehen und kein Eindruck in ihrem Gedächtnis. Kurz gesagt, das *dip shing* blockiert das *Tsal*. Einige Meister können das nur mit ihrer Willenskraft erreichen, ohne stoffliche Hilfswerkzeuge zu benutzen.« Er verzog das Gesicht. »Starwood gehört nicht zu ihnen. Er hat einen großen Vorrat an *dip shing,* den er großzügig benutzt. Es gibt nur einen Weg, die Anwesenheit eines Menschen, der sich mit Hilfe eines *dip shing* unsichtbar gemacht hat, zu entdecken. Zünde ein Streichholz an, blase es sofort wieder aus, und der Rauch wird unweigerlich auf die unsichtbare Person zuschießen.«

Otto stand abrupt auf und verschränkte die Arme über der Brust. »Wir werden uns nie mehr wiedersehen, Leo. Viel Glück. Veronica, du weißt, was zu tun ist. Auf Wiedersehen.« Und ohne ein weiteres Wort trat er durch einen schwarzen Vorhang unter dem Photo des Neptun.

Naroyana brachte uns zur Tür. In den zwei oktagonalen Fenstern des anderen Raumes sah ich wieder die statischen Bilder des New Yorker Hafens und des Empire State Building, aber jetzt funkelten die Lichter unter einem Abendhimmel.

Nachdem Veronica durch die Tür gegangen war, legte mir Naroyana plötzlich die Hand auf den Arm. »Warte«, flüsterte sie, während wir Veronica zur Aufzugstür gehen hörten. Zum ersten Mal wurde ihr Gesicht lebendig. Schleier hoben sich von ihren Augen. Sogar ihre Stimme veränderte sich – sie war nicht mehr flach und distanziert, sondern klang dringlich.

»Du weißt, daß es dazugehört, daß du Leo heißt«, sagte sie. »Ähnlich wie ich.«

»Was meinst du?«

Sie schüttelte ungeduldig den Kopf. »Sei vorsichtig morgen nacht dort oben auf diesem Turm. Stell dich nicht dorthin, wo sie sagen. Laß es nicht zu, daß sie dich —«

»Naroyana!« rief Otto aus den Tiefen seiner Wohnung.

Sofort wurden ihre Augen wieder glasig, und sie trat steif zurück, während ich in den Gang ging. Dann schloß sie hinter mir die Tür.

Ein paar Sekunden lang, dachte ich, hatte ich nicht mit Naroyana gesprochen, sondern mit Leona McGriff.

34

In Kekos grauer Limousine rasten wir durch die Stadt.

Wir hatten das Auto vor Ottos Wohnhaus entdeckt, wo Janos es geparkt hatte. Ohne zu zögern ging Veronica darauf zu, nahm ihren Schlüsselring heraus, öffnete den Kofferraum und verstaute die Ledertasche mit der Klangschüssel und den Bekken sowie die Schachtel mit dem Drachen darin. Dann schlüpfte sie hinter das Lenkrad, löste die beiden Autoschlüssel von ihrem Schlüsselring und steckte einen in das Zündschloß. Durch die Windschutzscheibe sah ich kurz einen Obdachlosen mit ausgebeultem Mantel und Schlapphut, der auf der anderen Straßenseite in einem Eingang stand. Ein Schatten im Schatten, der sich auf einen Stock stützte. Als Veronica verkehrswidrig wendete, streiften die Scheinwerfer einen Moment lang sein Gesicht – ausgemergelt, grau, mit kalt brennenden Augen.

Veronica war eine gute, flotte Fahrerin. Zu flott für den Stadtverkehr. Sie fuhr über rote Ampeln, schleuderte mit vollem Tempo mit einem geschickten Tritt auf die Bremse um Kurven und fädelte sich gekonnt ein.

Das Innere des Autos roch nach Janos. Sein Moschusparfüm, Schweiß und noch ein anderer Geruch, der mir fremd war.

»Das ist Arsen«, schaltete sich Veronica in meine Gedanken ein.

Als wir von Ottos Wohnung im Aufzug heruntergefahren waren, hatte sie kein Wort gesagt. Jetzt saß sie steif hinter dem Lenkrad, eine Haarsträhne hatte sich gelöst und fiel ihr über die Augen, und sie schien in ein Gespräch mit sich selbst vertieft zu sein. Gelegentlich kam ein Flüstern über ihre Lippen, aber keine Wörter, die ich verstehen konnte.

Das Auto war speziell für Keko ausgestattet. Getönte, nur in eine Richtung durchsichtige Scheiben, durch die von außen nichts zu sehen war. Bei der Rückbank waren Türen und Decke zusätzlich gepolstert. Hinter dem Vordersitz eine gläserne Trennscheibe mit Vorhang. Und eine aufwendige Stereoanlage mit Brailleschrift auf den Bedienungsknöpfen.

Als wir westlich in die 27. Straße einbogen, zuckte ich zurück, als ich mit dem Stiefel in eine Blutlache geriet, die Janos' Schwert auf der grauen Matte hinterlassen hatte.

»Es sieht schlecht aus für Keko«, sagte Veronica angespannt.

»Otto war das anscheinend relativ gleichgültig. Ist sie für ihn nur eine Art Schachfigur – so wie ich?«

»So ist es nicht«, sagte sie scharf. »Er muß kalt sein, er muß alles kaltblütig betrachten, für uns alle.«

Sie drückte auf den Zigarettenanzünder und steckte sich eine Nelkenzigarette zwischen die Lippen. Ein starker Wind blies durch die Straßen und wehte Papier und Müll hoch. An der Tenth Avenue, als der Fluß in Sicht war, flog eine Wolke Sternblumenblätter gegen die Windschutzscheibe, dann wehte ein einzelner weißer Handschuh aus der Dunkelheit heraus und blieb an dem Glas kleben wie eine Hand.

Ohne auch nur einen Moment zu zögern, schaltete Veronica den Scheibenwischer an, und der weiße Handschuh wurde in einem Wirbel weißer Blütenblätter weggefegt.

»Welche Rolle spielt Keko bei der ganzen Geschichte?« fragte ich.

Sie blies Rauch gegen die Windschutzscheibe, der sich langsam im Inneren des Autos ringelte wie eine Schlange. »Ich habe dir erzählt, wie sie blind wurde. Der Mann, der sie geschlagen und vergewaltigt hat, als sie Hosteß in dem Club war, war Starwood. Die Zickzacknarbe hat er von Keko. Bei dem Kampf ist sie mit einem zerbrochenen Glas auf sein Gesicht losgegangen. Seither will sie sich an ihm rächen, und wir brauchten ihre Hilfe.«

»War sie mit deinem Vater befreundet?«

»Nein.« Veronica sah mich an. »Sie hat meinen Vater nie kennengelernt. Otto wußte von ihr. Er kannte die Geschichte von Starwoods Narbe. Wir haben sie ausfindig gemacht. Und jetzt«, fügte sie bitter hinzu, »befürchte ich, wir haben sie im Stich gelassen. Ich wußte, daß Janos, so stark er auch war, gegen Starwood nicht ankommen würde. Aber sie wollte nicht auf mich hören. Stell mir jetzt keine weiteren Fragen mehr, Leo. Wir sind da.«

Als wir Kekos Haus in der West 30th Street erreichten, wendete Veronica wieder, hielt am Gehsteig auf der anderen Straßenseite und schaltete den Motor ab.

»Hör gut zu«, sagte sie und legte eine Hand auf meine. Sie hatte die Autoscheinwerfer angelassen, und ihr Gesicht wurde unterhalb der Augen von der Armaturenbeleuchtung unterwassergrün angestrahlt. Über ihre Brust lief ein diagonaler Lichtstreifen von der Straße her. »Ich will, daß du hier hinter dem Steuer wartest, während ich hinaufgehe. Laß den Zündschlüssel stecken. Und halte die Augen auf. Wenn ich innerhalb von zehn Minuten nicht wieder da bin oder wenn dir etwas komisch vorkommt, hau ab. Ruf sofort Otto an. Seine Nummer ist – dreimal darfst du raten – 888-8888.« Sie öffnete das Handschuhfach und nahm eine halbautomatische .32-Pistole heraus. In den weißen Griff war ein silbernes Seepferdchen eingelassen. »Steck die ein. Hast du schon einmal eine Waffe benutzt?«

Ich nickte. Zum ersten Mal mit meinem Vater. Auf dem Schießstand, wo er mit seinem 38-Revolver übte, den er in seinem Beruf als Nachtwächter bei sich tragen mußte. Als meine Mutter in dem Rennboot verschwand, war der einzige Gegenstand, den sie aus dem Haus mitnahm, dieser Revolver gewesen.

»Sei vorsichtig«, sagte Veronica und küßte mich mitten auf den Mund: Sie ließ ihre Zunge um meine kreisen, dann fuhr sie mit der Spitze um meine Lippen, im Uhrzeigersinn. Danach stieg sie ohne ein weiteres Wort aus dem Auto aus.

Ich steckte die 32er ein und stieg auf meiner Seite aus. »Ich komme mit dir«, sagte ich.

Das hatte sie nicht erwartet. »Es wäre besser, wenn du hierbleiben würdest.«

Ich ging um das Auto herum zu ihr. »Weil du mich morgen abend brauchst?«

Ihre Augen blitzten auf, das blaue fing einen Strahl von der Straßenlampe ein und brach ihn wie die Luftfäden in einem Eiswürfel. »Das ist nicht der einzige Grund. Du hast gesehen, was mit Janos passiert ist. Weshalb solltest du so etwas auch riskieren?«

Ein Blatt Papier flog die Straße entlang und verfing sich an meinem Stiefel. Es war eine Speisekarte des Dragon's Eye-Restaurants, das immer noch wegen Renovierung geschlossen hatte.

»Warum?« wiederholte sie und kniff mich in den Arm.

Ich sah ihr in die Augen, die jetzt dunkel waren. »Du weißt, warum«, sagte ich.

Wir gingen los über die Straße, und mein Herz schlug kalt in meiner Brust.

35

Als Veronica die Tür zu Kekos Loft aufmachte, flogen zwei blaugelbe Vögel heraus und schossen durch das Fenster am Ende des Gangs. In der schachtartigen Diele blickte ich hoch zu dem Mobile im Licht des winzigen Scheinwerfers, wo die blaugelben Metallvögel geklimpert hatten. Das Mobile war immer noch da und drehte sich an dem Draht, aber die Vögel waren verschwunden.

Veronica starrte gebannt auf den Boden, und ich merkte, wie sie neben mir starr wurde.

Auf den Mosaikkacheln lag über dem von Nautilusgehäusen umringten silbernen Seepferdchen ein menschlicher Arm, der sauber oberhalb des Ellbogens abgetrennt worden war. Ein linker Arm. Der einer Frau. Sie hatte eine schwarze Seidenbluse mit Perlenknöpfen und einen weißen Handschuh getragen. Um das Handgelenk hing ein dünnes goldenes Armband.

Ein kleiner, sauberer Blutkreis hatte sich um das abgetrennte Ende gesammelt, während weder an der Bluse noch an dem Handschuh Blut zu sehen war. Der Arm war bestimmt woanders abgetrennt worden, und jemand hatte ihn einfach so ins Foyer gelegt.

Veronica kniete nieder und zog mit steifen Schultern den Handschuh ab, einen Finger nach dem anderen.

Die Hand war klein, gelbbraun, mit spitzzulaufenden, gut manikürten blaulackierten Nägeln. Den Fingernägeln und der Haut nach hätte es Kekos Hand sein können. Am vierten Finger und am kleinen Finger steckte ein Ring: sternförmige Gagate auf goldenen Ringen.

Das Blut wich aus Veronicas Gesicht, als sie die Ringe untersuchte. »Das ist der Arm von Remi Sing«, sagte sie.

»So kam also das Blut an Janos' Schwert«, sagte ich.

Veronica erhob sich langsam. Gedankenverloren schlüpfte sie selbst in den weißen Handschuh, dann zog sie ihn wieder aus und drückte den unsichtbaren Schalter, der die Wände vor uns leise öffnete.

Ein kalter Lufthauch kam uns entgegen. Kekos Wohnzimmer war stockfinster, und wir blieben auf der Schwelle stehen, damit sich unsere Augen an die Dunkelheit gewöhnen konnten. Das einzige Geräusch, das die Stille durchbrach, war das Blubbern des Wasserfilters in dem riesigen, dunklen Aquarium in der Mitte des Raums.

Veronica schlich weg von mir, nach links, ohne daß ihre Kleider auch nur geraschelt oder ihre Stiefel auf den Kacheln gequietscht hätten, und verschwand in der Dunkelheit. Ich wandte mich nach rechts und versuchte, mir den komplizierten Grundriß des Zimmers in Erinnerung zu rufen: die niedrigen Möbel, das Labyrinth aus Reispapierparavents, der hölzerne Wandschirm mit den acht Tafeln. Die Augen zu schließen half – als wäre Blindheit in Kekos Domäne ein Vorteil –, und ich ging ein Stück in das Labyrinth hinein, ohne danebenzutreten.

Dann hörte ich ein scharfes Klicken auf der anderen Seite des Zimmers und blieb wie erstarrt stehen. Ich wußte sofort, daß es das Schnappmesser war, das ich Veronica in ihre Handtasche hatte stecken sehen. Ich griff nach der Pistole in meiner Jacke. Kalter Schweiß perlte an meinem Hals hinunter, als ich plötzlich in wenigen Metern Entfernung Atemgeräusche hörte. Ich trat zurück und stieß gegen einen Paravent. Das Atmen kam näher, und ich zog die Pistole.

»Ich bin's«, drang eine Stimme aus der Dunkelheit zu mir herauf. »Schh.«

Es war Veronica, keine fünf Zentimeter von meinem Gesicht entfernt. »Hier ist noch jemand«, flüsterte sie, und ihre Haare streiften meine Wange, als sie vorbeiglitt.

Eine volle Minute lang herrschte absolute Stille. Ich zitterte in der eiskalten Luft, mit der Hand hielt ich den Griff der Pistole umklammert. Nicht mehr als drei Meter entfernt hörte ich jemanden auf Glasscherben treten. Dann in eine Pfütze. Ich hob die 32er in diese Richtung, und die Dunkelheit schien sich vor dem Pistolenlauf zu verteilen, schien zu gleiten wie Quecksilber.

Leise wurde ein Schalter umgelegt, und zwei der Messingstehlampen erstrahlten und blendeten mich. Als ich wieder klar sehen konnte, hielt ich die Waffe genau auf Veronica gerichtet, die neben dem Aquarium stand. Ihre rechte Hand hielt sie über einem Schaltpult mit Lichtschaltern. Mit der linken Hand umklammerte sie das Schnappmesser. Ich stand neben dem Kamin, wo Kekos Jadefiguren auf mich hinabstarrten. Ich ging hinüber zu Veronica, und wir ließen die Augen durch den Raum wandern, versuchten aus dem, was wir sahen, schlau zu werden.

Die Spuren eines harten Kampfes. Eine diagonale Linie der Zerstörung, gezeichnet von Blutspritzern, verlief von den Pflanzentöpfen an der gegenüberliegenden Wand bis zum Aquarium. Die Pflanzen waren herausgerissen und viele der Reispapierparavents zertrampelt worden. Ein Glastisch war in tausend Scherben zersprungen. Die dritte Messinglampe lag zusammengebrochen und mit verbogenem Ständer da – als wäre sie benutzt worden, um einen mächtigen Schlag damit auszuführen. Wasser war über den Rand des Aquariums geschwappt, darin schwammen Kleiderfetzen und Blutklumpen.

164

Auf dem Podest bei den Pflanzen stand ungerührt die Bronzebüste von Aoki, der bienenhaarigen Göttin der Rache, mit ihren zornig starrenden Augen. Lauter als bei meinem letzten Besuch hörte ich das Summen, das von ihrem Kopf ausging.

Was Veronica aber am meisten erschreckte, war nicht der ganze materielle Schaden, sondern der hölzerne Wandschirm mit den acht Tafeln, den sie entsetzt anstarrte.

Der Schirm hatte vorher auf jeder Tafel ein weißes Reh gezeigt, das durch einen Wald um sein Leben rannte, und nur auf der letzten Tafel war der im Mondlicht riesengroße Schatten seines Verfolgers sichtbar: ein Panther.

Aber der Schirm hatte sich verändert.

Jetzt kam der Schatten des Panthers schon auf der zweiten Tafel ins Bild. Und der Abstand zwischen ihm und dem Reh wurde auf der dritten und vierten Tafel immer geringer. Auf der fünften machte er einen Satz auf das Reh zu, durch den doppelten Stamm eines V-förmigen Baumes hindurch. Auf der sechsten hatte er es neben einem Teich zu Boden gerissen. Und während das Reh wild kämpfte, hatte er ihm auf der siebten Tafel die Zähne in die Kehle geschlagen. Auf der achten Tafel waren beide verschwunden und durch die blasse, beinahe dunstige Gestalt einer Frau ersetzt worden, die unter der Oberfläche des Teichs mit dem Gesicht nach unten in einem Gewirr von Wasserpflanzen trieb.

Veronica blickte mich an, und ich sah sie zum ersten Mal voller Angst.

Sie drückte einen weiteren Schalter auf dem Pult, und die Aquariumsbeleuchtung ging an. Das Wasser leuchtete blau. Aber das Innere des Aquariums, das Diorama des Zimmers in Miniaturformat, war zerstört wie der Raum selbst. Paravents waren zerbrochen, Pflanzen zerdrückt. Und in der Mitte, über die gesamte Länge des Beckens, hing eine nackte Frau. Ihre langen schwarzen Haare bauschten sich wild auf und verbargen ihr Gesicht. Ihre Beine hingen schwerelos herunter, und die Arme waren ausgestreckt, als wollte sie gerade fliehen.

165

Veronica reichte mir das Schnappmesser, stellte sich auf die
Zehenspitzen und tauchte die Hand ins Wasser. Sie entwirrte
die Haarsträhnen über dem Gesicht, dann packte sie die Frau
am Hals, hob ihren Kopf an und zog ihn nahe ans Glas. So, daß
das Gesicht uns anstarrte.

Kekos Gesicht. Blaßrosa. Ihre blinden Augen, die ich nie zuvor gesehen hatte, waren reinweiß und verdreht. Ihr Gesicht
war gelassen, sogar ruhig. Ihr Mund war fest geschlossen.
Doch als Veronica den Kopf hochgezogen hatte, hatten sich
die Kiefer gelockert, dann, nach ein paar Sekunden, lösten sich
Kekos Lippen voneinander, und der Mund ging auf.

Und der kleine rosafarbene Fisch, der das Aquarium bewohnt hatte, schwamm heraus. Mit seinen reinweißen blinden
Augen umkreise er einmal Kekos Kopf, dann verschwand er
im schwarzen Gewirr ihrer Haare.

36

Ich hielt also in der einen Hand ein Schnappmesser und in der
anderen eine Pistole, als die Wand mit den Scharnieren hinter
mir aufging, jemand hereinstürzte und »Hände hoch!« rief.

Veronica hob mit steinernem Blick langsam den Arm aus
dem Aquarium.

»Sie!« bellte Veronica.

»Hände auf den Kopf«, befahl die Stimme. Eine rauhe
Stimme.

Veronica gehorchte.

Ich wollte mich umwenden.

»Sie rühren sich erst, wenn ich es sage. Legen Sie zuerst die
Waffe auf den Boden und stoßen Sie sie mit dem Fuß weg. Jetzt
das Messer. Langsam. Und jetzt die Hände auf den Kopf.«

Die Stimme hatte ich schon einmal gehört.

»Ich habe die Polizei bereits verständigt«, sagte er. »Sie werden gleich hier sein und Sie über Ihre Rechte belehren.«

166

»Das können Sie uns nicht anhängen«, sagte Veronica.

»Es wurde Ihnen schon angehängt«, gab er zurück. »Sie haben eine Beschreibung von Ihnen und Ihrem Freund hier.«

»Und das Motiv?«

»Wie wäre es mit einem Dreiecksverhältnis?« Sein Lachen rasselte in seiner Kehle. »Ein Verbrechen aus Leidenschaft.«

Veronica verzog das Gesicht. »Seit wann arbeiten Sie für Starwood?« fragte sie angewidert.

»Lange genug. Sie, drehen Sie sich um und gehen Sie zwei Schritte von ihr weg.«

Ich befolgte die Anweisung, und jetzt konnte ich den Mann sehen, der sich in dem düsteren Licht der Diele abzeichnete und eine Pistole in der Hand hielt. Es war der Obdachlose, den ich im Licht der Autoscheinwerfer bei Ottos Haus gesehen hatte. Ein zu großer Mantel, den Hut tief ins Gesicht gezogen, und der Stock in seiner linken Hand. Der Griff des Stocks war ein Pantherkopf aus Ebenholz.

Gleichzeitig ordnete ich die Stimme zu: Es war Wolfgang Tod.

Er schüttelte ein gelbes Taschentuch aus und schneuzte sich. »Ich habe Ihnen gesagt, daß Sie keine Ahnung haben, in was Sie da hineingeraten sind«, sagte er zu mir. »Sehen Sie, ich habe Sie nicht angelogen, als ich gesagt habe, White sei ermordet worden«, kicherte er. »Ich habe nur das Datum verwechselt. Ich habe versucht, herauszufinden, *wann* es passieren wird.«

Er kam auf uns zu, und seine matten Augen verengten sich zu Schlitzen. Clement hatte gesagt, er sei ein Reptil, und als er auf uns zuging, hörte ich hinter seinem Mantel auf den Kacheln etwas wie ein Wischen.

»Starwood hat Keko umgebracht«, sagte Veronica. »Und er ist immer noch da – ich spüre es.«

»Er hat Sie doch schon längst in die Tasche gesteckt«, sagte Tod, »und die Tasche war so groß, daß Sie es nicht einmal bemerkt haben.«

167

»Aber er hat von Janos den zweiten Zettel nicht bekommen«, sagte Veronica mit belegter Stimme, »sonst wären Sie nicht hier.«

Wieder dieses rasselnde Lachen. »Mit dem Gift, das dieser Zirkusfreak intus hat, hätte man ein Pferd umbringen können«, spottete Tod.

»Aber es war nicht genug«, sagte Veronica. »War das Ihre Aufgabe – ihn zuerst aus dem Weg zu räumen? Das haben Sie vermasselt.«

»Ja? Na ja, immerhin ist sie ja tot, oder? Und Sie halten jetzt besser den Mund, oder ich steck' Sie da zu ihr rein.« Mit der Zunge schnipste er ein wenig Schaum von der Oberlippe. Ich konnte noch Kekos Stimme hören, als sie mir erklärt hatte, das Aquarium sei über den schlimmsten »Todespunkt« des Hauses gestellt worden, um dem negativen *chih* entgegenzuwirken. »Ich kann Ihnen sagen«, fügte Tod hinzu, »sie ist keinen leichten Tod gestorben. Und sie sieht nicht mehr ganz so hübsch aus, ha.«

Veronica öffnete den Mund, um zu antworten, aber das Summen auf der anderen Seite des Zimmers war plötzlich so laut geworden, daß wir alle den Kopf wandten.

»Was zum Teufel ist das?« sagte Tod.

Die Bronzebüste von Aoki vibrierte auf ihrem Podest. Tod, der die Pistole weiterhin auf uns gerichtet hielt, ging darauf zu. Ich sah Veronica an, aber sie wirkte genauso ratlos wie ich. Das Summen wurde so unerträglich, daß ich, Waffe hin oder her, die Hände herunternahm und mir die Ohren zuhalten wollte. Schließlich vibrierte die Büste so schnell, daß sie vor meinen Augen verschwamm.

Und dann explodierte. Der obere Teil flog weg, krachte gegen die Decke, und eine dichte, goldene Wolke stieg aus Aokis Kopf. Die Wolke schwebte dort, immer noch summend, dann bildete sie ein Dreieck.

Ein Bienenschwarm. Sie flogen durch den Raum genau auf Tod zu, der mit einem heiseren Schrei rückwärts taumelte.

Veronica und ich standen wie erstarrt da, als ihn die Bienen umkreisten. Er ließ die Pistole fallen und stürzte auf die Diele zu, aber noch bevor er die halbe Strecke geschafft hatte, hatten die Bienen ihn erreicht. Er zog den Hut ab, um sein Gesicht zu schützen, aber Kopf und Gesicht waren sofort mit Bienen bedeckt. Als er schrie – nur ein einziges Mal –, flogen sie ihm in den Mund.

Veronica schnappte sich ihr Messer, als Tod wild um sich schlagend aus dem Zimmer rannte.

»Er hätte nicht über Kokos Leiche herziehen sollen«, sagte sie durch die Zähne.

Ich sah die untere Hälfte der Büste Aokis, der Göttin der Rache, an, die noch auf dem Podest stand, und ich war mir sicher, ihr harter Mund lächelte nun.

Dann hörte ich einen Schlag und ein Krachen, und als nächstes wurde mir klar, daß Veronica zu Boden geschlagen worden war und mit dem Messer in der Hand wild mit jemandem auf dem Boden kämpfte.

Mit jemandem, der unsichtbar war.

37

Ich griff in meiner Tasche nach der Messingpillendose.

»Leo«, rief Veronica. »Lauf!«

Statt dessen holte ich das winzige *dip shing*-Stückchen heraus und ließ es in meine Hemdtasche fallen. Dann steckte ich das Pillendöschen wieder in meine Jacke.

Was Otto mir vergessen hatte zu sagen, war, daß nicht einmal ich mich sehen konnte, wenn ich unsichtbar war. Ich sah die Gegenstände um mich herum und spürte meine körperliche Gegenwart und Empfindungen, aber ich konnte nichts von mir sehen. Ich spürte meinen Körper so, als wenn meine Augen geschlossen wären – nur waren sie jetzt offen. Ich hatte mich noch nie so eingeschlossen in diesem Körper gefühlt, während ich mir gleichzeitig auch losgelöst davon vorkam. Die Moleküle, aus denen ich zusammengesetzt war, schienen umgeleitet worden zu sein, weg von ihrem normalen Muster.

Veronica rollte sich fest gegen die Wand und stach auf ihren Angreifer ein. »Aus mir kriegst du nichts raus«, schrie sie.

Dann blickte sie wieder in meine Richtung, und ich wußte, ich mußte schnell handeln: Wer auch immer sie da festhielt, fing an, sie immer wieder ins Gesicht zu schlagen und ihren Kopf auf den Boden zu knallen, bis sie das Messer fallen ließ. Mit Schwierigkeiten versuchte ich seine Position abzuschätzen, dann stürzte ich mich auf ihn wie ein Wilder. Zu meiner Überraschung packten meine unsichtbaren Hände unsichtbare Schultern. Die breiten, kräftigen Schultern eines Mannes, die sich versteiften – aber nur kurz. Ich spürte das Zurückschnellen seiner Muskeln, als er auf Veronica einschlug, so daß ihr Kopf vom Boden abprallte. Dann rammte er mir rückwärts den Ellbogen in die Brust, zerrte an meinem Arm und warf mich an die Wand. Ich zog mich wieder hoch, stieß einen Wandbehang weg, und er trat mich in die Schulter. Dann trat er wieder zu und streifte mich an der Wange. Ich rollte mich nach links, weg von der Wand, als ich begriff, daß jeder Kontakt mit anderen Gegenständen ihm genau meine Position anzeigte. So wie das leiseste Geräusch.

Ich war auf allen vieren, hielt den Atem an und lauschte. Das Summen des Aquariumfilters war das einzige, was ich hören konnte. Also wartete ich darauf, daß er mich fand. Fünf Sekunden, zehn Sekunden. Als sein Fuß dann wieder an meinem Kiefer vorbeisauste, schnellte ich nach vorne.

Meine rechte Schulter traf auf etwas, das sich bewegte, ich hörte ein Stöhnen, und dann folgte ein gemeiner Schlag in meine Rippen, so daß ich mich krümmte. Irgendwie schaffte ich es, auf den Beinen zu bleiben. Veronica war bewußtlos. Ich bewegte mich an der Wand entlang langsam von ihr weg, bis etwas an meinem Kopf vorbeizischte und mit einem Doing in der Wand steckenblieb. Ein Messer. Nicht Veronicas Messer, sondern ein Dolch mit gedrehter Klinge und schwarzweißgestreiftem Griff. Dann traf noch einer, kurz unter dem ersten. Und dann folgte ein Hagel von Dolchen, einer nach dem anderen, während ich mich auf den Boden warf und in das Labyrinth aus Reispapierparavents kroch, das immer noch stand.

Wenn ich eine Bestätigung über die Identität meines Widersachers gebraucht hätte, so fand ich sie, als ich mich zur Wand umdrehte, wo die Dolche ein Zickzackmuster gebildet hatten.

Während ich weiter in das Labyrinth hineinkrabbelte, hörte ich, wie Starwood mich verfolgte, denn seine Schuhe knirschten auf den Scherben. Noch ein Dolch – sein Vorrat schien unerschöpflich zu sein – sauste über meinen Kopf hinweg. Und dann noch einer.

Zum ersten Mal hörte ich ihn sprechen. Mit samtiger Stimme, leise und ohne Hast. »Sie haben fünf Sekunden«, sagte er, »um mir zu sagen, was ich wissen muß, und Sie wissen, was das ist. Ansonsten spaltet Ihnen der Dolch den Schädel. Eins. Zwei...«

Ich war wieder neben dem Kamin. Und sicher, daß mein Herz aufgehört hatte zu schlagen.

»Drei.« Seine Stimme kam näher.

Ich hörte, wie er in eine Pfütze trat: Es war die, in die auch Veronica getreten war, neben dem Aquarium.

»Vier...«

Ich nahm all meine Kraft zusammen, sprang hoch, schnappte mir die Figur des blinden Mädchens vom Kaminsims und warf sie, so fest ich konnte, auf das Aquarium zu. Ein Dolch segelte so nah an meinem Kopf vorbei, daß er mein linkes Ohr oben einritzte. Die Figur traf das Aquarium genau, sprengte das Glas, und das Wasser schoß in einem Schwall heraus. Aber ich wußte, daß ich nur ein paar Sekunden Aufschub hatte.

Ich rannte durch das Labryrinth auf Veronica zu. Das Wasser hatte sich überall verteilt und stand bereits mehrere Zentimeter hoch. Gegenstände trieben an mir vorbei. Darunter waren auch Sternblumenblätter und ein weißer Handschuh – ein rechter Handschuh, das Gegenstück zu dem an dem abgetrennten Arm. Ich hörte, wie Starwood in einem Haufen Paravents und Möbel um sich schlug. Die Wucht des Wassers mußte ihn umgeworfen haben.

Gleichzeitig war Veronica aufgewacht, als das Wasser um sie herumlief. Sie stützte sich auf einen Ellbogen und schüttelte sich den Kopf wieder klar. Ich vergaß, daß sie mich nicht sehen konnte, und nahm sie an den Armen, um ihr aufzuhelfen, aber sie wich um sich schlagend zurück.

»Ich bin's«, flüsterte ich. »Leo.«

»Leo?«

»Los, beeil dich!«

Mit wackligen Knien holte sie ihr Messer aus dem Wasser, dann packte ich sie fest am Arm und lief in Richtung Diele. Dort rief ihr plötzlich jemand entgegen, sie solle die Hände hochnehmen. Ich sah drei Polizisten mit gezogenen Pistolen. Damit hatte Tod nicht geblufft.

Urplötzlich änderte ich die Richtung und stürzte mitten durch das Wasser, Veronica stützend, aus der Tür hinaus in den L-förmigen Gang, der zu Kekos Schlafzimmer führte. Dabei sah ich Keko zum letzten Mal: in dem leeren Aquarium, ihr Körper, der nicht mehr vom Wasser getragen wurde, lag verrenkt auf dem schwarzen Kies, klein und weiß unter dem Netz ihrer Haare.

Starwood konnte mich zwar nicht sehen, aber Veronica konnte ihm nicht entgangen sein, als wir durch das Wohnzimmer flüchteten. Als ich mir meinen Weg an den mit Seide bespannten Wänden entlang ertastete, hörte ich jemanden hinter uns, und ich wußte, daß es nicht die Polizei war. Wir kamen zu den beiden identischen, ledergepolsterten Türen. Veronica nahm ihren Schlüsselring aus der Tasche ihres Kleids, ging, im Unterschied zu Keko, zur rechten Tür und steckte einen silbernen Schlüssel ins Schloß. Der Raum, den wir betraten, nachdem wir die Tür hinter uns verschlossen hatten, war nicht Ke-

172

kos Schlafzimmer. Es gab keinen Mondglobus, kein Bett – die einzige Gemeinsamkeit war das Fehlen von Fenstern.

Überraschender war, daß der Grundriß und die Einrichtung des Zimmers ein Duplikat des Apartments 2 in der 59 Franklin Street war. Reinweiße Wände. Ein Holztisch und ein Holzstuhl. Eine Pritsche mit einer roten Decke. In einer Ecke ein Becken mit Kaltwasserhahn, in der anderen eine Toilette. Und ein dreieckiger Spiegel an der Wand. Wie im Studio in der Franklin Street, und anders als im Rest von Kekos Loft, war die Luft warm. Körpertemperatur. Auf dem Schreibtisch stand ein kleines Fischglas mit Wasser, aber ohne Fische darin.

Der Raum war schalldicht: Ich merkte, wie jemand versuchte, das Schloß aufzubrechen, aber ich hörte kein Geräusch aus dem Gang.

»Leo, ich muß dich sehen«, sagte Veronica plötzlich.

Ich nahm das *dip shing* aus meiner Brusttasche und legte es wieder in das Pillendöschen. Sofort wurde ich sichtbar, und mir wurde leicht schwindlig, als das Blut schneller durch meine Adern zu fließen schien. Meine Hosenbeine waren naß bis zu den Knien, meine Kleider zerknittert, und Blut tropfte von meinem Ohr, wo Starwoods Dolch es gestreift hatte. Die Blutstropfen bildeten eine Zickzacklinie auf dem Boden.

Veronica zündete ein Streichholz an, dann noch eines, während sie das Zimmer durchquerte, denn sie wollte nicht riskieren, daß Starwood mit uns hereingeschlüpft war. Aber die Rauchfahnen der Zündhölzer blieben senkrecht.

»Wir sind allein«, sagte sie. Dann berührte sie meine Wange. »Du hast mir das Leben gerettet.«

Als sie das Streichholzheft wieder in die Tasche steckte, machte sie ein verdutztes Gesicht. Sie zog die Hand aus der Tasche und streckte sie mir entgegen. Auf ihrer Handfläche lag der kleine rosa Fisch aus dem Aquarium mit noch zitternden Kiemen. Sie ging hinüber zum Tisch und ließ den Fisch in das Fischglas fallen, wo er langsam im Kreis zu schwimmen begann, gegen den Uhrzeigersinn.

38

»Wie können wir verhindern, daß Starwood hereinkommt?«
fragte ich. »Mit seinen Fähigkeiten kann er Schlösser doch sicherlich knacken.«

»Nicht dieses Schloß«, murmelte sie. »Mein Vater hat es entworfen, und Clement hat es gebaut.«

Ich setzte mich auf die Kante der Pritsche und war plötzlich
völlig erschöpft von meinem Kampf mit Starwood. Meine
Schulter pochte an der Stelle, wo er mich getreten hatte. Am
Ohr spürte ich einen stechenden Schmerz. Und meine Rippen
schienen zu brennen, wo ich den Schlag abbekommen hatte.
Jetzt, wo ich wieder sichtbar war, waren die Schmerzen stärker. Außerdem wurde mir schlecht, als ich mir vorstellte, wie
die Polizei Kekos Leiche in einem Plastiksack abtransportierte.
Und Remi Sings Arm in einen kleineren Sack steckte. War das
der Arm, mit dem sie gemalt hatte? Ich dachte auch an Tod,
wie er, den Kopf über und über voll mit Bienen, auf die Straße
hinauslief. Veronica saß niedergeschlagen in ihrem nassen
Kleid am Tisch. Über ihre Schulter hinweg sah ich den Fisch im
Fischglas kreisen, immer wieder herum.

»Wir dürfen uns eine Weile nicht rühren«, sagte Veronica
schließlich, ohne sich umzuwenden.

»Wo sind wir genau?«

»Betrachte es als Wartezimmer. Selbst wenn er aus Keko
herausbekommen hat, wie die erste Botschaft gelautet hat —
was ich bezweifle —, wissen wir jetzt, daß Starwood die Botschaft, die Janos bei sich hatte, nicht gesehen hat. Er kann uns
nicht einfach umbringen, solange er den genauen Zeitpunkt
und Ort der Rückkehr meines Vaters nicht kennt. Ohne diese
Information im Kopf wären wir weg vom Fenster.«

»Das ist ja beruhigend«, sagte ich und tastete vorsichtig
meine Rippen ab. »Aus welchem Grund sollte er dann wollen,
daß wir festgenommen werden?«

»Weil wir ihm ausgeliefert sind, wenn die Cops uns einsperren.«

»Jetzt sind wir auch eingesperrt.«

»Dafür aber sicher, das verspreche ich dir.«

Ich hob die rote Decke und fand eine tote Biene auf dem Bett. Es war eine Bienenart, wie ich sie noch nie gesehen hatte, golden mit grünen Flügeln. Als ich sie mit der Fingerspitze berührte, verwandelte sie sich auf der Stelle in Goldstaub.

Ich legte mich auf den Rücken und zog die rote Decke über mich.

Sobald ich die Augen geschlossen hatte, rannte ich plötzlich durch ein Labyrinth aus identischen Straßen, die von niedrigen Häusern gesäumt waren. Die Häuser hatten Fenster, aber keine Türen. Die Luft war wie im Gebirge. Perlmuttwolken bedeckten den Himmel. Ich bog um eine Ecke, die wie jede andere Ecke auch war, und kam zu einem massiven Eisentor in einer Steinmauer. Neben dem Tor war eine Nische, in die ich durch einen Perlenvorhang eintrat. Eine alte Kastenkamera stand auf einem Stativ. Und ein älterer Tibeter mit grimmigem Gesicht, einem dünnen weißen Schnurrbart und einem steifen Kragen saß im Dunkeln – nur sein Kopf war beleuchtet – und blickte zur Kamera. Es war derselbe Mann, dessen Photographie ich in Clements Haus und in der 59 Franklin Street gesehen hatte. Ich beugte mich vor, blickte durch das Objektiv und drückte auf den Auslöser am Ende eines langen Kabels. Es blitzte, rauchte, und als ich den Kopf wieder hob, war der Mann verschwunden.

Ich verließ die Nische wieder und drückte das Tor auf, das trotz seines zehn Zentimeter dicken Eisens so leicht wie Papier war. Ich trat in einen riesigen Garten, und das Tor schwang geräuschlos hinter mir zu. Ich ging eine lange Strecke über mehrere sandige Wege, bis ich zu einer Reihe von Orangenbäumen kam, die voller Früchte hingen. Hinter den Bäumen war eine Hecke mit schwarzen, glänzenden Blättern, die einen nebligen Abhang hinunterführte. Ein Hund bellte auf der anderen Seite der Hecke. Ich folgte der Hecke, und der Hund begleitete mich, immer noch bellend, auf der anderen Seite. Als die Hecke in einer hohen Wiese endete, schoß der Hund vor mir heraus. In dem Nebel konnte ich ihn nicht sehen, aber ich hörte, wie er bellte und sich einen Weg durch das Gras bahnte.

Er führte mich zu einem eisblauen elliptischen See, von dem aus man die schneebedeckten Berggipfel sehen konnte. In der Ferne, an einem Ende des Sees, hörte ich das Rauschen eines unsichtbaren Wasserfalls. Am Wasserrand stand auf einer Plattform aus weißem Fels ein fensterloser Schuppen mit einer schwarzen Tür. Hinter dem Schuppen sah ich ein Wäldchen, wo der Hund noch lauter bellte.

Ich betrat das Wäldchen. Violinen und Violas so groß wie Pflaumen hingen an den Ästen der Bäume und wurden vom Wind gespielt. Sternblütenblätter bedeckten den Boden wie Schnee. Wo das Licht das blaue Laub nicht durchdrang, gab es tiefe Schatten: Wenn ich in eine solche Stelle hineintrat, hatte ich das Gefühl, ich würde in einen Schacht ohne Boden fallen. Nur der Fleck in der Mitte des Wäldchens sah anders aus – es war kein Schatten, sondern etwas Festes, Schwarzes.

Ich bückte mich und entdeckte, daß es der verrenkte Körper einer Frau war. Sie trug einen schwarzen Umhang mit einer Kapuze, die ihr Gesicht verbarg. Genau wie der, den die Frau, die mich nach London begleitet hatte, getragen hatte. Ihre Füße steckten in den gleichen hohen Stiefeln. Ich zögerte, dann schob ich die Kapuze von ihrem Gesicht weg, teilte den Schleier ihrer langen schwarzen Haare und sah Keko vor mir, mit todesstarrem und bleichem Gesicht.

In diesem Moment wurde der Teppich aus Sternblumenblättern neben mir lebendig, und ein Hund sprang hoch. Er war so weiß, daß er zwischen den Blättern nicht zu erkennen gewesen war, und er hatte die gleiche Zeichnung wie die Katze, die ich in der 59 Franklin Street gesehen hatte: ein schwarzes Dreieck über dem einen Auge und ein umgedrehtes schwarzes Dreieck über dem anderen; am Schwanz verlief eine Reihe aus Viertel-

176

kreisen, Halbkreisen und Kreisen, zunehmend und abnehmend wie die Mondphasen. Er hatte lange Ohren. Und seine Augen, die ich kurz sah, bevor er aus dem Wäldchen rannte und verschwand, waren groß: das rechte blau, das linke grün.

Direkt über mir brach eine der kleinen Geigen auf, und ein blaugelber Vogel flog heraus. In seinem Schnabel hielt er einen silbernen Schlüssel, den er in meine Hand fallen ließ. Dann flitzte auch er schnell aus dem Wäldchen hinaus, über den See und in die Berge. Ich rannte zurück zu dem schwarzen Schuppen. Der Hund bellte wieder, als ich den Schlüssel ins Schloß steckte, die Tür aufdrückte und eintrat.

Ich hatte das Gefühl, ich würde in einen Schacht fallen, als die kalte, elektrisch aufgeladene Düsternis auf mich zukam.

39

Ich schien mich noch im freien Fall zu befinden, als ich die Augen aufschlug und mit dem Gesicht nach unten dalag. Ich umklammerte die Seiten der Pritsche, und die rote Decke lag zerwühlt zu meinen Füßen.

Veronica saß mittlerweile gefaßter neben der Pritsche und machte den Eindruck, als hätte sie schon einige Zeit gewartet. Ich drehte mich um, und sie wischte mir mit einem feuchten Tuch über die Stirn.

»Du siehst, es war Keko, mit der du in dieser Nacht geschlafen hast«, sagte sie. »Und Keko war diejenige, die mit dir durch die Zeit gereist ist und dich geführt hat, nicht ich.«

»Was ist mit deiner Schwester Viola?« fragte ich.

»Es war Keko, glaub mir. Ich habe keine Schwester mehr.« Sie tupfte sich selbst die Stirn mit dem Tuch ab. »Als ich meinem Vater assistiert habe«, fuhr sie gereizt fort, »hat es gelegentlich eine Viola gegeben. Aber sie war oft nur eine Illusion. Es hat ihm gefallen, das Publikum glauben zu machen, es gebe ein Zwillingspaar, obwohl es eigentlich nur ich war.«

Ich setzte mich abrupt auf. »Aber du hattest doch eine Schwester auf Fleisch und Blut – was ist mit ihr passiert?«

»Sie ist weggegangen.«

»Lebt sie noch?«

»Sie ist weggegangen«, sagte sie bedächtig, »und nicht wieder zurückgekommen.« Sie ging zum Tisch hinüber und zündete sich eine Nelkenzigarette an. »Für mich war es auch gräßlich, Keko so zu sehen«, sagte sie bitter. »Sie wollte unbedingt Rache, aber Starwood hat sie am Ende doch erwischt, wie er es angekündigt hat. Und er hat sie leiden lassen. Ein Grund mehr, weshalb er leiden sollte.« Sie starrte den Fisch an, der seine Kreise schwamm. »Leo, möchtest du gerne erfahren, weshalb es Keko war, die mit dir durch die Zeit gereist ist?«

Ich begriff, daß sie mir nicht mehr über ihre Schwester erzählen würde. Gleichzeitig durchströmten mich Gefühle aus meiner ersten Nacht in der 59 Franklin Street. Der wohlriechende Atem auf meinem Gesicht, die Fingerspitzen, die meinen Arm entlangfuhren, die eisige Flüssigkeit in der Phiole, der Mund, der auf meinen traf, und die warme, feuchte Dunkelheit, in die ich in der tiefen Schwärze des Zimmers eindrang.

Und ihr Stöhnen in diesem Moment.

Kekos Stöhnen, dachte ich und stellte mir vor, wie kalt ihr Körper in dem Aquarium war. Ihre Lungen voller Wasser. Und ihr Mund. Der jetzt kalt war.

»Es war schön für dich, mit ihr zu schlafen, nicht wahr?« schaltete sich Veronica in meine Gedanken ein.

»Ich möchte nur, daß du mir sagst, welche Rolle Keko und ich in der ganzen Sache spielen«, sagte ich ruhig.

»Ich freue mich, daß es angenehm für dich war«, fuhr sie fort, als hätte ich nichts gesagt. »Zufällig war es auch notwendig.«

»Was soll das heißen?«

»Aus bestimmten Gründen warst du unser einziger Mittelsmann zu meinem Vater, und Keko war deine Führerin, die dir seine Botschaften abgenommen hat.«

»Was für Gründe?«

»Ich habe dir erzählt, was Starwood Keko angetan hat. Deshalb hat sie uns geholfen. Ihre Blindheit war unabdingbar, ihre hellseherischen Fähigkeiten ein Bonus. Wir haben nämlich unbedingt eine blinde Frau als Führerin für dich gebraucht.«

»Ich verstehe überhaupt nichts.«

»Clement hat dir erzählt, daß wir beide nur indirekt mit meinem Vater kommunizieren können. Vorausgesetzt, es stimmt, was mein Vater seinen Erzählungen nach in Tibet entdeckt hat – daß die Zeit eine Tür ist, die man öffnen und schließen kann –, dann kann jeder hindurchgehen, wenn bestimmte Bedingungen erfüllt sind, aber nicht jeder tut es mit denselben Fähigkeiten. Als Starwood meinen Vater in den Limbus geschickt hat, hat er nicht nur ihm Steine in den Weg gelegt, um ihn dort gefangenzuhalten, sondern auch uns, so daß der Weg dorthin versperrt war. Es hat sich herausgestellt, daß diese Hindernisse Mängel haben, aber wie Otto dir gesagt hat, bleiben sie trotzdem recht kompliziert. Zum Beispiel könnte kein Blutsverwandter meines Vaters in physischen Kontakt mit ihm treten. Sonst wären Clement und ich schon längst selbst durch die Zeit gereist. Weißt du noch, was ich dir über die schwarzen Löcher erzählt habe? Im Limbus meines Vaters wären er und ich atomar inkompatibel gewesen. Wie Materie und Antimaterie würden wir uns gegenseitig zerstören. Gleichzeitig waren die indirekten Botschaften, die wir von meinem Vater erhalten haben, meist so entstellt, daß sie unbrauchbar waren. Daten können in die Vergangenheit gesendet werden, wenn sie eine größere Geschwindigkeit haben als das Licht. Sie nach vorne zu schicken, ist schwieriger. Da wir wußten, daß eine günstige – und wahrscheinlich einmalige – Öffnung bevorstehen würde, durch die er seine Rückkehr wagen konnte, brauchten wir eindeutige Informationen aus erster Hand von ihm, die wir zuvor nie bekommen konnten. Laut Otto konnte nur ein bestimmter Mensch mit ganz spezifischen Eigenschaften als Mittelsmann dienen – vorausgesetzt, wir würden ihn finden.«

»Und was für ein Mensch mußte das sein?«

Sie drückte ihre Zigarette aus. »Ein dreißigjähriger Mann. Namens Leo.«

»Warum Leo?«

»Zum einen, weil mein Vater, als er verschwand, mit einer Frau namens Leona durch die Zeit reiste. Zweitens war zum Zeitpunkt seines Verschwindens die Stellung des Sternbilds Löwe – im Verhältnis zu den Planeten – bedeutsam. Eine Frage der Navigation. Und er mußte in einem Jahr mit zwei blauen Monden geboren worden sein – also vor dreißig Jahren.«

»Was noch?«

»Es mußte ein Mann sein, dessen Vater tot ist.« Sie heftete ihren Blick auf mich. »Und aus dessen Leben einmal ein enger Verwandter verschwunden war, aber nicht durch den Tod, und vorzugsweise über Wasser.«

Meine Gedanken rasten, doch jetzt kamen sie quietschend zum Stillstand. Es dauerte einen Augenblick, bis ich meine Stimme wiederfand. »Warum?«

»Das hat mit meiner eigenen Geschichte zu tun – und der meines Vaters. Ich kann es jetzt nicht erklären.«

»Aber woher hast du das alles über mich erfahren?«

Sie lächelte schwach. »Das war nicht das Schwierigste daran. Ottos fünfte Bedingung war, daß ich diesen Mann an einem ganz besonderen Ort treffe: an dem Punkt, wo eine bestimmte Straße in sich selbst einmündet.«

»Waverly Place und Waverly Place«, sagte ich.

Sie nickte. »Es ist die einzige derartige Straße in New York.«

»Aber in dieser Nacht im Schnee – woher wußtest du, daß ich dort sein würde? Und woher wußtest du, daß ich der Richtige bin?«

»Ich habe es nicht gewußt. Ich habe drei Monate lang jede Nacht dort gewartet. Otto war sich nämlich über den Ort sicher, aber nicht über den genauen Zeitpunkt. Keko hat dich dann durch die Zeit geführt, weil sie als Blinde im Limbus eine außergewöhnliche Sehkraft hat. Sie konnte Dinge sehen, die

180

keiner von uns je sehen würde. Dich eingeschlossen. Viele der Gesichter und die Menschenmengen, die dir in London begegnet sind, müssen verschwommen ausgesehen haben. Es war notwendig, daß ihr beide zusammen schlaft, um eine enge körperliche Bindung herzustellen – unabdingbar, wenn ihr gemeinsam durch Zeit und Raum reisen solltet.«

Meine verletzte Schulter und die Rippen pochten schlimmer denn je. »Also war *alles* schon vorher so geplant?«

»Natürlich.« Sie sah auf ihre Uhr. »Wir müssen weg.«

Ich nahm die grüne Kreide, die Otto mir gegeben hatte.

»Nein, benutze sie nicht jetzt«, sagte Veronica. »Denk daran: Nicht Starwood hat uns hier eingesperrt, wir haben uns selbst eingeschlossen. Spar dir die Kreide für ein andermal auf.« Sie durchschritt das Zimmer. »Es gibt drei Wege, hier herauszukommen. Einmal mit der Kreide. Oder durch die Tür, durch die wir hereingekommen sind – aber das ist im Moment unmöglich. Und das hier ist der dritte Weg.«

Mit ihrem Schnappmesser kratzte sie auf drei Seiten der Pritsche an den Rändern der Bohlen herum. Dann stellte sie das Bett hoch und schob es an die Wand. Gleichzeitig klappte sich ein rechteckiges Stück des Bodens auf. In dem schwarzen Schacht, der darunter gähnte, sah ich eine Wendeltreppe. Sie hatte steile eiserne Stufen ohne Geländer.

»Du mußt jetzt einen klaren Kopf behalten«, sagte Veronica. »Wir gehen an einen Ort, an dem du noch nie warst. Daß die Polizei jetzt hinter uns her ist, ist nicht unser einziges Problem.«

»Meinst du, sie haben Tod geglaubt?«

»Hör zu, wenn es meinem Vater morgen abend gelingt, zurückzukommen, ist Starwood erledigt. Er wird alles tun, um das zu verhindern. Und wie dir vielleicht aufgefallen ist«, fügte sie trocken hinzu, »ist er sehr gründlich: Uns etwas anzuhängen, wäre eine Kleinigkeit für ihn.« Sie betrat den Schacht. »Folge mir. Bleibe mindestens fünf Stufen hinter mir, aber nicht mehr als zehn. Und halte den Blick geradeaus gerichtet.«

»Was ist mit dem Fisch?« fragte ich.

Sie nickte in Richtung Tisch, und ich sah, daß das Fischglas leer war. »Er ist schon weg, Leo. Stell ihn dir in einem tiefen See vor, hoch oben in den Bergen.«

40

Wir stiegen in pechschwarzer Dunkelheit und tiefer Stille immer weiter nach unten. Wir hätten auf einer Treppe im Weltraum sein können. Nach nur wenigen Stufen hatte ich das Gefühl, weit außerhalb von Kekos Haus zu sein. Um uns schien es überhaupt keine Wände zu geben. Und keine Geräusche oder Gerüche – nur ein Hauch von Metall lag in der Luft. Selbst die Schwerkraft wirkte anders. Am Rand, weit weg in der Schwärze, sah ich gelegentlich Lichter funkeln. Wie Sterne.

Interstellarer Raum.

Ein kalter, stiller Wind blies uns ins Gesicht.

Veronica ging mit sicheren Schritten voran, wie damals in der Nacht, als sie kennengelernt hatte: einfach drauflos, aufrecht, mit wehenden Haaren. Ihr waldgrünes Kleid, das immer noch naß war, klebte an ihren Hüften.

Ich befolgte ihre Anweisungen und sah weder nach links noch nach rechts, nach oben oder nach unten. Ich fixierte einen Punkt zwischen ihren Schulterblättern, wo sich hell leuchtende geometrische Figuren bildeten. Sechs- und Achtecke, die sich immer wieder neu formten. Dann sich überschneidende Dreiecke. Und dann eine Form, die mir irgendwie bekannt vorkam, die ich aber zuerst nicht identifizieren konnte. Es waren winzige, blinkende Lichter auf einem kunstvollen Gitter aus Hunderten leuchtender Linien, die sich wie Platinfäden überkreuzten.

Es war ein Plan von Manhattan: ein Luftbild bei Nacht.

Fünf größere, sternförmige Lichter erschienen nacheinander auf dem unteren Ende des Plans. Und ich begriff, daß jeder

Stern eine Adresse markierte, die in letzter Zeit bedeutsam für mich geworden war: Franklin Street, Barrow Street, Eighth Avenue, wo Otto wohnte, die Ecke Waverly Place und Waverly Place und Kekos Haus an der Ecke 30. Straße und Tenth Avenue.

Zusammen bildeten die fünf Sterne die Mondsichel, die ich mittlerweile gut kannte: der Kopf des Sternbilds Löwe.

»Leo«, sagte Veronica, ohne den Kopf umzuwenden, »du kommst mir zu nahe.« Ihre Stimme klang alles andere als nahe: Sie war hohl und kaum zu verstehen, als wäre sie Meilen entfernt, am Ende eines Tunnels. Aber sie hatte recht; während ich mich auf den Plan konzentriert hatte, war ich bis auf zwei Stufen an sie herangekommen.

Als ich mich zurückfallen ließ, verschwand der Plan. Nur die Mondsichel aus Sternen blieb weiterhin auf ihrem Kleid sichtbar. Dann verschwand auch sie.

Und ich vergaß Veronicas Warnung und blickte nach rechts unten.

Zuerst sah ich nichts als Schwarz und weitere Stufen der endlos erscheinenden Treppe, die wir hinabstiegen. Dann erstarrte ich.

Weit unten schwammen riesige Gestalten durch den Raum, um die Treppe herum. Sie waren durchscheinend blau – ich konnte durch sie hindurchsehen –, ohne Augen, ohne Flossen, und ihre peitschenartigen Schwänze knisterten elektrisch. Sie waren so groß wie Blauwale, bewegten sich wie Rochen, aber ihre Konturen waren flüssig. Keine der Gestalten schien von einem Moment zum anderem ihre Form zu behalten. Sie hatten offenbar die Fähigkeit, ineinander überzugehen, durch andere hindurchzuschwimmen und sich nach Belieben in ein halbes Dutzend Gestalten der gleichen Größe zu multiplizieren. Und es gab Hunderte davon.

Aber weniger ihre massige Gestalt noch ihre Anzahl als das, was ich innerhalb von ihnen sah, war der Grund, weshalb ich herumwirbelte und die Treppen wieder hochlaufen wollte. Allerdings mußte ich feststellen, daß hinter mir keine Stufen mehr waren. Die Wendeltreppe verschwand genauso schnell, wie wir hinunterstiegen. In diesem Augenblick stand ich also auf der obersten Stufe.

Ich konnte nur nach unten gehen. Auf diese Wesen zu, in deren Bäuchen ich menschliche Gestalten entdeckte – ebenfalls gesichtslos und durchsichtig. Sie wanden sich, fielen durcheinander, versuchten wild um sich schlagend durch die blaue Membran zu gelangen, die sie einsperrte. Viele Meilen unter diesen Wesen war ein riesiges Feuermeer, aus dem wie auf der Sonnenoberfläche rote Flammen loderten.

Als ich nach unten links blickte, bot sich mir ein anderes Schauspiel. Dutzende leerer Ruderboote segelten durch die Luft. Ihre Ruder bewegten sich wie Flügel, alle im Einklang, aber die Ruderer waren unsichtbar. Weit unterhalb der Boote war ein Eismeer, in das lautlos meteoritengroße Hagelbrocken einschlugen. Durch die Hagelbrocken entstanden Risse, aus denen hell leuchtende Lichtstrahlen nach oben schossen. Traf das Licht auf ein Ruderboot, bewegten sich seine Ruder nicht mehr und es löste sich auf. Und menschliche Gestalten – gesichtslos und transparent wie die anderen – erschienen in der Luft und rasten nach unten, in endlosem Fall...

Aus weiter Ferne hörte ich plötzlich Veronica meinen Namen rufen. Als ich den Blick wieder auf die Treppe richtete, sah ich Veronica nicht mehr vor mir.

»Ja!« rief ich, so laut ich konnte.

Ihre Stimme erreichte mich wieder, kaum erkennbar, das Echo eines Echos, das sich immer wieder ablöste.

»Leo, mach die Augen zu, atme tief ein und steige wieder die Treppen hinunter.«

Als ich den Mund öffnete, um zu antworten, war es, als könne sie mich sehen.

Sie schnitt mir das Wort ab. »Tu, was ich dir gesagt habe. Mach die Augen erst auf, wenn du den Atem nicht mehr anhalten kannst. Und bleibe auf keinen Fall stehen. Los jetzt!«

Ich stieg Stufe um Stufe hinunter, bis ich mit dem Zählen durcheinanderkam. Obwohl sich die Treppe in engen Spiralen hinunterwand und ich fürchtete, jeden Moment ins Leere zu fallen, lief ich blind weiter, ohne mein Tempo zu verändern. Manchmal kamen mir die Stufen wie Eis vor, so glatt waren sie unter meinen Füßen. Oder als würden sie schmelzen und zu Gummi werden, so daß ich in allen Richtungen wegrutschte. Einmal wurde es so schlimm, daß ich schon die Augen öffnen zu müssen glaubte, doch dann hörte ich Veronicas Stimme, die noch so weit entfernt war wie vorher.

»Nicht, Leo!« rief sie gedankenlesend. »Du machst das gut.«

Schließlich wurde der kalte, stille Wind von unten stärker und warf mich hin und her. Dann hörte er ganz auf.

Stunden schienen zu vergehen. Aber ich hatte keine Ahnung, wieviel Zeit wirklich vergangen war. Trotz meiner Anstrengungen wurden meine Beine nicht müde, und meine Hosen, die von der Überschwemmung in Kekos Loft naß gewesen waren, waren vollständig getrocknet. Alle meine Sinne waren wach, und als ich mir die Hand auf die Brust legte, spürte ich mein Herz rasen – mit ungefähr zehn Schlägen pro Sekunde. Ich wußte, daß das nicht möglich sein konnte. Entweder arbeitete mein Körper so langsam wegen eines Adrenalinstoßes, der so stark war, daß er mich umbringen konnte, oder – was wahrscheinlicher war – die Sekunden, die ich zählte, waren in Wirklichkeit andere Zeiteinheiten.

»Ja, das ist der Grund«, sagte Veronica und schaltete sich wieder einmal in meine Gedanken ein, aber jetzt war ihre Stimme ganz nah und hatte die normale Tonhöhe. »Mach die Augen auf.«

Da stand sie, nur wenige Meter entfernt von mir. Ich atmete aus, und mir wurde klar, daß das dieselbe Luft war, die ich vor Stunden weit oben auf der Treppe tief eingeatmet hatte. Ich hatte den gesamten Abstieg mit einem einzigen Atemzug gemacht.

Wir standen auf einer kleinen, dreieckigen Plattform, die

von der Wendeltreppe abging. Veronica stand mit dem Rükken zu einer schwarzen Tür. Ihre Kleider waren getrocknet. Ihr Haar war elektrisch geladen. Und einen Moment lang hätte ich schwören können, daß sich ihre Augenfarben umgekehrt hatten: das rechte war grün und das linke blau.

Sie blickte forschend an mir vorbei nach oben, und als ich ihrem Blick folgte, sah ich einen alten Mann, der genauso angezogen war wie ich – eine schwarze Jacke, schwarze Hosen und ein lila Hemd –, und die Treppe rückwärts hinauflief. Die Treppe, die sich hinter uns wieder gebildet hatte, verschwand jetzt von der Plattform an aufwärts wieder, während der alte Mann hinaufstieg. Er befand sich also immer auf der untersten Stufe, so wie ich vorher immer auf der obersten gestanden hatte.

Was mich aber man meisten irritierte, war, daß dieser alte Mann, groß, mit leuchtendweißen Haaren, Gesichtszüge hatte, die, so gealtert sie auch sein mochten, mit meinen identisch waren: Das hätte ich sein können, im Alter von achtzig Jahren.

Er umrundete die Wendeltreppe immer wieder, und je höher er rannte, desto schneller wurde er. Bis das Weiß seiner Haare schließlich nur ein Punkt auf einer weiten schwarzen Fläche war. Wie ein Stern.

»Leo.« Veronicas Stimme riß mich aus meinen Gedanken.

Sie legte mir die Hand auf den Arm, und sie war wie die Hand einer Statue, kalt und schwer.

Dann wandte sie sich um zu der schwarzen Tür. Ihr Schlüsselring hing bereits am Schloß, in das sie einen der kleineren Universalschlüssel gesteckt hatte. Sie drehte den Schlüssel, und das Schloß öffnete sich mit einem leichten Klicken, wie zwei gegeneinanderschlagende Steine unter Wasser. Als sie die Tür aufdrückte, trat sie in einen ganz weißen, hell erleuchteten Raum, und ich folgte ihr. Es dauerte ein paar Sekunden, bis ich mich an das Licht gewöhnt hatte.

Wir waren im Apartment 2 in der 59 Franklin Street. Der

186

Holztisch mit Stuhl, das Waschbecken und die Toilette, die Pritsche mit der roten Decke, genau wie ich es in Erinnerung hatte. Alles im Raum war genauso angeordnet, wie wir es in dem Zimmer bei Keko zurückgelassen hatten, das ich kurz sah, als ich in den dreieckigen Spiegel blickte. Dann füllte sich der Spiegel mit Rauch.

Ich blickte über die Schulter und sah keine Spur mehr von der Tür, durch die wir hereingekommen waren: Nur die blanke Wand war da.

»Hier sind wir auch sicher«, sagte Veronica und legte mir wieder die Hand auf den Arm, aber diesmal war sie leicht und warm. Und als ich ihr in die Augen sah, waren die Farben wieder in ihrer gewohnten Position: das rechte Auge war blau und das linke grün.

41

Nach der Uhr waren zweiundzwanzig Stunden vergangen, seit wir Kekos Loft betreten hatten. Es war der nächste Tag, der 4. Mai, und die Dunkelheit brach an. In dieser Nacht würde der zweite blaue Mond dieses Jahres leuchten. Und zwar, wie Keko mir erzählt hatte, zum ersten Mal seit dreißig Jahren.

Wir gingen durch den Gang zum Apartment 3. Dort befand sich der Futon und jetzt auch ein niedriger Tisch mit Matten auf dem Boden darum. Eine dampfende Messingteekanne auf dem Tisch erwartete uns, sowie zwei Jadetassen und eine schwarze Schüssel mit einer Pyramide aus Orangen.

Veronica schloß die Tür ab und ging direkt ans Fenster. Ich stellte mich neben sie, als sie den Vorhang ein paar Zentimeter aufzog. Meine Haut fühlte sich taub an. Ich rieb mir ständig Arme und Hände. Auf der anderen Straßenseite sah ich die fünf Statuen in dem kleinen Park. Die schweren Bäume wiegten sich im Wind. Ein Mann führte einen Hund auf der Straße spazieren. Ansonsten war die Straße leer.

Dann bog ein Auto um die Ecke. Die Scheinwerfer waren ausgeschaltet. Der Wagen hielt am Randstein unter unserem Fenster. Es war Kekos graue Limousine. Mein Mund wurde trocken, als ich einen Mann hinter dem Steuer und eine Frau auf dem Rücksitz sah. Erst als er die Tür öffnete und die Innenbeleuchtung anging, sah man ihre Gesichter: der alte Mann, der im Dragon's-Eye-Restaurant arbeitete, und Alta, Veronicas Großmutter.

Alta saß steif da und hatte einen weißen Schal um die Schultern. Diesmal trug sie keine Perücke.

»Es ist deine Großmutter«, sagte ich.

Veronica sagte nichts.

Der Mann öffnete den Kofferraum des Autos und nahm die Ledertasche mit den Becken und der Klangschüssel sowie die Schachtel mit dem Drachen heraus, die Veronica dort verstaut hatte. Dann hielt er die hintere Tür auf, und Alta stieg aus. Er trug das gesamte Gepäck und folgte ihr die Treppe zur Haustür hinauf, bis er dann alleine wieder zum Gehsteig und die Straße hinunterging und bald nicht mehr zu sehen war.

Gleichzeitig klopfte es an unserer Tür – und ich fragte mich, wie die alte Frau so schnell das Haus betreten, die Treppe hochgestiegen und zu unserer Tür gekommen sein konnte.

»Machst du auf?« sagte Veronica, setzte sich im Schneidersitz hin und goß Tee ein.

Ich war Alta noch nie so nahe gewesen. Sie betrat den Raum und sah mitten durch mich hindurch, als wäre ich aus Glas.

Trotz des Altersunterschieds bemerkte ich sofort, wie sehr Veronica ihr ähnelte. Die Nase, die Lippen, die Gesichtszüge. Ihre Haare – die von Alta reinweiß und Veronicas rabenschwarze – waren gleichlang, aber auf der anderen Seite gescheitelt. Ich hätte genausogut Veronica im Alter von siebzig gegenüberstehen können. Der einzige Unterschied lag in ihren Augen: die von Alta hatten dieselben Farben wie die von Veronica, nur umgekehrt – das rechte grün, das linke blau.

Alta stellte Ledertasche und Schachtel ab und ging hinüber

zu Veronica, die sie mit einem Nicken begrüßte, aber nicht aufstand. Alta legte die Autoschlüssel auf den Tisch, die Veronica dann in ihre Handtasche steckte.

Alta sagte kein Wort, während Veronica sprach, ohne vom Tisch aufzublicken. Bald wurde mir klar, daß sie sich doch unterhielten. Veronica sprach laut, und Alta kommunizierte mit Veronica auf eine Art und Weise, in die ich nicht eingeweiht war. Und ich dachte an die vielen Male, wo Veronica, Keko und Clement sich in meine Gedanken eingeschaltet hatten.

»Nein, sie ist ertrunken«, sagte Veronica.

Dann eine Pause.

»Die Polizei«, sagte sie.

Wieder eine Pause.

»Nein, ich bin sicher, daß er sie nicht gesehen hat.«

Pause.

»Ja, ich weiß, was ich zu tun habe«, sagte sie leicht verärgert.

Pause. Veronica zeigte sich ein wenig überrascht.

»Das kannst du ihm selbst sagen«, sagte sie nun mit weicherer Stimme.

Alta ging unvermittelt zum Fenster und blickte hinaus. Sie hat sogar den gleichen Gang wie Veronica, dachte ich. Dann ging sie zur Tür und blickte wieder durch mich hindurch.

Ich öffnete die Tür, aber bevor Alta hinausgehen konnte, sprang Veronica auf und kam zu uns. Sie sah Alta mit schmerzvollem Gesicht an, dann umarmte sie sie. Alta erwiderte die Umarmung, klopfte Veronica auf den Rücken und schob sie sanft von sich.

Dann ging sie.

Ich sah ihr durch die Tür nach, und am Ende des Korridors ging sie nicht die Treppe hinunter, sondern ins Apartment 2.

Veronica zog mich zurück ins Zimmer, schloß die Tür ab, wandte sich schnell von mir weg und verschränkte die Arme.

»Die ganze Zeit, während sie da war«, sagte Veronica, »hast du dir gedacht, wie sehr wir uns ähneln. Alta ist nicht meine Großmutter, Leo. Sie ist meine Zwillingsschwester Viola.«

42

Ich saß im Schneidersitz an dem Tisch und trank meinen dampfenden schwarzen Tee. Ich goß mir noch eine Tasse ein, dann noch eine, aber ich hatte immer noch Durst. Und mir war innerlich kalt. Aber meine Glieder waren nicht mehr so taub.

Veronica stand wieder am Fenster und rauchte eine Nelkenzigarette. Sie schien weit weg zu sein und starrte hinaus in die Dunkelheit. Die rechte Hälfte ihres Gesichts war eisblau beleuchtet, da der Mond so hoch gestiegen war, daß er einen Lichtstrahl durchs Fenster werfen konnte.

Ich ging hinüber zu ihr. Das Mondlicht beleuchtete auch den Park auf der anderen Straßenseite. Und zu meiner Überraschung war von den fünf Statuen unter den Bäumen nichts mehr zu sehen – beziehungsweise von den fünf lebendigen Gestalten, die ich dort tagsüber zu Gesicht bekommen hatte.

»Sie sind weg«, sagte Veronica, »und sie werden nicht mehr wiederkommen. Du hast sie dir nie genauer angesehen, oder?«

»Nein. Wer war das?«

»Als meine Familie in diesem Haus gewohnt hat, hat uns mein Vater unsere Spielsachen gebaut – nach seinen eigenen Entwürfen. Darunter waren auch ein paar kleine Tonfiguren, die lebendig geworden sind und für uns getanzt haben, wenn er mit den Fingern geschnippt hat. Einmal hat er meiner Mutter als Geburtstagsgeschenk heimlich lebensgroße Statuen von uns fünfen gemacht: meine Mutter und er, Clement, meine Schwester und ich. Er hatte sie in seinem Zimmer versteckt. An diesem Abend stand er nach dem Abendessen von der Tafel auf, rief etwas auf lateinisch und schnippte mit den Fingern. Wir hörten schwere Schritte auf der Treppe, und dann sahen wir, wie unsere Doppelgänger durch die Diele und aus der Tür gingen. Sie überquerten die Straße zum Park und tanzten für uns im Schneetreiben. Dann machten sie Dinge, die jeder von uns im Park immer getan hatte: Seilspringen, Pennys werfen.

Als mein Vater ihnen vom Fenster aus zurief, kamen sie wieder herein. Keiner von uns konnte sie je im Haus finden – nicht einmal in diesem Zimmer. Wir haben überall gesucht. Mein Vater rief sie oft, um uns zu unterhalten, und dann verschwanden sie einfach wieder. Nach dem Tod meiner Mutter haben wir sie nie wieder gesehen. Nicht bis zu der Nacht, als ich dich im Schnee kennengelernt habe.«

»Warum in dieser Nacht?« fragte ich und sah in dem blauen Mondlicht in ihr blaues Auge.

»Vielleicht, weil damals die Rückkehr meines Vaters wirklich in Bewegung gesetzt wurde. Es war zufällig auch der Geburtstag meiner Mutter.«

»Woher weißt du, daß sie nicht wiederkommen?«

Sie drückte ihre Zigarette in dem Jadeaschenbecher aus. »Nur so ein Gefühl.«

»Als ich sie tagsüber gesehen habe, war ich mir sicher, daß sie aus Fleisch und Blut waren«, sagte ich.

Sie lächelte. »Nach allem, was ich dir erzählt habe, kannst du dir da sicher sein, was du gesehen hast?«

»Aber wo sind sie hingegangen?«

»Clement glaubt, sie waren Teil der ersten Experimente meines Vaters mit der vierten Dimension: Dort hat er sie aufbewahrt. Vielleicht. Ich stelle mir vor, daß sie jetzt dort sind, wo sie immer hingegangen sind.« Sie hob die Arme und deutete auf das Innere des Hauses. »Irgendwo da drinnen und doch weit weg. So wie ich meinen Vater kenne, werden sie immer in diesem Haus leben. Als wäre für meine Familie die Zeit vor zwanzig Jahren stehengeblieben. Jetzt komm mit, wir müssen uns für das, was wir vorhaben, anziehen.« Sie nahm ihre Teetasse vom Tisch und trank sie aus. »Und ich erzähle dir von Viola. Ich mußte es bisher noch nie jemandem erzählen«, fügte sie hinzu.

43

Veronica führte mich durch die andere Tür in dem Zimmer – es war diejenige, aus der Keko in der Nacht gekommen war, in der sie mit mir geschlafen hatte. Ich selbst war noch nie durch diese Tür gegangen. Wir gingen durch einen langen Korridor mit einem Glasboden, unter dem Dutzende von Lichtern zylindrische Strahlen nach oben an die Decke warfen, so daß wir durch Reihen von Lichtstangen gingen, die wie Gitterstäbe aufeinanderfolgten.

Am Ende des Korridors drückte Veronica eine dicke Tür ohne Knauf oder Klinke auf, und wir betraten einen grünen, hexagonalen Raum. An fünf Wänden befanden sich nur Einbauschränke. An der letzten Wand stand eine professionelle Frisierkommode mit einem von hellen Glühbirnen erleuchteten Spiegel, einem ganzen Sortiment Make-up und einem gepolsterten Hocker. Zwei offene Schrankkoffer standen in der Mitte des Raumes zu beiden Seiten eines grünen Diwans, und in einer Ecke stand ein Paravent. Er war mit vom Wind verwehten Sternblumenblättern bemalt.

Ich erkannte den ersten Schrankkoffer mit den Aufklebern – *Kansas City, Toronto, Seattle* – als den von Albin White wieder.

»Nimm Platz«, sagte Veronica und deutete auf den Diwan.

Sie setzte sich an den Frisiertisch und fing an, sich mit einem silbernen Kamm zu kämmen, wobei sie mich im Spiegel ansah, während sie sprach.

»In der Nacht, in der mein Vater verschwunden ist, haben Viola und ich ihm assistiert. Ich war vor, sie auf der Bühne. Normalerweise war es umgekehrt, aber an diesem Abend hat er sie gebraucht, weil sie Rechtshänderin ist, und aus irgendeinem technischen Grund war das wichtig. Warum genau, habe ich nie erfahren. Viola hat das Kostüm in dem Koffer, der gleich neben dir steht, getragen.«

Ich blickte in den Koffer und sah dort Veronicas Tupfenkostüm – Hut, Kleid, Strümpfe, Handschuhe.

»Ja, das trage ich heute nacht. Viola und ich waren gleich groß. Mein Vater hatte die Nummer so geplant, daß er und Leona McGriff genau gleichzeitig verschwinden sollten. Wie du weißt, hat sich Starwood in diesen ersten paar Sekunden eingemischt und die Zielorte vertauscht. Was er aber nicht gewußt hat, nicht wissen konnte, und was auch mein Vater nicht gewußt hat, war, daß schon vor diesem Eingriff etwas schiefgelaufen ist. Violas Position hat nicht gestimmt. Das Publikum konnte sie nicht sehen, so daß niemand wußte, daß ihr etwas passiert war. Außer mir. Ich war im Souffleurkasten. Mein Vater hatte zwei Podien auf die Bühne gestellt: eines für sich und eines, wo sich der oder die Freiwillige hinstellen sollte. Ich wußte noch, daß er Viola gesagt hatte, sie solle sich hinter *sein* Podium stellen, aber er hat dann bis zur letzten Minute die Podien neu zurechtgerückt. Als der Vorhang aufging, standen die Podien so eng beisammen, daß Viola sie in der Dunkelheit leicht verwechseln konnte. Leona McGriff stand von ihrem Sitz auf, und beim Höhepunkt, als sie und mein Vater verschwanden, sah ich, daß Viola hinter dem Podium von Leona McGriff kniete – aber es war zu spät, ich konnte nichts mehr tun. Eine Sekunde später verschwand sie ebenfalls. Was Starwood getan hat, hat es nur noch schlimmer für sie gemacht.«

Veronica legte den Kamm weg und senkte den Blick.

»Ist sie auch in die Vergangenheit gereist?«

Sie schüttelte den Kopf. »Vorwärts. In die Zukunft.«

»Wie weit?«

»Ich weiß es nicht. Sie konnte nie darüber sprechen. Buchstäblich. Als es passiert ist, hat sie ihre Stimme verloren. Sie war nur eine halbe Stunde lang verschwunden, aber als sie zurückkam, war sie völlig verängstigt. Sie hat sich die ganze Nacht in einem Schrank in der Garderobe versteckt. Erst nach einem Jahr sind uns die Auswirkungen ihrer Reise vollends klargeworden. Leona McGriff ist sechsundzwanzig geblieben.

Aber Viola ist immens gealtert, viermal so schnell wie normal. Sie ist dreißig Jahre alt, Leo, und du weißt ja, wie sie aussieht.«

Veronica stand auf und kam zu mir. Sie knöpfte ihr grünes Kleid auf dem Rücken zur Hälfte auf. Ihre Haare funkelten elektrisch. Sie ließ das Kleid bis zur Brust fallen, wo sie es locker festhielt. Mit der anderen Hand berührte sie meine Wange, dann nahm sie sie wieder weg.

An den Hüften zog ich sie zu mir. Ich spürte, wie mir das Blut wie Feuer in den Kopf schoß, als ich die Hand unter ihr Kleid gleiten ließ und mein Gesicht an ihre Brüste drückte.

Aber sie wich zurück. »Nicht jetzt«, bat sie sanft. »Erst nach heute abend.«

Aus dem Schrankkoffer holte sie das Tupfenkostüm heraus.

»Dein Kostüm ist in dem anderen Koffer«, sagte sie und ging hinüber zu dem Paravent. Ich war überrascht, auf ihren Schulterblättern einen Teil einer großen Tätowierung zu sehen, die ihren ganzen Rücken bedecken mußte. Sie war bunt und zeigte einen kahlen Baum vor einem violetten Himmel. Eine Eule saß in der Mitte des Baumes und blickte nach unten. Ein blaugelber Vogel schwebte über dem Baum, neben zwei Sternen.

Mehr konnte ich nicht erkennen. Veronica verschwand hinter dem Paravent und warf das Kleid über den Rand. Ich wartete, bis mein Kopf wieder klar war, dann beugte ich mich über den anderen Schrankkoffer.

Er war schwarzgefüttert, und ich dachte zuerst, er wäre leer, weil alle Kleidungsstücke darin ebenfalls schwarz waren. Enge Hosen, kniehohe Wildlederstiefel, ein Seidenhemd mit weiten Ärmeln und vielen Taschen, eine Samtjacke mit noch mehr Taschen, ein Paar Handschuhe und ein Turban mit einem hexagonalen Jadestein an der Vorderseite.

»Zieh das an, Leo«, rief Veronica. »Ja, es gehört meinem Vater«, fügte sie hinzu und nahm damit meinen nächsten Gedanken vorweg. »Genau das gleiche, das er in der Nacht seines Verschwindens anhatte.«

Ich zögerte, drehte den Turban immer wieder in meinen

Händen und sah den Jadestein in dem Licht aufblitzen. Dann fing ich an, mich umzuziehen, und legte meine eigenen Kleider auf den Diwan. Das Kostüm paßte wie angegossen, von den Hemdsärmeln bis zur Schuhgröße. Ich dachte noch daran, die grüne Kreide und die Pillendose mit dem *dip shing* in zwei Taschen der Jacke zu stecken, die ich jetzt trug. Die Jacke hatte mehr Taschen, als ich zählen konnte, und dazu noch Taschen innerhalb der Taschen. Manche waren tief, manche flach und manche rechteckig. Manche waren mit Gummi gefüttert, andere mit Wildleder. Manche waren selbst für mich nicht sichtbar, und aus einer gewissen Entfernung – vom Orchester bis zur Bühne eines Theaters – hätte die Jacke ausgesehen, als habe sie gar keine Taschen.

Ich hörte hinter dem Paravent Wasser laufen. Dann trat Veronica in ihrem Tupfenkostüm heraus, mit nassen, zurückgekämmten Haaren. Sie hielt ihren fezähnlichen Hut mit den Quasten und der goldenen Feder in der Hand.

Sie musterte mich von oben bis unten. »Ich habe noch nie jemanden in der Kleidung meines Vaters gesehen«, sagte sie ruhig. »Aber du hast die Schärpe vergessen.«

Sie zog eine Schärpe aus dem Koffer, die mit grünen Monden, Sternen und Kometen bedruckt war. Sie band sie mir um die Taille, knotete sie sorgfältig zu, steckte sie unter die Jacke, und urplötzlich fühlte ich mich wohl in den Kleidern. Dann führte sie mich zu dem Frisiertisch und trug rötliche Farbe aus einer Tube auf mein Gesicht auf. Sie verteilte sie geschickt mit den Fingerspitzen. Ich schloß die Augen und genoß es. Ihre Berührung entspannte mich, so wie die von Keko, und warme Wellen durchliefen meinen Körper. Dann spürte ich einen Augenbrauenstift und einen feinen Pinsel, mit dem sie meine Wangen puderte.

Als ich in den Spiegel sah, sagte Veronica, die hinter mir stand und die Hände auf meine Schultern gelegt hatte: »Vardoz aus Bombay.« Ich drehte das Gesicht von einer Seite zur anderen und erkannte mich wirklich selbst nicht wieder.

195

»Nur etwas fehlt noch«, sagte sie, »aber das bekommst du bald. Es ist jetzt Zeit zu gehen.«

Wir gingen durch die Lichtstäbe im Korridor zurück. Ich nahm die Ledertasche und die Schachtel mit dem Drachen, und Veronica schloß die Tür hinter uns ab. Am Kopf der Treppe sah ich, daß die Tür zum Apartment 2 weit offen stand. Ich warf einen Blick hinein, aber Alta war nicht mehr da. Auch nicht der Tisch und der Stuhl, die Pritsche mit der roten Decke oder der dreieckige Spiegel.

Statt dessen wurde der gesamte Raum vom Boden bis zur Decke von einem von innen beleuchteten Globus beherrscht. Kekos Mondglobus. Er drehte sich langsam um seine Achse und strahlte blaues Licht aus, wie der Mond am Himmel.

Veronica war die Treppe schon zur Hälfte hinuntergelaufen.

»Wir nehmen jetzt das Auto«, sagte sie, ohne sich umzudrehen.

»Was ist mit Starwood?«

»In diesem Stadium wird er abwarten, was wir machen.«

»Aber wohin fahren wir?« fragte ich, als ich ihr folgte. »Zum Empire State Building?«

»Dazu ist es noch zu früh.«

Sie ging schnell und leise hinunter, als würden ihre Füße den Boden gar nicht berühren.

»In deine Wohnung?« fragte ich.

Jetzt, von der untersten Stufe aus, sah sie zu mir hoch. »Ich habe keine«, sagte sie.

44

Wir fuhren eine komplizierte Strecke Richtung *uptown* ins West Village. Durch enge Seitenstraßen, die Veronica sehr schnell nahm. Die Bäume flogen vorbei, und ihre Rinde glänzte wie Eisen. Im gelben Schein der Scheinwerfer waren die Blätter gepudert mit Dunst und Staub. Die alten Fabrik-

und Lagerhallen, vor langer Zeit von Kohlenruß geschwärzt, ragten in den Schatten auf, und kein einziges Fenster war erleuchtet.

Schleudernd bogen wir in eine holprige, gepflasterte Straße ein und fuhren plötzlich auf den Neptunclub zu. Sowohl der Gehsteig als auch die eisernen Stufen, die zum Eingang führten, waren leer. Das bisher verblichene Wandgemälde an der Seite des Kühlhauses sah jetzt frisch gestrichen aus. Der weibliche Flaschengeist, der aus der sanduhrförmigen Tintenflasche unter den Worten NIGHTSHADE INK stieg, war nicht nur eindeutig weiblich, ich konnte ihn jetzt auch erkennen. Sie hatte eine schwarze Blume in ihrem schwarzen Haar und zwinkerte. Das offene Auge leuchtete grün. Ihr kühles Lächeln war undurchdringlich.

»Das bist du«, sagte ich zu Veronica, die den Kopf schüttelte, ohne den Blick von der Straße zu nehmen.

»Nein, es ist Viola«, sagte sie. »Es ist an dem Tag, bevor mein Vater verschwunden ist, gemalt worden. So hat das Wandbild damals ausgesehen. Die Farbe ist heute nacht vollständig zurückgekehrt.«

Wir waren blitzschnell daran vorbeigefahren und um die nächste Ecke gebogen, wo der offene Hydrant stärker denn je spritzte – der Wasserstrahl war jetzt pechschwarz, wie Tinte.

Veronica schlängelte sich durch den Verkehr, die West Street hinauf, zur Greenwich und Hudson Street, bis sie eine scharfe Kurve über die Morton Street nahm. Ich fragte mich, ob Remi Sing wohl Linkshänderin war, wie Veronica. Wenn ja, würde sie – falls sie noch lebte – nie wieder malen können. Mittlerweile mußte die Polizei ihren Arm in einem Tiefkühlfach in der Leichenhalle verstaut haben.

Wir fuhren am Dabtong vorbei, das offenbar zugemacht hatte. Alle Lichter brannten, aber im Restaurant gab es überhaupt keine Möbel mehr, bis auf einen einzigen Stuhl, auf dem, wie ich kurz zu sehen glaubte, eine eingerollte weiße Katze lag. Aber wir fuhren so schnell vorbei, daß ich mir nicht sicher war.

Nachdem wir zwei rote Ampeln überfahren und auf der Christopher Street einen Block zurückgefahren waren, blieben wir mit einem Ruck an der Barrow Street unter einem hohen Baum stehen, dessen untere Äste das Autodach streiften. Die Straßenlampe über uns ging flackernd an und aus. Schräg gegenüber erkannte ich den Eingang zu der L-förmigen Gasse, die zu Clements Haus führte.

Und da tauchte auch Clement auf, der schlendernd aus der Dunkelheit der Gasse in dem flackernden Lichtkegel der Straßenlaterne erschien – wo er immer wieder verschwand und auftauchte. Die Hände hielt er auf dem Rücken. Ich dachte, er wäre alleine und wolle uns treffen, bis zwei kräftige Männer in dunklen Mänteln aus der Gasse auf ihn zugingen. Einer packte Clement am Arm, der andere trat auf die Straße. Augenblicke danach raste ein Polizeiwagen mit gelbem Blinklicht, aber ohne Sirene, an uns vorbei und hielt am Bürgersteig.

Veronica duckte sich, und ich tat es ihr sofort nach. »Kriminalbeamte«, sagte sie.

»Suchen die uns?«

»Was denkst du denn? Starwood und Tod haben die Polizei problemlos in Kekos Wohnung holen können. Und Clement hat trotz seines Berufs keine Vorstrafen. Ich bezweifle, daß er ausgerechnet heute abend unvorsichtig geworden ist.«

»Brauchen wir später seine Hilfe?«

»Sagen wir, es ist für Starwood von Vorteil, wenn er ihn aus dem Weg geschafft hat. Wir hätten ihn jetzt treffen sollen, aber wir schaffen es auch so.«

Die zwei Kripobeamten schoben Clement auf das Polizeiauto zu, als er plötzlich in die Knie ging, als hätte ihn ein gewaltiger, unsichtbarer Schlag getroffen. Sein Kopf fiel nach hinten, und er krümmte sich schreiend auf dem Gehsteig.

Mir kam sofort der Gedanke, daß Starwood ihn mit Hilfe des *dip shing* angegriffen hatte.

»Nein, das ist es nicht«, sagte Veronica scharf. »Er hat einen Anfall.«

Mit einem Mal wurde mir klar, daß der Epileptiker mit der grauen Skimaske, den wir vor dem Empire State Building gesehen hatten, Clement gewesen war. Dem Otto geholfen hatte, indem er Clement seinen Gürtel zwischen die Zähne geschoben hatte, damit er sich nicht die Zunge abbiß.

Die Kripobeamten und die beiden Polizisten, die aus dem Auto ausstiegen, kamen Clement nicht so schnell zu Hilfe wie Otto. Oder sie waren weniger geneigt.

»Können wir ihm nicht helfen?« fragte ich.

Veronica schüttelte den Kopf, und ihre Stimme zitterte leicht. »*Nichts* darf unsere Pläne durchkreuzen.«

Also sah sie zu, wie Clement zuckte, wie er mit den Augen rollte. Durch das offene Fenster konnte ich sein Ächzen und Stöhnen und das Knirschen seiner Zähne hören. Auf seinen Lippen war Schaum. Ich glaubte, er würde es nicht viel länger schaffen, als sich endlich einer der Kripobeamten neben ihn kniete und ihm einen Notizblock zwischen die Zähne und Handschuhe unter den Kopf steckte.

»Einen Moment lang«, sagte Veronica langsam, »habe ich gedacht, er würde nur simulieren.«

»Warum?«

»Um uns zu schützen. Damit wir nicht verhaftet werden. Ich bin mir sicher, daß er uns entdeckt hat.«

»Könnte er es denn so gut simulieren?«

»Er soll es schon getan haben, wenn es ihm genützt hat. Aber ich glaube nicht, daß er es jetzt macht.«

Die beiden Polizisten trugen Clement in ihr Auto und fuhren ab. Die Kripobeamten gingen zu ihrem eigenen Auto, einer blauen Limousine, und fuhren ohne Scheinwerfer langsam davon.

»Sie kommen wieder«, sagte Veronica und machte die Tür auf. »Beeil dich.«

Wir rannten über die Straße durch die wechselnden Schatten des Laubes in die Gasse. Albin Whites Kleider machten kein Geräusch, wenn ich mich bewegte – kein Rascheln, nicht mal die hohen Stiefel quietschten. Als wären sie eins mit mir geworden. Die Kripobeamten hatten das Eisentor, das zu dem senkrechten Arm der Gasse führte, offengelassen, und als wir hindurchgingen, knurrte aus dem Schatten heraus ein Hund an einer Kette.

»Tashi«, flüsterte Veronica, und das Knurren hörte auf. Dann ging sie in den Schatten zu einem efeubewachsenen Zaun und sperrte mit dem kleinsten Schlüssel an ihrem Ring ein Schloß an einer silbernen Kette auf. Ich sah zwar die Kette, aber nicht den Hund, der einmal bellte, als Veronica ihn befreite.

Ich hörte seine Pfoten auf den Steinplatten, als er vorbeirannte, aber ich konnte ihn immer noch nicht sehen.

»Er trägt ein *dip shing* am Halsband«, sagte Veronica und ging zügig an mir vorbei.

Sie ging die moosigen Stufen zu der moosbedeckten Tür hoch und drückte sie auf. Ich folgte ihr in das enge Treppenhaus, aber während sie die Treppen weiter hochstieg, blieb ich vor dem Porträt des älteren Tibeters in dem Messingrahmen stehen. Wie bei meinen früheren Besuchen blickte er mich mit seinem dünnen Schnurrbart und dem hohen Kragen grimmig an. Wie in der vorigen Nacht, als ich in dem abgeschlossenen Zimmer in Kekos Loft geträumt hatte, daß ich ihn nicht nur bei lebendigem Leib gesehen, sondern auch photographiert hatte.

Dann fiel mir etwas auf, von dem ich sicher war, daß es bisher nicht auf dem Photo gewesen war. In der unteren rechten Ecke waren meine Initialen, wie auf allen meinen Photos. In goldener Tinte in meiner Handschrift, aber sie waren rissig und verblichen und offensichtlich so alt wie die Photographie selbst.

»Leo«, rief Veronica vom oberen Treppenabsatz herab.

Sie hatte auf den staubigen Stufen schwache Fußabdrücke hinterlassen, und daneben waren die festen Abdrücke von Hundepfoten.

Die gelbe Tür zu Clements Wohnung stand weit offen. Ich

trat in die Dunkelheit und hörte ein langes Knurren. Vor mir lag ein dicker, schneeweißer Teppich, den ich bisher noch nie dort gesehen hatte. Ich hörte wieder ein Knurren.

Und dann wurde der Teppich lebendig – ein weißer Hund sprang auf und beschnüffelte meine Knöchel und meine Hand. Es war derselbe Hund, dem ich in meinem Traum begegnet war. Schwarze Dreiecke über den Augen und die Mondzeichnung am Schwanz. Das rechte Auge blau, das linke grün.

Seine langen Ohren zuckten, und ich wollte ihn streicheln.

»Nicht«, befahl mir Veronica. »Komm her, Tashi.«

Bevor er zu ihr hinübersprang, fletschte der Hund die Zähne, und ein grünes Licht – grelle Punkte – strahlte in seinen Augen. Die Zähne selbst waren aus Stahl, so glänzend wie Spiegel, und geformt wie Stilette.

Gleich darauf schaltete Veronica das Licht an, aber der Hund war verschwunden.

»Er ist noch da«, sagte sie. »Ich habe ihm das Halsband wieder angelegt.«

»Hätte er mich gebissen?«

»Nein, das war nicht der Grund. Seit wir zum ersten Mal hier waren, hat er dich bis heute abend begleitet. Er hat auf dich aufgepaßt. Es war der Geruch der Kleider meines Vaters, was ihn jetzt irritiert hat.«

»Er hat mich begleitet?«

»Du hättest es nur gemerkt, wenn dich jemand direkt bedroht hätte. Wenn Clement nicht eingegriffen hätte, als Remi Sing im Club war, hätte Tashi es getan.«

»Wo kommt er her?«

»Aus Tibet«, sagte sie nur. »Aus dem Land des Schnees. Er ist der Hund meines Vaters. Er kommt heute nacht mit uns.«

Die rote Glühbirne über der Tür der Dunkelkammer brannte.

Veronica setzte Teewasser auf. »Machst du bitte den Ventilator an«, bat sie und öffnete die Tür zur Dunkelkammer. »Ich brauche ein paar Minuten.«

201

Zuoberst auf dem Bücherstapel neben dem Ventilator lag die Biographie von Thomas Harriot, aufgeschlagen am Ende des sechzehnten Kapitels. Und weil der Inhalt des Buches noch zur Gänze in meinem Gedächtnis ruhte und auf Abruf verfügbar war, sprang mir eine kurze, unbekannte Passage auf Seite 211 entgegen.

Sie befand sich in dem Abschnitt über die Hinrichtung von Sir Walter Raleigh.

Kurz nachdem der Henker den Zuschauern Raleighs Kopf gezeigt und ihn in eine rote Samttasche gesteckt hatte, rannte plötzlich ein merkwürdig gekleideter Mann los, der in der Nähe von Harriot vor dem Schafott gestanden hatte, und eine Phalanx bewaffneter Männer verfolgte ihn. Er rannte über den Hof, verschwand durch den Torbogen am Fuße des Towers und ward nie wieder gesehen. Weder seine Identität noch die der bewaffneten Männer, die ebenfalls verschwanden, wurde je festgestellt.

Die Type, mit der der Absatz gedruckt war, war die gleiche wie alle anderen Typen in dem Buch. Leicht verblichen auf dem gelblichen Papier – und nicht frischer als die Initialen auf der Photographie unten im Treppenhaus.

»Das stimmt, damit bist du gemeint«, sagte Veronica. »Auf deinen Reisen hast du ein paar Sekunden lang die Geschichte gestreift, Leo, und ein paar Fäden in dem Teppich geändert. Diese ›bewaffneten Männer‹ wurden nie mehr wieder gesehen, weil es *Tulpas* waren, genau wie Otto dir erzählt hat.«

Sie stand mit einigen Abzügen in der Hand vor der Dunkelkammer.

»Das war aber vorher nicht in dem Buch«, sagte ich.

Sie lächelte schwach. »Natürlich nicht. Es ist ja passiert, nachdem du das Buch gelesen hast. Obwohl dieses Buch vor hundert Jahren geschrieben wurde und sich auf Ereignisse bezieht, die dreihundert Jahre davor passiert sind.«

Ich schlug das Buch zu. »Und Monate, bevor ich es selbst aufgenommen habe, habe ich das Photo da unten gesehen. Das war wann – um die Jahrhundertwende?«

Sie winkte mich zu sich und ignorierte meine Frage. »Schau dir die hier an.«

Die sechs Schwarzweiß-Photos, die sie auf den Tisch legte, waren dunkel und grobkörnig. Es war eine Serie. In einem Durcheinander aus Lichtblitzen, schwarzen Schneeflocken und elektrischem Nebel erkannte ich den blassen Umriß einer menschlichen Hand. Dünn, durchzogen von Adern, beinahe durchsichtig – aber es war eine lebendige Hand.

»Das sind die letzten Bilder, die Clement von meinem Vater bekommen hat«, sagte sie. »Das sechste steckte noch in der Kamera. Die Polizei muß ihn unterbrochen haben. Was bedeuten sie? Daß mein Vater auf dem Weg ist. Und daß er näher kommt. Wir haben vorher noch nie solche Bilder erhalten – mit einem Teil seines Körpers.« Sie senkte die Stimme. »Jetzt ist alles in Gang gesetzt, Leo, und es gibt kein Zurück mehr.«

Sie schaltete das altmodische Kastenradio ein. Der Anzeigestrich war ganz nach links gedreht, auf einen grünen Punkt ein ganzes Stück vor den numerierten Frequenzen. Zuerst hörte ich nur atmosphärisches Rauschen. Dann wurde ein feines Muster erkennbar – ein hohes, rhythmisches Wimmern – innerhalb des härteren Knisterns. Wie das Ein- und Ausatmen eines Menschen.

»Richtig«, schaltete sich Veronica in meine Gedanken ein. »Jetzt, wo er näher kommt, können wir ihn sogar hören. Während der letzten Monate hat Clement auf dieser Frequenz Geräuschfetzen aufgefangen, die von meinem Vater stammen. Ganz selten waren es Worte. Nur Atmen, ein Herzschlag oder ein Husten. Wir haben auf Botschaften gehofft, aber wir wissen nicht, ob ihm bewußt ist, daß wir ihn hören können.«

Sie drehte das Radio leiser.

»Lange bevor Physiker herausgefunden haben, daß Elektronen in die Vergangenheit fließen können«, fuhr sie fort, »haben das die Freunde meines Vaters in Tibet offenbar intuitiv verstanden. Wenn die Raum- und Zeitwirbel gerade im Einklang sind und der Einfallswinkel zwischen dem Ort, wo er sich aufhält, und dem, wo wir uns aufhalten, gering ist, vermischt sich sein Elektronenfluß mit den Radiowellen. Wenn man sie bewußt miterlebt, ähnelt eine Zeitreise nicht einer linearen Reise, nicht einmal einer radialen. Es ist, als würde man zwischen sich verschiebenden Ebenen mit elastischen Grenzen reisen. Am Ende *ist* die Zeit Raum.« Sie zuckte die Achseln. »Clement hat es mir erklärt. Er versteht viel von Wissenschaft. Er wollte nämlich eigentlich Wissenschaftler werden.«

»Das wußte ich nicht.«

»Er hat es aufgegeben, als mein Vater verschwunden ist.«

Ich dachte darüber nach. »Und was hast du aufgegeben, Veronica?« fragte ich.

Sie war verärgert. »Ich weiß nicht, was du meinst«, sagte sie.

»Du scheinst die meiste Zeit zu wissen, was ich denke, aber jetzt ist dir nicht klar, was ich meine?«

Sie schaltete das Radio ab. »Ich weiß, was du denkst, aber du hast das falsch verstanden.«

Sie sammelte die Photographien wieder ein und schob sie in das Futter ihres Hutes. Dann ergriff sie mit beiden Händen meine Hand. Als ich die schwarzen Tupfen auf ihrem Kleid ansah, entspannten sich meine Augen, als würden sie etwas in weiter Ferne fixieren. Die Schwärze zwischen den Sternen im Weltraum. »Vielleicht hast du doch recht, Leo«, sagte sie. »Vielleicht erzähle ich dir später davon.«

In der ganzen Zeit, seit ich sie kannte, war dies das erste und einzige Mal, daß ich das Gefühl hatte, sie sei aus dem Gleichgewicht geraten und nicht ich.

Aber dieses Gefühl hielt nicht lange an.

Sie nahm die schwarze, mit roter Seide gefütterte Samtrobe von der Wand. Mit einer schwungvollen Bewegung schüttelte sie sie aus, und ich schlüpfte hinein. Dann knöpfte sie den Jadeknopf am Hals zu. Der Kragen stand im Genick steif hoch.

»Jetzt«, sagte sie wieder ganz sachlich, »ist dein Kostüm komplett. Vardoz aus Bombay hat diese Robe immer getragen.«

Auf den Schultern spürte ich kein Gewicht. Instinktiv hob ich eine Seite der Robe und wirbelte sie um mich herum, so daß sie mich völlig verbarg. Dahinter fühlte ich mich geschützt.

Veronica nickte zustimmend. »Sie *wird* dich vor bestimmten Dingen schützen«, sagte sie. »Greif in die Tasche rechts, unter dem Arm.«

Wie meine Jacke enthielt auch die Robe unzählige Taschen und Beutel, die zwar versteckt, aber leicht zugänglich waren. Ich fand ein Paar schwarze Handschuhe aus einem weichen, elastischen Material, das ich noch nie zuvor gesehen hatte.

»Wenn du etwas anfaßt, solange du diese Handschuhe trägst«, erklärte Veronica, »kann es dir niemand wegnehmen. Oder wenn du dich an etwas festhältst, kann dich nichts davon lösen. Sie dürfen nur nicht naß werden. Wenn sie es doch werden, hast du zehn Sekunden, um sie abzuziehen. Danach gehen sie nie mehr ab.«

Sie schaltete das Radio wieder an und stellte eine andere Frequenz ein. Eine abgehackte Stimmte ertönte, die ein Auto und eine Frau beschrieb.

»Graue Limousine, späteres Modell mit getönten Scheiben. New Yorker Nummernschild mit unbekanntem Kennzeichen. Frau: weiß, 1,72 groß, schwarze Haare. Gesucht wegen Mordes. Bewaffnet und gefährlich.«

»Kommt dir das bekannt vor?« fragte Veronica trocken und schaltete das Radio ab. »Wir müssen gehen, Leo.«

»Der Polizeifunk«, sagte ich. »Warum haben sie keine Beschreibung von mir durchgegeben?«

Kopfschüttelnd nahm sie ihre Schlüssel heraus. Dann schnippte sie mit den Fingern. »Natürlich. Die Polizei hat zwar den Hinweis bekommen, daß zwei Leute bei Keko sein würden, aber sehen konnten sie nur mich. Das war das einzige, was Starwood und Tod nicht vorher wissen konnten. Nein, jetzt

205

sind sie nur hinter mir her. Das gibt uns ein wenig Aufschub. Andererseits weiß Starwood, daß du das *dip shing* hast. Vergiß das nicht.«

»Das klingt ja, als würdest du ihn auf dem Empire State Building erwarten.«

»Das tue ich auch. Ihm war schon immer klar, daß mein Vater dort versuchen würde, wieder zurückzukommen – aus all den Gründen, die Otto aufgezählt hat. Wir wußten, daß Tod dort ein Büro hatte und Ausschau gehalten hat. Jetzt wissen wir, daß es wegen Starwood war. Starwood kennt aber nicht das genaue Datum der Rückkehr meines Vaters – heute oder morgen –, die Uhrzeit und den genauen Punkt auf dem Gebäude. Und es ist ein großes Gebäude. Wir brauchen nur ein paar Sekunden. Wenn wir ihn ablenken können, würde das meinem Vater einen kleinen Vorsprung verschaffen. Deshalb waren die Botschaften, die du mitgebracht hast, so wichtig.« Sie öffnete die Tür, schaltete die Lichter aus und flüsterte: »Tashi«. Ich hörte den Hund an uns vorbeilaufen.

Unten an der Treppe drehte ich mich noch einmal um, aber in dem dicken Staub war kein Fußabdruck zu sehen – nicht einmal von dem Hund.

Als wir durch die Gasse auf die Straße zugingen, drückten wir uns an die Ziegelmauer. Von den Kripobeamten oder ihrem Auto war nichts zu sehen. Wir gingen tief gebückt, rannten von Baum zu Baum und dann über die Straße zu Kekos Auto. Veronica öffnete zuerst die Hintertür, und ich hörte, wie Tashi knurrend hineinsprang. Veronica ließ den Motor an, und als wir losfuhren, fiel mir auf, daß die Drogerie an der Ecke, von wo Veronica verschwunden war, als wir das erste Mal bei Clement gewesen waren, geschlossen hatte. Wie im Dabtong brannten die Lichter, aber alle Regale, Theken und Waren waren verschwunden. Nur die Telephonnische an der Wand war noch da. Die Lampe darin leuchtete nicht, aber ich war mir sicher, daß jemand in dem dunklen Kasten kauerte und den Telephonhörer umklammert hielt.

206

Ich wollte es gerade Veronica sagen, die sich auf die Straße konzentrierte, als sie gebieterisch murmelte: »Ich weiß.« Von hinten hörte ich das Knirschen von Metall auf Metall und sah Funken sprühen, als Tashi die Zähne zusammenschlug.

45

Nebel senkte sich über die Stadt, wirbelte wie Staub durch die Straßen. Unsere Scheinwerfer bohrten sich nicht weiter als sechs Meter hinein. Ich konnte kaum die Häuser auf beiden Seiten erkennen, und die wenigen Fußgänger, an denen wir vorbeifuhren, waren graue Flecken, flach wie Schatten. Nach nur wenigen Straßen bog Veronica scharf links ab und hielt am Randstein.

Durch mein Fenster blickte ich nach oben und konnte direkt über uns die Straßenschilder erkennen. Wir standen an einer Einmündung, und auf den beiden Schildern, die im rechten Winkel zueinander standen, hieß es: WAVERLY PLACE.

»Schließ die Augen«, sagte Veronica.

Sie zog den Handschuh aus und legte ihre Hand auf meine. Ihre Haut war kühl.

»Das ist der stärkste Drachenpunkt von allen«, sagte sie. »Die Strömungen fließen hier beinahe ungestört und werden uns stärken. Laß deinen Kopf frei werden.«

Als ich die Augen wieder aufschlug, hatte ich keine Ahnung, wieviel Zeit vergangen war. Der Motor war im Leerlauf. Immer noch kroch Nebel in Wellen über die Windschutzscheibe. Und ich war völlig ruhig. Keine Knoten im Bauch, kein Pochen, wo die Kopfschmerzen gewesen waren. Meine Glieder kribbelten.

»Ich will dir was zeigen«, sagte Veronica.

Sie öffnete die obersten Knöpfe ihres Kleides und zog ein Medaillon an einer Goldkette heraus. Auf das Medaillon war das Gesicht einer Frau vor einem Steinturm geprägt.

»Das ist die hl. Zita«, sagte Veronica. »Sie kann uns vor Blitzen schützen.« Sie löste die Kette und ließ das Medaillon in meine Hand fallen. »Ich will, daß du es heute nacht trägst.«

Ich ließ den Daumen über das Gesicht der hl. Zita gleiten – ihre langen Haare und ihr gerades Profil –, und Veronica lehnte sich wieder zurück, die Augen im Schatten. Dann knöpfte ich meinen Kragen auf, um mir die Kette umzulegen.

»Als die hl. Zita von ihrem Vater in einen Turm gesperrt wurde«, fuhr Veronica fort, »um ihre Verehrer von ihr fernzuhalten, machte sie eine innere Wandlung durch und bekehrte sich zur Religion. Sie floh vor ihrem Vater und entwischte ihm eine Zeitlang, indem sie sich wie durch ein Wunder seinem Zugriff entzog. Sie *verschwand* einfach immer. Aber schließlich hat er sie doch erwischt und getötet. Darauf wurde er von einem Blitz erschlagen, und nur ein Häufchen Asche blieb von ihm übrig. Hier, ich helfe dir.« Ich hatte Schwierigkeiten, den Verschluß im Nacken zu schließen.

Dann legte sie den Gang ein, und der Nebel teilte sich kurz vor dem Haus neben uns. Es war das Kloster der hl. Zita neben dem Backsteinhaus, vor dem ich Veronica zum ersten Mal gesehen hatte, als sie ihre Schlüssel im Schnee gesucht hatte. In den Stein über der Klostertür war ein kunstvolles Emblem gemeißelt: Schlüssel an einem Schlüsselring.

»Das ist das Zeichen der hl. Zita«, bemerkte Veronica, ohne sich umzudrehen. »Sie hat sechzehn Schlüssel gebraucht, um die sechzehn Türen in dem Turm zu öffnen, damit sie fliehen konnte.« Sie zögerte. »Obwohl die Beziehung zu meinem Vater völlig anderer Natur ist, werde ich nach heute nacht auch frei sein.«

An der Sixth Avenue wandten wir uns nordwärts und schlängelten uns rasch durch den zähflüssigen Verkehr. Die Turmuhr an dem alten Frauengericht zeigte 22:15. Und rechts, Richtung *uptown,* leuchtete grün und weiß das Empire State Building, das uns wie ein magnetischer Pol immer schneller anzog.

208

Als wir nach ein paar Minuten am Empire State Building ankamen, waren die grünen und weißen Flutlichter, welche die oberen Stockwerke beleuchteten, abgeschaltet worden. Drei rubinrote Lichter blinkten oben am Turm auf der Antenne.

Veronica fuhr zweimal um den Block und suchte den Gehsteig und die parkenden Autos genau ab. Dann parkte sie das Auto im Halteverbot gegenüber dem Eingang an der Fifth Avenue.

»Wir fahren bis ganz nach oben«, sagte sie, »zum Observation Deck. Diese Woche war es wegen Reparaturarbeiten geschlossen, und die anderen Stockwerke sind um diese Zeit nicht öffentlich zugänglich. Bleib an meiner Seite und sprich kein Wort, bis ich Entwarnung gebe.«

Sie zog ihr Schnappmesser heraus, klappte es auf, um es zu überprüfen, dann steckte sie es in eine dünne Scheide, die an ihrem Handgelenk festgebunden war. Sie holte die Ledertasche und die Schachtel mit dem Drachen aus dem Kofferraum. Sie reichte mir die Schachtel und hängte sich die Tasche um die Schulter. Dann öffnete sie die hintere Tür des Autos, und ich hörte das Kratzen von Pfoten auf dem Pflaster, als Tashi vor uns über die Straße lief.

In dem immer dicker werdenden Nebel waren keine Fußgänger zu sehen. Die Straßenlampen sandten blaue Strahlen aus, wie Edelsteine. Ein leerer Bus der Linie 8 hielt an der Haltestelle und öffnete die Türen, obwohl niemand aus- oder einsteigen wollte, dann fuhr er wieder ab. Der Fahrer saß so gekrümmt über dem Lenkrad, daß ich nur den oberen Rand seiner Kapuzenjacke sehen konnte. Auf dem Gehsteig, wo Clement seinen Anfall gehabt hatte, war die Kreidezeichnung der Madonna durch eine andere Zeichnung ersetzt worden. Es waren zwei sich überschneidende Dreiecke in Blau, ⧓, in deren Mitte eine Orange lag. Ich war mir sicher, daß die Orange auch nur in

Kreide gezeichnet war, aber Veronica bückte sich und hob sie auf. Sie ließ sie in die Ledertasche fallen, legte den Finger auf die Lippen und erinnerte mich so daran, still zu bleiben.

Wir betraten das Gebäude. Auf der gegenüberliegenden Wand befand sich ein Relief des Gebäudes aus Messing und Silber in grünem Marmor neben einer Karte des Staates New York, die im Westen New Jersey, Pennsylvania und den Osten von Ohio einschloß. Eine glänzende silberne Linie von New York City bis direkt nach Ohio erregte sofort mein Interesse, doch als wir näher kamen, verschwand sie. An der Informationstheke, wo ein Wachmann Kaffee aus einer Thermoskanne trank, stand auch ein maßstabgerechtes Modell des Gebäudes.

Veronica ging auf den Wachmann zu, der große Augen bekam, als er unsere Kostüme sah.

»Wir haben nachts geschlossen«, sagte er und erhob sich aus seinem Stuhl, als Veronica eine Zigarette herausnahm und ihr Feuerzeug anzündete.

Es war keine ihrer Nelkenzigaretten, und während sie dem Wächter eine Rauchwolke ins Gesicht blies, löste sie einen der Tupfen von ihrem Kleid. In ihren Fingern war er nicht zwei-, sondern dreidimensional. Lichtpunkte waren darauf verteilt, als wäre er aus dem nächtlichen Sternenhimmel herausgeschnitten worden. Sie legte den Tupfen vor den Wärter auf die Theke. Seine Augen, mit vom Zigarettenrauch erweiterten Pupillen, wurden davon angezogen. Er ließ sich zurück in seinen Stuhl fallen und starrte mit offenem Mund und leerem Gesichtsausdruck in den Tupfen.

Veronica drückte die Zigarette mit ihrem Stiefel aus. »Er wird interessante Träume haben«, sagte sie.

Wir durchquerten die Lobby und gingen in den Korridor zur Linken. Veronica bemühte sich nicht, leiser mit ihren Absätzen aufzutreten, deren Metallspitzen auf dem Marmorboden Funken sprühten. Wir gingen nach rechts und stießen auf zwei Wachtposten am Fuße einer Rolltreppe, die ausgeschaltet war. Sie blickten uns fragend an.

210

Veronica nahm eine Glaskugel aus ihrer Tasche. Sie war genau wie die Kugeln, mit denen der Zauberkünstler in dem Herrenhaus jongliert hatte, mit Wasser gefüllt, in dem ein lebendiger Goldfisch schwebte. Sie rollte die Kugel auf die Wächter zu, die instinktiv nach ihren Pistolen griffen, aber es war zu spät, denn die Kugel wurde immer schneller, umkreiste sie und explodierte in einer orangefarbenen Rauchsäule. Als der Rauch sich verzogen hatte, lagen die Wachen mit ausgestreckten Armen und Beinen auf dem Boden.

»Die kommen wieder in Ordnung«, sagte Veronica, »und sie werden sich an nichts erinnern.«

Sie stieg mir voran die Rolltreppe hoch und nahm zwei Stufen auf einmal. Oben ging ein L-förmiger Korridor ab. An der Spitze des Neunzig-Grad-Winkels hing nahe der Decke ein Konvexspiegel, in dem wir einen weiteren Wachbeamten sehen konnten, der vor dem Aufzug zum Observation Deck stand.

Veronica nahm noch eine Kugel aus ihrer Tasche und rollte sie aus dem Handgelenk über den Boden. Sie folgte dem L und schleuderte scharf um die Ecke. Doch bevor die Kugel ihn erreichen konnte, verschwand der Wächter verstohlen in einem der offenen Aufzüge.

Veronica kniff die Augen zusammen. »Das war kein Wächter«, murmelte sie.

Die Kugel explodierte nicht. Wir schlichen um die Ecke, und Veronica steckte die Kugel wieder in ihre Tasche. Wir sahen zu, wie die Ziffern über der Tür grün aufleuchteten, als der Aufzug mit dem Wächter in den 80. Stock hochfuhr. Kurz danach fuhr ein anderer Aufzug von diesem Stockwerk aus nach unten. Vom 80. Stockwerk aus, erinnerte ich mich, fuhren weitere Aufzüge zum Observation Deck im 86. Stock, und danach gab es nur einen einzigen kleinen Aufzug, der die letzten sechzehn Etagen zum völlig umschlossenen Observatorium im 102. Stock unter der Antenne hochfuhr. Insgesamt also drei Aufzüge bis ganz nach oben.

Veronica eilte zu einer Tür, auf der TREPPE stand. »Tashi«, flüsterte sie und hielt die Tür ein paar Sekunden lang auf. Dann stellte sie sich neben die Tür des abwärtsfahrenden Aufzugs. Als die Tür aufging, trat ein anderer Wächter heraus, der einen Schokoriegel aß. Veronica hatte ihr offenes Schnappmesser gezogen und hielt es ihm blitzartig an die Kehle. Sie drückte ihn gegen die Wand. Er war klein und untersetzt und verschluckte sich an dem Schokoriegel. Ihm zitterten die Knie. Er mußte husten. Veronica bedeutete mir, in den Aufzug zu steigen, ging rückwärts nach mir hinein und rollte die Glaskugel auf die Füße des Wächters zu. Als sich die Türen schlossen, explodierte orangefarbener Rauch, und das Husten hörte auf.

Veronica steckte das Schnappmesser wieder in die Scheide. Ich bewunderte im stillen ihre Geschicklichkeit mit dem Messer, als sie plötzlich und ganz ruhig sagte: »Ja, unter anderem war ich auch Messerwerferin bei den Auftritten meines Vaters. Er hat Viola an das eine Ende der Bühne gestellt, mit einem Ballon in jeder Hand, und mich an das andere Ende neben ein Gestell mit Messern. Zuerst habe ich zwei Messer gleichzeitig geworfen – mit beiden Händen – und die Ballons getroffen. Dann zwei Messer mit der rechten Hand, um die nächsten beiden Ballons zu treffen. Dann zwei Messer mit der linken Hand. Und zum Schluß – *puff* – hatte ich in beiden Händen einen Ballon und Viola in beiden Händen ein Messer. Und wir haben dasselbe umgekehrt vorgeführt. Bei anderen Vorführungen habe ich direkt auf den Kopf meiner Schwester gezielt, und mein Vater hat die Messer mitten in der Luft verschwinden lassen, während das Publikum geschrien hat.«

Ich fragte mich, weshalb sie mir das alles gerade in diesem Moment erzählte, während wir mit dem Aufzug nach oben rasten. Und dann merkte ich, daß ihre Lippen sich gar nicht bewegten. Ihre Gedanken gingen in meine über – wenn auch völlig unter ihrer Kontrolle.

»Stimmt«, erfüllte ihre Stimme meinen Kopf. »Das passiert oft hier.«

212

Mir war sofort klar, was sie mit »hier« meinte, denn in diesem Moment sah ich dasselbe wie auf der Wendeltreppe, als wir Kekos Loft verlassen hatten, als hätten die Aufzüge keine Wände, keine Decke und keinen Boden. Unter uns waren diese riesigen blauen Wesen mit den menschlichen Gestalten, die sich in ihrem Bauch wanden. Und darunter ein loderndes Feuermeer. Links die leeren Ruderboote, deren Ruder wie Flügel schlugen und die über das Eismeer segelten, in das die Hagelkörner einschlugen. Dieses Mal blickte ich auch nach oben und ich spürte, wie es mir die Beine wegzog, bis Veronica mich am Arm packte.

Es war, als würden wir durch ein Kaleidoskop geschleudert werden. Rechtecke, Dreiecke und Kreise – Hunderte geometrische Formen, die grell glühten, trudelten in unserer Bahn. Auf jeder Seite waren steile Felsen, die so weit aufragten, wie ich nur sehen konnte. Auf der Vorderseite waren Höhlen, aus denen ich entsetzliche Schreie hörte – von Menschen und von Tieren –, obwohl ich keine Spur von Leben entdeckte. Nur Ströme von Blut, die dick wie Lava aus den Höhlen rannen.

»Sieh mich an, Leo.« Veronicas Stimme war wieder weit entfernt. »Und sieh mich weiter an, bis wir im achtzigsten Stockwerk sind.«

Als ihr Gesicht vor mir scharf wurde, wurden Wände, Boden und Decke des Aufzugs wieder sichtbar. Ich hatte die Kiefer so fest zusammengepreßt, daß es weh tat.

»Wenn es elf Uhr wird«, sagte Veronica, »führen alle Aufzugschächte, die – wie dieser hier – über dem stärksten Drachenpunkten der Stadt liegen, in die vierte Dimension hinein und aus ihr hinaus. Auch die Luftschächte und Tunnels. Stell dir ein Gitter aus reiner Energie vor, das sich für kurze Zeit mit einem anderen Gitter aus Metall, Stein und Glas, der Stadt also, verbindet. Und du und ich am mächtigsten Kreuzungspunkt.«

Der Aufzug blieb ruckend stehen, und die Türen glitten auf. Das achtzigste Stockwerk war schwach beleuchtet und still. Der Boden schimmerte. Veronica nahm mich an der Hand. In

213

ihrer anderen Hand hörte ich das Klicken ihres Schnappmessers.

Wir gingen um zwei Ecken zu der geringeren Anzahl von Aufzügen, die zum Observation Deck führten. Veronica suchte die Schlüssel an ihrem Schlüsselring durch und steckte einen in ein Schlüsselloch neben dem ersten Aufzug. Die Türen gingen auf.

Im Aufzug zog sie mich eng an sich. »Sieh mich wieder an, Leo«, sagte sie. »Du kannst jetzt sprechen.«

Als ich meine Stimme wiederfand, war ich überrascht, wie ruhig sie war. »Wo ist der Hund?« fragte ich.

Sie lächelte beinahe. »Tashi mag keine Aufzüge. Treppensteigen kann er besser. Solltest du sie benutzen müssen: Diese Treppen führen ohne Unterbrechung bis ganz nach oben. Eintausendachthundertsechzig Stufen, um genau zu sein. Tashi sollte oben auf uns warten.«

Und das tat er auch. Als sich die Türen im 86. Stock auf dem Observation Deck öffneten, hörte ich ein lautes Knurren, während ich Veronica in die Dunkelheit folgte.

47

Am Ende eines kurzen Korridors schimmerte das Observation Deck hinter zwei Glastüren blau im blassen Lichtschein. Wir gingen auf Zehenspitzen darauf zu, als Veronica plötzlich neben einem Trinkbrunnen stehenblieb, der in eine Nische eingebaut war. Sie langte um den Brunnen herum und zog ein Kleiderbügel heraus, das sie mit ihrer Stablampe anleuchtete. Es war die graue Uniform eines Wachmanns.

»Warte hier«, flüsterte sie und stopfte die Uniform zurück in ihr Versteck.

Sie rannte zu den Glastüren und schloß sie auf. Sie hielt die Tür einen Augenblick auf, bevor sie selbst auf dem Deck verschwand, und ich wußte, daß Tashi vorausgelaufen war.

Im Korridor war es totenstill. Kein Summen von Lampen oder Flüstern von Belüftungsrohren. Nicht einmal das tiefe, unterschwellige Brummen, das man im Herzen eines großen Gebäudes erwartet.

Ich wartete, war mir kaum sicher, ob ich noch atmete oder den Atem anhielt, und ich erinnerte mich daran, wie ich einmal auf meinem Vater, den Nachtwächter, gewartet hatte, an einem Ort, wo es ebenso still und dunkel gewesen war, als ich ihn auf seiner Runde auf der Werft in Miami begleitet hatte. Er hatte mich in einem Lager gelassen, während er einen Herumtreiber auf den Docks überprüfen mußte. Er entsicherte sogar seinen Revolver, bevor er ging. Ich wartete und betete darum, daß ich keinen Schuß oder Schlimmeres hören mußte. Die Minuten vergingen schleppend, und als er leise wiederkam und seine Taschenlampe anmachte, sagte er: »Dort draußen war niemand.«

Genau dieselben Worte benutzte Veronica, als sie ihre Taschenlampe anknipste, nachdem sie aus der anderen Richtung wiedergekommen war.

»Wenn«, fuhr sie fort, »dann hätte Tashi ihn gefunden. Komm mit.«

Wir gingen an den Aufzügen vorbei zurück und drei Stufen hinunter zu dem einzelnen kleinen Lift, der in den 102. Stock fuhr. Ganz nach oben.

Das Licht in dem Aufzug war meeresgrün. Statt der beim Hochfahren aufleuchtenden Stockwerkanzeige befand sich ein Höhenmesser an der Wand. 1150... 1165... bis auf die Höhe von 1250 Fuß. Diesmal mußte mich Veronica nicht daran erinnern, ihr ins Gesicht zu sehen. Und als ich ihr in die Augen blickte, sah ich rote und gelbe Lichtpunkte, die von ihren Pupillen an den Streifen ihrer Iris entlang strahlten. Wie die winzigen Samen, die bei manchen Früchten strahlenförmig vom Kern wegführen.

»Leo.«

Wir waren oben angelangt und traten hinaus in die enge

Kuppel mit dem niedrigen Dach, das obere Observatorium. Es war klein – vielleicht zehn Meter im Durchmesser. Durch die kleinen Fenster sah man flügelförmige Stahlstangen, die wie Leitersprossen bis zum Fuß der riesigen Antenne hinaufführten.

Gleich links von uns befanden sich zwei Türen: eine zum Treppenhaus, das hinunter in die Lobby führte, und eine, auf der KEIN ZUTRITT stand. Diese Tür schloß Veronica auf, und wir betraten einen niedrigen, muffigen Raum, in dem es nach Leinöl roch. Im Schein von Veronicas Taschenlampe entdeckte ich einen kleinen Notgenerator, an dem sie vorbeiging, während sie ihren Schlüsselbund durchsuchte. Ich hörte, wie sich die Zuhaltung eines Schlosses drehte und einrastete – nicht wie zwei aufeinanderschlagende Steine unter Wasser, sondern mit einem kratzenden Geräusch. Dann sprang quietschend eine Tür auf, und der Nachtwind wehte über uns hinweg und fuhr geräuschlos durch unsere Kleider. Still lag auch das Panorama der Stadt – Millionen funkelnder Lichter – zu unseren Füßen.

Ich schreckte zurück und drückte mich flach gegen die Wand, bevor ich Veronica auf eine schmale Plattform folgte, die über zwei Eisenstufen hinunter zu einem Laufsteg führte, der die Kuppel umrundete. Die Plattform bestand aus einem Eisengitter, durch das ich aus einer Höhe nach unten blickte, in der ein kleines Flugzeug fliegen konnte. Im Süden lagen Brooklyn, der Hafen von New Jersey, Staten Island und die Fabriklichter von New Jersey. Und rundherum der Wirrwarr von Häusern, kalt erleuchtet; die an Armreife erinnernden Brückenlampen, die über die Flüsse gespannt waren, und der Verkehr, wie scharlachrote Tausendfüßler auf fernen Schnellstraßen. Hoch oben im Süden stand der Vollmond – der blaue Mond – hinter den rasch vorbeiziehenden Wolken.

»Es ist 22 Uhr 45«, sagte Veronica. »Wir dürfen keine Zeit verlieren.«

Der Laufsteg war zu schmal, als daß wir nebeneinander hät-

216

ten gehen können. Veronica führte mich einmal herum, gegen den Uhrzeigersinn. Zweimal blieb sie stehen, und die goldene Feder an ihrem Hut fing an zu rotieren wie eine Funkantenne, die eine Frequenz sucht. Als wir zur Plattform zurückkehrten, sollte ich mich über das niedrige Geländer beugen.

Es war, als würde ich in einen Schacht ohne Boden blicken, und alle Lichter flogen mir entgegen wie Sterne.

»Das ist die Südseite des Observation Deck im 86. Stock«, sagte sie.

Etwa 65 Meter unter uns wand sich das rotgeflieste Deck um das Gebäude. Die blauen Lichter an jeder Ecke beleuchteten die gebogenen, silbrigen Stangen, die an der Außenwand entlangführten.

Sie deutete auf die südwestliche Ecke und sagte: »Hier wird mein Vater landen. Ich spiele auf der anderen Seite, der nordwestlichen Ecke, den Köder. Du bleibst hier auf der Plattform, mit dem Drachen.«

Sie nahm mir die Schachtel aus der Hand, kniete sich hin, packte sie aus und setzte die Teile rasch zusammen. Sie steckte die zwei Bambusstücke mit den Scharnieren zusammen – zwei sich überschneidende, gleichseitige Dreiecke –, befestigte die orangefarbene Seide mit den Monden, Sternen und Kometen daran und band schließlich das V aus blauem Nylon am Rahmen und an der unteren Spitze des Drachens fest.

Und fertig war er, mit dem gelben Blitz in der Mitte: hexagonal, einen Meter achtzig hoch. So groß wie ich.

Veronica reichte mir die Spule mit der blauen Schnur.

»Du holst meinen Vater herein«, sagte sie ruhig.

»Damit?«

»Ich habe dir doch gesagt, er ist nicht wie andere Drachen. Wo mein Vater herkommt, wiegt er ohnehin fast nichts, bis er den Boden berührt.«

»Aber wie —«

»Du wirst merken, wie es geht.« Sie legte eine Hand auf meine. »Entspann dich. Zieh jetzt die Handschuhe an. Wenn

217

er zum ersten Mal mit dem Drachen in Kontakt kommt, spürst du ein festes Ziehen, obwohl der Drachen so hoch stehen wird, daß du ihn nicht sehen kannst. Du mußt auf jeden Fall beide Füße fest auf dem Boden haben. Nicht einmal eine Sekunde darfst du den Fuß heben.« Sie holte die Orange, die wir auf dem Gehsteig gefunden hatten, aus der Tasche. »Wenn ich diese Orange in die Luft werfe, fang an, die Schnur aufzurollen – nicht zu schnell, aber gleichmäßig. Höre auf keinen Fall auf, was auch passiert. Wenn er so nahe ist, daß du sein Gesicht deutlich sehen kannst, laß den Drachen und die Spule los.«

»Und dann?«

Sie zögerte. »Geh einen Schritt zurück, an die Wand.«

»Was mit ihm passiert, meine ich.«

»Er kann dann seine Bewegungen selbst kontrollieren. Er schafft es bis zur südwestlichen Ecke.« Sie wandte den Blick ab. »Danach wartest du hier auf mich.«

Sie lächelte verlegen und berührte meine Wange. Dann küßte sie mich auf den Mund und ließ ihre Zunge um meine kreisen, bevor sie mit der Zungenspitze um meine Lippen fuhr, diesmal gegen den Uhrzeigersinn.

Sie gab mir die Spule in die Hand und trat zurück in den Schatten der Tür, so daß ich ihr Gesicht nicht mehr sehen konnte. »Zähle von sechzig an rückwärts, dann laß den Drachen fliegen.« Sie hatte die Stimme zu einem Flüstern gesenkt. »Auf Wiedersehen, Leo.«

Und damit war sie verschwunden.

Ich war bei fünfundzwanzig angelangt, als von unten Musik heraufdrang. An der Südwestecke des Observation Deck schlug Veronica mit dem Holzstößel in der linken Hand die Klangschüssel, und mit der rechten ließ sie die Becken klingen, die ihr an Lederbändern um den Hals hingen, *ching*.

Ich erkannte an den kalten, perlenden Läufen, die sie der Klangschüssel entlockte – ineinanderverwobene Melodien auf der chromatischen Tonleiter –, die Musik, die sie auf dem Klavier im Neptunclub gespielt hatte. Das Stück, dessen Titel der

Saxophonist mit »Viola« angegeben hatte. Veronica hatte ihren Hut abgenommen und saß mit geschlossenen Augen ruhig im Lotossitz, ohne daß der Wind ihre nassen Haare durcheinanderblies, auf einer dreieckigen Matte.

Als ich bei Null anlangte, wandte ich den Blick von ihr ab und ließ den Drachen los. Er schoß mit einer solchen Geschwindigkeit von mir weg, daß es mich beinahe umgeworfen hätte, obwohl ich mich, so fest ich konnte, abgestützt hatte.

Im Griff meiner behandschuhten Hände verrutschte die Spule kein bißchen, trotz des enormen Reißens, das ich von den Schultergelenken bis zu den Fußsohlen spürte. Mein Rückgrat war wie ein Bogen gespannt– es kam mir wieder vor, als hätte ich einen Fisch an der Angel, tief unten im Ozean. Das orangefarbene Sechseck flog hoch hinauf in die Atmosphäre und noch weiter. Vor der blauen Mondscheibe wurde es immer kleiner, bis es nur noch ein schwarzer Fleck war – als hätte es die Oberfläche des Mondes berührt. Dann konnte ich es überhaupt nicht mehr sehen. Aber die blaue Schnur lief weiter zischend von der Spule und zog eine leuchtende Spur durch den Dunst – wie die blaue Linie, der ich durch den Central Park gefolgt war. Und Veronicas komplizierte Musik floß hinaus in den Weltraum, an der blauen Linie entlang, die zu den Melodien vibrierte – als würde sie den Klang transportieren wie ein Radiokabel.

Nun geschahen andere Dinge. Der Himmel wurde lila. Der Wind nahm zu. Über mir hörte ich das Flattern von Flügeln, und ich sah eine große schwarze Eule, welche die Antenne umkreiste. Sie hatte goldene, schneebestäubte Flügel, die von den Lichtern an der Antenne rot beleuchtet wurden. Sie umrundete die Antenne ein Dutzend Mal und schlug bei jedem Kreis nur einmal mit den Flügeln. In konzentrischen Kreisen schwebte sie nach außen und zog goldene und rosafarbene Dunststreifen nach sich, bis sie eine Scheibe aus Ringen – wie die des Saturn – um die Antenne gebildet hatte.

Dann entdeckte ich unten jemanden, der mit einem geöffneten Regenschirm genau entlang den Stahlstangen an der Mauer des Observation Decks entlangging. Es war Alta. Aus dem Dunst, der von den Straßen unten heraufbrodelte, bog sie um die südwestliche Ecke und trat in das blaue Licht. Sie trug ihren weißen Kittel, und ihre weißen Haare wehten so fein wie die Gischt einer Welle.

Veronica beachtete sie nicht, als Alta steif von der Mauer hinuntersprang, ihren Regenschirm in einen Besen verwandelte, indem sie ihn einmal herumwirbelte, und damit flink die Fliesen fegte. Sie trat auf die Kacheln, die sie kehrte, und hinterließ in einer frischen Schicht silbernen Staubs tiefe Fußabdrücke. Es war ein Besen, der den Staub nicht wegkehrte, sondern produzierte. Obwohl Alta schwarze Stiefel trug, hinterließ sie Abdrücke von nackten Füßen. Als sie an der südwestlichen Ecke ankam, machte sie einen Kreis aus Staub und trat hinein, bevor sie um die Ecke herum verschwand. In dem Staubkreis hatte sie keine Fußabdrücke hinterlassen, weder von nackten Füßen noch andere.

Veronica spielte weiter auf der Klangschüssel und den Bekken. Urplötzlich fing der dicke Nebel an, sich an einem schmalen Korridor den Himmel entlang aufzulösen, und rasch hatte sich ein langer Tunnel gebildet, der von der Spitze des Gebäudes bis zum Mond zu reichen schien. Der Mond wirkte größer, und seine Landschaft war so klar gezeichnet wie auf Kekos Globus. Am östlichen Rand, 30 Grad nördlich des Äquators, wo ich durch Harriots Teleskop den mit »Raleigh« bezeichneten Krater gesehen hatte, flackerte ein blauer Lichtpunkt.

Im selben Moment spürte ich an der Drachenschnur nicht nur ein Ziehen, sondern einen so festen Ruck, daß es mir die Spule aus der Hand gerissen hätte, wären die Handschuhe nicht gewesen. Die Schnur lief wie verrückt hinaus. Dann hing sie durch. Und sauste wieder los. Als mein Vater einmal in seinem Boot einen Marlin am Haken gehabt hatte, hatte er mir die Angel gegeben – und es hatte sich genauso angefühlt. Ein Ruck, durchhängen, noch ein Ruck. »Laß sie los«, hatte er mir gesagt. »Laß sie laufen.« Genau das tat ich jetzt und wartete auf Veronicas Signal, bevor ich anfing, die Schnur wieder aufzurollen.

Unter der rötlichen Farbe bildeten sich Schweißtropfen an meinen Schläfen. Mein Mund brannte. Die Lichter der Stadt unten schienen schwächer zu werden – und die Stadt kam mir in diesem Moment weiter entfernt vor als die Sterne und der Mond.

Plötzlich schossen Blitze herab, gefolgt von Donnerschlägen. Ich blinzelte durch das grelle Licht zum Observation Deck hinunter, aber Veronica war nicht mehr zu sehen. Ihre Musikinstrumente und die dreieckige Matte waren verschwunden. Der silberne Staubkreis in der südwestlichen Ecke war noch intakt. Der nächste Donnerschlag war so gewaltig, daß alle meine Knochen klapperten.

Dann schlug eine Serie von Blitzen in die Antenne ein, und von unten hörte ich Veronica »Leo!« schreien, als die Orange hinauf in den Himmel flog und explodierte. Hinter dem Mond erschien ein gezackter Riß am purpurnen Himmel, und ich sah eine Gruppe intensiv glitzernder Sterne. Sie waren groß – nicht nur Lichtsplitter, sondern kleine Kugeln –, die näher an der Erde waren als alle Sterne, die ich je gesehen hatte. Zwischen den Sternen trieben gewaltige, lichtverkrustete Eisberge, in denen sich der Schein der Sterne brach.

Jetzt holte ich die blaue Schnur ein, und der Drachen fühlte sich anders an. Nicht schwerer – Veronica hatte recht gehabt –, sondern er hatte mehr Spannung. Ich hielt den Blick nach oben gerichtet, um den Drachen sehen zu können. Die Eule zog immer noch ihre Kreise, die Scheibe um die Antenne wurde größer, die Sterne und Eisberge vervielfältigten sich, und meine Finger in den schwarzen Handschuhen rollten mit einer Kraft, von der ich nicht gewußt hatte, daß ich sie besaß, blitzschnell die Spule ein. Die ganze Zeit über roch ich den Geruch von verbranntem Fleisch im Wind, und einen Augenblick lang schmeckte ich Salzwasser.

Dann erschien der Drachen wieder, und alles beschleunigte sich. Als würde jemand so rasend schnell, wie ich die Spule aufrollte, die Zeiger einer Uhr drehen.

48

Gruppen von dreizackigen Blitzen fuhren verästelt vom Himmel herab. Der Drachen zeichnete sich jetzt deutlich vor dem Mond ab und zog eine Wolke leuchtenden Schutts – feurigen Staub und Weltraumglas – wie den Schwanz eines Kometen hinter sich her, als er zwischen den Sternen und Eisbergen hervorkam und den Tunnel durch den Nebel entlang herunterflog. Auf dem Drachen war deutlich ein Mann mit gespreizten Armen und Beinen zu sehen. Eine hagere Silhouette, von hinten beleuchtet.

Nach und nach konnte ich seine Kleidung erkennen: ein zerfetzter Umhang, Stiefel, zerrissene schwarze Hosen und eine lange Schärpe. Der Mann war groß und dünn, und seine langen, zerzausten Haare wehten unter einem Turban hervor, der sich in Fetzen aufwickelte. Ich versuchte, sein Gesicht zu erkennen, um dann Veronicas Anweisungen zu folgen: die Spule, die Schnur und den Drachen ganz loszulassen. Schließlich blieb der Drachen abrupt stehen, schwebte horizontal über der Antenne, und der Mann ging in die Hocke. Als ich die Fetzen seines Vardoz-Kostüms im Wind flattern sah – das ansonsten identisch mit meinem eigenen war –, fiel mir plötzlich Leona McGriffs Warnung wieder ein: »Sei vorsichtig morgen nacht dort oben auf diesem Turm. *Stell dich nicht dorthin, wo sie sagen.*«

Dann entdeckte ich Veronica – ihre Haare, die nicht mehr naß waren, wehten im Wind. Sie rannte über das Deck unter mir, genau in dem Moment, als der bisher größte Blitzstrahl herunterkrachte und alles im Umkreis von sechzig Metern beleuchtete. Auch das Gesicht des Mannes auf dem Drachen. Albin Whites Gesicht – blaugrau, vernarbt, im wahrsten Sinne des Wortes von der Zeit schwer gezeichnet. Schnurartige Narben überzogen seine Stirn, seine Wangen hatten Pockennarben und sein Kiefer war von Säuren so zerfressen, daß er löchrig wie Bimsstein war. Seine grünen Lippen – die Farbe blätterte ab – entblößten in einer fürchterlichen Grimasse die Zähne, als sich unsere Blicke trafen. Ich erkannte den Zauberkünstler aus dem Herrenhaus, den Krüppel auf dem Dock in Portsmouth, den indianischen Medizinmann im Amazonasdschungel und den Bettler im Hof des Tower von London. Sein rechtes Auge war blau, das linke grün.

Ich ließ den Drachen los und spürte sofort ein starkes Ziehen, das mich in die Luft zerrte. Ich wußte, ich konnte ihm keinen Widerstand entgegensetzen. Alle Kraft schien meinen Körper zu verlassen. Als ich schon ein gutes Stück von der Plattform entfernt war, packten mich plötzlich aus dem Nichts zwei starke Hände von hinten. Mehrere Sekunden lang kam es mir vor, als würde ich von einem Strudel angezogen werden, und meine Beine zeigten auf den Tunnel, durch den Albin White heruntergekommen war. Aus dem Augenwinkel heraus sah ich ihn immer noch auf dem Drachen hocken, bereit zum Sprung. Seine blutunterlaufenen Augen auf meine geheftet.

Ich dachte: Er wartet, bis ich in den Himmel gezogen werde, bevor er springt.

Doch es passierte nicht. Obwohl die Kraft, die mich nach oben zog, weit stärker war als die Schwerkraft und mir beinahe die Stiefel von den Füßen zerrte, rissen mich die Hände, die mich an den Schultern gepackt hatten, ein für allemal zurück, weg von der Plattform durch die Tür in den Raum mit dem Generator. Ich landete hart auf dem Rücken, und als ich aufsprang, war ich verblüfft, Veronica gegenüberzustehen, die hinter mir hingefallen war und nach Luft schnappte.

»Wie bist du so schnell hier heraufgekommen?« fragte ich, denn es waren nur ein paar Sekunden vergangen, seit ich sie über das Deck hatte rennen sehen.

»Was meinst du?« fragte sich und richtete sich auf.

»Du —«

»Egal. Komm.«

Wir eilten gerade rechtzeitig wieder hinaus auf die Plattform, um zu sehen, wie Albin White, verwirrt und aus dem
Gleichgewicht gebracht, versuchte, auf dem Drachen Halt zu
finden, der sich mittlerweile drehte wie ein Kreisel. Ich sah
jetzt, daß er Flügel hatte, mit Regenbogenfarben an den Spitzen. Sie waren locker mit einer goldenen Schnur festgebunden,
aber sie hingen schlaff und gebrochen hinab. Obwohl er so
ausgezehrt war, schaffte er es, sieben Meter nach links zu
springen und sich an dem äußersten Ring festzuhalten, den die
Eule mit ihren Flügeln gebildet hatte. Wenn diese Scheibe aus
Ringen als Whites Landeplattform hatte dienen sollen, dann
funktionierte sie nicht. Er hielt sich kurz mit den Fingerspitzen
daran fest, aber er konnte sich nicht hochziehen.

»Vater!« schrie Veronica, und er blickte verblüfft und kopfschüttelnd zu ihr hinunter. »Vater, es tut mir leid!«

Was tut ihr leid? fragte ich mich. White öffnete den Mund,
um zu antworten, aber es kam keine menschliche Stimme heraus, sondern ein Schrei eines Vogels, der meine Trommelfelle
fast zum Platzen brachte.

Dann ließ er den goldenen Ring los, und Veronica schrie, als
er Hals über Kopf mit zappelnden Armen und Beinen nach unten fiel. Ich war sicher, daß er hundert Stockwerke weiter unten auf der Straße aufschlagen würde, aber irgendwie schaffte
er es, seinen Körper so herumzureißen, daß er über die Stahlstangen hinwegflog und – mit einem weiteren entsetzlichen
Schrei – auf den Knien in einer silbernen Staubwolke an der
südwestlichen Ecke des Observation Deck landete.

»Er hat es bis in diesen Kreis geschafft«, murmelte Veronica
ungläubig.

Aber noch während sie sprach, sahen wir etwas, das – selbst
für Veronica – noch überraschender war als der Anblick von
Albin White, wie er aus dem Himmel trudelte: Wir sahen Ve-

224

ronica um die südwestliche Ecke des Decks laufen. Obwohl ich sie in ihrem blauschwarzen Tupfenkostüm neben mir spürte, war sie fünfundsechzig Meter unter uns und trug dasselbe Kleid.

Kekos Abschiedsworte klangen mir in den Ohren: *Weißt du nicht, daß es Menschen gibt, die an zwei Orten gleichzeitig sein können?*

»Nein, das ist nicht der Grund«, sagte Veronica mit zittriger Stimme und schaltete sich wieder in meine Gedanken ein.

Die Veronica unten war abrupt stehengeblieben, entsetzt über den Anblick von Albin White, der in seinen zerfetzten Kleidern aufstand und sich den Staub von den Beinen klopfte. Ihre Haare flogen im Wind, während die Veronica neben mir noch nasse, am Kopf anliegende Haare hatte. Ansonsten waren sie identisch.

»O mein Gott«, sagte Veronica. »Das ist doch unmöglich.«

»Ist das eine der Projektionen, von denen Otto uns erzählt hat?«

»Nein, das ist ein lebender Mensch«, sagte Veronica. »Siehst du nicht, es ist meine Schwester!«

»Was?«

»Das ist Viola, meine Schwester. Viola!« rief sie und winkte.

Die Frau blickte auf und erstarrte, als sie uns auf der Stahlplattform erblickte. Sie war ebenso erstaunt wie wir.

Plötzlich verdunkelte der Schatten der Flügel der Eule von hoch oben ihr Gesicht. Dann ihren ganzen Körper. Mit einem Schrei verließ die Eule ihre Kreisbahn um die Antenne, stieg in die Luft und verschwand in der Dunkelheit. Doch obwohl sie nicht mehr zu sehen war, umhüllte ihr Schatten immer noch die Frau auf dem Deck.

Veronica ließ die Arme sinken. »Ja, und da ist Starwood«, sagte sie.

49

Er griff Albin White von hinten an. Sein Gesicht war wutverzerrt. Die zickzackförmige Narbe auf seiner Stirn glühte rot, und er wirkte noch wütender, weil seine Augenbrauen dünn wie mit dem Bleistift gezogen gezupft waren. Seine roten Haare waren jetzt länger als damals, als ich ihn zum ersten Mal in der Kunstgalerie gesehen hatte, und fielen wie die Mähne eines Pferdes auf eine Seite. Ich hatte zwar bei Keko mit ihm gekämpft, aber er war damals unsichtbar gewesen, und das Bild, das ich mir über die Wochen von ihm gemacht hatte, wenn andere seinen Namen angstvoll oder verächtlich ausgesprochen hatten, entsprach nicht mehr dem Mann, den ich wirklich gesehen hatte. Er war noch größer und breiter, als ich ihn in Erinnerung hatte, eine bedrohliche, massige Gestalt. Mächtige Schultern, ein dicker Hals und Hände, doppelt so groß wie meine.

Hände, die viele Zaubertricks möglich gemacht hatten. Hände, die zu großer Brutalität fähig waren. Ich stellte mir vor, wie er vor Jahren Keko vor der Vergewaltigung damit überwältigt und geblendet hatte. Und wie er sie damit innerhalb der letzten vierundzwanzig Stunden erwürgt und in das Aquarium geworfen hatte. Ich war nur erstaunt, daß Keko bei beiden Gelegenheiten fähig gewesen war, ihm solch einen Kampf zu liefern. Und es erstaunte mich auch, daß es mir, unsichtbar oder nicht, gelungen war, am Leben zu bleiben, als ich im Griff dieser Hände war.

Seine Kleidung war anders, als ich sie mir vorgestellt hatte: ein weiter weißer Anzug, ein weißes Hemd und ein schwarzes Halstuch. Und zweifarbige Schuhe mit dünnen, leisen Sohlen.

Seine großen Hände waren jetzt beschäftigt. In der rechten hielt er ein gelbglühendes Lasso, in der linken mehrere Dolche. Ich wußte nicht, wo Starwood hergekommen war oder wie er diesen Punkt – vier Meter von Albin White entfernt – erreicht hatte, ohne entdeckt zu werden, aber sein Timing war perfekt, denn White schien ihn nicht bemerkt zu haben. Selbst nach allem, was ich von Albin White wußte, als Zauberer und als abgehärteter Reisender durch Dimensionen von Zeit und Raum, die sich die meisten Menschen nicht hätten vorstellen geschweige denn aushalten können, sah ich keine Chance, wie er in seinem angeschlagenen Zustand einen Kampf mit einem so furchterregenden Gegner überleben sollte.

Als Starwood das Lasso über dem Kopf kreisen ließ und die beiden Veronicas – die neben mir und die andere unten, noch im Schatten der Eulenflügel – gleichzeitig »Vater!« riefen, kam Whites Reaktion für mich völlig überraschend. Obwohl er steif wie eine Vogelscheuche war, schlug er zehn schnelle Räder über das Deck, das zerlumpte Vardoz-Kostüm fiel ab, und darunter kam der Anzug des Zauberkünstlers zum Vorschein – das grüne Trikot, der Pullover und die Schärpe waren unversehrt. Starwood warf das Lasso aus dem Handgelenk, und es gelang ihm noch, mitten im letzten Rad Whites rechten Knöchel in der Luft zu erwischen. Er zog fest an dem Lasso und riß ihn in die Luft.

»Komm«, sagte Veronica und zog mich am Arm.

Als wir in den Raum mit dem Generator rannten, sah ich, wie Starwood drei Dolche auf einmal warf. White, sechs Meter über dem Deck, wich dem einen aus und fälschte einen mit der Ferse ab. Er wirbelte seitlich herum wie ein Derwisch und brachte den dritten Dolch dazu, das Lasso durchzuschneiden. Dann drehte er sich so schnell nach unten, daß sein Bild vor meinen Augen verschwamm.

Veronica und ich eilten zu dem kleinen Aufzug. Als sich die Tür schloß, blickte ich sie an und fixierte sie.

»Wie war er dazu fähig«, platzte ich heraus, »nach allem, was er durchgemacht hat?«

Sie atmete durch die Zähne, mit geballten Fäusten. »Was du gerade gesehen hast«, murmelte sie, »war nur der Anfang.«

Das Blut pochte in meinem Kopf, und ich fragte: »Was wäre passiert, wenn du mich nicht gepackt hättest?«

Einen Moment lang konzentrierte sich Veronica ganz auf mich. Ihre Stimme klang hohl. »Du wärst dort gelandet, wo mein Vater hergekommen ist. Für seine Rückkehr mußte jemand an seine Stelle treten.«

Ich wich zurück.

»Du solltest für ihn geopfert werden«, fügte sie hinzu.

Ich dachte wieder an Leona McGriff. »Von Anfang an?«

»Von Anfang an«, sagte sie ruhig. »Seine Landung war nur deshalb so holprig, weil es nicht so abgelaufen ist.«

Der Aufzug blieb ächzend stehen. Wir steckten auf halber Höhe zwischen dem 102. und 86. Stock fest: Der Höhenmesser zeigte 1150 Fuß an.

»Beweg dich nicht«, flüsterte Veronica.

Sie versuchte es gar nicht erst mit den Knöpfen auf der Anzeige. Sie nahm ihren Schlüsselring heraus und steckte einen eckigen Schlüssel mit Bronzemarkierungen in das Schlüsselloch über dem Alarmknopf. Der Schlüssel drehte sich mit einem leisen Klicken, aber nichts passierte.

Sie fluchte leise, öffnete ihr Schnappmesser und versuchte die Tafel aus der Wand zu brechen. Dann hörte sie unvermittelt auf.

»Wir müssen auf einem anderen Weg hier raus«, sagte sie.

Ich durchsuchte meine vielen Taschen und fischte die grüne Kreide heraus.

»Nein, das ist nicht der Zeitpunkt dafür.« Sie betrachtete die Decke des Aufzugs. »Gib mir Hilfestellung.«

Ich kniete mich hin, und sie kletterte auf meine Schultern und verschränkte die Beine vor meiner Brust. Ich hielt sie an den Knöcheln fest und stand auf. Mit ihrem Messer löste sie ein paar Schrauben an der Decke und hob den rechteckigen Deckel des Notausstiegs ab.

»Ich hebe dich hoch«, sagte sie, nachdem sie wieder neben mir stand, »und dann ziehst du mich nach. Dort oben wird es schwierig, Leo, aber du hast es in dem Treppenhaus geschafft, und du kannst es auch hier schaffen.«

228

»Am Drahtseil hoch?«

»Acht Stockwerke. Du hast doch noch die Handschuhe. Halt nicht an und sieh nicht nach unten, egal was du siehst oder hörst.«

Sie verschränkte die Hände und schob mich durch die Öffnung. Als ich auf dem Dach des Aufzugs hoch in die Dunkelheit blickte, hatte ich das Gefühl, auf dem Boden eines tiefen Schachtes zu stehen. An der Stelle, wo White und Starwood kämpften, hörte ich durch die dicken Wände ein Grollen, wie Donner.

»Leo!«

Veronica wartete mit ausgestreckten Armen im Aufzug. Ich zog sie mit erstaunlicher Leichtigkeit nach oben, es war, als klebte sie an meinen Handschuhen fest.

»Gehen wir«, sagte sie und schob sich das Schnappmesser wie ein Pirat zwischen die Zähne. Sie hielt sich am Drahtseil des Aufzugs fest und zog sich hoch, indem sie eine Hand über die andere setzte, und innerhalb von Sekunden war sie außer Sichtweite.

Mit den Handschuhen die acht Stockwerke hochzuklettern, strengte mich kaum an. Die ganze Strecke hinauf trieb der Rauch von verbranntem Fleisch durch die Dunkelheit, zusammen mit einem warmen Nebel, der klebrig war wie Blut. Ich hörte Stöhnen und Schreie – manche weit weg, manche nur ein paar Meter entfernt.

Auf halber Höhe spürte ich einen eisigen Lufthauch auf der Wange und sah oben links eine große Silhouette auf einer Plattform aus blauem Licht stehen. Auf ihrer Stirn drehte sich ein heller Kreis, aus dem blaugelbe Vögel flogen, manche mit einem rechten Flügel, manche mit einem linken, aber keiner mit zwei Flügeln. Dann ergoß sich ein schwarzer Strom aus dem Kreis, voll mit zappelnden Fischen, manche ohne Kopf, manche ohne Schwanz, aber keiner war vollständig. Schließlich beugte sich die Silhouette hinab und faltete sich zusammen wie ein Origamipapier – in Viertel, Achtel, Sechzehntel und schließlich in ein winziges Sechseck, das wie eine Schneeflocke heruntertaumelte.

Ich hangelte mich weiter hoch, selbst als es plötzlich Ruder den Schacht hinunterregnete, nur Zentimeter an mir vorbei. Ruder wie die, die ich von der Wendeltreppe aus gesehen hatte, synchron in ihren Bewegungen wie Flügel, in Booten mit unsichtbaren Ruderern. Als die Ruder immer mehr wurden, schloß ich die Augen und zog mich die restlichen Stockwerke hinauf, ohne noch einmal haltzumachen.

Veronica hielt sich noch am Drahtseil fest und wartete ungeduldig an der Tür zum 102. Stockwerk, die sie aufgebrochen hatte.

»Ich hab dir doch gesagt, du sollst nicht haltmachen«, schimpfte sie.

Sie setzte einen Fuß auf den Rand der Öffnung, steckte sich das Messer wieder zwischen die Zähne und sprang vom Drahtseil weg in das Observatorium. Ich hatte noch einen Arm um das Drahtseil gewinkelt und wollte Veronica gerade folgen, als sie von jemandem zurück in den Aufzugschacht gestoßen wurde. Sie fiel, doch ich erwischte gerade noch ihr Kleid, als ich mit der freien Hand nach unten stieß. Sie hielt sich strampelnd mit beiden Händen an meinem Handgelenk fest und hing einen Moment da, das Messer noch zwischen den Zähnen, bevor sie die Beine um das Drahtseil schlang. Dann bedeutete sie mir, sie loszulassen. Ich sprang nun selbst ins Observatorium, kauerte mich hin und wartete, daß sie mir folgte.

»Alles in Ordnung?« flüsterte ich, als sie neben mir landete.

Sie drückte mich am Arm, nahm das Messer in die Hand und zeigte auf das Treppenhaus. »Nimm jetzt das *dip shing*«, sagte sie.

Während wir leise über den Boden schlichen, durchsuchte ich die Taschen meiner Robe und meiner Jacke, aber ich konnte das Pillendöschen nicht finden.

An der Tür zum Treppenhaus hörte ich ein Summen über meinem Kopf.

»Hast du mich verstanden?« drängte Veronica.

»Ich finde es nicht.«

»Geh durch diese Tür und warte auf dem Treppenabsatz. Und *finde es.*«

Sie verschwand in der Dunkelheit. Auf dem Treppenabsatz schlug mir ein eisiger Luftzug entgegen. Ich drückte mich an die kalte, feuchte Wand. Der Treppenabsatz war klein. Ich blickte über das Geländer. Es war das längste Treppenhaus, das ich je gesehen hatte. 1860 Stufen. Nur von einer einzigen Birne auf jedem Stockwerk schwach beleuchtet. 102 Stockwerke.

Ich durchsuchte wieder meine Taschen und fand Dinge, von denen ich gar nicht gewußt hatte, daß sie da waren: ein Nautilusgehäuse, eine samtene Augenbinde und silberne Handschellen, die an vier Handgelenke angelegt werden konnten. Und ein dreieckiger Spiegel, in dem erst Nebel, dann Bilder zu sehen waren. Ich sah, wie Albin White und Starwood mit flammenden Schwertern kämpften. Jedesmal, wenn die Schwerter aufeinandertrafen, stieg ein Feuerball in den Himmel auf. Nach den angesengten Stellen auf Whites Arm zu urteilen, war Starwood ihm überlegen. Doch dann bildete White einen Achter aus Feuer in der Luft, der einen Augenblick brannte, bevor er sich in Wasser verwandelte und die Flammen auf Starwoods Schwert löschte. White sprang von der Brüstung auf eine der flügelförmigen Stahlstangen, und jetzt begriff ich, daß sie nicht unter, sondern über uns kämpften, auf dem Dach des Observatoriums.

Plötzlich hörte ich zu meiner Rechten ein dumpfes, unablässiges Summen. Jemand trat durch die Tür, aber es war nicht Veronica. Er hatte eine Pistole in der Hand, die auf meinen Bauch gerichtet war. Alles, was ich in der Dunkelheit zunächst erkennen konnte, war ein gebückt gehender Mann in einem übergroßen Mantel. Dann richtete er sich auf und stand da in dem schwachen Leuchten der Glühbirne.

Das Blut wich mir aus den Adern, der Spiegel fiel mir aus der

Hand und ich starrte auf einen geschwollenen Kopf, dessen Gesicht so zugerichtet war, daß man nichts mehr erkennen konnte – als wäre es von einer Schrotladung zerfetzt worden. Ein Auge fehlte, das andere war rot und geschwollen. Über der Unzahl von Stichen und Beulen, die an die Stelle seines Gesichts getreten waren, setzten sich immer noch Bienen fest, manche im Todeskampf, manche stachen gerade, und manche waren schon tot und steckten zur Hälfte in dem rohen Fleisch. Als der Mann den Mund öffnete, um zu sprechen, glitt seine von Bienen überzogene Zunge heraus. Aus seinem Hals und den Eingeweiden hörte ich ein lauteres Summen, als ob Holz gesägt würde. Sein Körper war mit Bienen angefüllt, und ich fragte mich, wie Wolfgang Tod überhaupt noch am Leben sein konnte.

Er lehnte sich gegen die geöffnete Tür und spannte den Hahn der Pistole. Als ich nach unten blickte, sah ich in den Scherben des zerbrochenen Spiegels einen Vogelschwarm, der in einer V-förmigen Linie von links nach rechts flog. Ich dachte bei mir: Das ist das letzte, was du je zu sehen bekommst. Und ich wartete auf das Krachen der Pistole. Statt dessen hörte ich einen dumpfen Schlag.

Ich blickte auf zu Tod, der immer noch die Pistole auf mich gerichtet hatte, nur steckte jetzt ein Messer in seinem Hals. Der Perlmuttgriff war in Genickhöhe von hinten eingedrungen, und die Spitze, von der Blut tropfte, trat unter seinem Adamsapfel hervor. Er war bereits tot, und zwei der Bienen waren schon laut summend auf die Messerspitze gekrochen.

Veronica kam durch die Tür und zog ihr Schnappmesser aus Tods Hals. Sie wischte es an seinem Mantel ab und schubste ihn ohne viel Federlesens über das Geländer.

Ich sah zu, wie er fiel, sein Mantel blähte sich auf, Arme und Beine waren ganz ausgestreckt, während er kleiner und immer kleiner wurde. Ein paar Sekunden lang sah ich einen Schwanz, der beim Fallen hinten aus seinem Mantel hervorstand – ein grüner Reptilienschwanz mit dicken Schuppen, der am Ende

spitz zulief. Dann war Tod nur noch ein Fleck, der rot auflo-
derte, als hätte er Feuer gefangen, während er in Höhe der unteren Stockwerke verschwand.

Veronica berührte mit dem kleinen Finger einen Blutstropfen, der noch an der Messerklinge hing. »Clement hatte recht«,
sagte sie. »Sein Blut ist kalt, wie bei einer Eidechse.«

50

Als Veronica und ich im 86. Stockwerk aus dem Treppenhaus
traten, stand Alta auf dem Observation Deck und blickte nach
oben. Wir gingen durch die Glastüren und sahen zwei Gestalten in blauen Mänteln um die Ecke auf sie zusegeln. Sie hatten
scharfkantige Gesichter, und ihre Augen waren dünne, rechteckige Schlitze, aus denen dunkle Lichtstrahlen drangen. Sie
breiteten ihre Mäntel aus wie Fledermausflügel und waren
kaum zwei Meter von Alta entfernt, als wir ein Knurren hörten
und sie zu Boden geworden wurden.

»Tashi«, murmelte Veronica.

Während die blauen Mäntel von seinen Stahlzähnen in Fetzen gerissen wurden, stieß das, was auch immer in diesen Mänteln steckte, keine Schreie aus. Man hörte nur ein schnelles Zischen, wie Luft, die aus einem Reifen entweicht. Statt der Körper bildeten sich zwei Pfützen aus einer silbernen Flüssigkeit
auf den Fliesen, und die blauen Mantelfetzen verwandelten
sich in Motten und flogen in die Nacht hinein.

»Das waren *Tulpas*«, sagte Veronica. »Die sind nicht leicht
umzubringen. Aber Tashi weiß, wie es geht.«

In der Zwischenzeit war Alta verschwunden, und als wir einen lauten Schrei hörten, wandten wir den Blick hoch zur
Spitze des Gebäudes.

Albin White und Starwood waren auf dem Turm an der Basis der Antenne – ein Wirrwarr von Kabeln, Leitern, Plattfor-
men, Laufstegen, Drähten und Reifen, die zur Antenne selbst

führten, auf einer Fläche, die sie in ein kompliziertes, konisches Schlachtfeld verwandelt hatten.

Starwood hatte seinen weißen Anzug ausgezogen. Darunter trug er ein enganliegendes Trikot aus dickem Kettenpanzer, wie es Tiefseetaucher tragen und das selbst für die rasiermesserscharfen Zähne von Haien nicht zu durchdringen ist.

Doch wenn Albin White seine schwarze Schärpe über Starwoods Brust oder Arme schlug, zuckte Starwood zurück, als wäre er von einer Peitsche getroffen worden.

Beide Männer barsten vor Energie. Besonders Albin White schöpfte Reserven aus und zeigte Kräfte, die mit dem verstörten Mann, den ich vom Himmel hatte fallen sehen, nur schwer zu vereinbaren waren. Als hätte er mit seinem Vardoz-Kostüm eine alte Haut abgelegt. Nur seine Augen sahen noch verbraucht aus – sie fixierten ferne Punkte, obwohl er bei seinen Aktionen wagemutig und ganz konzentriert war.

Während sich White rasch von einem Metallreifen zum nächsten schwang, kletterte Starwood über eine Leiter auf eine kleine Plattform und bewarf ihn immer wieder mit einer Handvoll schwarzen Puders. White tauchte zu einem niedrigeren Reifen, wischte sich die Augen und kletterte auf allen vieren über eines der straffen, diagonal gespannten Kabel, die zur Spitze der Antenne führten. 1350 Fuß über Manhattan und fünfzig Fuß über Starwood hockte er auf zwei Querstäben und wandte ein paar Sekunden lang überraschend seine Aufmerksamkeit von Starwood ab, um über die Stadt zu blicken, die er zum letzten Mal vor zehn Jahren gesehen hatte. Ganz kurz wurde sein Gesichtsausdruck weicher.

Anders als die Reisenden aus aller Welt, die dieses Gebäude besuchten, war White nicht nur Tausende von Meilen gereist, sondern auch durch Tausende von Jahren. Ich wußte, daß die einzigen Skylines, die er in letzter Zeit gesehen hatte, die von Damaskus und Alexandria vor den Kreuzzügen und die des elisabethanischen London gewesen waren. Jetzt war er endlich zu Hause.

234

Starwood war mittlerweile mehrere Querstäbe hochgestiegen und hatte sich leise auf einen Laufsteg gleich unterhalb der Antenne geschwungen. Er löste den linken Ärmel seines Panzeranzugs ab, der an der Schulter mit einem Reißverschluß befestigt war. Was auch immer es für ein Metall war, es war formbar: Er machte sich schnell einen ein Meter zwanzig langen Speer mit drei Zacken daraus.

Einen Dreizack, den er mit der rechten Hand packte, die Zacken nach unten gerichtet.

»Nein«, murmelte Veronica vor sich hin.

Aber White hatte ihn ebenfalls beobachtet. Er beugte sich vor und streckte seine geballte Faust in Starwoods Richtung. Er trug an jedem Finger einen Ring, wie damals in London; daraus schickte er elektrische Blitze – wie Pfeile – auf Starwood zu. Funken sprangen von dem Kettenanzug ab. Ein paar Blitze erwischten ihn an seinem nackten Arm, und Starwood schrie mit verdrehten Augen auf.

Er riß den Dreizack hoch, hielt ihn über seine Brust, und Whites Ringe flogen von seinen Fingern zu dem Stiel des Dreizacks wie zu einem Magneten. Alle zehn Ringe nacheinander. Starwood hob den Dreizack schnell hoch zur Schulter und warf ihn auf White zu, der ihn kommen sah, doch statt sich zu ducken, ließ er die Arme fallen, erstarrte und konzentrierte sich auf den Dreizack, als könne er ihn mit seinen geistigen Energien ablenken. Er war noch besser. Denn der Dreizack fuhr ihm direkt durch die Brust – als bestünde er nicht aus Fleisch und Blut, sondern aus Luft –, trat durch den Rücken wieder aus und flog gen Himmel. Ich fragte mich, ob er in diesem Bruchteil einer Sekunde seine Molekularstruktur in Schwingungen gebracht und neu geordnet hatte, so daß sich ein breiter Riß gebildet hatte.

»Genau«, hörte ich Veronica wieder in meinen Gedanken.

Einen Augenblick später sahen wir beide, was White nicht sehen konnte: Der Dreizack nahm wieder Kurs auf ihn, nachdem er sich am Himmel umgedreht hatte wie ein Bumerang.

235

»Vater!« rief Veronica.

Und aus dem Schatten auf der anderen Seite des Decks rief –
wie ein Echo – eine zweite Stimme: »Vater!«

In der letzten Sekunde begriff Albin White, was passieren
würde. Er stand breitbeinig mit dem Rücken zur Antenne und
konnte seinen Körper nur ein paar Zentimeter nach rechts drehen. Statt ihm also das Rückgrat zu spalten, bohrte sich der
Dreizack in seine linke Schulter und warf ihn mit dem Kopf
voran von der Antenne. Blut spritzte ihm aus der Schulter, als
er mit weitaufgerissenen Augen an uns und dem Observation
Deck vorbeifiel und an der Seite des Gebäudes hinunter-
stürzte.

»Nein!« schrie Veronica.

Und wieder, aus dem Schatten: »Nein!«

Sollte White während seines schrecklichen Sturzes geschrien haben, hörten wir es nicht.

Rasend vor Wut wandte sich Veronica zu Starwood um und
warf ihr Schnappmesser. Die Hände in die Hüften gestützt,
nickte er mit dem Kopf auf das auf ihn zufliegende Messer. Es
änderte die Richtung und sauste auf sie zu, als man plötzlich
ein Knurren, dann ein Klappern hörte und um das Messer Funken sprühten. Das Messer war nur Zentimeter vor Veronicas
Brust abgefangen worden und wurde ihr nun zu Füßen gelegt,
begleitet von einem langen Knurren. Tashi hatte es aus der
Luft geschnappt, so wie andere Hunde Stöcke fangen.

White war verschwunden, und Veronica hatte jetzt keine
Waffe mehr, als Starwood auf das Deck sprang. Also begann
ich wieder wie wild in meinen Taschen nach dem *dip shing* zu
suchen. Starwood drängte uns in die Ecke und holte wieder
mehrere Dolche hervor, von denen er einen endlosen Vorrat zu
haben schien. Er hielt sie wie einen Blumenstrauß. Er nahm einen heraus, musterte uns kalt, und einen Augenblick lang war
ich mir sicher, daß er in dem blauen Licht den Schatten eines
Panthers warf.

»Tod hat euch doch gesagt«, meinte er breit, »daß ihr bis

über beide Ohren drinsteckt. Habt ihr gedacht, ich wäre leichtsinnig, wenn so viel auf dem Spiel steht?«

Er machte eine kleine Bewegung mit dem Handgelenk, und der Dolch trennte die goldene Feder von Veronicas Hut ab.

»Sie da – Hände aus den Taschen«, schnauzte er, worauf der Dolch zwischen meinem Ellbogen und den Rippen hindurchsauste. »Ich bin Ihnen noch etwas von unserer letzten Begegnung schuldig.« Ein weiterer Dolch spießte meinen Turban auf und trug ihn über die Mauer.

Meine Hände waren jetzt sichtbar, aber Starwood wußte nicht, daß meine rechte Hand – in einer der doppelten Taschen – endlich das Messingdöschen gefunden hatte.

»Remi hat einen Arm verloren«, sagte Starwood zu Veronica, »und jetzt wirst du deinen verlieren, Stückchen für Stückchen, bevor ich dich umbringe.«

»Remi war dir doch immer egal«, sagte Veronica bitter.

Starwood nahm einen Dolch heraus. »Du solltest deine Zunge hüten«, sagte er.

Diesmal halbierte sich der Dolch während des Flugs und verwandelte sich in zwei Schlangen, die sich um unseren Hals wanden. Die Schlange war eiskalt und nahm mir sofort den Atem. Ich ließ das Pillendöschen fallen. Und war, als ich zu Boden fiel, erstaunt, Veronica im Kampf mit Starwood zu sehen. Gleichzeitig erblickte ich Veronica neben mir, die ebenfalls zusammengebrochen war. Es war die andere Veronica – die sie »Viola« nannte –, die Starwood von hinten überrascht und die Arme im Würgegriff um seinen Hals geschlungen hatte. Plötzlich verschwanden die Schlangen, und Sauerstoff durchflutete meine Lungen. Jetzt sah ich, daß die Frau nicht nur Veronicas Doppelgängerin, sondern wirklich ihre Zwillingsschwester war. Aber wie konnte Alta wieder so jung aussehen?

»Viola!« rief Veronica.

Doch Starwood erholte sich schnell. Er warf Viola über die Schulter, drückte sie blitzschnell auf den Boden, und mit einer Hand packte er ihren Hals, mit der anderen schlug er ihren

Kopf von einer Seite auf die andere. Veronica tauchte nach dem Pillendöschen, und innerhalb von wenigen Sekunden hatte sie den *dip shing*-Splitter herausgeholt und war verschwunden.

Ich spürte ihren Atem an meinem Ohr. »Beweg dich nicht, Leo, bis ich dich rufe.«

Gleich darauf sah ich, daß Veronica sich auf Starwood gestürzt hatte, der den Kopf zurückriß, als sie an seiner Haarmähne zerrte. Sie ignorierte die geschützten Teile seines Körpers und konzentrierte ihre Wut auf seinen Kopf und den nackten Arm. Dann fuhr er laut aufkreischend mit den Händen zu seinen Augen hoch, aus denen Blut tropfte, und ich wußte, daß Veronica ihre Nägel darin vergraben und versucht hatte, ihn zu blenden, so wie er Keko geblendet hatte.

Doch irgendwie konnte er trotzdem noch sehen – und selbst wenn das nicht der Fall gewesen wäre, kämpfte er jetzt nur nach Körperkontakt, mit jemandem, der unsichtbar war. Er rollte herunter von Viola und packte Veronica mit der rechten Hand. Viola sprang benommen auf und griff nach seinem Kopf, aber er versetzte ihr einen so festen Schlag in den Magen, daß sie im Schatten an der Wand zusammensackte. Dann ging er mit beiden Fäusten auf Veronica los, und sie stöhnte unter dem dumpfen Geräusch der Schläge.

»Tashi!« rief sie plötzlich.

Starwood wußte, was das bedeutete. Er taumelte weg von ihr, hockte sich in Verteidigungsstellung und fuchtelte mit einem Dolch, den er sich aus dem Mund gezogen hatte, herum. In seinen Augen sammelte sich Blut. Er öffnete den Reißverschluß an seinem rechten Ärmel, schüttelte den Ärmel aus, und aus dem Kettenpanzer wurde ein rundes Netz.

Starwood wirbelte herum, als er es hinter sich knurren hörte, fing selbst an zu knurren und warf geschickt das Netz aus, das er ruckartig zuzog. Man hörte ein Jaulen, als das Netz mit der Gestalt des unsichtbaren Hundes anschwoll, der verzweifelt kämpfte. Tashi schlug wild um sich und dehnte das

Netz bis an seine Grenzen aus, aber es hielt – selbst als er mit den Zähnen an dem Kettenpanzer zerrte und Funken versprühte.

Plötzlich wurde mein Knie von einer Hand gepackt. Dann ergriff eine andere Hand die meine und drückte mir ein Holzstückchen in die Handfläche. Ich wurde sofort unsichtbar und legte mir das *dip shing* unter die Zunge. Die zu meinen Füßen kniende Veronica wurde wieder sichtbar.

Sie hatte ein paar schlimme Schläge einstecken müssen, aber sie hatte nur eine einzige sichtbare Platzwunde – neben dem Mund – und einen großen blauen Fleck hinter dem Ohr. Ihre Niederlage zeigte sich jedoch nicht durch Blut und blaue Flecken, sondern in der Art, wie ihr Körper verrenkt war. Ihr Hals und ihre Arme hingen merkwürdig verdreht herunter. Selbst ihr Rückgrat war schmerzlich verkrümmt. Die nassen Haare hingen ihr übers Gesicht, und sie konnte kaum den Kopf heben.

»Renn, Leo«, flüsterte sie, »sonst bringt er dich auch noch um.«

Starwood hatte das Netz mit Tashi darin an eine der Stahlstangen an der Mauer gehängt und ging jetzt mit dem Dolch in der rechten Hand, die Klinge nach unten gerichtet, auf Veronica zu. Das Blut aus seinen Augen war mittlerweile getrocknet – drei dicke Linien, die gegabelt über beide Wangen hinunterliefen. Veronica hatte ihm eine weitere Verletzung zugefügt: Sie hatte ihm ein Büschel Haare ausgerissen, und Blut tröpfelte ihm über die Kopfhaut hinab und füllte die Kerbe seiner zickzackförmigen Narbe – so präzise wie Farbe in einem Kratzer auf einer Fliese.

Aber sie war jetzt auf allen vieren, und mit den Handschuhen konnte ich wohl, während ich unsichtbar war, einen Versuch bei Starwood wagen. Ich ging links um ihn herum und griff ihn an, als er den Dolch über Veronicas Hals hob. Ich schloß die Finger um sein Handgelenk und drückte mit aller Kraft nach oben.

Starwood ächzte, dann packte er mit der linken Hand meine Kehle. »Diesmal kommen Sie mir nicht so leicht davon«, zischte er mir ins Ohr.

Seine eiskalten Hände fühlten sich wieder an wie die Schlange von eben. Trotzdem senkte sich sein Dolch keinen Zentimeter. Aus dem Augenwinkel heraus sah ich Veronica von uns wegkriechen, und über Starwoods Schulter hinweg bemerkte ich, wie Viola aus dem Schatten trat.

Ich öffnete den Mund, um nach Luft zu schnappen, und verlor dabei das *dip shing*, so daß ich wieder sichtbar wurde, während ich Starwoods Handgelenk aber immer noch fest im Griff hatte. Er ließ meinen Hals los, öffnete die linke Hand, und ein Glas Wasser erschien darin. Ruhig goß er mir das Wasser über die Hände, und mir fiel Veronicas Warnung wieder ein: Wenn die Handschuhe naß wurden, hatte ich zehn Sekunden, um sie auszuziehen, sonst würden sie für immer an meinen Händen bleiben.

Ich zählte bis fünf, dann zog ich die Hände aus den Handschuhen. Starwood ging sofort mit dem Dolch auf mich los und verfehlte mein Gesicht um Zentimeter. Ich zog die Robe aus, um ihn abzuwehren, und führte ihn rückwärts von Veronica weg, der Viola auf die Beine half. Dann spuckte Starwood auf den Dolch, der sich ihn zwei Hälften teilte, so daß Starwood jetzt in jeder Hand einen Dolch hatte, als er auf mich zuging. Ich dachte, ich sei erledigt, aber Albin Whites Robe schützte mich, als hätte sie eigene Kräfte. Starwoods Dolche konnten den Stoff nicht durchdringen. Und als ich sie vor ihm herschwang, schien die Robe selbst seine Attacken noch vor mir zu ahnen, indem sie leicht an meinen Händen zerrte. Schließlich ging er frustriert mit dem Kopf voran auf mich los. Ich ließ ihn an mir vorbeitaumeln, warf ihm die Robe über den Kopf und schlug ihn gegen die Wand.

Ich hätte ihn vielleicht besser weiter parieren sollen, denn er hatte sich aus der Robe befreit, noch bevor ich die halbe Strecke zurück zu Veronica geschafft hatte.

240

»Leo, paß auf!« schrie sie.

Ich tauchte auf den Boden und hörte, wie etwas pfeifend an meinem Kopf vorbeischoß, gefolgt von einem wilden Schrei.

Ich blickte auf und sah, daß der Dolch Veronicas Brust durchbohrt hatte. Oder war es Viola? Ihre Haare wehten jetzt auf die gleiche Weise, und die Frau, in der der Dolch steckte, sank auf die Knie. Das Blut floß nicht aus der Wunde, sondern aus allen schwarzen Löchern in ihrem Kleid. Ströme von Blut, die sich auf den Fliesen sammelten.

Die andere Frau starrte mit großen Augen an mir vorbei auf Starwood. Ich drehte mich ebenfalls zu ihm um, als er den zweiten Dolch erhob, um ihn nach ihr zu werfen, und erstarrte, als ich sah, was sie gesehen hatte.

Hinter Starwood kletterte Albin White über die gebogenen Stahlstangen oben an der Wand. Er lebte noch! Gerade noch. Seine linke Schulter war blutdurchtränkt, sein Gesicht schmerzverzerrt. Seine Flügel waren gebrochen, und die Haut hing in Fetzen von seinen Rippen. In der rechten Hand hielt er den Dreizack, der ihn durchbohrt hatte. Alle seine Ringe steckten wieder an den Fingern. Er stand unsicher mit gespreizten Beinen auf den Stahlstangen, holte, soweit er konnte, mit dem Arm aus und schickte den Dreizack los. Falls er ihn hatte kommen hören, hatte Starwood keine Zeit mehr zu reagieren. Der Dolch war kurz davor, seine Finger zu verlassen, als ihm der Dreizack den linken Arm aus dem Gelenk riß und ihn zitternd an die gegenüberliegende Wand nagelte. Die Zacken drangen tief in den Kalkstein ein.

Tashis Bellen steigerte sich ein wenig, und dann übertönte Starwoods Heulen jedes andere Geräusch. Albin White griff von hinten an, schlug seine Schärpe um Starwoods Hals und stieß ihm den Fuß ins Rückgrat. Sein anderer Fuß versank in dem Blut, das aus Starwoods Schulter strömte. Und Tränen rannen White über sein lädiertes, säureverätztes Gesicht, als sein Blick auf seine beiden Töchter traf. Die eine lag im Sterben, die andere drückte den Kopf ihrer Schwester an sich.

Ich rappelte mich auf und rannte hinüber zu ihnen. Ich suchte die Platzwunde neben dem Mund, die Veronica identifizieren würde. Die sterbende Schwester, deren Blut immer noch aus den schwarzen Löchern ihres Kleides floß, hatte keine einzige Schramme im Gesicht. Aus der Nähe sah sie sogar zehn Jahre jünger als Veronica aus.

Starwood hatte Viola getroffen.

51

»Sie stirbt«, sagte Veronica und strich ihrer Schwester über die Stirn.

Ich kniete mich neben die beiden und schämte mich dafür, so erleichtert zu sein, daß es nicht Veronica war, die da verblutete.

»Als sie den Dolch auf mich zufliegen sah, hat sie sich vor mich gestellt«, sagte Veronica. »Deshalb konnte meine Schwester nie mehr sprechen. Als sie vor zehn Jahren die halbe Stunde aus dem Palace-Theater verschwunden ist, ist sie hier gelandet. Bis auf ihren eigenen Tod hat sie das alles mitangesehen, und das hat sie in einen Schockzustand versetzt.«

»Aber wo ist Alta?« fragte ich und suchte im Schatten nach ihr.

»Sieh nur hin, Leo.«

Mit jeder Sekunde wurde Violas jugendliches Gesicht blasser. Ihre Stirn wurde schmaler. Falten entstanden: erst einzelne, dann immer mehr, Furchen an der Stirn, Krähenfüße um die Augen und spinnenartige Linien, die sich über ihre Wangen fächerten. Als würden wir Filmmaterial von Jahrzehnten im Schnelldurchlauf betrachten, sahen Veronica und ich, wie ihre Zwillingsschwester in fünfzehn Sekunden um fünfzig Jahre alterte.

Da lag nun Alta vor uns, mit weißen Haaren, eingefallenen Wangen, unpassend gekleidet in dem schwarzblauen Tupfenkleid, das an ihrem knochigen Körper hing. Das Blut hatte endlich aufgehört, aus den schwarzen Löchern zu fließen, als sie die Augen aufschlug. Ihre Augen – das Gegenstück zu Veronicas Augen: das rechte grün, das linke blau – waren beinahe farblos.

Sie öffnete die Lippen und sprach nach zehn stummen Jahren zum ersten und einzigen Mal mit leiser, hoher Stimme. Drei Worte. Zu Veronica.

»Jetzt verstehe ich.«

Einen Augenblick später sah ich Violas Bild, splitternackt, aus Altas Körper aufsteigen und am östlichen Himmel verschwinden. Es zog eine goldene Nebelspur nach sich.

Als Veronica Altas Kopf auf die Fliesen legte, war ihr Körper noch weiter geschrumpft, bis sie nicht mehr größer als ein Kind war.

»Alta wußte die ganze Zeit über sehr viel«, sagte Veronica. »Aber sie konnte nur veranlassen, daß bestimmte Dinge passierten, oder sie verhindern. Wie hätte sie alles in voller Tragweite begreifen sollen, vor heute abend, wo zwei entfernte Punkte in der Zeit – die Nacht des 4. Mai vor zehn Jahren und dieser Moment – zusammenkamen. Sie ist aus zwei verschiedenen Richtungen gekommen und hat sich selbst in der Zeit getroffen.« Veronica schüttelte den Kopf. »Ich habe ihre Stimme so lange nicht mehr gehört.«

Da hörten wir ein anderes Geräusch, das unsere Aufmerksamkeit von Alta ablenkte. Ein fürchterliches Krachen, gefolgt von einem Schrei.

Albin White hatte Starwood mit der Schärpe hochgerissen, die er ihm wie eine Leine fest um den Hals geschlungen hatte, und ihm den einen Arm, den Starwood noch hatte, flach an die Schulterblätter gedrückt. Der Arm mußte an zwei Stellen gebrochen sein, und Starwood jaulte immer noch.

»Du kannst von Glück reden, daß es nicht dein Rücken war!« brüllte ihm White mit heiserer Stimme zu. Die ersten Worte, die er seit seinem Erscheinen auf dem Drachen geäußert hatte. »Für das, was du mir angetan hast«, fuhr er fort, »und meinen Mädchen. Für das, was du mir gestohlen hast. Für Nathalie. Du weißt, was mit Zyto passiert ist? Weißt du es?« Er zog die Schärpe fester um Starwoods Hals.

»Das kannst du nicht tun«, krächzte Starwood.

»Ach nein? Du wirst dir wünschen, ich *hätte* dir das Rückgrat gebrochen, wenn ich mit dir fertig bin.«

White beugte sich vor, um Luft zu holen. Er benutzte sichtlich seine letzten Reserven. Ich ging einen Schritt in seine Richtung, aber Veronica hielt mich zurück.

»Geh nicht in ihre Nähe«, sagte sie.

»Egal, was du mir antust, du bist trotzdem ein toter Mann«, japste Starwood.

White zog die Schärpe noch fester. »Wie recht du hast. Aber da, wo du hinkommst, wirst du dir wünschen, wir könnten tauschen. Das verspreche ich dir.«

Starwood trat plötzlich mit den Füßen, aber seine Tritte gingen durch White hindurch, als wäre er kein fester Körper mehr.

»Die Beine kann ich dir auch brechen, wenn du willst«, sagte White mit rollendem R, und ich erkannte den walisischen Akzent von Cardin aus Cardogyll. White hob seinen gesunden Arm, die Handfläche nach außen gerichtet. »Aber laß uns statt dessen deine Wunde verbinden.«

Ein gebündelter Flammenstoß sprang aus seiner Handfläche über zu Starwoods blutigem Schultergelenk. In Sekunden war die offene Wunde kauterisiert, und Starwood schrie dabei noch lauter.

»Schon besser.« White nickte. »Ich möchte dich ja nicht blutend wegschicken.«

White packte die Schärpe fester, stellte sich breitbeinig hin, und Starwood wußte, was kommen würde.

»Nicht!« schrie er.

Whites Stimme wurde so leise, daß ich ihn kaum hören konnte. »Vor zehn Jahren, warum hast du das gemacht? Warum hast du mich nicht einfach getötet?«

Einen Moment lang hörte Starwood auf zu kämpfen. »Weil ich wollte, daß du erst noch leidest«, sagte er durch die Zähne. »Ich habe es mit dir aufgenommen —«

»Du hast mich aus dem Hinterhalt überfallen.«

»Nenn es, wie du willst, aber du hast zehn Jahre gebraucht, um da wieder rauszukommen. Der große Albin White.«

»Du hast mich gehaßt, wegen Nathalie.«

Starwoods Augen blitzten auf. »Unter anderem.«

»Du hast sie getötet.«

»Nein.«

»Nicht mit einem Messer oder einer Pistole, aber du hast sie trotzdem getötet.«

Starwood machte den Mund weit auf, und ein Schwall heißer Glut flog auf White zu, der die Stirn neigte und die Glut in Schneeflocken verwandelte, die sich an seiner Brust auflösten.

White lächelte matt. »Ist das alles, was du noch übrig hast?«

Starwoods Stimme zitterte vor Wut. »Ja, ich wollte, daß sie stirbt. Ich konnte sie nicht haben, also solltest du sie auch nicht bekommen.« Er verzog die Lippen. »Nur ich hätte sie in dieser Nacht noch zurückhalten können. Ich wußte, was bevorstand, während du keine Ahnung hattest. Aber ich habe sie nicht zurückgehalten.«

»Nein, das hast du nicht«, sagte White. Er zeigte keine Regung, aber eine Düsternis, schwerer als ein Schatten, hatte sich auf seine gebrochenen Züge gelegt. »Und jetzt gibt es nichts, was mich zurückhalten kann.«

Die Schärpe wurde von seiner Hand bis zu Starwoods Hals starr wie Eisen. White stützte sich ab und schob Starwood zentimeterweise über das Deck.

»Nein! Du kannst haben, was du willst. Alles, was ich habe.«

»Du hast nichts mehr«, sagte White beißend. »Wenn du das nächste Mal auf festem Boden stehst, hast du drei Beine, und eines davon wird gebrochen sein, und das einzige, was du je wieder essen wirst, ist Aas.«

Starwoods Zickzacknarbe, in der das getrocknete Blut

glänzte, leuchtete dunkel, und die Zickzacknarbe an meinem Handgelenk fing an zu pulsieren. Veronica hatte die Augen weit aufgerissen, und Tashi war ganz still.

Und ohne ein weiteres Wort hob Albin White Starwood mit der steifen Schärpe fünf Meter vom Deck weg. Dann wirbelte White wie ein Hammerwerfer auf den Absätzen herum, schneller und immer schneller, mit voll ausgestreckten Armen, bis Starwood nur noch als silberne Kugel zu sehen war. Als White die Schärpe durchhängen ließ und die Schlinge herauszog, wurde Starwood wie ein Projektil in den Himmel geschleudert.

Wir hörten ihn schreien, als er in einem Bogen an der Antenne und der Scheibe aus goldenen Ringen vorbeischoß, hoch in den Tunnel durch den Dunst und kopfüber auf den Riß im Himmel zuflog. In diesen letzten Sekunden sah ich, daß er kein Mensch mehr war – ob einarmig oder sonst irgendwie –, sondern eine Art Tier. Eines, das ich nicht kannte. Er sah aus wie ein großer Hund, mit langem Torso und einem buschigen Schwanz, hatte nur drei Beine, wie White versprochen hatte, aber seine Haarmähne war dieselbe geblieben. Er verschwand zwischen den Sternen und Eisbergen, und in diesem Moment verschwand auch die Narbe auf meinem Handgelenk, als wäre sie von meinem Fleisch verschluckt worden.

Bevor sich der Riß im Himmel hinter ihm schloß, wirbelte auch die Scheibe aus goldenen Ringen hindurch, gefolgt von einer Wolke aus den leuchtenden Teilchen, die Albin White bei seiner Reise durch den Tunnel begleitet hatten, und die sich in diesem Moment auflöste. Als würde die Materie, die mit Albin White durch die Zeit gekommen war, zu ihrer Quelle zurückkehren – und White durch das Tier, zu dem Starwood geworden war, ersetzt worden sein.

»Ein Schakal«, erschreckte mich eine Stimme von hinten. Whites Stimme.

Altas Körper war mittlerweile völlig eingeschrumpft oder hatte sich aufgelöst. Veronica und ich konnten uns noch so sehr bemühen, in ihrem Kleid fanden wir nichts, und so ließen wir es zerwühlt auf den Fliesen liegen und eilten zu Albin White hinüber. Er war auf die Knie gesunken, und sein zerrissenes Hemd flatterte im Wind. Am Himmel funkelten die Sternbilder – die Sterne waren wieder weit entfernt, und dazwischen waren keine Eisberge mehr zu sehen –, als sich Veronica neben ihren Vater kniete.

»Ich habe so viel erlebt, seit ich dich zum letzten Mal gesehen habe«, sagte er. »Selbst wenn wir hundert Jahre Zeit hätten, könnte ich dir nicht alles erzählen. Aber wir haben nur ein paar Minuten. Ich hatte auf mehr Zeit gehofft«, fügte er mit einer Spur Ironie hinzu. »Ein, zwei Tage, vielleicht eine Woche.«

Veronica wollte ihn berühren, aber er wich zurück. Und zum ersten Mal nahm er Kenntnis von meiner Anwesenheit. »Wir haben uns bereits getroffen«, sagte er, »aber an noch merkwürdigeren Orten als diesem, nicht wahr? Wir hätten Sie beinahe im Hof des Tower verloren.«

Mit einem Flattern seiner gebrochenen Flügel wandte sich White wieder Veronica zu. »Weißt du«, fuhr er fort und stemmte sich angestrengt hoch, »Starwood hatte recht, als er gesagt hat, ich sei ein toter Mann. Es war ein langer Sturz bis zum Fuß des Gebäudes, und ich habe ihn nicht überlebt.« Er lächelte schwach. »Aber vorher habe ich ein Kunststück in Gang gesetzt, das Starwood unmöglich vorhersehen konnte.«

Das Kinn fiel ihm auf die Brust, aber er hob es schnell wieder an.

»Jetzt ist er ein dreibeiniger Schakal«, schnaubte White. »Aber er besitzt noch seinen eigenen Geist, gefangen im Körper eines Schakals, bis er stirbt. Er kann sich nie wieder zurückverwandeln oder zurückkommen. Nie mehr. Ein kleiner Trick, den mir Virgil von Toledo beigebracht hat. Ja, Veronica, ich habe ihn in Paris getroffen, und wir haben uns viele Nächte lang unterhalten. Er hat mir auch andere Dinge beigebracht, die ich wissen mußte, um heute nacht zurückzukommen.«

Wieder fiel sein Kinn herab, und er atmete schwer ein. »Die

Reisen haben mich schrecklich altern lassen. Egal, was passieren würde, mir war klar, ich würde nicht viel Zeit haben. Aber ich mußte kommen. Um Starwood gegenüberzutreten. Und um dich und deine Schwester noch einmal zu sehen.« Er hielt inne. »Und deinen Bruder, obwohl ich ihn nie mehr sehen werde. Geht es ihm gut?«

Veronica nickte. »Vater, es tut mir leid, daß ich dich enttäuscht habe«, brach es plötzlich aus ihr heraus.

Er schüttelte den Kopf. »Du und alles, was du getan hast, hat meine Erwartungen übertroffen, und ich könnte dir nie angemessen danken. Du hast so viele Jahre dafür geopfert. Zu viele.« Er warf mir einen Blick zu. »Nein, am Ende hast du die richtige Wahl getroffen, Veronica.« Seine Stimme sank ein paar Töne nach unten. »Du solltest wissen, daß noch nicht einmal Virgil von dem Kunststück, mit dem ich Starwood besiegt habe, je gehört hat. Nur in Tibet ist es schon durchgeführt worden. Ich habe zuerst in Kairo davon gehört, von einem sehr alten Magier, und in Lhasa habe ich während vieler Jahre, wie wir hier die Zeit messen, die Einzelheiten erfahren. Wenn man es richtig macht, kann man sich körperlich – nicht in der Form eines *Tulpa* oder *Tulku* – für zwanzig Minuten nach seinem Tod wieder zurückbringen. Selbst nach einem gewaltsamen Tod. Nicht organisch, sondern durch den Geist wiederbelebt. Eine kurze Gnadenfrist vor der Vergessenheit. Ich hatte zwanzig Minuten – eine letzte Chance –, um Starwood zu überrumpeln, als er sicher war, daß ich tot bin.« Er hustete, und silberner Staub flog von seinen Lippen. »Und jetzt habe ich zu lange geplaudert. Ich habe höchstens noch eine Minute.«

»Vater!« Sie streckte wieder die Hand nach ihm aus.

»Du darfst mich nicht berühren«, sagte er und wich zurück. »Hör mir genau zu, Veronica. Du mußt heute nacht zum Steinbruch. Jetzt. Mit Leo. Und Tashi. Ihr braucht nicht lange, bis ihr dort seid. Dann geh zu der Stelle, wo deine Mutter gestorben ist. Tief hinein, und dort findest du, was du brauchst. Ganz unten am Grund – verstehst du?«

Sie nickte.

»Halte die Augen geschlossen, wenn du hinuntersinkst. In jedem Fall.« Er hustete wieder, und eine weitere Staubwolke kam aus seinem Mund. »Ich muß mich hinlegen«, keuchte er. »Mir ist kalt. Leo – die Robe. Bitte.«

Ich holte die Vardoz-Robe und legte sie wie eine Decke über Albin White. Ich konnte den Tod in seinem Hals rasseln hören.

Eine seiner knotigen Hände kam unter der Robe hervor. Fünf Finger mit fünf Ringen. »Veronica, nimm den Ring deiner Mutter. Nimm ihn mit an diesen Ort.«

Veronica zog einen glänzenden grünen Ring von seinem kleinen Finger ab. Dabei streifte sie seine Hand, die sich in silbernen Staub verwandelte, bevor er den restlichen Arm wieder unter die Robe zog.

Sie stieß einen kleinen Schrei aus.

»Tu, was ich dir sage«, flüsterte White.

»Wiedersehen, Vater.«

»Geht.« Seine Augen wanderten zu mir herüber, und ich begriff, daß ich sie wegbringen sollte.

Ich legte den Arm um Veronica und half ihr auf. Wir traten zurück, aber erst nachdem wir gesehen hatten, was wir nach Whites Wunsch nicht hätten sehen sollen.

Auf einmal verwandelten sich sein Gesicht, seine Haare und sein Schädel ebenfalls in silbernen Staub. Dann hob der Wind die Robe von den Fliesen und enthüllte zwei Dreiecke aus Staub, die an den Spitzen verbunden waren. Wie eine flache Sanduhr. Aber nur eine Sekunde lang, bevor der Wind den Staub hoch in den Himmel blies, wo er glitzerte und nicht mehr von den Sternen zu unterscheiden war.

Das Deck lag jetzt verlassen und totenstill unter den blauen Lichtern. Veronica legte die Hand auf den Mund, und wir standen schweigend da, sahen zu, wie der blaue Mond immer dunkler wurde, bis er nicht mehr zu sehen war. Dann befreite sie Tashi aus dem Kettennetz, und er antwortete mit einem Heulen zum Himmel, das meine Zähne klappern ließ.

249

Ein paar Sekunden später waren wir durch die Glastüren gegangen und rannten so schnell wir konnten durch das Treppenhaus hinunter.

52

Selbst nachdem wir alle 86 Stockwerke – 1660 Stufen – bis zur Lobby hinuntergerannt waren, war ich nicht außer Atem. Beim Hinunterlaufen spürte ich die Stufen unter meinen Füßen nicht, aber ich konnte das Kratzen von Tashis Pfoten hören, wenn er um einen Treppenabsatz schlitterte. Alles, was unten von Tod übriggeblieben war, war ein versengter – eidechsenförmiger – Abdruck auf den Marmorfliesen. Seine verkohlte Leiche lag verdreht auf einer Seite und verströmte den heftigen Geruch von verbranntem Fleisch. Man hörte auch noch ein paar Bienen summen.

Veronica öffnete die Tür zur Lobby, als wir Schritte hörten. »Das ist die Polizei«, flüsterte sie.

Es waren ein Dutzend Polizisten. Die meisten gingen in Richtung der Aufzüge. Drei kamen auf die Treppe zu.

»Tashi«, sagte sie, »komm her.«

Veronica ging in die Hocke und fummelte an etwas herum. Ich hörte ein Knurren. Kurz darauf wurde Tashi sichtbar. Weiß wie Schnee, mit den schwarzen Dreiecken über den Augen und der Mondzeichnung am Schwanz. Er stellte die Ohren auf, und das intensive grüne Licht strahlte in seinen Pupillen, als er seine Stahlzähne fletschte.

Veronica drückte mir einen *dip shing*-Splitter in die Hand, behielt selbst einen und drückte die Tür auf, als wir unsichtbar wurden. Tashi sprang laut knurrend auf die verdutzten Polizisten zu. Veronica packte mich an der Hand, und plötzlich rannten wir quer durch die Lobby.

Tashi warf zwei der Polizisten wie Kegel um, ohne an Tempo zu verlieren. Der dritte Polizist zog seine Waffe und ging auf ein Knie. Er schoß einmal auf Tashi und verfehlte ihn. Dann schlug ihm Veronica im Vorbeirennen die Waffe aus der Hand, folgte Tashi aus der Lobby hinaus und über die Fifth Avenue zu der grauen Limousine. Veronica schloß die Türen auf und startete den Motor, und mit Tashi auf dem Rücksitz fuhren wir mit quietschenden Reifen um die Ecke.

An einer roten Ampel – der einzigen, der sie während der nächsten Stunden gehorchen sollte –, bat mich Veronica um das *dip shing*, das ich noch in der Hand hielt. Sie legte es zusammen mit ihrem Stückchen wieder in eine aufklappbare Messingkugel an Tashis Halsband. Sofort wurde er unsichtbar.

Veronica und ich konnten uns jetzt wieder sehen, und wir boten ein Bild des Elends. Ihr Haar war zerzaust, ihre aufgeplatzte Wange geschwollen, und ihr Kleid und ihre Strümpfe waren mit dem Blut ihrer Schwester bespritzt. Mir war es nicht viel besser ergangen: Mein Vardoz-Kostüm war zerrissen und blutig, und ich hatte viele Schnittwunden und blaue Flecken an Armen und Beinen.

»Ja, wir müssen uns in Ordnung bringen«, sagte Veronica. »Das ist unser einziger Halt, bevor wir die Stadt verlassen.«

»Wohin fahren wir?«

»Zum Empire-Steinbruch, kurz vor Bloomington, Indiana«, sagte sie, als verstünde sich das von selbst. »Du weißt doch – daher stammt der ganze Kalkstein des Empire State Building. Ich war noch nie dort«, fügte sie schnell hinzu. »Und du?«

Ich schüttelte den Kopf. »Bevor Otto davon erzählt hat, habe ich noch nie davon gehört.«

»Tashi war einmal vor langer Zeit da«, sagte sie, »Kommst du mit mir, Leo?«

Die Frage überraschte mich. »Ja, ich komme mit. Ich bin schon so weit mitgekommen. Die Polizei ist ohnehin hinter uns her.«

»Ich hab dir doch gesagt, sie sind hinter *mir* her. Und jetzt auch noch wegen dem Mord an Tod. Dich haben sie nie gesehen. Bei der ganzen Sache ist es so, als hättest du nie existiert.«

251

Diese Bemerkung beruhigte mich nicht, während wir westlich über die 31. Straße brausten und über jede Kreuzung hinwegrasten, bis wir die Tenth Avenue erreichten, einen Block von Kekos Haus entfernt. Die Straßen waren überflutet mit Farben, im Rinnstein flossen Scharlach und Grün, als hätte es Farbe geregnet. Als ich blinzelte, wurde alles wieder schwarzweiß.

Wir hielten vor einer kleinen, dunklen Wäscherei an der 31. Straße. Auf dem Fenster standen in weißen Lettern der Name I. SARGOND und 1-STUNDEN-SERVICE neben einer blauen Sanduhr. Die Wäscherei mußte sich genau auf der Rückseite vom Dragon's Eye-Restaurant befunden haben, und ich fragte mich, ob es zwischen den beiden Läden – im selben Gebäude – eine Verbindung gab oder ob es vielleicht die Hälften einer einzigen Wohnung waren.

Das überlegte ich, noch bevor Veronica an die Tür klopfte und ein kleiner alter Mann aus dem Hinterzimmer der Wäscherei durch einen Perlenvorhang kam, auf den ein Drache mit Augen wie glühende Kohlen gemalt war. Derselbe Mann, der uns im Dragon's Eye bedient hatte und der Alta in die 59 Franklin Street gefahren hatte. Ohne ein Wort schloß er auf.

Wir traten in das blasse, flackernde Licht eines kleinen Fernsehers, der auf einem der Regale hinter der Theke zwischen den braunen Wäschepaketen stand. Auf dem chinesischen Sender lief der gleiche Film, den ich kurz im Dragon's Eye gesehen hatte. Die junge Frau in dem blauen Slip stand immer noch an dem dampfenden Waschbecken und hielt das Rasiermesser. Doch inzwischen hatte sie es vollbracht und sich die Pulsadern aufgeschnitten. Das Wasser im Waschbecken färbte sich rot. Ihr Gesicht im Wandspiegel, das vorher so gequält ausgesehen hatte, war jetzt entspannt, sogar gelassen. Obwohl drei Monate für mich vergangen waren, seit ich ihn zuletzt gesehen hatte, waren in dem Film während all dieser Zeit nur ein paar Sekunden verstrichen.

Staubwolken wirbelten durch das Fernsehlicht. Durch den

Perlenvorhang drang der Geruch von Räucherstäbchen und Curry. Auf der Theke stand eine Pappschachtel, die auf einer Seite mit drei Achtern bedruckt war. Eine zusammengelegte rote Decke lag darin, als Schlafplatz für eine Katze. Aber es war keine Katze da – nur der Abdruck ihres Körpers.

Veronica zündete sich eine Nelkenzigarette an, während der alte Mann auf eine Leiter stieg und zwei braune Pakete von einem hohen Regal herunterholte. Er blies den Rauch davon fort und reichte eines Veronica und eines mir. Die blaue Schnur darum war mit einem Achterknoten verschnürt. Dann führte er uns zu zwei Umkleidekabinen.

Ich zog den Vorhang auf und ging hinein. Es gab einen Holzhocker, einen Strohkorb und ein dreieckiges Waschbecken in der Ecke, mit Seife, einem Handtuch und einem Cremetopf. An der Wand hing ein kleiner, mit Seide bedeckter, dreieckiger Spiegel.

»Steck alles, was du anhast, in den Korb«, sagte Veronica von der Nachbarkabine aus. »Bis auf die grüne Kreide.«

»Was ist mit deinem Medaillon von der hl. Zita?«

»Alles.«

Ich öffnete das Wäschepaket und fand gereinigt und gebügelt die Kleider, die ich vorher in der Franklin Street ausgezogen hatte. Meine schwarze Jacke und die Hosen, das lila Hemd und die schwarzen Stiefel. Der Geldclip vom Caesars Palace mit dem Bündel Fünfhundert-Dollar-Scheine steckte noch in meiner Jackentasche.

Ich enthüllte den Spiegel. Ein Nebelschleier teilte sich für einen Moment, und ich sah schneebedeckte Berggipfel vor einem metallischen Himmel. Am Fuß der Berge leuchtete hell der eisblaue, elliptische See, den ich in Tibet gesehen hatte. Darüber schwebte eine Wolke aus zwei Dreiecken, die an den Spitzen verbunden waren und aus der silberner Staub regnete. Und ich wußte, es war derselbe Staub – die Überreste von Albin White –, den wir vom Observation Deck hatten hochfliegen sehen.

Als das Glas wieder klar wurde, blickte ich zur Abwechslung einmal mein eigenes Gesicht an. Es sah müde und abgespannt aus, trotz der rötlichen Farbe und des Adrenalins, das mein Nervensystem aufputschte. Meine Pupillen waren erweitert, meine Augen rot und verquollen.

Ich zog die Reste des Vardoz-Kostüms aus und warf sie in den Korb. Als ich die hohen Stiefel abstreifte, merkte ich, wie rauh meine Handflächen vom Lenken des Drachens waren. Ich rieb sie mit Creme ein, was ziemlich brannte. Dann entfernte ich die Farbe und die Schminke. Ich schäumte die Seife auf und wusch mir Gesicht, Hals und Arme. Ich ließ mir kaltes Wasser über den Kopf und über die Haare laufen. Ich trank etwas davon, und es schmeckte nach Kupfer. Ich trocknete mich ab. Jetzt, als ich wieder meine normale Gesichtsfarbe hatte, kam mir meine Haut merkwürdig vor.

Aber meine Augen waren klar, meine Handflächen verheilt, und alle meine Wunden und blauen Flecken verschwunden. Ich wandte mich wieder dem Spiegel zu und sah denselben alten Mann, den ich am Abend zuvor gesehen hatte und der wieder rückwärts die Wendeltreppe hinaufrannte. Mit seinen weißen Haaren und seinem Gesicht, das, auch wenn es alt war, beinahe identisch mit meinem war – jenes Gesicht, das meines im Alter von achtzig Jahren sein könnte. Er blieb plötzlich stehen und rannte die Treppen hinunter. Als er wieder stehenblieb, war er nicht älter als ein Junge. Wie der alte Mann trug der Junge eine schwarze Jacke, schwarze Hosen und ein lila Hemd. Der Junge hatte ebenfalls fast die gleichen Gesichtszüge wie ich, als ich elf Jahre alt war. Nur waren seine Augen nicht braun, sondern weiß, wie die einer Statue.

»Leo.« Ich drehte abrupt den Kopf, als ich Veronicas Stimme vor dem Vorhang hörte. »Zieh dich an.«

Als ich mir die Haare kämmte, blickte ich im Spiegel wieder in mein eigenes Gesicht. Ich zog mir meine Kleider an und bemerkte, daß das Vardoz-Kostüm nur noch eine Handvoll schwarzer Staub auf dem Boden des Korbes war.

254

Als ich den Vorhang aufzog, wartete Veronica ungeduldig davor. »Wo ist die Kreide?« fragte sie.

Ich klopfte auf meine Tasche.

»Von jetzt an mußt du sie immer bei dir tragen. Vergiß das nicht.«

Die Platzwunde neben ihrem Mund war verschwunden, und auch sie sah jetzt frisch und wiederhergestellt aus.

Sie trug wieder ihr waldgrünes Kleid, mit einem silbernen Gürtel aus Eidechsenleder. Sie hatte grünen Lidstrich aufgetragen, und ihr Lippenstift und Nagellack waren silbern. Sie war umgeben von einer Wolke scharfen Ingwerdufts, hatte sich die Haare wieder zurückgekämmt und mit dem feingeschnitzten beinernen Clip festgesteckt.

Als sie mich ansah, hatte ich das Gefühl, sie würde durch meine Augen hindurch und durch die Rückseite meines Schädels wieder hinausblicken. Sie wühlte in ihrer Handtasche, und ich hörte ihren Schlüsselring rasseln. Sie reichte mir eine dunkle Sonnenbrille – trübe Gläser in einem schwarzen Rahmen.

»Damit können sich deine Augen erholen, wenn es nötig ist.«

Ich steckte sie in meine Innentasche.

Wir sahen den alten Mann nicht wieder. Es roch auch nicht mehr nach Räucherstäbchen und Curry. Auch die braunen Pakete auf den staubigen Regalen waren verschwunden. Nur der Fernseher stand noch da und warf sein Licht in die Dunkelheit. Auf dem Bildschirm lag die junge Frau jetzt auf dem gekachelten Boden neben dem Waschbecken in einer Pfütze ihres eigenen Blutes. Das Rasiermesser lag nur Zentimeter von ihren steifen Fingern entfernt. Dann erschien auf der rechten Seite des Bildschirms eine weiße Katze mit Mondzeichnung auf dem Schwanz – identisch mit der Katze, die ich zuerst in der 59 Franklin Street gesehen hatte – und schnüffelte an den Haaren der Frau.

Veronica ging zuerst durch die Tür und steckte sich noch

255

eine Nelkenzigarette in den Mund, zündete sie aber nicht an. Die 31. Straße war verlassen. Eine Zeitung flog über den Gehsteig und blieb am Hinterreifen von Kekos Auto kleben. Es war die neueste Ausgabe.

Die Schlagzeile lautete: POLIZEI SUCHT FRAU IM AQUARI-UM-MORD.

Darunter war ein grobkörniges Photo von Keko. Sie stand genau neben dem Auto, das im Schnee vor dem Eingang zum Empire State Building parkte.

Veronica zuckte zusammen, aber ihre Stimme blieb ruhig. »Clement hat das Bild an ihrem letzten Geburtstag aufgenommen«, sagte sie. »Sie müssen also ihre Photos im Loft gefunden haben. Das bedeutet, daß sie auch Aufnahmen von mir haben.«

Ein Windstoß hob die Zeitung hoch und trug sie um die Ecke. Kurz danach sahen wir im Gegenlicht Kekos Haus mit einem Polizeiwagen vor der Tür, als wir über die Tenth Avenue rasten. Aber als ich zuerst noch durch das Rückfenster zurück zur Wäscherei schaute, sah ich, wie die weiße Katze aus dem Fernsehschirm sprang und auf der Theke neben der Schachtel mit der roten Decke landete, wo sie sich in dem flackernden blauen Licht zu einer Kugel zusammenrollte.

<u>53</u>

Wir waren durch den Holland Tunnel gefahren, hatten New Jersey durchquert und Pennsylvania erreicht, bevor wir ein Wort gesprochen hatten. Wir waren so schnell gefahren, daß Veronica gerade erst die Zigarette ausgedrückt hatte, die sie sich vor der Wäscherei in den Mund gesteckt hatte. Auf der Uhr am Armaturenbrett war es ein Uhr morgens am 5. Mai: Seit Albin Whites Rückkehr waren zwei Stunden vergangen.

Als wir aus dem Tunnel herausfuhren, hatte ich ein paar Sekunden lang die Skyline von Manhattan gesehen, in der Mitte das erleuchtete Empire State Building, aber nicht einfarbig wie sonst, sondern grellbunt.

Solche Farben sah ich auch auf der Autobahn – sie flossen, sammelten sich und mischten sich zu noch grelleren, bunteren Farben –, bis ich mir die dunkle Brille aufsetzte, die Veronica mir gegeben hatte und die die Landschaft in einem harten Schwarzweiß erscheinen ließ. Erst dann merkte ich, wie schnell wir fuhren. Als könnten wir nicht nur jedes andere Auto auf der Straße überholen – was wir taten –, sondern einfach durch alles *hindurchfahren*, das uns auf der Überholspur in den Weg kam. Veronica wechselte nie die Spur oder fuhr nah auf. Sie mußte es nicht: Eine klare Linie schien von Manhattan bis zu unserem Ziel offen vor uns zu liegen. Wie die silberne Linie auf dem Relief in der Lobby des Empire State Building, die über New Jersey, Pennsylvania und Ohio nach Indiana führte.

Obwohl wir wegen Mordes gesucht wurden und flüchtig waren, schien Veronica eine Festnahme wegen Geschwindigkeitsüberschreitung geradezu herauszufordern.

»Kein Polizeiradar kann dieses Auto aufspüren«, sagte sie und unterbrach meine Gedanken. »Und wenn, dann würden sie den Zahlen nicht glauben, die sie registriert haben. Nein, in der Beziehung sind wir sicher. Wenn uns ein Cop mit eigenen Augen sieht, wirken wir auf ihn wie auf alle anderen Autofahrer: Wir sind ein verschwommener Fleck, der Schatten eines Schattens, der durch ihr Blickfeld schießt. Ein Bild, an das sie sich nicht erinnern werden.«

»Als würden wir nicht existieren«, sagte ich und wiederholte damit, was sie vorher zu mir gesagt hatte.

Ohne den Blick von der Straße zu nehmen, legte sie ihre Hand auf meine, und sie war warm. »Nein, Leo, wir bestehen noch aus Fleisch und Blut«, sagte sie sanft.

Erst nachdem ich die Brille eine Weile aufgehabt hatte, wurde die Landschaft vollständig scharf. Wir waren etwa neunzig Meilen hinter der Grenze von Pennsylvania. Doch

statt der elektrischen Beleuchtung, der Städte und der verein-
zelten Farmen, die ich erwartet hatte, sah ich meilenweit nur
kahle weiße Bäume die Straße säumen. Dahinter schimmerten
nackte, unbestellte Felder blau im Mondlicht. Der Mond, der
über Manhattan erloschen war, war wiedergekommen, wurde
hinter den Wolken immer wieder sichtbar und warf sein Licht
auf schneebedeckte Berge im Norden, obwohl ich noch nie von
solchen Bergen in Pennsylvania gehört hatte.

Als ich die dunkle Brille absetzte, verschwanden die Berge
und Bäume, und die schmerzenden grellen Lichter kamen wieder und überstrahlten alles. Ich klappte den Sonnenschutz an
der Windschutzscheibe herunter, und in dem dreieckigen
Spiegel daran sah ich denselben eisblauen See unter den
schneebedeckten Bergen, der mir mittlerweile so vertraut war.
Aber ich sah auch etwas Neues an dem mir am nächsten gelegenen Ufer neben einem Baumskelett, das wie Eisen glänzte.

Es war der dreibeinige Schakal mit einem gebrochenen Bein,
in den Starwood von Albin White verwandelt worden war.
Eine schwarze Eule mit schneeigen goldenen Flügeln hockte in
dem Baum. Immer wieder schwebte sie herab und grub ihre
Krallen in den Rücken des Schakals, bis sie ihn dazu brachte,
unter schrecklichen Schmerzen davonzuhumpeln. Doch der
Schakal kehrte in einer Zickzacklinie immer wieder zu dem
Baum zurück, nur um wieder gequält zu werden – im Raum
und in der Zeit erstarrt.

Dann klärte sich der Spiegel, und durch das Rückfenster sah
ich die Reflexe zweier Scheinwerfer, die uns mit gleicher Geschwindigkeit folgten. Sie kamen nie näher und fielen nie zurück. Als ich sie genauer betrachtete, sahen sie gar nicht aus
wie Autoscheinwerfer, sondern wie die Augen einer Katze.

»Es wäre besser, wenn du einfach die Augen zumachst«,
schlug Veronica vor.

54

Ich folgte ihrem Rat – schlief aber nicht ein, sondern blieb wach –, bis sie wieder etwas sagte. Ob bis dahin Stunden oder Minuten vergangen waren, wußte ich nicht.

»Wir brauchen Benzin«, meinte sie.

Sie verließ die Überholspur und nahm eine dunkle Ausfahrt, die in einen tiefen Wald führte. Plötzlich tauchte auf der rechten Seite eine kleine Tankstelle auf. Es gab nur eine einzige Zapfsäule unter einem blauen Licht und am Waldrand ein flaches, weißes Gebäude mit zwei erleuchteten Fenstern. Über der schmalen Tür hing ein blaß beschriftetes Schild, auf dem ANGEL'S stand.

Veronica hatte die Scheinwerfer ausgeschaltet und hielt vor der Zapfsäule. »Tashi, warte hier«, sagte sie Richtung Rücksitz, und er antwortete mit einem Knurren.

Die Luft draußen war kälter, als ich gedacht hatte, und verwandelte unseren Atem in Dunst. Der silberne Kies machte kein Geräusch unter unseren Füßen. Auf dem Parkplatz standen keine anderen Autos oder Lastwagen – nur ein altes Fahrrad mit Ballonreifen lehnte neben der Tür zum Café. Das Fahrrad war weiß gestrichen. Sogar die Reifen waren weiß. Durch die Fenster des Cafés sah ich einen kurzen Tresen mit vier Drehhockern. Aber keine Bedienung und keinen Gast.

»Hier machen nicht viele Leute Rast«, sagte Veronica, als sie die Tür aufmachte.

Über uns klingelte ein Glöckchen, als wir eintraten. Besteck, Servietten und zwei Tassen ohne Griffe waren vor den ersten beiden Hockern aufgedeckt. Ein Messingkessel mit kochendem Wasser stand hinter dem Tresen, und daneben – erhöht unter einer Glasglocke– ein Kuchenteller mit einem Engelskuchen aus Biskuitteig darauf. Der Kuchen war pyramidenförmig und so weiß, daß er leuchtete. Andere Speisen waren nicht zu sehen, und auf der Kreidetafel war nichts als die Zeichnung einer Pyramide. Eine gläserne, mit silbernen Harfen verzierte Jukebox spielte leise Musik, und zwar das Stück, das ich als »Viola« kannte.

Der Boden war mit weißen Sechsecken gekachelt. Auch die Wände waren weiß. Eine Satellitenaufnahme des Mondes hing in einem silbernen Rahmen neben der Tür. An der Wand hinter dem Tresen hing an einem silbernen Haken ein goldener Reifen, etwa 20 cm im Durchmesser. Am Ende des Tresens wuchs ein kleiner Orangenbaum in einem weißen, sechseckigen Topf. An dem Baum hingen viele intensiv duftende Früchte. Der einzige andere Geruch im Raum war der von glühender Holzkohle, und ich bemerkte, daß der Kessel auf einem Kohlenfeuer über einem Messingdreifuß erhitzt wurde.

Als wir uns setzten, entdeckte ich die ungewöhnliche Lichtquelle, die den Tresen in blausilbernes Licht tauchte, nicht aber den Rest des Raumes. Ein rundes Oberlicht mit einem Buntglasfenster, durch das der Vollmond leuchtete, erweckte einen Kreis aus blauen und silbernen Figuren zum Leben: Engel mit leuchtenden Flügeln, alle bis auf einen mit Heiligenschein. Sie blickten mit funkelnden Augen auf uns herab, die – da war ich mir sicher – lebendig waren.

Hinter der Jalousietür zur Küche hörte ich ein Flattern, bevor sie leise aufschwang. Eine geschmeidige junge Frau in einem weißen Kittel kam herein. Ihre langen Haare waren weizenblond. Sie ging mit leichten Schritten. Aber mit meinen Augen sah ich ihre Gesichtszüge nur verschwommen. Ich konnte sie nicht fokussieren, obwohl ich Veronica und alle anderen Dinge im Raum noch klar und deutlich sah.

Die junge Frau schüttete das kochende Wasser in eine Messingteekanne und hob die Glasglocke von dem Kuchen. Dabei machte sie kein Geräusch: weder beim Einschenken des Wassers noch, als sie die Glasglocke auf dem Tresen absetzte. Und sie sagte kein Wort. Spontan blickte ich hinauf zu dem Oberlicht, und wirklich fehlte jetzt einer der Engel in dem Kreis. Der ohne Heiligenschein.

260

Die junge Frau schnitt mit einem goldenen, federförmigen Messer zwei Stücke von dem Kuchen ab – zwei vollkommene Pyramiden, die sie geschickt heraushob und auf weiße, dreieckige Teller legte. Sie schob uns die Teller hin und füllte unsere Tassen mit schwarzem Tee. Veronica, die gedankenverloren dagesessen hatte, blickte auf. Ihr blaues Auge war trüb.

»Danke, Engel«, sagte sie, aber die junge Frau war bereits gegangen, und die Jalousietür schwang zu.

Der Engelskuchen war so leicht, daß ich glaubte, ich würde Dunst essen, der sich für einen Moment verfestigt hatte. Er war bittersüß und hatte einen Hauch von Orange in der Mitte. Ich aß ihn langsam und trank den Tee. Als ich fertig war, war ich überraschenderweise wirklich satt, als hätte ich gerade eine große Mahlzeit verspeist.

»Das kommt, weil Engel das wirklich essen«, sagte Veronica, die mich beobachtete. »Nach einem Rezept, das die Engel, denen die Kabbala diktiert wurde, weitergereicht haben. Es kann dir tagelang Kraft verleihen.« Nach ein paar Gabeln schob sie ihren Teller zurück und legte die Hand über die Augen. »Aber ich habe nicht viel Appetit.«

Sie sackte auf dem Hocker nach vorne und starrte durch die Finger auf den Tresen. »Mein Vater«, sagte sie kopfschüttelnd. »Er war so lange weg, und jetzt, nach all dem Warten, ist er für immer gegangen.« Sie schnippte mit den Fingern. »Das war alles, was wir hatten: ein paar Minuten.«

»Ihr hättet mehr gehabt, wenn du mich nicht zurückgerissen hättest, als ich den Drachen losgelassen habe, oder?«

Sie nickte.

»Deshalb hast du dich bei ihm entschuldigt. Aber warum hast du mich nicht losgelassen?«

Sie fuhr mit dem Finger um den Rand der Tasse. »Da war etwas, mit dem ich nicht gerechnet hatte«, sagte sie und schwieg.

»Und was war das?« fragte ich schließlich.

»Daß ich mich in dich verliebe.«

Ich war verblüfft. Dann fing ich mich wieder. »Seit wann?

261

Du warst doch bereit, mich zu opfern, als du mir den Drachen in die Hand gegeben hast.«

»Sei dir nicht so sicher. Ich habe mir gesagt, ich könnte beides haben. Meinem Vater helfen, zurückzukommen, und dich auch behalten. Natürlich war das unmöglich. Mein Vater hat das verstanden.« Sie drehte den Hocker zu mir. »Meine Taten sollten für sich selbst sprechen. Ich konnte dir von diesem Teil des Plans nichts erzählen.«

»Klar.«

»Leo, ich hätte dir nichts von der Landkarte erzählt, wenn ich wirklich vorgehabt hätte, dich zurückzuschicken. Ich muß es sogar damals schon gewußt haben.«

»Was ist mit der Karte?«

Sie drehte sich weg. »Das kann ich jetzt nicht erklären.«

»Dann sag mir, wo ich heute nacht gelandet wäre.«

»Dort, wo mein Vater herkam. In London.«

»Vor vier Jahrhunderten.«

»Wenn du die Reise überlebt hättest. Du hättest natürlich niemals zurückkommen können.« Sie senkte die Stimme. »Es tut mir leid, daß ich so lange damit gewartet habe, dich zu retten. Aber ich mußte ihn wiedersehen. Ich hätte es nicht ohne dich gekonnt – und nicht, ohne dich in Gefahr zu bringen. Ich hätte nie gedacht, daß du so viele Risiken auf dich nimmst. Du hast mir das Leben gerettet, mehr als nur einmal.«

»Und ich würde es wieder tun.« Ich strich ihr über die Wange. »Du weißt sicher, daß ich von Anfang an in dich verliebt war. Ich war bereit, alles für dich zu tun. Und bin es noch.«

»Ja, das stimmt.« Sie stand abrupt auf. »Wir müssen fahren.«

Ich nahm sie an den Schultern. »Hast du gehört, was ich gesagt habe?«

Sie streifte kurz mit den Lippen über meinen Mund. »Wir machen noch einmal halt, bevor wir an unserem Ziel angelangt sind.«

Sie ging auf die Tür zu, und ich griff in meine Tasche.

»Sie nehmen kein Geld hier«, sagte sie, ohne sich umzudrehen.

Ich blickte ein letztes Mal hinauf zu dem Buntglasfenster: Der Kreis aus Engeln war wieder vollständig. Und obwohl ich sein Gesicht nicht erkennen konnte, hatte der Engel, der nun die Lücke in dem Kreis ausgefüllt hatte, die gleichen langen, weizenblonden Haare wie die junge Frau, die uns bedient hatte. Er trug jetzt auch einen Heiligenschein, und der goldene Reifen, der hinter dem Tresen an dem silbernen Haken gehangen hatte, war verschwunden.

55

Veronica tankte das Auto voll, säuberte die Windschutzscheibe – mit einem Tuch, das sich blutrot färbte – und rutschte wieder hinter das Steuer, so wachsam wie immer. Innerhalb von Minuten war das Angel's hinter uns in der Dunkelheit verschwunden, und wir fuhren wieder auf die Überholspur des Interstate Highways. Sie erzählte weiter – schlug aber eine neue Richtung ein.

»Du hast dich gefragt, wer Nathalie war, als mein Vater sie Starwood gegenüber zur Sprache gebracht hat. Clement hat dir erzählt, was zwischen meinem Vater und Starwood vorgefallen ist. Erst hat Starwood ihn betrogen, dann hat er die Geheimnisse meines Vaters in einer Weise ausgebeutet, wie Vater es nie getan hätte. Ob es auf der Bühne war oder nicht, er ist den unrechten Pfad der schwarzen Magie immer weiter hinabgestiegen. Meinen Vater in den Limbus zu schicken, war nur der Anfang. Während der letzten zehn Jahre ist Starwood durch Betrug und dreisten Diebstahl zu riesigem Reichtum und Macht gekommen. In der Welt der Magie, und auch in den Tourneetheatern, die er durch Einschüchterung beherrscht hat. Außerdem hat er durch Erpressungen und Wucher noch einiges dazuverdient. Er wußte, er mußte meinen Vater, seinen einzigen wirklich gefährlichen Gegenspieler, töten, um seine Macht zu behalten – wenn und falls Vater je zurückkommen würde. Aber noch vor dem Palace-Theater hat Starwood meinem Vater etwas viel Wertvolleres gestohlen und es geschafft, das während der vier Jahre vor seinem Verschwinden vor ihm zu verbergen.«

Die weißen Bäume waren verschwunden. Wir rasten jetzt an einem breiten Fluß vorbei, der rot wie Lava glühte. Auf der anderen Seite des Flusses stand eine brennende Kirche an einer Kreuzung. Die Glocke im Kirchturm schlug wild. Flammen loderten durch die Fenster und Türen, aber das Mauerwerk des Gebäudes blieb intakt, als könne die Kirche nicht zerstört werden.

Plötzlich brach mir der Schweiß aus. Ich sah, daß sich unsere Fahrspur in ein Flammenmeer verwandelt hatte. Unsere Reifen zischten darüber, und Rauch von versengtem Gummi brannte mir in den Augen. Ich setzte die dunkle Brille wieder auf, und in dem dreieckigen Spiegel sah ich hinter uns wieder die Scheinwerfer, die aussahen wie Katzenaugen.

»Nathalie war meine Mutter«, fuhr Veronica fort. »Sie war erst sechzehn, als sie meinen Vater geheiratet hat. Er war vierunddreißig. Ich wurde noch im selben Jahr geboren, und sie war genauso alt wie ich jetzt, als sie starb. Ihr Vater ist auf Jahrmärkten aufgetreten. Er hat eine Unterwassernummer vorgeführt, bei der er den Atem lange anhalten mußte, während er Seile verknotet, Perlen aufgereiht oder Messer geschliffen hat. Als mein Vater sich seine Nummer in Indianapolis ansah, wo er selbst in einem Theater auftrat, hat er meine Mutter kennengelernt. Sie sind zusammen durchgebrannt. Danach ist mein Vater nie ohne sie auf Tournee gegangen. Selbst nachdem Viola und ich und dann Clement geboren waren und sie das Haus an der Franklin Street gekauft hatten. Sie waren füreinander bestimmt. Als mein Vater Starwood als Lehrling angestellt hat, ist er zum Aufwärmen des Publikums als Gedanken-

264

leser aufgetreten. Später war er immer bei uns im Haus. Schließlich hat Vater dort auch gearbeitet. Auf Tourneen hat Starwood im selben Hotel gewohnt. Ich habe Remi wie eine Schwester behandelt. Viola hat ihr nie getraut.«

Sie schwieg wieder. Ich hielt die Augen auf die Straße gerichtet. Wir fuhren so schnell, daß die Meilenpfosten mit den Leuchtziffern an der Spitze vorbeiflogen, als wären sie nur Zentimeter voneinander entfernt und aufgereiht wie Streichhölzer. Ich hörte, wie der Zigarettenanzünder am Armaturenbrett klickte und heraussprang, dann kringelte sich der Rauch einer Nelkenzigarette durch das Innere des Wagens.

»Clement hat immer geglaubt, Starwood hätte die Alpträume und die schrecklichen Kopfschmerzen verursacht, die meine Mutter in den Tod getrieben haben«, sagte Veronica. »Heute nacht hat Starwood das quasi zugegeben. In den letzten zwei Monaten ihres Lebens hatte sie so starke Migräne, daß sie schreiend aus dem Schlaf gerissen wurde. Und mein Vater, mit all seinen Kräften, konnte ihr nicht helfen, obwohl er alles versucht hat. Auch kein Arzt. Sechs Monate zuvor hatte Starwood versucht, sie zu verführen. Sie hat ihn abgewiesen, und weil sie gedroht hat, zu meinem Vater zu gehen, hat Starwood sich zurückgezogen und dann abgewartet, bis er sich rächen konnte, mit einer Art von Magie und Hypnose, die ihr unbekannt war. Er mußte sehr vorsichtig sein, weil er direkt unter der Nase meines Vaters gearbeitet hat. Er ist in das Traumleben meiner Mutter eingedrungen und von innen auf sie losgegangen. Es gibt viele Ebenen der Hypnose, und jede hat ihren eigenen Weg in den Geist. Vergiß das Zeug mit der pendelnden Taschenuhr. Du kannst viel tiefer gelangen, ohne die Person in Trance zu versetzen. Man kann eine furchterregende Landschaft im Kopf eines Menschen konstruieren und ihn dann gegen seinen Willen hindurchtreiben. Ohne im bewußten Denken Spuren zu hinterlassen. Zum Schluß hatte meine Mutter Angst vor dem Einschlafen. Selbst davor, die Augen zu schließen, ob sie allein war oder nicht. Ihr Gesundheitszustand

265

wurde immer schlechter. Was Starwood ihr in diesen Träumen angetan hat, werden wir nie erfahren. Er hat sie vielleicht nicht physisch vergewaltigt, so wie Keko, aber er hat sie genauso verletzt.«

Zum ersten Mal erschien der Vollmond direkt vor uns. Er hing tief am Horizont. Und immer noch wurden diese katzenaugenartigen Scheinwerfer in dem dreieckigen Spiegel reflektiert.

»In Chicago, zwei Tage vor ihrem Tod, hatte meine Mutter einen Punkt erreicht, wo sie nicht in einem Zimmer sitzen konnte, wenn nicht die Lichter an und die Vorhänge zugezogen waren. Sie hat mir gesagt, sie hätte das Gefühl, eine Flamme würde in ihrem Schädel tanzen. Mein Vater hat ihr starke Kräuter gegeben, damit sie schlafen konnte, aber sie hatten keine Wirkung. Er hat einen Arzt gerufen, der ihr Sedativa gespritzt hat, aber die haben sie nur eine halbe Stunde betäubt. Nachdem sie schreiend aufgewacht war, hat sie ein Buch durchs Fenster geworfen. Sie hat sich eingebildet, sie sei in einem brennenden Zimmer gefangen und habe keine Luft zum Atmen. Das war der einzige Alptraum, von dem sie uns erzählt hat. Und die ganze Zeit über war Starwood am Ende des Gangs, zog sich zurück und bot seine Hilfe an. Wenn meine Mutter das, was passierte, mit ihm in Verbindung gebracht hat, hat sie es nicht gezeigt. Ich glaube nicht, daß sie es je getan hat.«

»Und sie hat deinem Vater nie erzählt, daß Starwood sich an sie rangemacht hat?« fragte ich.

»Nein, nein. Ihr war klar, daß mein Vater ihn umgebracht hätte. Und Starwood hat es nie wieder bei ihr versucht. Er hat sich sogar so weit zurückgezogen, daß sie sein Verhalten als Ausrutscher betrachtet und nie mehr darüber nachgedacht hat. Schließlich war sie ja unter Jahrmarktsvolk aufgewachsen und hatte genug gesehen, so daß sie nicht leicht zu schockieren war. Was sie aber nicht wußte, war, wie tief Starwoods Wut und Eifersucht saßen und wie er meinen Vater gehaßt hat. Er war klug genug, um meine beiden Eltern zu täuschen, und am widerwärtigsten finde ich die Vorstellung, daß er in diesen letzten Monaten den rechten Augenblick abgewartet und dabei die Ideen meines Vaters gestohlen hat, während er meine Mutter zerstörte.«

Nach einem weiteren Moment des Schweigens fuhr sie fort: »Von Chicago aus sind wir nach Indianapolis gefahren, die letzte Station dieser Tournee. Meine Mutter wurde ganz plötzlich ruhig. Zum ersten Mal seit Monaten hatte sie keine Kopfschmerzen. Sie blieb trotzdem in ihrem Zimmer. Sie hat kalt gebadet, wenig gegessen und nur schwarzen Tee mit einem schwarzen Stein auf dem Boden der Tasse getrunken. Aber geschlafen hat sie trotzdem nicht. Mein Vater wurde mit jedem Mal, wenn er nach ihr gesehen hat, besorgter. Am nächsten Morgen wollten wir nach New York zurückkehren, und er hatte vor, seine Sommertournee durch Europa zu streichen und bei ihr zu Hause zu bleiben. Das war der Abend des 4. Mai. Um sieben Uhr kam meine Mutter aus ihrem Zimmer und sagte, sie wolle kurz zur Apotheke gehen. Ihre Kopfschmerzen würden wiederkommen. Sie hatte sich einen Mantel über ihr Nachthemd geworfen. Ich habe ihr vorgeschlagen, für sie zu gehen oder die Medikamente liefern zu lassen. Sie beharrte darauf, die frische Luft würde ihr guttun. Und sie wollte alleine gehen. Ich rannte los, um meinen Vater zu suchen, und ich habe sie nie mehr wiedergesehen. Sie kam nicht zurück, um ihn vor seiner Vorstellung zu rasieren. Und sie war immer noch nicht da, als er von der Bühne kam. Die ganze Zeit über war Starwood mit uns im Theater. Vierundzwanzig Stunden später hat die Polizei ihre Kleider ordentlich zusammengelegt neben dem tiefen See am Empire-Steinbruch in der Nähe von Bloomington gefunden. Ihre Leiche wurde nie entdeckt. Sie haben den See, so tief sie konnten, durchsucht – aber du mußt bedenken, er ist so tief, wie das Empire State Building hoch ist. Die Polizei hat es als Selbstmord behandelt, und damit war die Sache für sie abgeschlossen. Als mein Vater mit ihren Kleidern zurück ins Hotel kam, habe ich ihn zum ersten und einzigen Mal weinen sehen. Bis heute nacht.«

Trotz der Ausführlichkeit dieser Geschichte und des schwarzen Tees, den ich getrunken hatte, wurden meine Augenlider plötzlich schwer.

»Ich habe lange gewartet, daß sie zurückkommt«, sagte Veronica. »Schließlich hatte es keine Leiche gegeben, die man begraben konnte, und ich habe mir eingeredet, sie hätte einfach diese Kleider am See lassen und irgendwohin gehen können. Als ich das meinem Vater erzählt habe, hat er mir gesagt, sie würde nie mehr zurückkommen. Er hat mir den grünen Ring gezeigt, den er mir heute nacht gegeben hat. Die Polizei hatte ihn in jener Nacht in ihrer Manteltasche gefunden. Vater hatte ihr diesen Ring geschenkt, als sie zusammen durchgebrannt waren, und sie hat ihm gesagt, sie würde ihn nie wieder abnehmen. Aber er mußte ihr versprechen, daß er ihn ihr abziehen würde, falls sie vor ihm sterben sollte. Er beharrte darauf, daß sie den Ring an dem Steinbruch nur abgenommen hätte, weil sie sicher war, daß sie sterben würde.«

Der Mond war noch vor uns, wie ein Lichtkreis am Ende eines Tunnels, als mir die Augen zufielen. Mit hellen Strahlen beleuchtete er die Innenseiten meiner Augenlider. Dunkle Umrisse zeichneten sich ab. Farben durchfluteten sie. Sie nahmen neue Formen an und erstarrten. Jedes Bild war wie ein Dia, das ein paar Sekunden aufleuchtete und dann verblaßte.

Bilder aus meiner Vergangenheit, wie die, die Clement mental in seiner Dunkelkammer empfangen hatte. Sie klickten durch meinen Kopf. Der Stuckbungalow in Miami, wo ich aufgewachsen war. Der Orangenbaum im Garten, der immer voller Früchte gewesen war, war von einem Blitz gespalten worden, so daß die beiden Hälften ein perfektes V bildeten.

Die Kommode meiner Mutter mit der leeren obersten Schublade, die an der Wand lehnte, wie an dem Tag, als sie verschwand. Und die eine Postkarte ohne jegliche Aufschrift, die dahinter klebte und die ich erst Wochen später fand.

268

Die Postkarte selbst: eine Aufnahme, die offenbar vom Meer aus gemacht wurde. Über den Kämmen smaragdgrüner Wellen eine tropische Küste, unter sich auftürmenden Wolken. Wind fegte schneeweißen Sand über den mondsichelförmigen Strand und blies ihn zu wirbelnden Trichtern hoch, die sich Sekunden später auflösten – wie der letzte Rest Sand, der durch eine Sanduhr rieselt.

Der Ford Galaxy meines Vaters mit dem roten Bootsanhänger. Er stand mit dem Heck zum Meer, wo meine Mutter ihn zurückgelassen hatte, nur daß sie noch hinter dem Steuer saß und sich eine Zigarette anzündete. Ihre langen schwarzen Haare wehten im Wind, der durch die offenen Fenster blies.

Veronicas Stimme, vermischt mit dem Rauch ihrer Zigarette, trieb zu mir herüber wie aus großer Ferne. »Meine Mutter ist ohne ein Wort zu mir verschwunden«, sagte sie. »Kein Abschiedsgruß. Nichts.«

Meine Augenlider wurden schwarz, als hätte sich der Mond verfinstert, und Veronicas Stimme entfernte sich noch weiter. »Eines Tages«, hörte ich sie sagen, »gibt dir jemand den Ring, und du wirst ihn mir bringen.«

56

Als ich aus tiefem Schlaf erwachte, das Kinn auf der Brust, hatten wir viele Meilen zurückgelegt und waren in Ohio, jenseits des Interstate Highways. Wir rasten über eine kurvige Landstraße durch schwarzes Land und fuhren durch lauter Orte mit Frauennamen.

Marion, Lena, Ashley, Amanda, Laura, Sabina, Xenia.

Die Namen phosphoreszierten auf kleinen Schildern am Straßenrand.

Bis wir eine Stadt erreichten, deren Schild von hohem Gras verborgen war. In einer steilen Kurve bogen wir in die Stadt ein und schienen nur noch im Schneckentempo zu fahren, obwohl der Tachometer immer noch siebzig Meilen pro Stunde anzeigte. Zwischen niedrigen Häusern mit steil abfallenden Dächern fuhren wir durch die schmale Hauptstraße. Das Pflaster war voller Pfützen, und schwarz-silbernes Wasser rauschte durch die Rinnsteine, als hätte es gerade gegossen. Hunde bellten in der Ferne – und entlockten Tashi ein Knurren –, aber es waren keine Menschen zu sehen. Jedes Fenster war erleuchtet, aber die Zimmer waren leer.

Am Ende der Straße umgab uns eine so tiefe Dunkelheit, daß sich unsere Scheinwerfer nur fünf Meter weit hineinbohrten – und dann auf eine schwarze Wand trafen, die sich vor uns herschob. Veronica schaltete die Scheinwerfer aus. Sofort wurde eine Straße sichtbar, die in einen dichten Wald führte. Links von uns war eine einzige Abzweigung, in die sie mit einer schnellen Drehung des Lenkrads einbog, ohne das Bremspedal zu berühren.

Diese Straße war besser gepflastert, aber noch schmaler als die Hauptstraße in der Stadt. Als der Mond durch die Wolken brach und sein blaues Licht herabstrahlte, sah ich Blätter auf der linken Seite, die glänzten, als wären sie aus Eisen. Die Straße führte an einem L-förmigen See entlang. Am diesseitigen Ufer spiegelte sich der Mond wie ein Kreis aus weißer Farbe. Am anderen Ende, wo die Straße in einem Kreis von Kiefern endete, ergoß sich der See in einen donnernden Wasserfall.

Erst als wir die Kiefern fast erreicht hatten, sah ich, daß sie ein weißes, einstöckiges Haus verbargen. Auf dem Dach war eine Wetterfahne in der Form einer Eule. Auf einem grünen, dreieckigen Neonschild neben der ersten Kiefer stand NEPTUN MOTEL. Darunter leuchtete ein blaues Schild: BELEGT. Der weiße Kies knirschte unter unseren Reifen, als Veronica in die Auffahrt fuhr und vor der ersten Tür links mit der Aufschrift BÜRO stehenblieb. Das Fliegengitterfenster stand offen, und die Lichter waren ausgeschaltet. Die Tür war blau und hatte ein Messingdreieck als Klopfer.

Es gab noch acht weitere Türen in gleichmäßigen Abständen am Haus entlang. Bis auf die letzte, die gelb war, waren alle grün gestrichen. Sie waren mit gläsernen Ziffern numeriert. Über jeder Tür brannte eine grüne Glühbirne in einem auf dem Kopf stehenden Kegel aus Milchglas. Neben jeder Tür war ein einzelnes Fenster mit grünen Fensterläden und einem Blumenkasten. Die Kiefern knarzten im Wind. Von nahem waren sie so hoch, daß sie den Himmel verbargen.

Die Tür zum Büro war nicht verschlossen, und Veronica öffnete sie, ohne anzuklopfen. Der kleine Raum, den wir betraten, war kalt, aber auf einer Theke drehte sich ein Tischventilator, der in den Seiten eines aufgeschlagenen Gästebuchs raschelte. Hinter der Theke stand ein Schreibtisch. Und ein Wasserbehälter, der mit einer tintenschwarzen Flüssigkeit gefüllt war. Und ein leerer Vogelkäfig mit einem winzigen Trapez, das leise hin und her schwang. Hinter dem Schreibtisch öffnete sich eine Tür in ein Zimmer, in dem im Licht einer schwachen Lampe der Teil eines Schattens zu sehen war, der sich an der Wand entlang bewegte.

»Wir brauchen etwas Eis«, sagte Veronica und durchbrach die Stille, als wäre sie eine Glasscheibe.

Niemand antwortete. Der Ventilator brummte, der Wasserfall donnerte dumpf hinter den Kiefern, und eine Luftblase blubberte aus den Tiefen des Wasserbehälters hoch. An der Decke sah ich ein zitterndes Spinnennetz schimmern.

»Und einen Ventilator«, fügte sie hinzu. »Und eine Kanne sehr heißen Tees.«

Der Schatten blieb stehen, aber noch immer antwortete niemand.

Veronica ging vor mir hinaus. Rasch parkte sie das Auto rückwärts auf dem Platz vor Zimmer Nr. 8 und öffnete die hintere Tür für Tashi, den ich kurz danach im nahen Gebüsch hörte. In dem Blumenkasten unter dem Fenster von Nr. 8 strömten weiße Blumen einen starken Ingwergeruch aus, genau wie der Duft von Veronicas Parfüm.

»Das ist wilder Ingwer«, sagte sie und nahm ihren Schlüsselring heraus. Sie steckte einen langen silbernen Schlüssel in das
Schloß der gelben Tür, die sich sanft öffnete, wie zwei Steine,
die unter Wasser gegeneinanderschlagen.

57

Wir betraten ein Zimmer, das innen viel größer war, als es von
außen möglich schien. Es war rund, obwohl das Haus selbst
rechteckig war. Es gab ein Bett, einen Stuhl, zwei Lampen und
einen schmalen Tisch. Ein Ventilator am Tischrand, der auf
das Bett gerichtet war, summte leise. Am anderen Ende des
Tisches standen ein Eiskübel, eine dampfende Teekanne und
zwei Tassen auf einem Tablett. Und eine schwarze Vase mit einem Strauß Sternblumen.

Das Bett war groß, mit einer schwarzen Satindecke über den
Bettdecken, die dunkelblau mit schwarzen Tupfen waren. Die
Lampen standen zu beiden Seiten des Bettes. Ihre Füße waren
zwei komplementäre Nixen aus Jade, einen Meter fünfzig groß.
Die eine schwamm lächelnd mit ausgestreckten Armen nach
oben, die andere tauchte mit ängstlichem Gesichtsausdruck in
einem anmutigen Bogen nach unten. Beide hatten lange, mit
Seegras verschlungene Haare, die ihnen über die Brüste fielen.
Und breite, spitz zulaufende Flossen. Die Lampenschirme waren auf dem Kopf stehende Kegel, die fächerförmige Licht-
kreise an die Decke warfen. Kreise, die sich im Rhythmus meines Atems erweiterten und zusammenzogen. Ein kleiner dreieckiger Spiegel hing an der Wand. Das Zimmer war meergrün
gestrichen und erfüllt von dem Duft von Orangenblüten.

Veronica zog ihren Gürtel aus Eidechsenleder heraus, löste
den beinernen Haarclip und ging hinüber ins Badezimmer. Es
war völlig verspiegelt, so daß die Wände ihr Bild unzählige
Male reflektierten. »Gieß dir Tee ein«, sagte sie und schloß die
Tür hinter sich.

Es war schwarzer Tee. Auf der Tasse war in satten Farben auf blauem Email eine tropische Landschaft abgebildet. Aufragende grüne Berge, deren zerklüftete Abhänge silberne Fäden von Wasserfällen hinunterstürzten. Eine weite Savanne. Und eine Reihe Palmen, die sich hinter einem weißen Strand erhoben. Aus den Bergen flog ein Vogelschwarm in Form eines V. Er wurde einen Augenblick lang lebendig und verschwand in den Wolken.

Auf der zweiten Tasse war eine andere Szenerie abgebildet. Die Blau- und Brauntöne vor einem schwarzen Hintergrund waren so dunkel, daß ich sie kaum erkennen konnte: ein dichter Wald, in dem ich, während ich meinen Tee trank, Schatten hin- und herschießen sah.

Ich war so davon gefangen, daß ich nicht hörte, wie Veronica aus dem Badezimmer kam. Sie schlich sich neben mich und langte nach ihrer Tasse. Die Haare hingen ihr lose über die Schultern. Ihr silberner Lippenstift glänzte. Sie setzte die Tasse an den Mund und leerte sie. Dann langte sie nach hinten, knöpfte ihr grünes Kleid auf, ließ es bis auf die Brust fallen und strich mit ihren Lippen über meine.

»Jetzt müssen wir nicht mehr warten«, flüsterte sie.

Ich legte die Arme um sie und zog sie zu mir. Das Blut schoß mir in den Kopf, als ich die Hand auf ihre Brust legte und sie mit der Zunge um meine Lippen fuhr und meinen Atem inhalierte. Dann nahm sie mich an der Hand und führte mich zum Bett.

Wieder sah ich die Hälfte der Tätowierung, die ihren Rücken bedeckte. Der kahle Baum mit der Eule und der blaugelbe Vogel, der neben zwei Sternen in der Luft stand. Doch jetzt, als das Kleid auf ihre Füße rutschte und sie ihren BH öffnete, wurde die ganze Tätowierung sichtbar, die das Bild auf der zweiten Tarotkarte zeigte, die Otto für uns aufgedeckt hatte – der »Stern«. Ein nacktes Mädchen, das an einem Bach kniete und Wasser aus zwei Hörnern goß. Der kahle Baum befand sich hinter ihm, auf einem Hügel. Sein Kopf wurde von insgesamt acht Sternen umkränzt. Das Mädchen ähnelte mit seinen fließenden Haaren und den großen Augen einer jüngeren Veronica, wie auf Ottos Karte. Wie auch ihre Augen: das rechte blau, das linke grün.

Sie streifte ihren Slip ab und setzte sich auf den Bettrand, während auch ich mich auszog. Ihr Körper war lang und fest, mit den geschmeidigen Muskeln einer Schwimmerin. Ihre ganze Haut hatte den silbrigen Schimmer, der mir zuerst an ihrem Gesicht aufgefallen war. Ich legte mich neben sie, und als sie sich an mich drückte, spürte ich Hitzewellen aus ihrem Körper strömen. Sie ließ ihre Fingerspitzen, leicht wie Feuer, über meine Haut gleiten. Auch meine Hände waren nicht untätig. In ihren Haaren, über ihre Brüste und Beine, ihren Rücken hinunter – die tätowierte Haut war kühler als der Rest – und dann zwischen ihren Beinen, wo das seidige Haar elektrisch knisterte.

Sie stöhnte und küßte mich noch einmal fest, dann erhob sie sich auf die Knie und leckte mir Brust und Bauch, immer wieder verweilend, mich neckend, bis ich merkte, daß ich mich nicht viel länger zurückhalten konnte.

Ich legte mich auf sie, und sie öffnete sich mir mit geschlossenen Augen. Ich hatte sie noch nie mit geschlossenen Augen gesehen. Die Kopfleiste des Bettes bestand aus acht Messingstangen. Mit ausgestreckten Fingern tippte Veronica die erste an, und die beiden Lampen wurden dunkler. Ich schloß nun selbst die Augen, als sie mich in sich hineinführte, die Hitze ihres Körpers in meinen floß und nach außen in meine Glieder strahlte. Jedesmal, wenn ich in sie hineinstieß, umklammerte sie mich fester und fuhr mit ihren Nägeln über meinen Rücken, abwärts und im Kreis, immer wieder, beschrieb sie eine Acht. Sie schlang die Füße um meinen Rücken und ließ sie so. Als ich die Augen wieder öffnete, war das Lampenlicht rot geworden und Veronica hielt die Bettpfosten umklammert. In ihren Haaren glitzerten Funken, als wären sie mit einer Drahtbürste, die unter Strom stand, gekämmt worden.

Die Jadenixen waren zum Leben erwacht. Die eine stieg an die Oberfläche, während die andere tauchte. Rotes Licht strömte aus ihren Körpern wie Wasser. Die Haare verschleierten ihr Gesicht. Es war, als wäre das Bett eine Plattform aus Stein unter Wasser, und die Nixen schwömmen vorbei – an Veronica und mir vorbei, während wir ineinander verschlungen waren. Nur kamen sie nie wirklich an uns vorbei, obwohl sie aufwärts und abwärts schwammen, mit angespannten Muskeln und zappelnden Flossen gegen unsichtbare Strömungen ankämpften – sie verharrten, während sie doch in Bewegung waren, an einem Ort, wo solche Unterscheidungen keine Bedeutung hatten. Ketten von Blasen kamen wie Perlen aus ihrem Mund. Als ihre Haare von dem Ventilator zurückgeweht wurden, sah ich, daß sie den Gesichtsausdruck getauscht hatten: die Tauchende lächelte, und die nach oben Schwimmende sah ängstlich aus.

»Leo.« Veronicas Stimme klang fern. Ich wandte mich von den Nixen ab. »Warum hörst du auf?« fragte sie schweratmend. Ich brauchte einen Moment, um mich auf ihr Gesicht zu konzentrieren. »Hast du die Augen aufgemacht?« fragte sie. »Hier, nimm meine Hand.«

Aus den Augenwinkeln heraus sah ich, daß die Nixen wieder zu leblosem Jade geworden waren. Aber ihre vertauschte Mimik war geblieben. Und über uns sah ich Sterne blitzen – als wäre kein Dach über uns.

Als ich Veronicas Hand drückte, spürte ich einen Splitter auf ihrer Handfläche.

»Ja, es ist ein *dip shing*«, murmelte sie. »Wenn wir zusammen unsichtbar sind, werden unsere Gefühle intensiver.«

Als ich anfing, mich in ihr zu bewegen, löste sie sich auf. Mein eigener Körper verschwand. Ich hörte ihr Herz nur Zentimeter von meinem entfernt schlagen. Ich konnte auch die Feuchtigkeit spüren, die sich auf ihren Armen und Brüsten bildete. Unser nun gleichzeitiger Atem erfüllte meine Ohren. Aber unter mir sah ich nur die Laken mit den Abdrücken unserer Körper. Das *dip shing*, das wir fest in unseren verschränkten Händen hielten, wurde heißer, während meine Augen einen der Tupfen auf der Decke fixierten. Bis ich kopfüber hineinzufallen schien, umhüllt von Dunkelheit, und nicht mehr sicher war, ob meine Augen offen oder geschlossen waren.

Dann hörte ich einen Schrei, und ich starrte wieder hinunter auf das Laken. All die Hitze, die in meine Gliedmaßen geströmt war, sammelte sich wieder in meiner Mitte. Und nun hörte ich mich selbst aufschreien, während ich Veronica fest in den Armen hielt, das *dip shing* versengte mir die Hand, und der Wasserfall vom See brüllte in meinem Kopf, als wären die Wände plötzlich nicht dicker als Reispapier.

Als ich die Augen öffnete, war ich wieder sichtbar und lag flach auf dem Rücken, Arme und Beine weit von mir gestreckt. Veronica hatte sich mein lila Hemd über die Schultern gehängt und kniete neben mir. Ihre nassen Haare klebten an ihren Brüsten, und sie fuhr mit der Hand über mein Bein.

Ich merkte, wie ich wieder hinwegsank.

»Nein, Leo, wach auf«, sagte sie.

Erst als ihre Hand zu meinen Rippen hochrutschte, merkte ich, daß sie einen Eiswürfel daranhielt. In der anderen Hand hatte sie eine Tasse dampfenden Tee. Ihre Stimme klang sanft, als sie mir mit dem Eis die Schläfen kühlte.

»Setz dich«, sagte sie und bot mir den Tee an.

»Warum legst du dich nicht statt dessen hin?«

»Selbst wenn wir die Zeit hätten, was nicht der Fall ist, wäre das kein gutes Bett, um sich auszuruhen.«

»Warum nicht?«

Sie ließ den Eiswürfel auf meine Augenlider tropfen.

»Gut«, sagte ich und schob mich hoch.

»Wenn wir auf diesem Bett schlafen würden«, sagte sie und reichte mir meine Hosen, »würden wir alle unsere Erinnerungen verlieren. Selbst in dieser kurzen Zeit hast du Erinnerungen verloren, von denen du nicht einmal gewußt hast, daß du sie hattest – und von denen du nie wissen wirst, daß du sie hattest. Wir beide. Das ist der Preis dafür, daß wir uns hier geliebt haben.« Sie deutete auf einen der Tupfen. »Es ist mit ihnen wie bei einem schwarzen Loch im Weltraum: Wenn eines verschwindet, nimmt es all die Informationen des Lichts und der Materie, die es verschlungen hat, mit sich. Je länger wir hier liegen, desto mehr würde von unserem inneren Ich verzehrt werden, während die Tupfen verschwinden.«

Sie ließ das Hemd auf meine Schultern fallen und ging ins Badezimmer. Als ich fertig angezogen war, warf ich einen Blick auf das Bett, und wirklich schrumpften die Tupfen – jetzt nur noch pfenniggroß – vor meinen Augen, bis sie eine Minute später völlig verschwunden waren.

Ich ging in dem kreisförmigen Raum herum und trank den Tee. Meine Haut war kühl, mein Kopf leicht. Zum ersten Mal in dieser Nacht hatte ich das Gefühl, ich würde nicht nur in meinen eigenen Kleidern, sondern auch in meinem eigenen Körper stecken. Als ich dann aber stehenblieb, um in den dreieckigen Spiegel an der Wand zu blicken, erschreckte mich das Gesicht, das mir entgegenstarrte. Es war das gleiche Gesicht, das ich in dem Spiegel in der Wäscherei gesehen hatte: der alte Mann mit den weißen Haaren. Auch seine Augen waren weiß. Seine Gesichtszüge, die fast identisch mit meinen waren, verwischten und wurden wieder deutlich als der Junge, den ich vorher gesehen hatte. Auch seine Augen waren leer wie die einer Statue. Dann verschwand auch er, und ich sah die Scheinwerfer, die wie zwei Katzenaugen in den Tiefen des Spiegels brannten.

Als Veronica aus dem Bad kam, wurde der Spiegel wieder klar. Vollständig angekleidet, mit frischem Make-up und wieder zurückgebundenen Haaren, durchquerte sie das Zimmer und zündete sich eine Nelkenzigarette an. Ihr Gesicht war wieder düster, die Augen wachsam. Als sie ihren Eidechsenledergürtel schloß, sah ich, daß sie sich den grünen Ring, den Ring ihrer Mutter, an den vierten Finger ihrer rechten Hand gesteckt hatte.

Sie ergriff einen silbernen Reifen, der an der Wand befestigt war. Ich hatte gedacht, er sei da, um etwas daran aufzuhängen, aber es war der Griff einer Tür, deren Umriß unsichtbar war. Veronica drehte den Griff gegen den Uhrzeigersinn, und die Tür öffnete sich zu einem kleinen, dreieckigen Wandschrank, in dem ein einziges Kleidungsstück auf einem Bügel hing: ein waldgrüner Mantel mit einem Schärpengürtel und einem hohen Kragen. Sie zog den Mantel an und knotete die Schärpe zu einem Achter. Der Mantel, der ihr wie angegossen paßte, hatte denselben Grünton wie ihr Kleid.

Sie warf sich ihre Tasche über die Schulter, nahm die Autoschlüssel heraus und küßte mich auf den Mund. Ihr scharfer Ingwerduft stieg mir zu Kopf, als wir aus der Tür in die Nacht traten.

Ich warf noch einen kurzen Blick zurück in das Zimmer, als ich die Tür hinter mir schloß: In der Mitte, den Raum vom Boden bis zur Decke dominierend, stand Kekos Mondglobus. Er war von innen beleuchtet und drehte sich um seine Achse. Sein Licht war genauso blau wie das Mondlicht, in das ich trat und das den Parkplatz beleuchtete, wo Veronica schon den Motor anließ. Die Glut ihrer Zigarette leuchtete durch die Windschutzscheibe, und der Wind fuhr ihr durch die Haare.

Als wir an dem Büro vorbeifuhren, blickte ich durch die offene Tür und sah die Silhouette einer Katze, die zusammengerollt auf der Theke lag. Ihr Schwanz tickte wie ein Metronom.

Wir rasten die Strecke an dem L-förmigen See entlang und bogen links auf die Straße ab, die, so weit ich sehen konnte, in den dichten Wald führte. Eine Meile weiter stand ein grünes Schild am Seitenstreifen, das die Grenze des Ortes markierte, in dem wir gerade gewesen waren. Noch eine Stadt mit einem Frauennamen.

In phosphoreszierenden Lettern stand auf dem Schild: SIE VERLASSEN FELICITY.

58

Die letzte Strecke des Weges nach Indiana hinein war gerade und weiß, flankiert mit Reihen von Bäumen, die so nahe beieinanderstanden, daß sie wie Mauern wirkten. Ihre hohen, überhängenden Äste trafen sich über der Straße, und wir kamen uns vor wie in einem Tunnel, an dessen Ende wieder der blaue Mond am Himmel hing.

Keiner von uns hatte etwas gesagt, seit wir das Hotel verlassen hatten. Wir fuhren wieder mit großer Geschwindigkeit, und Veronica konzentrierte sich beharrlich auf die Straße. Sie löste die Hände nur zweimal vom Lenkrad: um noch eine Nelkenzigarette anzuzünden und um eine Kassette einzulegen, so daß »Viola« während der restlichen Fahrt aus den Lautsprechern erklang. Während ich den Saxophonläufen und den Klaviersequenzen von Veronica lauschte, sah ich die katzenaugenartigen Scheinwerfer in dem dreieckigen Spiegel auf meiner Sonnenblende leuchten. Aber als ich mich umdrehte und durch das Rückfenster sah, war die Straße leer.

Ich schloß die Augen, und grüne und blaue Lichtpunkte tanzten in wechselnden Mustern auf meinen Augenlidern – komplexe Gitter, die der Komposition und der Dynamik der Musik entsprachen, die ich hörte. Bis ich mir schließlich sicher war, daß ich die Musik nicht mehr hörte, sondern nur noch sah.

»Wir sind fast da«, sagte Veronica und brach unser langes Schweigen.

Wir fuhren über drei zusammenhängende hölzerne Brücken über einen Sumpf, in dem grüne Lichter funkelten. Auch diese Lichter blinkten in Mustern, welche die Sequenzen in der Musik widerspiegelten. Hinter dem Sumpf gabelte sich die Straße. Auf einem pfeilförmigen Schild, das nach rechts zeigte, stand in ungleichmäßigen Lettern: BLOOMINGTON. Wir nahmen die linke Abzweigung und fuhren weiter in den Wald.

Veronica fuhr langsamer, als die Straße schmaler wurde, bis sie kaum mehr zwei Spuren breit war. Nach einigen Meilen bog sie wieder links ab, auf einen einspurigen, unbefestigten Weg. Lockere Steine wurden von den Hinterreifen hochgeschleudert und klapperten unter den Kotflügeln. Büsche streiften das Auto an der Seite. Platingraue Motten tanzten durch den Strahl der Scheinwerfer. Zu unserer Rechten kletterten Ranken mit eisernen Blüten einen Drahtzaun hoch. Schließlich wand sich der Weg durch eine Lücke in dem Zaun, an Birken vorbei, die von so dickem Nebel verhüllt waren, daß man das Autodach nicht mehr sehen konnte. Veronica schaltete die Scheinwerfer aus, und wie vorher schon sahen wir sofort besser.

Als sich der Nebel schließlich auflöste, brachte Veronica das Auto vor einer Steinmauer zum Stehen. Die Mauer war etwa brusthoch und mit Moos bewachsen. In beide Richtungen führte sie, so weit das Auge reichte, und sie hatte nur eine einzige Öffnung, die durch ein Eisentor verschlossen war. Daneben war ein Holzschild, auf dem in verblichenen Buchstaben stand: EMPIRE-STEINBRUCH.

Veronica schaltete den Motor aus, aber die Musik spielte immer noch.

»Wir sind da«, sagte sie.

Beim Anblick des Eisentores überlief es mich kalt. »Laß uns nach New York zurückfahren«, sagte ich, obwohl mir das erst in diesem Moment eingefallen war.

Sie blickte weiter geradeaus. »Es gibt kein Zurück.«

»Warum hat uns dein Vater hierhergeschickt?«

Sie stieg aus dem Auto, und bevor sie die Tür schloß, sagte sie: »Du weißt, warum, Leo.« Dann ging sie hinüber zu dem Eisentor. Ich erwartete, daß sie den Schlüsselring herausnehmen und einen Schlüssel in das schwere Schloß stecken würde. Statt dessen glitt das Tor trotz seines Gewichts und obwohl die Scharniere offensichtlich verrostet waren, bei der Berührung ihrer Fingerspitzen leise auf.

280

»Es war verschlossen«, sagte sie, »aber nicht mit einem Schlüssel.«

Als ich aus dem Auto stieg, betrat sie das Gelände des Steinbruchs und drehte sich zu mir um. »Ich weiß, daß du mich nie vergessen wirst, oder?« sagte sie, und bevor ich antworten konnte, rannte sie los.

59

Von nun an vergrößerte Veronica stetig den Abstand zwischen uns, wie schnell ich auch rannte. Und sie sah sich nie um. Als ich ihr in den Steinbruch folgte, hatte ich das Gefühl, ich hätte die Mondoberfläche betreten. Meine Stiefel versanken in weichem, glänzendem Staub. Und obwohl überall das Mondlicht schien und alles in bleiches Licht tauchte, konnte ich den Mond nicht mehr am Himmel entdecken. Ich öffnete den Mund, um sie zu rufen, doch statt dessen schluckte ich einen eisigen Lufthauch, der ihren Namen in meinem Hals gefrieren ließ.

Ich war umgeben von weißen Sandhügeln, Gräben, die mit Kalksteinstaub angefüllt waren, und Kratern, in denen helles Geröll lag. Weiße Felsbrocken in der Größe von Meteoren lagen am Rand der Krater. Selbst das hohe Unkraut, das auf den Sandhügeln Wurzeln geschlagen hatte, glänzte pudrig weiß und warf harte Mondschatten.

Wie mein eigener Schatten, der vor mir lag und nicht im Einklang mit den Bewegungen meines Körpers war. Zuerst dachte ich, Veronica würde gar keinen Schatten werfen. Dann sah ich, daß ihr Schatten sich selbständig gemacht und sich von ihr gelöst hatte. Er bog nach rechts ab, doppelt so schnell wie Veronica. Und Veronica rannte flink, ohne Fußabdrücke in dem Staub zu hinterlassen. Sie zog nur zwei schwache parallele Linien hinter sich her – als würden ihre Stiefel kaum über den Boden streifen. Zweimal hörte ich Tashi neben ihr bellen, aber er hinterließ überhaupt keine Spuren. Mein Körper kam mir beim Laufen leichter vor, aber meine Stiefel sanken tief in den Staub ein und bremsten mich. Staub, der von meinen Schuhen hochgeschleudert wurde, bis meine Hände von einer weißen Schicht umhüllt waren. Dann rutschte ich plötzlich auf den Absätzen einen Abhang hinunter, in einen großen Krater, der voller Kalksteinscherben war. Ein ganzes Meer davon, in dem verstreut Fischskelette lagen. Skelette mit zwei Köpfen und drei Schwänzen, die wie ein Dreizack von der Wirbelsäule abgingen. Wenn ich darauftrat, zerfielen sie zu Staub.

Als Veronica schneller wurde, rannte ihr Schatten – weiter rechts – noch geschwinder. Ich versuchte ebenfalls zu rennen, rutschte aber immer wieder auf dem Kalkstein aus. Dann hörte ich plötzlich rechts hinter mir jemanden oder etwas laufen. Aber ich sah nichts, als ich mich umdrehte.

Veronica rannte über einen spiralförmigen Weg aus dem Krater hinaus und verschwand in einem Wald, der noch dichter war als der, durch den wir gerade gefahren waren. Als ich die Stelle erreichte, wo ich sie zuletzt gesehen hatte, war ich überrascht, daß ich so klar und tief zwischen die von Mondlicht durchfluteten Bäume hineinblicken konnte. Als wäre ich durch einen schwarzen Vorhang getreten. Die Bäume wuchsen in langen, parallel stehenden Reihen. Ihre Blätter waren blau, und ihre Rinde fühlte sich kalt wie Eisen an. Der Boden war schlammig, und das Gewirr von Wurzeln und dicken Schlingpflanzen machte das Fortkommen noch schwieriger.

Veronica folgte zu meiner Linken einem diagonalen Pfad durch die Bäume. Plötzlich sah ich den Schatten einer großen schwarzen Katze, gleich hinter Veronicas Schatten, tief am Boden. Ein Panther wie der, der auf Kekos hölzernem Wandschirm das Reh verfolgt hatte. Seine gelbglühenden Augen waren genau die, die ich während der ganzen Fahrt von New York aus im Spiegel gesehen hatte. Und der Abstand zu Veronicas Schatten wurde immer kleiner. Immer noch rutschend und schlitternd lief ich nach links, hinter Veronica her, ohne den

Blick von ihrem Schatten zu wenden, der in einem wilden Zickzackkurs vor dem Schatten des Panthers herlief. Dann begriff ich, daß ihr Schatten wieder nach links steuerte und verzweifelt versuchte, wieder eins mit Veronicas Körper zu werden.

Doch dazu kam es nicht. Als ihr Schatten ein letztes Mal an Tempo zulegte und hoch zwischen die doppelten Stämme eines V-förmigen Baumes sprang, stürzte sich der Panther in der Luft auf ihn und riß ihn zu Boden. Man hörte das schreckliche Aufeinanderschlagen von Gliedern, dann wurde Veronicas Schatten von dem des Panthers verschluckt. Schwarz in Schwarz. Wie Tinte.

Der Schatten des Panthers wurde größer und raste sofort durch das Labyrinth der Bäume weiter, um Veronica zu verfolgen. Die Veronica aus Fleisch und Blut, die immer noch schattenlos durch das Mondlicht lief.

Solch eine Katze hatte ich noch nie gesehen. Nicht nur wegen ihrer Größe und Geschwindigkeit, sondern auch, weil sie zuerst dreidimensional ausgesehen hatte, jetzt aber aus einem anderen Winkel so zweidimensional aussah wie jeder andere Schatten. Flach wie ein mit Tinte getränktes Blatt Papier.

Als Veronica den Panther kommen sah, blieb sie starr stehen. Sie fiel auf die Knie, bewegte die Hände schnell in der Luft, und ich wußte, daß sie das *dip shing* von Tashis Halsband löste. Doch diesmal legte sie es neben sich auf den Boden und blieb sichtbar, selbst als der Hund wieder erschien. Reinweiß. Und er zitterte erwartungsvoll, während er in der Erde wühlte und seine Stahlzähne fletschte. Seine langen Ohren standen zuckend hoch.

Der Schatten des Panthers, der mit großer Geschwindigkeit auf sie zurannte, hatte die halbe Strecke zu ihnen zurückgelegt, als Tashi auf ihn losging und ihn abfing. Der Zusammenprall erzeugte eine so starke Druckwelle, daß es mich umwarf. Ich sah einen Ball aus Schwarz und Weiß, der zwischen den Bäumen hindurchwirbelte, als sie kämpften. Manchmal tauchte kurz eine Pfote oder ein Kopf aus dem Wirbel auf, bereit zuzuschlagen, bevor alles wieder verschluckt wurde. Das letzte so eingefrorene Bild, das ich sah, war Tashis Kopf, hocherhoben, mit weit aufgerissenen Kiefern, als er sich auf seinen Gegner stürzte. Und er fand sein Ziel: Der wirbelnde Ball wurde langsamer, und Tashis Stilettzähne hatten sich in der Kehle des Pantherschattens verbissen, während sie in eine Mulde hinter der letzten Baumreihe rollten.

Ich eilte auf Veronica zu. Die beiden kämpften wild weiter und wirbelten eine Staubwolke auf. Obwohl sie außer Sicht waren, blieb Veronica ganz still stehen, die Augen auf die Mulde fixiert. Plötzlich hörten die Kampfgeräusche auf, und der Staub legte sich. Veronica und ich waren noch vier Meter voneinander entfernt, und ich ging instinktiv noch einen Schritt auf sie zu. Ihr Gesicht zeigte keine Regung, aber sie hatte die Fäuste geballt.

Dann erschien Tashis Kopf am Rand der Mulde, und er tauchte hinkend mit einem langen Heulen auf.

»Tashi!« rief Veronica und klatschte in die Hände, worauf er auf sie zulief. Ich hörte ihn keuchen, seine Lungen quälten sich unter seiner massigen Brust. Sein linkes Auge war zugeschwollen, und auf den Flanken hatte er schwarze Kratzspuren. Aber keine Wunden.

»Braver Hund«, sagte Veronica und machte das *dip shing* wieder an seinem Halsband fest.

Als er wieder verschwand, sah ich mich um und fragte: »Aber wo ist die Katze, die diesen Schatten geworfen hat?«

»Es gibt keine Katze. Und das war auch kein Schatten.« Mit großen Augen wandte sie sich zum ersten Mal, seit wir den Steinbruch betreten hatten, mir zu.

»Das war Starwoods *Tulku* – ein *Tulpa*, der nach seinem Tod weitergelebt hat. Angetrieben von seiner Rachsucht, ist er uns von New York aus gefolgt. Mein Vater hat das vorausgesehen: Deshalb hat er darauf bestanden, daß ich Tashi mitnehme.«

284

»Aber du hast mir erzählt, daß Tashi nicht berührt werden kann —«

»Nicht von Menschenhand. Sonst würde er sich auflösen. Doch wie du ja in New York gesehen hast, trifft das nicht auf einen *Tulpa* zu. Oder einen *Tulku*. Das stellt ihn aber noch nicht auf die gleiche Ebene. Gerade war er ziemlich im Nachteil. Aber ebenso mutig.«

Ein kalter, schwarzer Wind blies aus der Richtung der Mulde zu uns herüber, und Veronica zog den Mantel enger um sich. Ihr Blick wurde fern. »Der Mantel gehörte meiner Mutter«, sagte sie. »Er ist sehr warm.« Nach einem Moment blickte sie zu der Mulde hin. »Aber ich werde nie mehr einen Schatten werfen, weder tags noch nachts. Daran kannst du mich sicher erkennen.«

Noch bevor ich etwas sagen konnte, war sie wieder weg und rannte durch das letzte Waldstück.

»Veronica!«

Ich war noch keine zehn Meter gegangen, als ich sie bereits den innersten Kreis des Steinbruchs betreten sah. Und da der Waldboden immer noch rutschig und überzogen von Wurzeln war, brauchte ich einige Zeit, bis ich an derselben Stelle angelangt war.

Der Boden dort war hart und glatt, aber uneben – Tausende von Kalksteinplatten waren in unregelmäßigen Winkeln zusammengefügt. Wie ein Boden, der völlig wirr gefliest worden war und sich dann aufgeworfen hatte. Veronica war nirgendwo zu sehen. Dreißig Meter vor mir wuchs weißes, hüfthohes Gras. Zwischen dem Gras und mir war nur eine einzige Erhebung in dieser schartigen Landschaft: ein kleiner Schuppen mit einer schwarzen Tür, auf den ich direkt zuging.

Die Tür hatte einen Riegel, aber kein Schlüsselloch. Doch ich konnte den Riegel drehen und an ihm rütteln, wie ich wollte, die Tür ließ sich nicht öffnen. Ich legte das Ohr ans Holz, aber von innen war nichts zu hören.

Durch das hohe Gras ging ich weiter über weichen, ebenen

Boden. Das Gras war mit Kalksteinstaub bedeckt, der meine Hosen streifte. Unten an einem steilen Abhang sah ich eine dicke Hecke mit glänzenden schwarzen Blättern. Ein Hund bellte auf der anderen Seite der Hecke.

Ich fand eine schmale Lücke in der Hecke. An der Stelle waren keine Fußabdrücke zu sehen, doch sobald ich hindurchgeschlüpft war, in einen wirbelnden Nebel hinein, sah ich zuallererst Veronica. Sie sprang unten am Abhang über ein Stahlgeländer, neben dem ein verblichenes Schild an einen Holzfosten genagelt war. Darauf stand:

GEFAHR – SCHWIMMEN VERBOTEN

Darunter war ein zweites, dreieckiges Schild. Es war handbeschriftet:

HIER SIND 15 MENSCHEN ERTRUNKEN

Die Fünfzehn war unbeholfen hineingemalt worden, in Blau.

Das war also der See des Steinbruchs, den Otto uns beschrieben hatte. Der scheinbar bodenlose vertikale Schacht, aus dem der gesamte Kalkstein stammte, mit dem das Empire State Building gebaut wurde. Nachdem er sich dann mit Regenwasser gefüllt hatte und Menschen darin ertrunken waren, hatte man das Geländer aufgestellt – wie das Geländer oben auf dem Empire State Building.

Doch dieses Geländer hatte Veronicas Mutter nicht zurückgehalten. Und jetzt hielt es auch Veronica nicht zurück, die auf einer Steinkante unterhalb des Geländers um den See ging.

»Veronica!« rief ich wieder, als ich den Abhang hinunterstolperte, aber sie drehte sich nicht um.

Durch den Nebel ließ ich die Augen über den See wandern. Er war etwa halb so groß wie ein Häuserblock in der Stadt und kreisrund. Das Wasser war dunkelgrün. Nicht die kleinste Welle trübte die Oberfläche, die so flach wie ein Spiegel war

286

und in der sich Sterne spiegelten, die ich durch die Nebeldecke nicht sehen konnte. Der Sims, grob aus dem festen Kalkstein herausgehauen, war rutschig und an manchen Stellen nur dreißig Zentimeter breit. Aber Veronica rannte rechts von mir behende darauf entlang, und noch bevor ich über das Geländer geklettert war, hatte sie eine Plattform aus hellem Kalkstein erreicht, die ins Wasser ragte.

Als ich in ihre Richtung ging, trieb vom Wasser aus ein unangenehmer feuchter, metallischer Geruch zu mir hoch. Zwischen den sich spiegelnden Sternen sah ich mein eigenes Spiegelbild nicht. Auch nicht das von Veronica, die jetzt mit dem Rücken zu mir am Ende der Steinplattform stand.

Sie öffnete den beinernen Clip und schüttelte die Haare aus. Sie zog die Stiefel aus und stellte sie auf die Plattform. Dann schlüpfte sie aus ihrem grünen Mantel, faltete ihn säuberlich zusammen und legte ihn neben die Stiefel. Als ich in diesem Moment begriff, was passieren würde, überlief mich ein kalter Schauer. Veronica hatte recht gehabt: Ich hatte es die ganze Zeit gewußt.

Ich wußte auch, daß es keinen Sinn hatte, sie zu rufen, und daß ich sie, egal wie schnell ich über den Sims laufen würde, niemals rechtzeitig erreichen konnte.

Sie knöpfte ihr Kleid auf, hob die Arme und ließ es hinunterrutschen. Darunter war sie nackt. Sie kniete sich hin und blickte über die Schulter zu mir hinüber. Unsere Blicke trafen sich. Ihr blasses Gesicht war fest entschlossen. Mit einem leichten Nicken senkte sie langsam die Augenlider, und ich sollte noch monatelang versuchen, genau zu entschlüsseln, welche Bilder in diesem Moment über ihre Augen gezogen waren.

Sie fuhr mit den Fingerspitzen über das Wasser, und zum ersten Mal überlief eine einzige Welle den See. Veronica wandte sich von mir ab, stand auf und ging zu äußersten Kante der Steinplattform. Und ich sah, daß die Tätowierung auf ihrem Rücken lebendig geworden war.

287

Das nackte Mädchen auf der Tätowierung war neben dem schnell dahinfließenden Bach, wo es gekniet hatte, ebenfalls aufgestanden. Sie hob die Arme, stieß sich mit den Zehen ab und tauchte sauber und senkrecht in den Bach ein.

In dem Moment, in dem das Mädchen aus der Tätowierung verschwunden war, hob Veronica die Arme, stellte sich auf die Zehenspitzen und tauchte sauber und senkrecht in den See des Steinbruchs ein. Sie verschwand ohne einen Spritzer in dem dunkelgrünen Wasser, als wäre ihr Körper durch einen Riß in einer Samtdecke geglitten.

Einige Sekunden lang stand ich wie versteinert da, und meine Augen hingen an der Stelle, wo sie in den See gesprungen war. Dann warf ich meine Jacke und mein Hemd zur Seite, zog die Stiefel aus, holte tief Luft und sprang von der Kante aus ins Wasser.

Das Wasser war kalt und trübe. Ich schwamm diagonal nach unten und versuchte, der Bahn von Veronicas Sprung zu folgen. Seit meiner Kindheit war ich ein kräftiger Schwimmer gewesen, aber obwohl ich mit festen Zügen schwamm, gelang es mir nicht, sonderlich schnell zu werden oder besonders weit zu kommen. Als ich das Gefühl hatte, die Lungen würden mir platzen, tauchte ich wieder an die Oberfläche. Aber es war schwierig, diese zu erreichen – als wäre das Wasser schwerer als anderes Wasser und würde meinem Körper den Auftrieb nehmen. Von unten sah die Wasseroberfläche aus wie die Rückseite eines Spiegels.

Nach Luft schnappend und mit pochendem Kopf tauchte ich nahe der Plattform, von der Veronica gesprungen war, auf. Doch sie war nirgends zu sehen und konnte unter der Oberfläche überall hingeschwommen sein. Ich war mir sicher, daß sie einer nach unten führenden, vertikalen Linie direkt unter mir gefolgt war. Ich hatte noch die Worte Albin Whites in den Ohren, als er sie angewiesen hatte, dorthin zu gehen, wo ihre Mutter gestorben war, »tief hinein – ganz unten am Grund«. Wo sie finden würde, was sie brauchte.

Doch ich hatte es kaum geschafft, nur zehn Meter hinunterzutauchen. Und was war es nur, das sie da unten in 410 Meter Tiefe brauchte, überlegte ich, als ich den Blick wieder über den See wandern ließ, wo sich der Nebel plötzlich gehoben hatte. Millionen Sterne leuchteten am Himmel. Der Vollmond war wieder da und stand direkt über mir. Seine Spiegelung bedeckte die gesamte Oberfläche des Sees, aber nicht als schimmernde Scheibe, vielmehr sah ich ein detailliertes Abbild der lunaren Topographie. Krater, Berge und Schluchten wurden von der stillen Oberfläche reflektiert. Als wäre der Mond viel näher an der Erde, als das möglich sein konnte. Als würde ich in einem Mondmeer, das nicht aus Staub, sondern aus Wasser bestand, strampelnd nach Luft schnappen.

Ich füllte meine Lungen und tauchte wieder ein, und beim Untergehen hörte ich von ferne einen Hund bellen. Diesmal strampelte ich fest, streckte die Arme bis zum Äußersten und wurde deshalb schneller und tauchte tiefer. Und das grüne Wasser wurde nicht dunkler, sondern zuerst leuchtendgrün, voll tanzender Partikel, wie Schneeflocken, die sich auflösten, wenn sie in Kontakt mit meiner Haut kamen, und dann rot mit schwarzen Partikeln. Dieses rote Wasser hatte die Temperatur von Blut. Meine Lungen waren noch nicht angestrengt, als ich durch die schwarzen Partikel raste, die sich hart wie Eis anfühlten, als sie von meiner Haut abprallten. Plötzlich fiel mir ein, daß White Veronica gewarnt hatte, die Augen beim Hinuntertauchen zu schließen.

Aber es war zu spät. Ein einzelnes Ruder segelte an mir vorbei, und ich wußte, an was für einem Ort ich war, noch bevor ich auf allen Seiten in Blau gehüllte menschliche Gestalten sah, die vertikal dahintrieben. Alle von ihnen waren tot und konserviert, mit so klarer Haut, daß ich ihre Knochen sehen konnte, und Kleiderfetzen hingen noch an ihren Gliedern. Die Kleider, in denen sie ertrunken waren.

Mehrere Kinder. Ein alter Mann. Ein Teenagerpärchen. Drei junge Männer. Ich zählte vierzehn, während ich weiter hinuntersank. Veronica war nicht darunter, ebensowenig wie jemand, auf den die Beschreibung ihrer Mutter paßte.

Schließlich schloß ich die Augen, aber als ich versuchte, meinen Antrieb zu bremsen, um wieder aufzutauchen, konnte ich es nicht. Ich wurde mit großer Geschwindigkeit hinabgezogen. Meine Lungen waren gespannt wie Trommeln. Meine Finger und Zehen kribbelten. In den Ohren hörte ich ein Heulen, wie Wind vom Meer.

Das Wasser war salzig geworden: Ich schmeckte es auf den Lippen. Das blaue Salzwasser brannte mir in den Augen, als ich sie öffnete. In diesem Moment wurde ich herumgewirbelt, bis ich zum Stillstand kam und in eine aufrechte Lage gebracht wurde. Ich drehte mich um 360 Grad und sah immer noch keine Spur von Veronica. Unter mir war endloses blaues Wasser.

Dann trieb es mich wieder nach oben. Ich zog Blasen hinter mir her und sauste wie in einem Strudel dieselbe wirbelnde Strömung hinauf, bis ich etwa sechs Meter unter der Oberfläche abgesetzt wurde. Das Wasser war nicht so schwer wie vorher, und ich mußte nicht so angestrengt schwimmen, um an die Luft zu kommen. Ich hatte kaum noch die Kraft, mich am Rand der Steinplattform festzuhalten und mich nach Atem ringend hochzuziehen. Lange lag ich auf dem Bauch, meine Beine baumelten gefühllos in dem See, und meine Zähne klapperten so sehr, daß ich mir das Kinn am Stein kratzte. Meine Augen brannten immer noch. Als ich wieder klar sehen konnte, merkte ich, daß es schneite.

Ich kniete mich hin und stellte fest, daß es nicht Schnee war, der vom Himmel herunterwehte, sondern Sternblumen, weiß und sechseckig wie Schneeflocken. Die grüne Oberfläche des Sees war mit Blütenblättern bedeckt, und der Himmel war jetzt um den Mond herum pechschwarz, ohne daß Sterne sichtbar gewesen wären: als wären sie alle um mich herum heruntergefallen und würden immer noch fallen.

Immer noch zitternd, kroch ich zu Veronicas Kleidern und

290

durchsuchte die Taschen ihres grünen Mantels. Der grüne Ring war nicht dort – auch ihr Schlüsselring nicht. In der linken Tasche steckte nur ein einzelner Hausschlüssel – der mit dem X aus schwarzem Lack, den sie nie in meiner Gegenwart benutzt hatte. Ich nahm ihn fest in die Hand. Ich warf mir den Mantel um die Schultern und stand auf. Der Kragen, der mich am Kiefer streifte, roch nach Veronicas Ingwerduft. Meine Hosen hatte ich an, aber die übrigen Kleider lagen noch auf der Kante an der Stelle, wo ich ins Wasser gesprungen war. Bis ich bei ihnen angelangt war, hatte der Sturm aus Sternblumen nachgelassen. Ich ließ Veronicas Kleid und Stiefel auf der Steinplattform liegen und dachte, daß die Polizei sie schließlich finden würde, so wie sie die Kleider ihrer Mutter gefunden hatte.

Meine Hände zitterten. Mit Schwierigkeiten zog ich mir die Stiefel an und knöpfte Hemd und Jacke zu. Meine nassen Hosen klebten mir an den Beinen. Wieder hörte ich ein Bellen, oben an dem Abhang hinter der schwarzen Hecke. Ich legte den grünen Mantel ordentlich zusammen und ließ ihn ebenfalls auf der Kante.

Bevor ich über das Geländer kletterte, sah ich zu, wie die Sternblumenblätter unter die Oberfläche des Sees sanken, glänzend wie die Sterne, die sich vorher darin gespiegelt hatten, als der Himmel noch verhangen war.

Schon wieder, und zwar zum letzten Mal, dachte ich, Veronica sei verschwunden.

<u>60</u>

An dem Holzpfosten, unter dem GEFAHR – SCHWIMMEN VERBOTEN-Schild, war die 15 auf dem dreieckigen Schild in eine 16 geändert worden. HIER SIND 16 MENSCHEN ERTRUNKEN stand jetzt da. Ein Halbkreis in der gleichen blauen Farbe hatte die 5 in eine 6 verwandelt. Ich fuhr mit den Fingern über diesen Teil der Ziffer, aber die Farbe war trocken.

Das Bellen hatte wieder angefangen. Ich hörte es aus der Richtung des Schuppens mit der schwarzen Tür. Als ich durch die Hecke schlüpfte und darauf zuging, fühlten sich meine Beine an wie Gummi, aber irgendwie bekam ich dadurch auf den unebenen Kalksteinplatten einen sichereren Schritt. Das Bellen war kurz vor dem Schuppen am lautesten. Ich spürte, wie Tashi mich umkreiste, und hörte ihn knurren, aber nicht bedrohlich. Als ich den Riegel der Tür ergriff, bellte er laut.

Diesmal drehte sich der Riegel leicht, neunzig Grad nach links. Ich zog die Tür auf, und ein kalter Lufthauch aus der Dunkelheit innen blies mir entgegen. Dann flog ein kleiner blaugelber Vogel heraus und sauste in die Bäume. Dieses Mal war keine Frauenhand da, die nach mir griff und mich hinein-zog. Statt dessen spürte ich einen Luftzug zwischen meinen Beinen hindurch und vernahm ein Klingeln, als Tashi in den Schuppen rannte. Ich hörte das Echo seines Bellens, das schwächer wurde und schließlich verschwand, als wäre er ei-nen tiefen Schacht hinuntergefallen.

Dann schlug die Tür zu, und ich konnte mit dem Riegel an-stellen, was ich wollte, ich konnte sie nicht noch einmal öffnen. Schließlich ging ich auf den Eingang des Steinbruchs zu. Durch den Wald mit den langen Baumreihen, über den tiefen Krater mit den Fischskeletten, über die Gräben und Sandhügel bis zum äußeren Rand des Steinbruchs, wo wieder hartes Mondlicht auf mich herabschien. Ich schmeckte immer noch Salz auf den Lippen.

Das Eisentor in der Steinmauer glitt leise auf. Ich ging hin-durch, und sofort schloß es sich hinter mir, nur quietschte es diesmal laut und bestäubte den Boden mit Rostsplittern.

»Viola« lief immer noch auf der Anlage im Auto. Aber der Klavierpart fehlte jetzt. Die anderen Musiker waren weiterhin auf dem Band zu hören, alle außer Veronica. Statt ihrer Soli gab es nur noch ein schwaches Brummen.

In diesem Moment fiel mir der Schlüssel wieder ein, den ich immer noch umklammerte. Ich steckte ihn in die Hosentasche.

Aber als ich die Finger aus der Tasche zog, blieben sie an irgend etwas im Futter hängen. Etwas Glitschiges, das dort steckengeblieben sein mußte, als ich im See des Steinbruchs war.

Es war ein kleiner rosa Fisch, genau wie der in Kekos Aquarium. Seine blinden Augen waren geöffnet, sein Körper war starr und die Kiemen flatterten nicht mehr, wie damals, als Veronica ihn in ihrer Tasche gefunden hatte.

In meiner Hand im Mondlicht fühlte sich der Fisch schwerelos an. So kalt wie die Tränen, die mir die Wangen hinunterliefen.

61

Ich ging die unbefestigte Straße weiter bis zu der schmalen zweispurigen Straße, kam aus dem dichten Wald heraus und zu der Gabelung an der Hauptstraße, wo BLOOMINGTON auf dem Schild stand. Ich hatte das Gefühl, meine letzte Adrenalinreserve aufzubrauchen. Ich lief so steif wie ein Nachtwandler.

Als ich an der Gabelung eine Verschnaufpause machte, tauchte ein Bus in einer Staubwolke auf. INDIANAPOLIS stand auf der Vorderseite. Ich hielt ihn an und stieg ein. Der Geldclip mit den Fünfhundert-Dollar-Scheinen steckte immer noch in meiner Jacke. Der Fahrer, ein hagerer Mann in einer Kapuzenjacke, starrte ohne Kommentar auf den Geldschein, den ich ihm reichte. Ich sagte, er könne mir das Wechselgeld an der Endstation geben. Das Geld war mir egal, aber das konnte ich ihm nicht sagen. Er bedeutete mir, mich zu setzen, und der Bus fuhr an. Ich war dankbar, daß er nicht gesprochen hatte. Seit wir New York verlassen hatten, war die einzige menschliche Stimme, die ich gehört hatte, die von Veronica gewesen, und in diesem Moment konnte ich keine andere ertragen. Außer mir waren keine anderen Passagiere im Bus. Ich nahm den allerletzten Sitz und fiel sofort in einen schwarzen Schlaf.

Ich hatte nur ungern auf das Auto verzichtet. Aber soweit ich wußte, war es das einzige handfeste Indiz, wie mich die Polizei mit den angeblichen Verbrechen in Verbindung bringen konnte, wegen denen sie Veronica suchten. Bevor ich es am Steinbruch zurückgelassen hatte, hatte ich mich auf den Fahrersitz gesetzt und die Anlage ausgeschaltet. Dann hatte ich vergeblich nach Veronicas Schlüsselring gesucht – unter den Sitzen, im Handschuhfach, überall. Sie war nackt in den See gesprungen. Und in ihren Kleidern war auch nichts gewesen. Dann fiel mir das Klingeln ein, das Tashi begleitet hatte: Hatte sie den Schlüsselring an seinem Halsband befestigt?

Das Quietschen der Busbremsen und das Zischen der sich öffnenden Türen weckten mich am Busbahnhof von Indianapolis. Ich mochte zwei Stunden oder zwei Minuten geschlafen haben. Der Fahrer stieg aus und verschwand eilig. Der Bahnhof war verlassen. Ich hatte Durst, aber selbst das 24-Stunden-Café hatte geschlossen. Und ich fragte mich, wie spät es wohl war. Ich nahm ein Taxi zum Flughafen und erfuhr, daß in diesem Moment ein Flugzeug nach New York ging. Im Flugzeug saßen nur wenige Passagiere, die schlafend in ihren Sitzen hingen. Wieder nahm ich einen Sitz ganz hinten. Ich zahlte das Ticket bei der Stewardeß mit einem weiteren Fünfhundert-Dollar-Schein.

Als wir auf die Startbahn rollten, dämmerte es. Es war, als hätte die vorige Nacht Wochen gedauert. Als wir in die Wolken flogen, gerieten wir mitten in ein Unwetter. Der Himmel färbte sich purpurn. Je weiter wir nach Osten flogen, desto heftiger wurde das Gewitter. Blitze zuckten. Das Flugzeug wackelte, und die Lichter gingen an und aus. Meine Augen fingen an zu brennen, und so setzte ich wieder die dunkle Brille auf, die mir Veronica gegeben hatte. Durch die Fenster sah ich zum letzten Mal die gewaltigen Berge, deren weiße Gipfel trotz des Sturms friedlich im Mondlicht glänzten. Dann trank ich ein Glas Eiswasser und fiel wieder in einen schwarzen Schlaf.

294

62

Durch dichtes Schneetreiben ging ich nach Westen auf die Sixth Avenue zu. Ich hatte den Kragen hochgeschlagen und den Hut tief ins Gesicht gezogen. Die Kameratasche hing über meiner Schulter. Es war kurz nach Einbruch der Dunkelheit, aber die Straße war still und leer. Selbst der Wind, der den Schnee zu wirbelnden Kegeln hochpeitschte, machte kein Geräusch.

In den neun Monaten seit meiner Rückkehr in die Stadt war es mir oft passiert, daß die Geräusche um mich herum – von Menschen oder Maschinen – in einem bestimmten Moment einfach verschwanden. Oder ich wurde blind, während ich über die Straße ging. Oder ich schmeckte während eines Essens nichts mehr. Meine fünf Sinne kamen und gingen, wie sie wollten – immer einzeln –, und arbeiteten nie mehr ganz gleichzeitig. Als hinge jeder an einem Stromkreisunterbrecher, der für Momente kurzgeschlossen werden konnte.

Doch diesmal war das nicht der Fall. Diese Straße war wirklich still. Als ich in sie einbog, war das letzte Geräusch, das ich hörte, das metallische Fallen von Schneeflocken durch die kahlen Äste eines Baumes.

Ich hatte gerade in einem dunklen, leeren Restaurant gegessen. Ich war gierig nach salzigem Essen. In merkwürdigen Kombinationen. Sauer eingelegtes Gemüse, gebratene Meeresfrüchte, scharfe Paprika. Dieser Februarabend war keine Ausnahme, und ich hatte mir geräucherten Aal und Reis mit grünen Chilis bestellt und schwarzen Tee dazu getrunken.

Seit meiner Rückkehr hatte ich meine Tage mit unerschütterlicher Routine verbracht. Ich aß immer auswärts, in kleinen, abgelegenen Lokalen zu Zeiten, wo wenig Betrieb herrschte. Ich besuchte kein Lokal ein zweites Mal. Und ich wollte es auch nie – denn ich hatte irgendwie das Gefühl, ich würde es gar nicht finden, selbst wenn ich wollte. Ich schlief zwölf Stunden pro Tag, ohne zu träumen. Der Schlaf war wie ein schwarzer See, in den ich nachts eindrang und in dem ich lange Stunden blieb. Ich schlief auf einem Futon unter einer einzigen Decke, alle meine anderen Möbel hatte ich aus der Wohnung entfernt. Die einzigen Besitztümer, die ich nicht verkauft oder ausrangiert hatte, waren meine Kamera, die Vorhänge und ein paar Anziehsachen. Und das Photo von dem Gesicht auf dem Fries in Verona, das jetzt über dem Futon hing – das einzige von vielen Bildern, das noch an einer Wand hing. Meine Küche benutzte ich nur, um schwarzen Tee zu kochen, denn ich mit Butter und Salz würzte. Die Butter lag einsam in einem Glasbehälter neben einem Wasserkrug in meinem Kühlschrank. Mittags bestellte ich jeden Tag mein Essen von einem chinesischen Imbiß, in den ich noch nie einen Fuß gesetzt hatte. Und jedesmal das gleiche: klare, salzige Brühe mit einem gedämpften Reiskuchen.

Ich sprach selten mit jemandem, nur mit den Leuten, bei denen ich das Essen bestellte. Ich hatte nie Besuch, war nie mit einer Frau zusammen. Nachts, bevor ich einschlief, war ich so allein, daß ich oft meinen eigenen Körper nicht von der Dunkelheit um mich herum unterscheiden konnte. Nachmittags lief ich durch die Stadt, bei jedem Wetter – ob es glühend heiß war oder stürmte –, und machte Aufnahmen, von denen ich keine hätte verkaufen können, selbst wenn ich es gewollt hätte. Bei allen gab es das gleiche Problem: Unabhängig vom Gegenstand oder von dem Ort, wo ich die Aufnahmen machte, enthielten alle Bilder geisterhafte Formen, Nebelwölkchen, die klein, aber sichtbar im Hintergrund lauerten. Obwohl ich mehrere Ausschnitte herausvergrößert und mehrere chemische Spülungen angewandt hatte, wurde ich bei meinen Versuchen, diese Formen zu identifizieren, enttäuscht. Nur einmal gelang es mir, eine Form in einer Tür zu erkennen, hinter einem Brunnen, den ich photographiert hatte: Es schien ein Frauenarm zu sein, der aus der Dunkelheit der offenen Tür herauslangte.

Ich hatte das Bündel Fünfhundert-Dollar-Scheine in dem

Geldclip beinahe aufgebraucht. Das Geld auf der Bank war längst weg. Die Scheine in dem Geldclip zählte ich schon lange nicht mehr. Wenn ich ausging, trug ich sie alle bei mir, und wenn ich zu Hause war, ließ ich sie in der Manteltasche, neben der grünen Kreide und dem Schlüssel mit dem X aus schwarzem Lack darauf.

Bis zur vorigen Woche hatte ich monatelang wieder unter diesen quälenden Kopfschmerzen gelitten – kurz vor dem Einschlafen und kurz nach dem Aufwachen; vor allem aber, wenn ich an die Ecke Waverly Place und Waverly Place kam. Was ich einmal täglich tat, egal, wohin mich meine Wanderungen sonst führten. Ich wagte mich nie in die Nähe des Neptunclubs, zu Kekos früherer Adresse, Clements Haus, in die 59 Franklin Street und ganz gewiß nicht in die Nähe des Empire State Building, doch gelegentlich glaubte ich, kurz einige der Überlebenden aus Veronicas Kreis gesehen zu haben: Otto, der an einem verregneten Nachmittag in einem Bus der Linie 8 die Fifth Avenue entlangfuhr, den Saxophonisten des Chronos-Sextetts, der am Columbus Circle im Regen eine Orange schälte, und sogar Dr. Xenon, im grellen Sonnenlicht hoch oben auf einem Gerüst in einem weißen Overall, wie er das Plakat eines Frauengesichts (das mir nicht bekannt war) auf eine Hauswand klebte.

Und dann Clement, an unterschiedlichen Plätzen, in unerwarteten Momenten. Bei den anderen war ich mir nicht sicher, ob sie es wirklich waren, aber bei Clement hatte ich keine Zweifel, trotz der Tatsache, daß er offensichtlich eine beträchtliche Verwandlung erfahren hatte.

Zum ersten Mal sah ich ihn im Juni, einen Monat nach meiner Rückkehr. In den Boulevardblättern standen immer noch Artikel über den »Aquariummord«, aber sie waren von Seite eins schon weit nach hinten gerutscht. Ich überflog sie mit einigem Abstand, da sie wenig mit den Geschehnissen, wie sie mir bekannt waren, zu tun hatten. Der Mord an Keko, das Verschwinden von Janos, ihrem Koch und Chauffeur (und möglichen Komplizen Veronicas), der darauffolgende Mord an

Wolfgang Tod, dem ehemaligen Polizeileutnant, und die unergründlichen Motive Veronicas waren alle zu verwirrenden Elementen in den verdrehten und hoffnungslos unzutreffenden Szenarien geworden, die sich die Polizei und die Kriminalberichterstatter zurechtgelegt hatten. Weder Starwood noch Remi Sing wurden erwähnt. Als schließlich Kekos Auto in Indiana und Veronicas Kleider in dem nahegelegenen Steinbruch entdeckt wurden, wurde die Untersuchung eingestellt, wie Veronica es vorhergesehen hatte. Auch in anderer Hinsicht hatte sie wieder einmal recht gehabt: Ich, oder jemand, der mir entfernt ähnelte, wurde in all dem Wirrwarr von Zeitungsberichten über den Fall nie erwähnt. »Bei der ganzen Sache ist es, als hättest du nie existiert«, hatte sie nicht weit von dort, wo ich gerade gegen Wind und Schnee ankämpfte, zu mir gesagt. Ein paar Dinge, die in den Zeitungen standen, stimmten aber doch: Veronicas Alter wurde mit dreißig angegeben, ihr Beruf als »ehemalige Musikerin« und ihre Adresse als »unbekannt«. Bei der Beschreibung ihrer Person täuschten sie sich in mehreren Punkten, am auffälligsten bei ihren Augen, die sie als braun bezeichneten – und das war nicht einmal zur Hälfte wahr, wie es bei »blau« oder »grün« der Fall gewesen wäre. Clement wurde erwähnt, aber nur nebenbei. Er sei als Verdächtiger in Kekos Mordfall von der Polizei verhaftet, eine Nacht festgehalten und wieder freigelassen worden.

Ich saß auf einer Bank am Boat Pond im Central Park, als ich ihn an einem Junimorgen sah: Clement, der sich gerade in eine Traube Touristen mischen wollte, die alle blaue Ballons in der Hand hatten, hielt selbst einen orangefarbenen Ballon. Die Wildlederjacke, die Cowboystiefel und die dunkle Brille waren verschwunden. Statt dessen trug er die gleiche Kleidung wie ich. Ein kurzärmeliges schwarzes Hemd, weiße Hosen und schwarze Leinenschuhe. Eine Kameratasche hing über seiner Schulter. Er war offensichtlich in Gedanken und bewegte sich nicht mehr mit seiner früheren Wachsamkeit, die er auf der Straße an den Tag gelegt hatte.

Ich sprang auf und drängte mich in die Gruppe, wobei ich den orangefarbenen Ballon im Auge behielt. Die Touristen sprachen eine Sprache, die ich noch nie zuvor gehört hatte. Es war eine sehr große Gruppe, und nachdem ich mich an allen vorbeigeschoben hatte, fand ich den orangefarbenen Ballon am Handgelenk eines Mädchens. Clement war verschwunden.

Das nächste Mal sah ich ihn vier Monate später, im Oktober. Vorher hatte ich mich einmal durchgerungen, ihm einen Besuch abzustatten. Nur, um vom Pförtner, der gerade das Schloß am Tor in der Gasse austauschte, gesagt zu bekommen, daß Clement im Mai ausgezogen sei und keine Adresse hinterlassen habe. An diesem Herbsttag hatte ich mehrmals an ihn gedacht, als ich ihn plötzlich in Chelsea in der Nähe des Flusses um eine Ecke biegen und zu einer Bushaltestelle rennen sah. Wieder trug er die gleichen Kleider wie ich: schwarze Hosen, einen weißen Pullover und schwarze Stiefel. Wieder hing eine Kameratasche an seiner Schulter. Ich stand auf der anderen Straßenseite und hatte meine eigene Kamera in der Hand, um das Mauerwerk einer alten Kirche zu photographieren. Statt dessen knipste ich Clement, wie er in den Bus einstieg. Doch als ich später den Film entwickelte, fand ich an der Stelle, wo Clement eingestiegen war, wieder eine dieser dunstigen Formen. Die anderen beiden Passagiere, die eingestiegen waren – vor ihm eine Frau und hinter ihm ein Mann –, traten in der Entwicklerwanne deutlich hervor, aber zwischen ihnen klaffte eine Lücke.

Zum letzten Mal sah ich Clement an ebendiesem Nachmittag. Diesmal ausschließlich auf Film. Ich hatte am vorigen Tag frühmorgens eine Reihe parkender Autos auf der Jones Street photographiert. Die Autos waren schneebedeckt. Es war bitterkalt, und niemand war auf der Straße. Doch als ich den Film entwickelte, stand Clement neben dem zweiten Auto und starrte auf einen Punkt rechts hinter mir. Sein Gesicht hätte nicht deutlicher sein können. Er trug einen schwarzen Mantel mit einem schwarzweißgestreiften Schal, genau wie ich. Und auf dem Photo hatte er frische Abdrücke im Schnee hinterlassen, die zu einem schmalen weißen Haus mit der Nr. 16 über der Tür führten.

Das war erst vor zwei Stunden gewesen, bevor ich zu Abend gegessen hatte, und jetzt war ich auf dem Weg zu dieser Adresse.

Als ich die Jones Street erreichte, blieb ich zögernd in einem Eingang schräg gegenüber von Nr. 16 stehen, wo die Vorhänge zugezogen waren und kein Licht brannte. Es war der zweite Schneesturm in ebensovielen Tagen, so daß der Schnee um einiges tiefer war als zu dem Zeitpunkt, als ich das Photo gemacht hatte. An manchen Stellen wehte er bis auf die Dächer der parkenden Autos. Die Straße war wieder verlassen, und kein einziger Fußabdruck durchbrach die unberührte Schneedecke. Dank dem Wind, der an den Ladengittern rüttelte, dem Schnee, der mir in den Augen stach, und meinen Stiefeln, die kalt wie Eisen wurden, fühlte ich mich noch einsamer als gewöhnlich. Ich klopfte eine Nelkenzigarette aus der grünen Packung und zündete sie an. Das war eine neue Angewohnheit: Ich war nie Raucher gewesen, und jetzt rauchte ich täglich eine Schachtel. Meine Hand zitterte, als ich die Zigarette zum Mund führte – aber nicht wegen der kalten Luft. Als ich sie wegwarf, brannte die rote Glut zischend ein Loch in den Schnee, und mein langer Schlaf der vorangegangenen Monate schien auf einmal zu Ende zu sein. Ich fühlte mich plötzlich hellwach.

Ich wischte mir den Schnee vom Mantel und ging schnell hinüber zur Nr. 16. Es gab nur eine einzige Klingel, neben einem leeren Namensschild. Kaum hatte ich sie gedrückt, ging die Tür ein paar Zentimeter auf, und Clement stand vor mir.

»Du hast also die Nachricht verstanden«, sagte er sachlich. Er machte die Tür noch weiter auf, blickte vorsichtig in beide Richtungen der Straße und zog mich hinein.

Wir standen in einer dunklen, vollgestopften Diele mit hoher Decke. In der Diele war es so kalt wie auf der Straße, und

Clement trug denselben Mantel und denselben Schal wie auf dem Photo, identisch mit meiner Kleidung. In den vier Wänden, die uns umgaben, erkannte ich keine Tür, die ins Innere des Hauses hätte führen können. Es sei denn, eine der Wände wäre an Angeln befestigt.

»Keine Fragen«, sagte Clement, obwohl mir massenweise welche durch den Kopf schossen. Ich fragte mich, ob er immer noch meine Gedanken lesen konnte, so wie er und Veronica es früher immer getan hatten. »In weniger als einer Minute gehst du wieder«, fügte er gebieterisch hinzu.

Aus der Nähe sah er fit aus. Als ich ihn das letzte Mal gesehen hatte, hatte ihn die Polizisten nach seinem epileptischen Anfall weggezerrt. Jetzt waren seine Augen klar, aber auch nervös.

Er reichte mir eine kleine blaue Karte. »Sobald du von hier weggehst, gehst du zu dieser Adresse. Kauf eine Eintrittskarte. Geh in die sechste Reihe im linken Gang und nimm den sechsten Platz von links. Dort liegt etwas für dich unter dem Sitz. Hebe es sofort auf, öffne es und stecke es in deinen Mantel. Bleibe noch fünf Minuten sitzen, wenn die Vorführung begonnen hat. Dann geh.« Er hörte abrupt auf. »Das ist alles, was du wissen mußt. Nur eines noch: Würdest du mir, ohne nach dem Grund zu fragen, den Schlüssel zu deiner Wohnung geben?«

»Es ist der einzige Schlüssel, den ich habe.«

»Das weiß ich.«

»Und dort ist nichts.«

Seine Stimme verlor etwas von ihrer Schärfe. »Das weiß ich auch.«

Ich langte in meine Tasche. »Ich dachte, du bräuchtest keine Schlüssel, um Türen zu öffnen.«

»Jetzt schon«, sagte er einfach. Er zögerte, und als ich ihm dann den Schlüssel reichte, fügte er hinzu: »Ich habe den Beruf gewechselt. Ich arbeite jetzt hauptberuflich als Photograph. So wie du.« Er griff nach dem Türknauf hinter mir. »Wir werden uns nie mehr wiedersehen«, sagte er, und ich spürte seinen kalten Atem auf meinem Gesicht.

Widerwillig trat ich von der Schwelle zurück, in den Wind und den Schnee.

»Das ist für dich«, sagte er und legte mir schnell etwas Kleines, Metallisches in die Hand, um das sich meine Finger schlossen. »Und jetzt geh.« Ohne ein weiteres Wort schloß er die Tür.

Ich öffnete die Hand, und Veronicas grüner Ring glitzerte in den Strahlen der Straßenlampe.

63

Ich ging zu der Adresse auf der blauen Karte, an der West 26th Street, und stand vor einem heruntergekommenen Kino, das ich noch nie zuvor gesehen hatte. Auf einem flackernden grünen Schild über der Anzeigetafel hieß es: FELICITY-THEATER. Die Anzeigetafel war erleuchtet, aber noch nicht beschriftet. Ein Mann in Kapuzenjacke stand gerade auf den obersten Sprossen einer Leiter mit einem Eimer voll schwarzer Buchstaben, die er an der Tafel anbringen wollte.

Der Kartenverkauf wurde von einer einzigen blauen Glühbirne beleuchtet. Ein alter Tibeter saß hinter der Glasscheibe. Er trug eine kleine schwarze Brille. Um ihn kringelte sich der Rauch seiner Zigarre und eines Räucherstäbchens. Die Uhr hinter ihm war auf ein Uhr stehengeblieben.

Ich schob meinen vorletzten Fünfhundert-Dollar-Schein durch den Schlitz. Er behielt ihn und schob mir eine grüne Eintrittskarte heraus. Als ich auf mein Wechselgeld wartete, schüttelte er den Kopf.

»Sie werden es nicht brauchen«, sagte er.

Ich reichte die Karte dem Platzanweiser, einem kleinen Tibeter in einem wattierten roten Mantel und mit fingerlosen Handschuhen über seinen alten, zittrigen Händen. Die Lobby war dunkel und überhitzt. Schwere braune Wandteppiche hingen an den grünen Wänden. Eine Wendeltreppe führte zu Zwischengeschoß und Balkon. Statt Popcorn und Süßigkeiten enthielt die glasbedeckte Verkaufstheke nur Orangen. Die Theke war geschlossen und dunkel, aber die Orangen leuchteten.

Was mich aber abrupt stehenbleiben ließ, war eine unpolierte, kaum lesbare Messingtafel an einer Marmorsäule.

PALACE-THEATER
ERÖFFNET AM 4. MAI 1896

In seiner früheren Zeit war dies also das Theater gewesen, in dem Albin White verschwunden war.

Von der Lobby aus ging ich den L-förmigen Korridor entlang, der in das Theater führte. Die Wände waren schwarz, und der dicke Teppich schickte elektrische Wellen an meinen Hosenbeinen hinauf.

Es war ein gewaltiges Theater. Das Parkett wurde von zwei breiten Gängen geteilt, und es gab ein tiefes Zwischengeschoß und einen mächtigen Balkon. Keiner der Sitze war besetzt. An der Kuppeldecke war unter dunklen Schichten von Firnis eine Wandmalerei, welche die Sternbilder zeigte. Orion, Krebs, der Rest war kaum erkennbar, aber die Sterne selbst leuchteten hell – als wären es richtige Sterne und als gäbe es kein Dach.

Die Bühne war hoch, und der fadenscheinige burgunderfarbene Vorhang war mit Sicherheit ein Überbleibsel vom Palace-Theater. Ich ging den linken Gang entlang und stellte mir Veronica und Viola dort oben mit ihrem Vater vor. Und Leona McGriff aus Wichita, Kansas, die aus dem Publikum hinaufgegangen und nie wieder in ihr voriges Leben zurückgekehrt war. Und Starwood, der hier in einem roten Plüschsessel saß und wartete.

Bei der sechsten Reihe blieb ich stehen und nahm den sechsten Platz von links. Ich langte unter den Sitz und fand einen dünnen Metallzylinder, der in orangefarbenes Papier gewickelt war. Ich riß das Papier auf und hielt eine Röhre in der Hand, die an einem Ende einen Verschluß hatte. Ich drehte den Verschluß auf und zog ein aufgerolltes Blatt Papier heraus, das ich auf dem Schoß ausbreitete. Es war die Landkarte, die mir Veronica in der Franklin Street gezeigt hatte. Diejenige, die extra für sie von Señor Esseinte angefertigt worden war, der nur für sie eine Insel hinzugefügt hatte, die es auf keiner anderen Karte gab. Und sie war immer noch da, ein kleines orangefarbenes Oval neben einer Gruppe anderer Inseln, etwa achtzig Meilen nordöstlich von Venezuela. »Eines Tages werde ich dorthin gehen«, hatte Veronica gesagt. »Wenn du mir folgen willst, kannst du diese Karte benutzen.« Unter ihrer Insel stand in der winzigen schwarzen Schrift des Kartenzeichners der Name, den sie ihr gegeben hatte. Felicity.

Dann wurde das Licht dunkler, und ich steckte die Karte mit rasendem Herzen in meinen Mantel. In der geschlossenen Faust drückte ich Veronicas Ring und hörte ihre Stimme wieder, die mir auf dem Weg durch Ohio gesagt hatte: »Eines Tages gibt dir jemand den grünen Ring, und du wirst ihn mir bringen.«

Der Vorhang ging auf, und auf einer riesigen Kinoleinwand flackerte Licht. Der Film fing an, aber nicht mit Titeln, sondern mit einer schnellen Montage grobkörniger Bilder, die mitten in einem Schneesturm aufgenommen worden waren. Die Aufnahmen hätten genau in diesem Moment gemacht worden sein können, durch die Augen einer Person, die zu Fuß auf das Theater zuging. Ausschnitte von Straßenecken, vereisten Ampeln, eingeschneiten Autos flogen blitzartig vorüber. Dann war die Leinwand nur noch voller Schnee, der in die Kamera wirbelte.

All diese Bilder erinnerten an die Photographien, die Clement mir in seiner Dunkelkammer gezeigt hatte. Und mir fielen seine letzten Anweisungen ein: das Theater nach den ersten fünf Minuten des Films zu verlassen. Ich hatte länger gewartet. Ich stand auf und lief den Gang hoch, wobei ich die Karte an die Brust drückte. Ich blickte ein letztes Mal über die Schulter und sah, daß das Empire State Building auf der Leinwand erschienen war. Genauso grobkörnig in dem wütenden Schneesturm. Ich sah auch, daß das Theater jetzt voll war. In den wenigen Augenblicken, seit ich meinen Platz verlassen hatte, war jeder Platz besetzt worden. Doch die Leute in den Sitzen waren alle starr und schweigsam. Kein Rascheln oder Husten war zu hören. Als ich auf die Höhe der letzten Reihe kam, sah ich in dem flackernden Licht kurz die Augen eines großen, bärtigen Mannes, und sie waren weiß wie die Augen einer Statue.

Ich eilte aus dem Theater. Die Lobby war dunkel und verlassen. Die Orangen leuchteten nicht mehr. Der Platzanweiser war verschwunden. Der Kartenverkauf draußen hatte dichtgemacht, seine Tür war mit einem rostigen Vorhängeschloß versperrt. Die Anzeigetafel war dunkel. Ich blinzelte in dem wirbelnden Schnee, um die schwarzen Buchstaben erkennen zu können, die angebracht worden waren: WEGEN RENOVIERUNG GESCHLOSSEN. Dann sah ich etwas auf der anderen Straßenseite, das mich von der Anzeigentafel und dem Theater ablenkte, dessen schwere Türen sich ächzend hinter mir schlossen.

Gleich neben dem gelben Lichtkegel der Straßenlampe stand eine Frau in einem schwarzen Mantel und einem breitkrempigen Hut und beobachtete mich. In der Ferne sah ich das Empire State Building genau so, wie es auf der Leinwand ausgesehen hatte – als hätte ich es durch ihre Augen gesehen. Sie wandte sich schnell um und ging mit dampfendem Atem die Straße entlang. Ich folgte ihr.

64

Sie lief in dem tiefen Schnee schnell durch eine lange Straße nach der anderen, wobei sie mit ihren hohen Stiefeln tiefe Abdrücke hinterließ. Ich blieb etwas zwanzig Meter hinter ihr.

Als ich schneller ging, gelang es mir nicht, den Abstand zu verringern. Und als ich langsamer wurde, fiel ich auch nicht zurück. Sie drehte sich kein einziges Mal um.

Der Wind blies mittlerweile heftiger und verdeckte sie oft mit Schleiern von fallendem Schnee. Die Bäume, an denen ich vorbeikam, waren vollständig weiß, als wären sie angemalt worden. Als ich mich umdrehte, sah ich nur meine eigenen Fußspuren; ihre, die ich eben im Schnee noch vor mir gesehen hatte, waren verschwunden.

Sie lief erst Richtung Westen, dann nach Süden, und der Schnee trieb in den Fluß zu unserer Rechten. Der Wind vom Fluß her war so kalt, daß mir die Lungen brannten. Ich atmete gequält, und es klang wie ein Bellen in meinen Ohren. Auf dem Fluß trieben Eisblöcke, die sich in der schnellen Strömung langsam drehten und das Licht der Kähne brachen, die am gegenüberliegenden Ufer festgemacht waren.

Plötzlich verschwand die Frau nach links um eine Ecke. Als ich die Stelle erreichte, war sie schon am Ende einer langen Gasse, die von zwei Reihen niedriger Holzhäuser flankiert wurde. Die Fensterläden der Häuser waren fest verschlossen, aber aus den Kaminen stieg Rauch auf. Der Boden unter dem Schnee war rutschig von Schlamm und Eis.

Als ich aus der Gasse herauskam, stand ich an einer Kreuzung, wo drei leere, enge Straßen von einer breiteren abzweigten. Wie ein Dreizack. Die Frau vor mir nahm die linke Abzweigung. Über alle Ladenfronten in dieser Straße waren Gitter gezogen worden, und alle Fenster waren dunkel. Ich kannte dieses Viertel, aber trotzdem fand ich mich nicht zurecht. Bekanntes trieb an mir vorbei, aus dem Zusammenhang gerissen und wahllos nebeneinandergestellt wie die Elemente eines Kaleidoskops.

Nur die aufrechte Gestalt der Frau war unerschütterlich, wie ein Ausrufezeichen im Schnee. Ich mußte mir ständig Schneeflocken vom Mantel klopfen, doch an ihr blieben keine haften. Am Ende der Straße wandte sie sich wieder nach links – von der Grove Street aus in die Christopher Street, wie mir klar wurde, denn ich hatte mich zurechtgefunden, noch bevor ich die Straßenschilder gesehen hatte. Sekunden später hatte auch ich die Ecke erreicht, aber sie war spurlos verschwunden. Ich eilte die Christopher Street entlang und war plötzlich nur einen Block von der Ecke Waverly Place und Waverly Place entfernt.

Nachdem ich kurz unter der Straßenlampe stehengeblieben war, ging ich an den vertrauten Backsteinhäusern vorbei und suchte auf dem Gehsteig vergebens nach den Fußspuren der Frau. Der Schnee fiel durch die kahlen Äste der Bäume und wehte mir bis über die Knie. Aber auch in der dicken Schneeschicht auf den Stufen zu den Häusern waren keine Fußabdrücke. Als ich am Kloster der hl. Zita vorbeiging, überraschte mich ein verhaltenes Bellen vor dem nächsten Backsteinhaus.

Ich wirbelte herum, sah aber nichts. »Tashi?« rief ich in den heulenden Wind.

Keine Antwort.

Ich stand genau an der Stelle, an der ich Veronica zum ersten Mal getroffen hatte, als sie im Schnee ihre Schlüssel gesucht hatte, auf den Tag genau vor einem Jahr. Auch auf den Stufen des Backsteinhauses schien der Schnee unberührt zu sein, aber wegen des Bellens stieg ich sie ohne zu zögern hinauf, zum ersten Mal.

Die Tür war schwarz, ohne Lampe darüber. Ich drehte den Türknauf – aber sie war verschlossen. Dann fiel mir der Schlüssel in meiner Tasche wieder ein, der mit dem schwarzen X darauf. Da ich Clement meinen Wohnungsschlüssel gegeben hatte, war dies der einzige Schlüssel, den ich bei mir hatte. Ich steckte ihn in das Schlüsselloch, und die Zuhaltung klickte wie zwei aufeinanderschlagende Steine unter Wasser. Doch als ich versuchte, ihn wieder herauszuziehen, brach der Schlüssel ab, und die Zähne blieben im Schloß stecken.

Sobald ich über die Schwelle getreten war, schlug die Tür hinter mir zu. Ich stand in einer engen Diele mit hoher Decke und blickte eine steile Treppe hinauf. Es gab vier Treppenabsätze, und jeder war schwächer beleuchtet als der vorige. Auf den Stufen lag eine dicke Staubschicht. Doch obwohl keine Fußabdrücke darauf waren, kam plötzlich im dritten Stock die Frau in Sicht, der ich gefolgt war. Sie blickte von der Balustrade aus auf mich herab. Ihr Gesicht unter dem breitkrempigen Hut konnte ich gegen das Licht nicht erkennen. Als ich anfing, die Treppen hochzusteigen, blieb sie stehen. Aber als ich um den Absatz im ersten Stock bog, trat sie zurück in den Schatten an der Wand. Ich nahm zwei Stufen auf einmal und hielt die Augen auf den Schatten gerichtet, aus dem sie nie heraustrat.

Auf dem Treppenabsatz im dritten Stock fand ich unten an der Wand einen zusammengelegten schwarzen Mantel neben zwei Stiefeln und einem Hut. Auf diesem Absatz gab es keine Türen oder Fenster. Es war, als hätte die Frau sich aufgelöst – wie ein *Tulpa*.

Dann hörte ich von oben Schlüssel klingeln, gefolgt von absoluter Stille. Ich stieg die letzte Treppe hinauf. Das Blut pochte mir in den Ohren, und ein kalter Lufthauch wehte mir entgegen. Der Treppenabsatz im vierten Stock lag in völliger Dunkelheit. Der gekachelte Boden war uneben, als hätte er sich aufgeworfen und sei nie repariert worden. Ich ging vorsichtig auf zwei Türen zu, die ich an der gegenüberliegenden Wand kaum erkennen konnte. Es waren die einzigen Türen, die von dem Treppenabsatz abgingen, und sie waren etwa einen Meter voneinander entfernt. Die linke Tür stand ein wenig auf, und auf der Schwelle lag, ordentlich zusammengelegt, ein blaues Kleid mit schwarzen Tupfen. Die Einladung, einzutreten, hätte nicht deutlicher sein können. Als ich mich der Tür näherte und das Kleid aufhob, stürzte jemand aus der Dunkelheit hinter mir auf mich zu und stieß mich unsanft gegen die andere Tür, die unter meinem Gewicht aufflog. Dann hörte ich, wie die Tür zugeschlagen wurde, ein Lichtschalter wurde gedrückt, und als ich herumwirbelte, sah ich eine Frau mit dem Rücken zur Tür stehen.

308

Sie drehte einen Schlüssel im Schloß, dann steckte sie sich
ihn in den Mund und verschluckte ihn. Ohne ihr eines Auge
von meinem Gesicht abzuwenden, holte sie eine silberne Pistole aus ihrer Tasche und richtete sie auf mein Herz. Über
dem anderen Auge war eine schwarze Klappe. Ihre gezupften
Augenbrauen waren streng nachgezogen. Ihr Lippenstift war
blutrot. Und sie hatte nur einen Arm. Den rechten.

Es war Remi Sing.

Sie war genauso angezogen wie damals, als ich sie zum ersten Mal in der Kunstgalerie in der Bond Street gesehen hatte,
eine pinkfarbene Lederjacke mit roten Reißverschlüssen. Nur
war der linke Ärmel der Jacke abgetrennt und die Schulter wieder geschlossen worden, nicht mit einem Faden, sondern auch
mit einem roten Reißverschluß, der im Zickzack um ihr Schultergelenk lief. Ihr goldener Schneidezahn reflektierte die
nackte Glühbirne an der Decke.

»Ich habe Sie lange Zeit beobachtet«, sagte sie, »und ich
habe gewartet.« Das sollten ihre einzigen Worte an mich sein.

Und es stimmte, in den letzten Monaten hatte ich gelegentlich Gänsehaut im Genick gehabt und war mir sicher gewesen,
daß ich beobachtet wurde. Seit der Nacht von Kekos Mord
hatte ich mich gefragt, was aus Remi Sing geworden war. War
sie es, vor der sich Clement – der mittlerweile so waffenscheu
war – so in acht genommen hatte?

Mit der Pistole winkte sie mich zurück an die Wand. Dann
umrundete sie die einzigen beiden Gegenstände in dem Raum
– einen leeren Tisch und einen Stuhl –, bis sie mit dem Rücken
zum einzigen Fenster stand. Es war ein kleines Zimmer, unge-
heizt und mit zickzackförmigen Rissen an den Wänden. Ich
fragte mich, wie der Raum nebenan wohl aussah: der Raum, in
den ich hätte eintreten sollen.

Ich hatte immer noch das Kleid in der einen Hand und Veronicas Ring in der anderen. In meinem Mantel steckte die Landkarte, an meine Brust gedrückt. Mein Blick schoß von Remi
Sings blassem, angespanntem Gesicht zu ihrem Zeigefinger,

und ich wartete auf das Zucken, das dem Ziehen des Abzugs vorangehen würde. Statt dessen fuhr sie herum, entriegelte das Fenster und schob es auf. Dann zerbrach sie das Fensterschloß mit dem Pistolengriff. Sie hob ein Bein hinaus auf die Feuerleiter, die Pistole zwischen ihren Zähnen, holte eine Metallkugel aus ihrer Tasche und rollte sie über den Boden quer durch das Zimmer, wo sie an der Wand in Flammen aufging. Wieder richtete sie die Pistole auf mein Herz, ihr Goldzahn blitzte, und ich drückte mich mit den Schultern nach hinten an die Wand.

Doch was ich als nächstes hörte, war kein Schuß: Es war ein Knurren, rechts von mir, wo die Flammen die Wand hinaufkletterten. Ein so tiefes Knurren, daß es durch den Holzboden bis in meine Fußsohlen drang. Mit aufgerissenen Augen wandte Remi Sing den Blick von mir ab. Sofort warf ich ihr das Kleid ins Gesicht und duckte mich, als die Kugel neben mir in die Wand einschlug. In diesem Moment stürzte sich Tashi auf sie.

Sobald sie sich berührt hatten, wurde er sichtbar, seine Stahlzähne rissen ihren Arm ab und gruben sich dann in ihre Kehle, während sie schreiend nach hinten fiel. Das Fenster schlug hinter ihnen zu, und durch die Wucht von Tashis Angriff stürzten sie über das Geländer der Feuerleiter. Aus Remi Sings Mund und Schulter rann Blut, und Tashi verwandelte sich bereits in Staub, da er in Berührung mit einem Menschen gekommen war – genau wie Veronica gesagt hatte. Es war der gleiche silberne Staub, in den sich sein Herr vor meinen Augen verwandelt hatte.

Ich rannte zum Fenster, und an der Ecke Waverly Place und Waverly Place sah ich einen roten Kreis, der sich um Remi Sings Körper im Schnee ausbreitete. Alles, was von Tashi übrig war, war ein glänzender silberner Fleck neben ihr, den der Wind Sekunden später durch die wirbelnden Schneeflocken hindurch gen Himmel hob. Ihr Arm hing noch auf der Feuertreppe. Über dem Dach des gegenüberliegenden Gebäudes

310

zeigte die Turmuhr des alten Frauengerichts 1 Uhr 15. Und weiter rechts war das Empire State Building grün und weiß erleuchtet.

Mittlerweile krochen die Flammen, die schon die drei Wände hinter mir und auch die Tür bedeckten, über den Boden. Ich versuchte, das Fenster aufzudrücken, aber da sie das Schloß zerbrochen hatte, klemmte es fest. Ich schlug und trat gegen die Scheibe, aber sie bekam nicht einmal einen Sprung. Ich warf den Stuhl dagegen, umsonst. Ohne daß ich es gewußt hatte, hatte Tashi während all der Monate wieder auf mich aufgepaßt, und als der Moment gekommen war, hatte er sein Leben für meines geopfert. Doch offenbar war es umsonst gewesen: Ich saß in der Falle, genau wie Remi Sing es gewollt hatte.

Es war heiß wie in einem Ofen, und der Raum füllte sich mit Rauch. Ich wußte, mir blieb nur wenig Zeit, bevor ich bewußtlos wurde. Als ich meinen Mantel herunterriß, um die Flammen damit einzudämmen, fiel die Karte zu Boden. Ich schnappte sie und stopfte sie in mein Hemd. Mein Hals war rauh wie Sandpapier, und Schweiß lief mir über Gesicht und Brust. Die drei Wände, die Decke und jetzt auch der Boden vor der Tür brannten lichterloh. Nur die Wand zur Straße hin, links vom Fenster, stand noch nicht in Flammen. Ich hielt mir mein Taschentuch vor den Mund, steckte mir den grünen Ring in die Tasche – das erste Mal, daß ich ihn losließ –, und nahm die grüne Kreide heraus. Schwankend und hustend lief ich durch das Zimmer. Zweimal blieb ich stehen, denn der Raum drehte sich, als wäre ich in der Mitte eines Feuerrads. Dann erstickte ich fast an dem Rauch, sank auf die Knie, und alles wurde schwarz.

Als ich die Augen öffnete, war ich wieder auf den Beinen – ich wußte nicht, wie –, das Taschentuch vor Nase und Mund gepreßt und die Kreide noch in der Hand. Ich warf den Tisch um und merkte, wie meine Hosenaufschläge Feuer fingen. Schließlich taumelte ich zu dem einen Wandstück, das etwa dreieinhalb Meter breit war und noch nicht brannte.

Die Flammen züngelten an meinem Rücken hoch, und ich versuchte mich an Ottos Anweisungen für den Gebrauch der grünen Kreide zu erinnern. Zuerst zeichnete ich ein gleichseitiges Dreieck in die Luft. Dann versuchte ich mir vorzustellen, wie sich die Welt auf einzigartige Weise verändert hätte, wenn ich nie geboren worden wäre.

Ich zog die Schultern ein, verschränkte fest die Arme, und mir schoß durch den Kopf, daß, wäre ich nie geboren worden, meine Mutter nie verschwunden wäre. Das mochte wahr sein oder nicht, und es war beinahe so schmerzhaft wie ihr Verschwinden damals, aber in diesem Moment fiel mir keine andere Antwort ein.

Plötzlich hatte ich das Gefühl, meinen Körper mit seinem schwindenden Atem und den wackeligen Beinen zu verlassen. Ich hatte keine Angst. Und ich wußte, ich hatte jetzt die Kraft, mit der Kreide ein Boot an die Wand zu zeichnen, wie Otto es mir gesagt hatte. Ein einfaches Ruderboot, drei Meter lang. Ich zeichnete mit überraschender Leichtigkeit, und als ich fertig war, war die Kreide verschwunden. Ich knöpfte das Hemd über der Landkarte zu, schloß die Augen und trat in die Zeichnung.

Als ich die Augen aufmachte, saß ich neben dem Flammenmeer, in das sich das Zimmer mittlerweile verwandelt hatte, in einem stabilen Holzboot. Zu meinen Füßen lagen zwei Ruder, und ich ruderte mit gleichmäßigen und kräftigen Schlägen los.

Innerhalb von Sekunden hatte ich das brennende Zimmer und das Haus an der Ecke Waverly Place und Waverly Place weit hinter mir gelassen. Auch die Lichter der Stadt verschwanden langsam hinter Wolken aus wirbelndem Schnee. Aber erst, nachdem ich Schmerzensschreie hörte, die der heulende Wind mit sich trug. Am lautesten glaubte ich meinen eigenen Schrei in dem brennenden Zimmer zu hören, und zur gleichen Zeit roch ich verbranntes Fleisch. Dann folgten nur Stille und eisige Luft, während ich höherstieg.

Ein letztes Mal sah ich das Empire State Building. Und die

schnell schwindenden Lichter der Häuser – darunter mein eigenes – weiter im Süden. Mir wurde bewußt, daß ich meine Wohnung nie mehr betreten würde, daß jetzt *ich* derjenige war, der *verschwand*, und daß Clement, der meinen Schlüssel besaß und sogar meinen Beruf ergriffen hatte, nun meinen Platz einnehmen, in meinem Haus leben und vielleicht sogar meinen Namen annehmen würde. Und das durfte er gerne. Ich brauchte nichts mehr davon. Dessen war ich mir sicher, als ich durch mächtige, unsichtbare Strömungen in der leuchtenden Dunkelheit ruderte und die mit elektrischer Energie geladene Luft atmete, während die Sterne – nicht so fern wie sonst – über mir funkelten.

Längst bevor ein einzelnes Ruder von einem unsichtbaren Boot an mir vorbeisegelte, wußte ich, wo ich war. Auf ihre Art hatte Veronica mich darauf vorbereitet. Als ich hinunterblickte, hatte ich keine Angst wie damals auf der Wendeltreppe oder in dem Aufzugsschacht oder sogar in dem See am Steinbruch. Und ich erinnerte mich an Ottos letzte Warnung, nie mit dem Rudern aufzuhören oder meine Verwundbarkeit zu vergessen: die Tatsache, daß dort, wo ich unterwegs war, eine einzige musikalische Note mich zerstören konnte, der Grundtun, der mit der Schwingung meiner Moleküle übereinstimmte.

Ich wich nicht aus, als ich vor mir einen Sturm mit meteoritengroßen Hagelkörnern sah. Und dann einen Schwarm durchsichtiger blauer Kreaturen, die wie Rochen dahinglitten. Ich zögerte nicht, als ein feiner Nebel – so klebrig wie Blut – an mir vorbeizog. Oder als eine Kakophonie aus Gestöhne und Schreien von allen Seiten auf mich zukam.

Unversehrt gelangte ich durch all das hindurch und ruderte in die tiefer werdende Dunkelheit.

Und dann, gerade, als ich dachte, ich könne keinen einzigen Schlag mehr rudern, senkte sich der Bug des Bootes, und mein Kurs änderte sich. Zuerst segelte ich, dann fiel ich abwärts, sah, wie die Sterne um mich herum schwächer wurden, bis das

Ruderboot sich schließlich in freiem Fall befand. Die Ruder flogen mir aus den Händen, und ich konnte mich nur noch an den Seiten des Bootes festhalten, um nicht herausgeschleudert zu werden. Während das Boot schneller wurde, fing es an zu wackeln und sich wild zu drehen. Ich fiel und fiel, bis wieder einmal alles schwarz wurde.

65

Noch bevor ich die Augen öffnete, schmeckte ich Salz auf den Lippen. Und spürte, wie mir die Sonne aufs Gesicht brannte. Ein warmer Wind fuhr mir durch die Haare. Mein Körper, der in einem engen Raum lag, wurde sanft gewiegt. Ich hörte die fernen Schreie von Seeschwalben. Und ganz nahe ein heftigeres Geräusch, ein Flattern.

Zuerst war ich vom Licht geblendet. Dann gewöhnten sich meine Augen daran, an das smaragdgrüne Meer, das mich auf allen Seiten umgab, und an den klaren blauen Himmel über mir. Ich lehnte mit den Schultern im Heck eines ramponierten Ruderbootes. Was da im Wind flatterte, war Veronicas Karte, die ich fest in der Hand hielt. Mein Mund war ausgetrocknet, und auf meinen sonnenverbrannten Wangen sprossen Bartstoppel. Die Luft war heiß. Kleine Wellen klatschten gegen den Bug des Bootes.

Ich zog mich hoch und suchte den Horizont ab. In drei Richtungen war nichts als Wasser. Aber direkt vor mir sah ich Land, nur wenige Meilen entfernt. Es war eine bergige Insel, die hinter dem Hitzedunst schimmerte, und eine starke Strömung trug das Boot darauf zu. Sie war so stark, daß das Boot nicht schneller geworden wäre, wenn ich durch Rudern nachgeholfen hätte.

Ich kühlte mir Gesicht und Hals mit einer Handvoll Meerwasser und trocknete mich an meinem Hemd ab, das ich ausgezogen hatte. Das Hemd war an mehreren Stellen zerrissen, ebenso meine Hosen. Wie das Boot, zeigten auch meine Kleider die Spuren einer wilden Reise, aber ich entdeckte keine Wunden oder blaue Flecken an meinem Körper. Ich zog die Stiefel aus und krempelte die Hosenbeine, die schlimm verbrannt waren, bis zu den Knien hoch. Der grüne Ring steckte immer noch in meiner Tasche, aber meine Brieftasche war verschwunden. Ich fragte mich, wo genau ich sie verloren hatte: Hatte Clement sie bei unserer kurzen Begegnung geklaut, um meine Identität annehmen zu können? Ich hatte noch den Geldclip vom Caesars Palace, aber der letzte Schein darin war jetzt weiß, jede Spur von Tinte war von dem Papier verschwunden. Ich warf ihn mit dem Clip ins Meer.

Inzwischen näherte ich mich der Insel. Die Strömung war stärker geworden. Auch die Wellen waren höher und brachen sich, als sie auf die Küste zurollten. Die Konturen der Insel waren nicht mehr vom Dunst verschleiert. Ich sah einen mondsichelförmigen Strand mit schneeweißem Sand. Landeinwärts erhoben sich grüne Berge, von Wasserfällen durchzogen. Von den Bergen aus trieben hohe Wolken Richtung Meer, hinter Vögeln, die in einem V über eine breite Savanne flogen. Gleich hinter dem Strand sah ich eine Reihe Palmen vor einer Wand aus üppigem Gestrüpp, das mit Blüten übersät war. Zur Linken stand, in goldenes Licht getaucht, ein Hain mit wilden Orangenbäumen voller Früchte.

Trotz des rauheren Wellengangs steuerte das Ruderboot direkt auf die Küste zu, als würde es von einem Magneten angezogen. Und obwohl es schlingerte, verlor ich im Heck stehend nie das Gleichgewicht. Ich schirmte mit der Hand die Augen ab und konnte jetzt den Wind erkennen, der den Sand über den Strand wehte und ihn zu wirbelnden Trichtern hochblies, die sich schnell auflösten – wie der letzte Rest Sand, der durch eine Sanduhr rieselt. Als ich näher zum Ufer kam, erblickte ich eine menschliche Gestalt, die hinter einer Palme verschwand, deren Stamm am unteren Ende gespalten war und in einem vollendeten V aufragte. Ich ließ die Palme nicht aus den Augen und

315

hörte ein Flattern über meinem Kopf: Ein kleiner blaugelber Vogel begleitete mich ans Land.

Ich kam zu einer Sandbank, an der sich die Wellen in Schaumpfützen brachen. Die Gestalt trat hinter der Palme hervor und ging zwischen dem doppelten Schatten des gespaltenen Stamms zum Strand hinunter. Es war eine Frau, die nur einen weißen Slip trug. Sie war braungebrannt. Ihre langen schwarzen Haare flogen wild im Wind und bedeckten ihr Gesicht und ihre Brüste. Ihre nackten Füße hinterließen tiefe Abdrücke im nassen Sand.

Ich blickte angestrengt hinüber, konnte aber trotzdem das Gesicht unter den Haaren nicht erkennen. Mir wurde kurz schwindlig, denn sie erinnerte mich so sehr an meine Mutter, wenn wir an den Strand gegangen waren. Die gleiche schimmernde Sonnenbräune, der gleiche leichte Schritt und die Bewegung, wenn sie sich mit den Fingern durch die Haare fuhr.

Dann erreichte die Frau den Rand des Wassers, und in dem Moment, bevor sie hineinstieg und der Wind ihr die Haare aus dem Gesicht blies, sah ich, daß sie keinen Schatten warf, obwohl die Sonne hoch am Himmel stand.

Als sie mir durch die Brandung entgegenlief, sprang ich aus dem Boot und nahm den grünen Ring heraus, der strahlend blitzte. Sie hob die Hand an die Wange. Zum allerersten Mal sah ich sie weinen. Die Tränen kullerten langsam herunter, und jede hatte einen silbernen Stern in der Mitte.

Es war Veronica.

DANKSAGUNG

Ich möchte Susan Kamil, meiner Lektorin, und Anne Sibald, meiner Agentin, für ihre große Unterstützung und Ermutigung danken.

*Die verborgene
Geschichte
Roman
320 Seiten
btb 72003*

Caroline Llewellyn

Nach dem tragischen Tod ihres Mannes hofft die Kinderbuchautorin Jo, im malerischen Dorf Shipcote zur Ruhe zu kommen. Doch im Cottage ihrer Großmutter stößt sie schon bald auf tödliche Geheimnisse aus der Vergangenheit. Ein atmosphärisch dichter Kriminalroman in bester englischer Tradition.

---

*Trügerischer Blick
Roman
377 Seiten
btb 72010*

Jane Stanton Hitchcock

Die Trompe-l'œil-Künstlerin Faith Cromwell ahnt nicht, in welch dunkles Spiel sie bei ihrem neuesten Auftrag hineingezogen wird. Für eine legendäre Kunstsammlerin soll sie einen Ballsaal ausmalen, der sich jedoch als Mausoleum entpuppt.
»Psychologisch ausgefeilter Vollblut-Thriller.«
freundin